世界文化シリーズ 6

China

中国文化55のキーワード

武田雅哉
加部勇一郎
田村容子 編著

ミネルヴァ書房

まえがき

『西遊記』は、三蔵法師が、化け物じみた弟子たちとともに、妖怪と戦いながらインドにお経を取りにいくというだけの、お子様むけの冒険譚ではない。すべての古典がそうであるように、細部こそがおもしろい作品なのである。たとえばその第三二回では、「もしも妖怪に喰われるなら、頭からがいいか、足からがいいか」という命題について、孫悟空が、次のような貴重な回答を提示している。

「もし頭から喰われたなら、ガブリとかまれて、それでオダブツです。そのあとは、煎られようと、炒められようと、焼かれようと、煮られようと、痛くもかゆくもありません。ところが、もし足から喰われるとなると、まず足の甲をかじられ、ももをかじられ、腰骨まで喰われたところで、まだ死にきれず、ぐちゃぐちゃになるまで喰われて、痛いのなんの、そりゃあつらいもんですぜ」。

あらゆる苦痛は、脳がそう感じるから痛いのだ、という唯脳論（？）が展開されているわけである。一見たあいのないバカ話のようだが、どうして、かなりハイレベルなバカ話だ。このおサルさんのご意見は、すでに一種の人生哲学の高みを構築しているといえよう。二一世紀の人類にとっても、傾聴に値することばではないだろうか。そういえば、中国でもっとも残忍な処刑方法である「凌遅処死」（一寸刻みの刑）は、罪人に「痛いのなんの、そりゃあつらいもんですぜ」と言わせるべく、まさにこの「足から喰われる」の理論を応用した成果にほかならない。

このようなバカ話をならべておもしろがっていると、わが官府（おかみ）より、「そのようなくだらない研究をしている文学部など、つぶしてしまえ！」という、至極ごもっともな見解が発せられるかもしれない。たしかにくだらない。金にはならないし、富国強兵の役にも立ちそうにない。だが、われわれ俗人のだれもが、できることなら、なるべく苦痛を味わうことなく、あの世に行きたいものだと願っている。むかしの中国人が綴った、たあいのない書物のなかには、そのあたりの真理について、なにやらのお導きとなるであろう星の光がチラリとまたたいていて、この『西遊記』のように、われわれに智慧と勇気と希望を与えてくれるのである。子供だけに読ませてはもったいない。大人になってこそ、しっかり読み直そう。本書があつかう〈中国文化〉なるものには、さすがに年かさを経た文明だけあって、そんな、老成した大人のみが持つ、おちゃめでカッコいい一面がある。

そのむかし、大学の中国語履修者が、どんと増えたことがあった。学生たちにその理由をたずねてみると、かれらの多くがこう答えたものだ。

「これからは中国の時代だ、と父に言われたからです」。

また、初々（ういうい）しい学生のなかには、こんなことを言ってくるものもある。

「北朝鮮や中国は、洗脳教育をしている恐ろしい国だと思います。日本のような自由はありません。ぼくは日本に生まれて、本当によかったと思います」。

してみると、わが国の「教育」も大いに成果をあげているようである。かれはその後、見聞を広めていく過程で、少しは考えも変わっていったであろうか。

また、こう言って憤慨する学生もいた。

「うちの親は中国が嫌いで、中国人はみんな悪いと言っている。どうしてあんなに単純に、マスコミの影響を受けるのだろう！　ぼくは留学して、本当の中国を見てみたい！」

若者が外国に出たがらないことが問題視されている昨今、なかなか殊勝なこころざしである。だが、わが国の若者たちの異国への好奇心を、すみやかに増強させたいのであれば、即刻鎖国を実行し、「もっと知りたい！」という飢餓状態を作ることが、最良の策であると筆者は考える。

中国人とはだれなのか。中国文化とは、いったいなんなのか……。それらは、なんらかの厳密な前提を立てないかぎり、堂々巡りをする問いであろう。それらに満足のいく答えを提出するには、われわれはあまりに無力である。本書で取り上げるキーワードのそれぞれに与えられた、わずか四ページのなかに、すべての読者を満足させるような模範解答を提供することは、とうてい無理であろう。だが、書き手である研究者それぞれが、みずから「おもしろい」と思っていることどもを、限られた紙幅のなかで、解き明かしてゆくことは、もしかしたら、読者諸兄姉に対して、もっと知りたいという欲求、すなわち、ささやかではあるが、「鎖国的情況」をプレゼントしうる可能性はあるかもしれない。読者には、55の項目の内容をきっかけにして、さらに広範な読書を進めるなり、中国を実体験するなりして、あらたなキーワードを増殖させていただきたいと思う。

各章の扉には、一七世紀、アタナシウス・キルヒャーの『シナ図説』（Athanasius Kircher, *China Illustrata*, 1667）の図版を配した。今から見れば奇異にも見えるこれらの図像は、まごうことなく、当時のヨーロッパ人に、中国なるものの断片をビジュアルというかたちで提供し、興奮をもたらしたものであった。これをもって、中国文化の、異域への紹介者としての大先輩たるキルヒャー先生への敬意を表するとともに、かれには遠くおよばぬにせよ、われわれもまた好奇心旺盛な紹介者でありたいという望みを託すものである。

本書では、本文にあらわれるいくつかの事項のかたわらに、矢印と関連する項目の番号を明記して、クロス・リファレンスができるようになっている。煩雑を避けるため、これは必要最小限にとどめているが、事項どうしの関連は、さらに複雑にからみあっているはずである。それは、読者のみなさんの発見にお任せしよう。

各項目の執筆担当者のみなさんには、執筆を快諾いただいたばかりか、編者からのたび重なるわがままな要求に、敬服すべき忍耐力と誠実さをもっておこたえいただいた。この場を借りて心よりのお礼を申しあげたい。また、ミネルヴァ書房編集部の河野菜穂さんには、札幌でのキーワード選定作業以来、心強いサポートと、真摯なアドバイスを頂戴した。また一緒に仕事をしたいと思った。ありがとうございます！

二〇一六年三月吉日

編著者を代表して　武田雅哉

76歳のアタナシウス・キルヒャー

目次

第1章

〈中国〉をかたちづくるもの

中国の地図を挟んで立つ，イエズス会士のアダム・シャールとマテオ・リッチ
（キルヒャー『シナ図説』1667）

〈中国〉なるものの線引き

時間や空間、言語と国家など、中国なるものを定義するときの、ものさしとなるかもしれない、さまざまな要素、断片についてのスケッチ。第1章は、このような作業にあてることとしよう。時間の尺度、空間のとらえかた、国家が形成されたときの、国の顔作り、話されたり書かれたりすることば、そしてそれをしるす文字、政治的な風向きによってさまようことになる、地球上の線引き……。本章では、そのようなキーワードを含む六つの項目を提示してみた。

ことばもまた複雑

中国文化とかかわる言語もまた、たいへんややこしいことになっている。中国のことばを考えるための材料は、悠久の時間の流れと、広大な空間の広がりとが、複雑に交錯して織りなされた絨毯（じゅうたん）の紋様として、各地域、各時代に残されている。それらはおもに漢字を用いてしるされているが、その漢字なるものもまた一枚岩ではないし、漢字にあらざる文字や、漢字を否定するという強い意識のもとにデザインされた文字さえも、かれらは生み出している。

大学で語学の時間に教わる「中国語」は、現代の、中華人民共和国を中心とする地域の公用語、共通語であるといってもいいだろう。だが、そもそもこの共通語なるものができるまでには、途方もなく長い道のりがあった。ほぼ外国語と言ってよいほど異なった方言を擁する、この広大な空間の内部で、意思の疎通を図るために、中国人は古代から、共通語、共通の発音のようなものを構築する試みを繰り返してきた。言語学的に定義される中国語はあるとしても、文化史的に目に見えてくるのは、「中国語」という幻想を追い求めてきた、数千年にわたる営みの痕跡のみなのかもしれない。それが「中国料理」であっても、「中国人」であっても、そして「中国文化」であっても。

よく知らない近所の国ぐに

かろうじて近代的な国家を完成させたときに、いずこもまずはその顔づくりに専念する。

もう何年も前のことになるが、ある民間放送の報道番組で、北朝鮮のハンバーガー事情を紹介するというものをやっていた。当時はまだお達者で、なにかと日本を騒がせていた先代の総書記、金正日（キムジョンイル）はハンバーガーを食することを提唱していたらしい。取材班が北朝鮮のどこかのレストランでハンバーガーを注文してみたり、さらにこれをスタジオで復元して食べてみようというもの。そのレストランというのも、メニューにはいろいろあるのに、実際に作れ

るものはあまりないというような事情を紹介していた。

わが国の北朝鮮紹介報道によくある、高い立場にあるものが低い立場にあるものを笑う——しかも食べ物のことで——というような品のない趣旨で、どうひっくりかえっても、批評や諷刺の精神からはほど遠い作りの番組ではあった。などと思いながらもしっかと見ていたら、取材班が北朝鮮のハンバーガーに喰らいつくシーンで、BGMが流れてきた。あれ？　と思って良く聞くと、あろうことか、その調べは、オリンピックでもおなじみになった中華人民共和国の国歌と、その準国歌に相当する「歌唱祖国」という曲であった。

おそらく担当者の無知による単純なミスなのであろう。筆者とて、たまたま中国のことをやっているので、それに気がついたにすぎず、アジアの他の国々の国歌が聞き分けられるかといえば、おそらく無理である。要するに、微妙な問題を扱っているかに見えるマスコミが、とんでもなく大雑把なのであった。それはそのまま、われわれ日本人の、中国やアジアへの関心が、しょせんそのレベルのものだったということの、動かぬ証明にもなっているだろう。

とりあえず発進してみようか

現実の地球上では、空間の線引きをめぐって、争いの絶えることはない。ちょっと考えただけでも、日本や東南アジア諸国とのあいだの領海問題。また政治的経緯による台湾との問題、また人種や思想信条をめぐる、チベットやウイグルなどの、中国内部の民族問題、貧富の差によって引き起こされる悲劇の数々……。さまざまな線引きをめぐる争いは、いっこうに消えそうにない。

紀元前一世紀、前漢の学者、劉向が書いた『新序』という書物には、次のようなエピソードが見えている。

春秋時代、鄭の国の学校がお上の政策をあれこれ批判するので、ある人が、宰相の子産にたずねた。

「どうして学校を取りつぶさないのですか？」

子産はこれに答えて言った。

「脅しをかけて不満を排除するなど、もってのほか。私はみんなの議論を聞いて薬にしたいのです」。

昨今の為政者のために、薬にしたいような話ではあるが、ここには、多くの異なる者たちを相手にして、厳格と寛容の、どのあたりで線引きをすべきかという、数千年にわたる思索から生み出された、中国人の政治哲学があるのだろう。しょせんはエライ人の逸話であることは、承知のうえだが。

（武田雅哉）

1

中国の、始まり始まり！——一二万九六〇〇年の年表

ビッグバンから始まる物語

中国の長編小説は、しばしば宇宙開闢から始まる。たとえば『西遊記』の冒頭に置かれているのは、つぎのような詩だ。

混沌未だ分れず天地乱れ　茫々渺々と人の見るなし
盤古の鴻濛を破りしより　開闢して茲より清濁弁る

混沌たるカオスの状態で、天も地も定かでなく、ただ茫漠としてその様子を目にする人間とて存在しないころ、盤古という最初の人間がカオスを打ち破り、天地は開闢して清いものは上に、濁ったものは下に分離していった、というような意味である。

このような宇宙生成史は、一一世紀の学者、邵雍の『皇極経世書』に見える宇宙論にもとづいている。『西遊記』のような破天荒な物語につきあうには、一般の中国歴史年表などでは間に合わない。そこで、私が愛用している年表を紹介しておこう。

それは明代の百科全書『三才図会』（一六〇七）に載せられている、「天地始終消息図」と題されたものだ。あろうことか、宇宙の一生を記載した年表なのである。そうなると、そんじょそこらの年表とは、いろいろな意味で比較にならないであろうことは容易に予想されるが、誕生から消滅まで、しめて一二万九六〇〇年と、宇宙の一生と豪語したにしては、意外に短い。

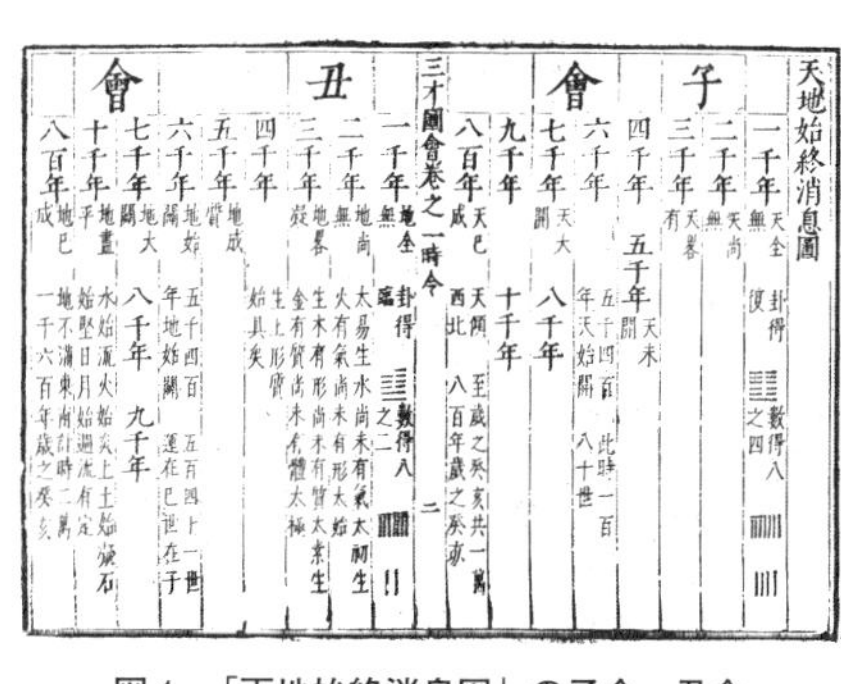

図1　「天地始終消息図」の子会，丑会

図2　最初の人類とされる盤古

この宇宙の一生の時間を「元（げん）」と呼ぶ。元を一二等分した単位が「会（かい）」で、一会は一万八〇〇〇年となる。これには子会（しかい）、丑会（ちゅうかい）、寅会（いんかい）……というように十二支の名がつけられている。一会は、さらに三〇運（うん）に分けられる。一運は三六〇年になる。さらに一運は一二世に分けられる。一世は三〇年だ。このあたりになると、現実的に理解できる単位であろう。これらの時間単位も、中国の荒唐無稽な小説を読んでいると、しばしば出くわすものなので、しっかり覚えておこう。

一二万九六〇〇年をお手もとに

この年表——宇宙暦と呼ぶべきか——には、宇宙が生まれて以来の、さまざまな出来事が記載されている。それらのいくつかを、ピックアップしてみよう。

宇宙暦一〇〇〇年　まだ天地は生じていない。

宇宙暦五四〇〇年　はじめて天が開く。

宇宙暦一万八〇〇〇年　天が西北に傾斜する（天体が西北に流れることになる）。

宇宙暦一万三八〇〇年　水が流れ、火は燃え、土は固まり、石は堅くなり、物質の性質が定まり、太陽や月の運行も安定する。

宇宙暦二万七〇〇〇年　寅会で、最初の人類、盤古が誕生する。誕生したての人類は、蛇身に鱗（うろこ）、牛首に角、馬足に蹄（ひづめ）といった怪物的な体であり、また木の葉や獣の皮で身を掩い、生肉を喰い、生血を飲むという。人倫（じんりん）もなく、父と息子が同じ雌を共有するといったありさまである。

宇宙暦六万四八〇〇年　巳会（しかい）は、宇宙の寿命の前半が終わるところ。

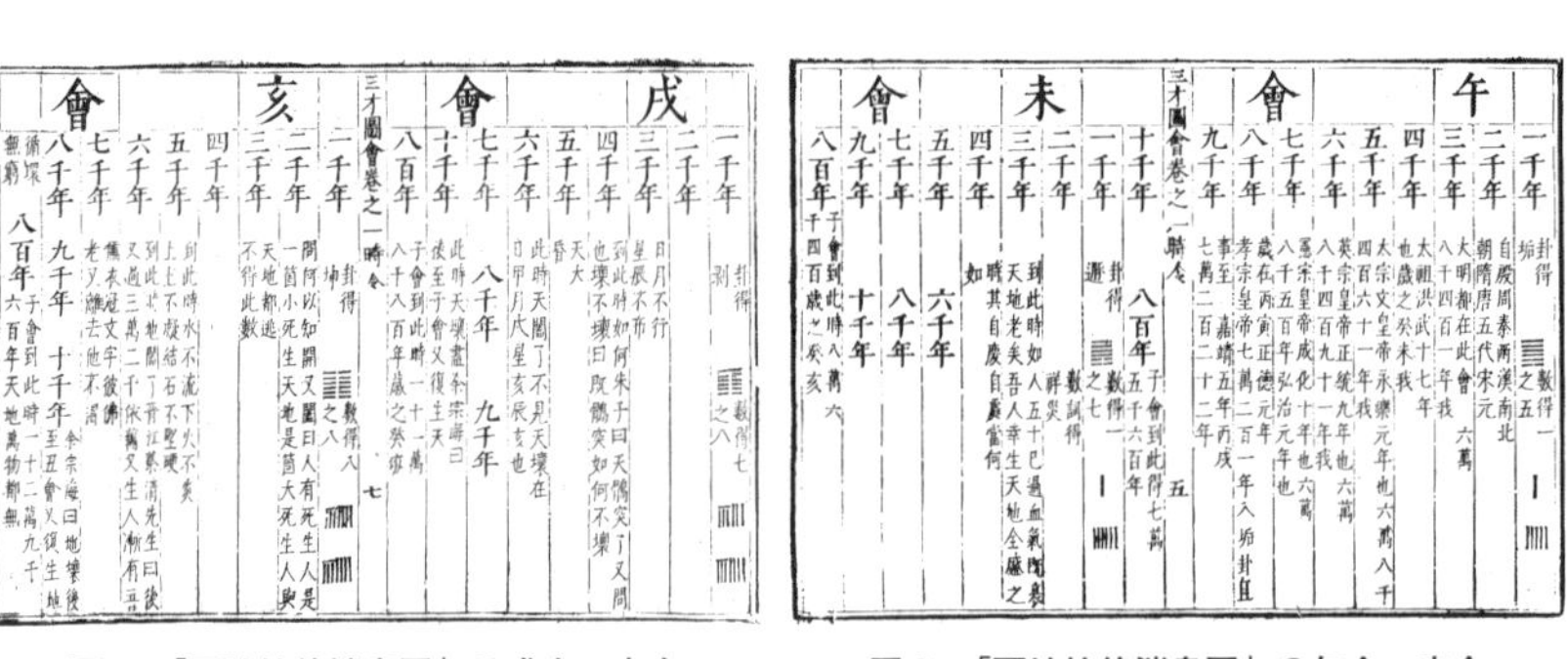

図3 「天地始終消息図」の午会，未会

図4 「天地始終消息図」の戌会，亥会

この時までに、堯、舜、禹などの聖人が生まれて、人倫も生ずる。それと同時に大道は廃れ、詐欺が生じ、妖怪が出没する。このあたりは伝説時代といえるだろう。

いまこのときを楽しまん!

午会から、宇宙も後半生に入る。西暦でいうと紀元前二二一八年から八五八三年までが午会だ。殷、周、春秋から明まで、歴史時代はここにある。『三才図会』には、明の洪武元年（一三六八）現在の宇宙暦は六万八三八五年であると記されているから、二〇一六年は宇宙暦六万九〇三三年になろうか。たしか学校では、地球の年齢は四六億年くらいと教わったと思うが……まあ、そんなことは忘れよう。約一三八億年前にビッグバンが起きたらしいことなども、このさいどうでもよろしい。

いずれにしても、私たちが生きている現在は、宇宙の壮年期、いちばん元気のある時期にあたっていることになろう。年表の編者も、「私たちは天地の全盛期に生まれて、とってもうれしい!」と、しっかりコメントしているのだ。「いまがいちばん! いまこのときを楽しまずしてどうする!」というのは、中国人の思考様式の、きわめて重要な一面でもあろう。

さらに年表は、未来において発生するイベントについても記載する。

宇宙暦七万八六〇〇年　未会、人が老いるように宇宙にも衰退が訪れる。
宇宙暦一〇万八〇〇〇年　酉会、人類の文明はすべて消滅する。
宇宙暦一一万一〇〇〇年　戌会に入ると、日月は運行を停止し、星も消滅する。
宇宙暦一二万三八〇〇年　亥会に入ると、物質は本来の性質を失う。

図5　火を使うことを学んだ原始中国人

そして、一二万九六〇〇年。私たちの宇宙はその一生を終えて、「天地万物はすべて無となる」というのだ。

いささか短命すぎる感もある宇宙の一生だが、これに寂寞を覚える必要はない。年表には、心配御無用とばかりに、こう書いてあるのだ。――「（次の）丑会になれば、また地が生ずる。循環して窮まりなしッ！」と。つまり、私たちの宇宙が寿命を終えた瞬間、次の宇宙が誕生するから、だいじょうぶ！　というのである。

こんな実用に耐えない年表を座右に置いて、中国人の時間感覚にお付き合いするのもよいだろう。実用的な年表は、お手もとの漢和辞典の付録についているはずだから、通常の用途には、そちらをごらんいただきたい。

天地の崩壊を心配する前に

日本人もよく使う「杞憂」とは、『列子』の「天瑞」に見えるエピソードである。天地が崩れることを心配する杞の国のひとの憂いを、それはいらぬ心配だと、まわりの者が説得して解いてやる話だ。『列子』では、そのあとに、楚の学者の長盧子が「天も地も気と土くれの集まりであるから、崩壊しないことはない」とコメントしている。さらに列子そのひとが、「天地が崩壊するかどうかなど、しょせんわからぬことなのだから、そんなことで悩むのは無駄なことである」とまとめている。

杞の人に、『三才図会』のような年表を見せてやったなら、「天地が崩れるのはまだまだ先のこと」と納得して安心したかもしれない。さあ、宇宙がまだまだ元気なうちに、『中国文化　55のキーワード』をお楽しみいただきたい。

（武田雅哉）

2 空間と地理――大地の認識と記録

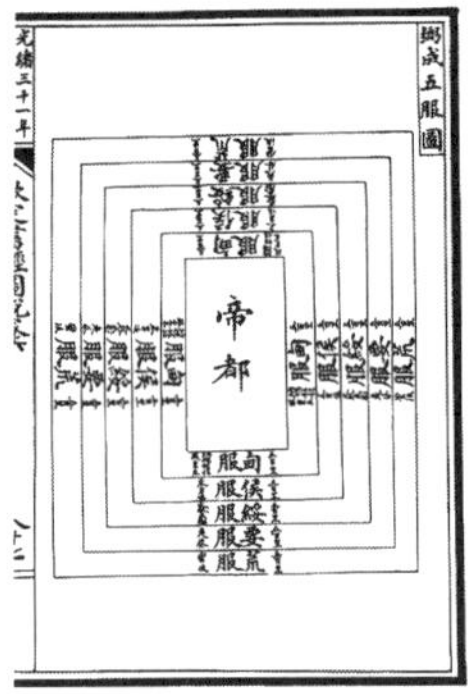

図1　都を中心に放射状に広がる方形の大地

中国の形

中華人民共和国、面積はおよそ九六〇万平方キロメートルで、これは日本の約二六倍。端から端までは、東西に五二〇〇キロほど、南北に五五〇〇キロほどある。地形は大まかに西高東低で、海側は雨が多く、山側は乾燥している。代表的な都市は、北京・上海・天津・重慶の四つの直轄地で、省は台湾を含めれば二三省。自治区は内蒙古・寧夏回族・新疆ウイグル・チベット・広西チワン族の五つがある。二〇世紀末に返還された香港・マカオの二都市は、特別行政区に指定されていて、「一国家二制度」の原則の下、返還後五〇年の間は、外交と軍事を除いた高度な自治権が認められている。

今の地図を見れば、中国は、東を向いたニワトリのような形だが、昔は四角いものと考えられた。『淮南子』「墬形訓」によれば、東西は二万八〇〇〇里、南北は二万六〇〇〇里とのこと。一里は四〇〇メートルほどだから、今の倍近い大きさということになる。古代の認識は、正確さとは程遠いが、把握が独特でおもしろい。

四角い大地は「四海」なるものに囲まれている。「四海」とは、基本的には「海」なのだが、『爾雅』という辞書によれば、異民族の住む地域を指すらしい。その「四海」を含めた全体が、いわゆる「天下」となる。それは中心から離れるにつれて、文明からは遠ざかる。なぜなら「海」とは「晦」でもあって、両者は同音であ

図2　戴敦邦が描いた，天地を開く盤古

るがゆえに意味が重なり、「晦」は「暗い」ことを意味するからである。

世界の把握に際して、夏王朝の始祖とされる禹という帝王は、臣下の太章や豎亥という健脚家たちに、この世の端から端まで、歩いて測らせたのだそうだ。それぞれ東西と南北を担当したそうだが、その長さはどちらも二億三万三五〇〇里と七五歩だったという。莫大な数値が細かく記されるあたり、大変に中国らしい話と言えるだろう。

中国古代の天地観

四角い大地に対して、天は円いと考えられた。このような見かたを「天円地方」と呼んでいる。天地はその周囲が、柱や綱で結ばれていると考えられた。『淮南子』にはまた、共工という神さまが、禹の祖先とされる顓頊と、帝位をめぐって大げんかし、天地を繋ぐ西北の柱が一本折れてしまった、というような話も載っている。これはつまり、星が東から西へ移動し、河が東南に流れることを、楽しく説明するものと言えるだろう。その他にも、天地を語る物語には、渾沌としていた世界を切り開いて天と地に分けたとされる盤古→1や、壊れた天を五色の石を練り上げて補修した女媧→5章イントロダクションなど、魅力的な神々があまたひしめいている。

天地は時代が下るにつれ、いろいろな想像がされるようになる。蓋天説と呼ばれるものがあり、これは四角い大地に平行して、円い天が覆い被さっていると考えるもの。全体を馬車の輿とそこに立てられた天蓋に見立て、傘の中央にあるのが北極星ということになる。また渾天説と呼ばれるものがあり、これは丸い閉じた空間に

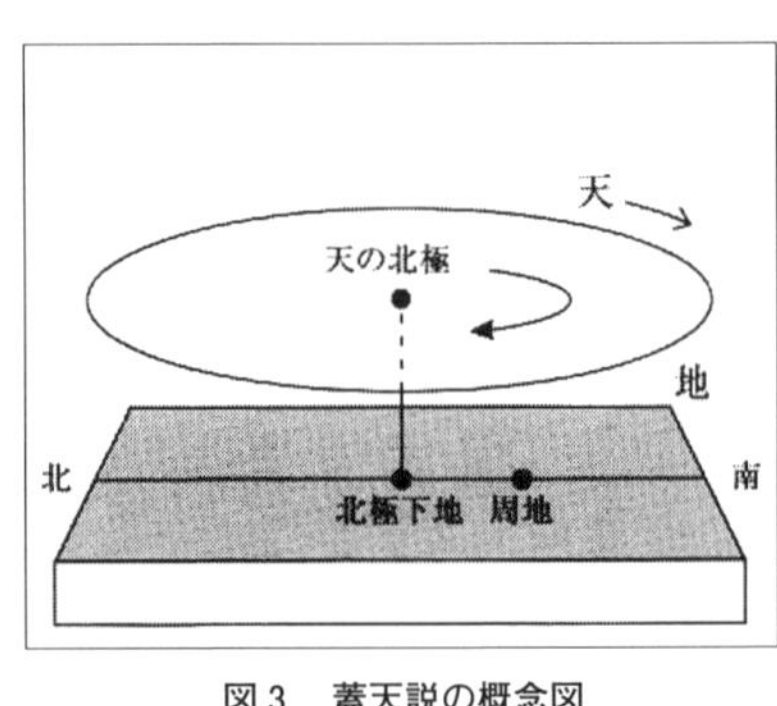

図３　蓋天説の概念図

方形の大地が浮かんでいると考えるもの。全体をタマゴの殻と黄身に見立て、白身は大地を取り巻く海ということになる。もう一つ、宣夜説と呼ばれるものは、大地の上に果てしない空間が広がっていると仮想するもので、上空に無限があると積極的に主張する点で、現在のわれらの考えるものに近い。

これらは徐々に、理論が深められることで複雑になっていくが、大半の人びとはおそらく、神話に由来するプリミティブなものを意識していたことだろう。

大地にまつわる記録

広い大地について誌した書物を、全国の場合は一統志、地方の場合は地方志と言ったりする。「志」は「記録する」という意味で、歴史や地理的データはもちろん、気候や風土や人びとの気質、過去に起こった災害、官職や名勝、特産品や顕彰すべき人物の伝、民間伝承などが対象となる。つまり、その地が産み出し育んだ、ありとあらゆるものを記そうとしているわけである。

古くは『山海経』（→32）、『書経』「禹貢」、『周礼』「職方氏」がある。前漢代には図版付きのものもあったらしい。転換点は北宋楽史の『太平寰宇記』（一〇世紀末）で、ここにおいて基本的な体例が定まり、元代の『大元大一統志』（一三世紀末）や、明代の『大明一統志』（一四六一）に受け継がれる。明代における地方志編纂は、地方官たちの功績となったこともあり、明代全体で三〇〇〇種もの地方志が編まれたと言われる（うち、残っているのは一〇〇〇種余り）。

清代の地方志編纂は、質量ともにピークを迎える。代表的なものに『大清一統

志』があり、これは康熙から道光に至る五人の皇帝の在位期間、合わせて一五〇年をかけて、修訂増補されたもの。皇帝たちはときに、進捗状況に口を挟み、草稿に目を通したのだとか。定期的な編纂が定められたこともあって、現存する八〇〇〇余りの地方志の中で、清代のものは五〇〇〇以上もあると言われる。

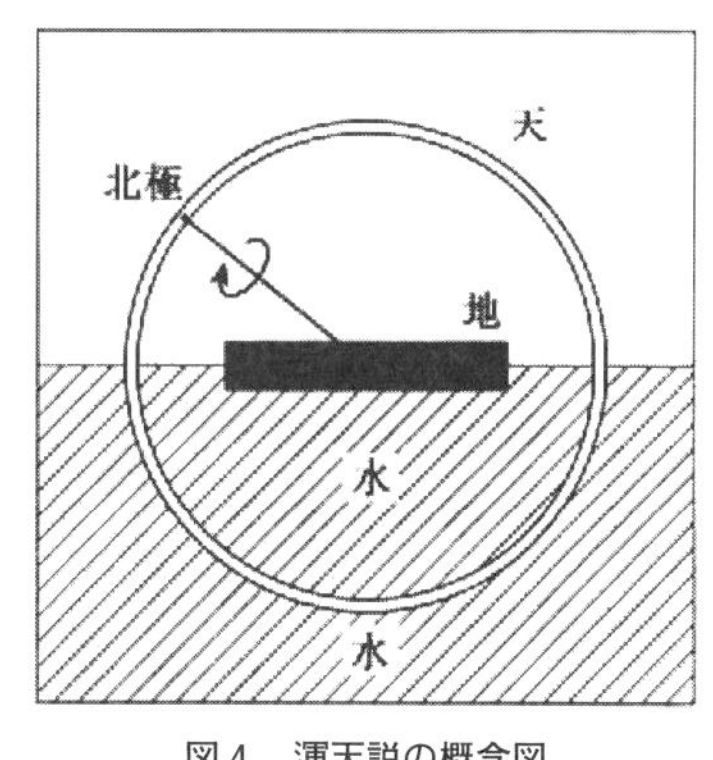

図4　渾天説の概念図

「中国」の範囲

勢力を拡大し、新たに版図に加えた土地について詳細に記すこともまた、中華帝国の重要な課題であった。清代に征服されたチベットや新疆についても、それぞれ征服の後に地方志が編まれている。そして、今の中国の版図は、新疆・チベットを征服した後の、乾隆期の版図が基本となっている。それは一八四〇年から先、西洋列強諸国に蝕まれ、二〇世紀に入ると、外蒙古の独立や満州国の樹立などにより、徐々に異なる様相を呈していく。周知の通り、新疆とチベットからも、時折、分離独立の声が上がっている。

なぜ中央政府が、この二地域を中国の一部と主張して聞かないのか、その根拠の一つに、歴史学者である譚其驤の「歴史上の中国」論があると言われる。譚其驤は中国歴代王朝の版図を、現在のそれと重ね合わせながら示した『中国歴史地図集』の編纂者。譚の言う「歴史上の中国」が、前近代の「天下」概念と似ていることは、すでに指摘されており、具体的には乾隆期の最大版図が基準となるという。「天下」は必ずしも実効支配域（版図）と重ならない。その論に従うならば、外蒙古や台湾は「いまだ文明の教化の及ばない地域」と言うことになる。

（加部勇一郎）

国旗掲揚、国歌斉唱！——国の顔を化粧する

中華人民共和国の顔をつくる

国家が国家として名乗りをあげるさいには、国是（こくぜ）を象徴する旗をデザインしたり、歌をつくったりする。いわば「国の顔」を披露しなければならない。ここでは中華人民共和国の顔を見てみよう。以下、「中国」とあるのは、中華人民共和国のことを指す。

一九四九年九月二一日、中国人民政治協商会議第一回全体会議が開催されると、「国旗（こっき）、国徽（こっき）、国歌（こっか）、国都（こくと）、紀年（きねん）方案審査委員会」（以下「委員会」）が設けられた。これは、目前に迫った一〇月一日の開国大典にむけて、国の顔にあわただしく化粧を施しておこうというものであった。「国都」については、北平（ベイピン）に定めると同時に、北京と改称された。「紀年」とは暦法のことだが、西暦を用いることが決定された。

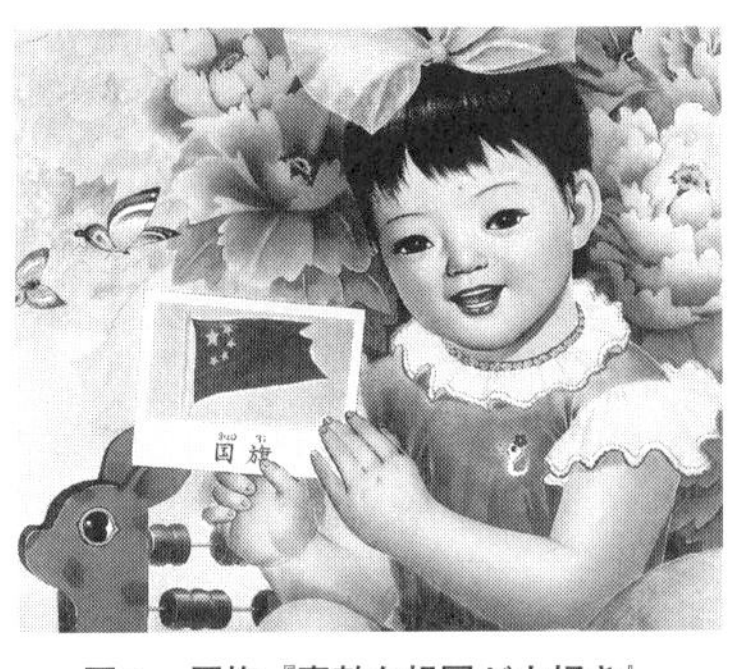

図１　国旗『素敵な祖国が大好き』

五星紅旗の誕生

中国の国旗は、紅い地に五つの黄色い星を配したデザインで、五星紅旗（ごせいこうき）と呼ばれている。五つの星は大きな星ひとつと、小さな星四つに分かれている。

委員会は国旗のデザインを公募したが、そのさいに提示された条件のなかには、「紅色を主とする」ことが掲げられていた。もともとは中国語で「赤色」だったのを、周恩来が「紅色」と修正したという。本来ふたつの「あか」は微妙に異なる色だが、とくに「革命」のテーマカラーとしては一般に「紅」のほうが用いられてい

図2　想像の「五星紅旗」をつくる江姐たち

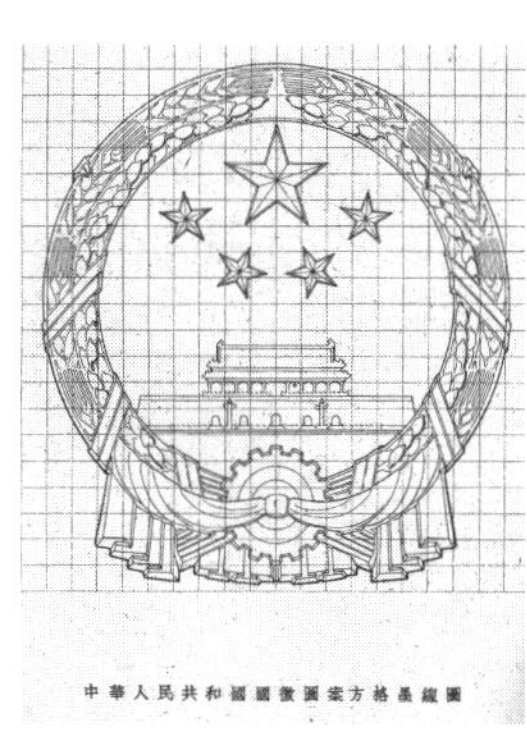

図3　国徽

るし、「紅」のほうが、おめでたい感がある。寄せられたデザインは三〇〇〇種ほどになったが、最終的に、一般労働者の曾聯松の案が採用された。

羅広斌、楊益言の小説『紅岩』（一九六一）のヒロイン江姐は、建国前夜の革命闘争で重慶の国民党の監獄につながれる。獄中で共和国の成立を知った江姐は、国旗が「紅地に金色の五つ星」であるとの情報を知り、獄中の女たちとともに、歓喜のなか、紅い布の四隅と中心に星を配した「想像の国旗」を刺繍するのであった。

パスポートはどんな顔？

国徽とは国章のことだ。日本では正式な国章は制定されていないが、パスポートの表紙にデザインされている菊の紋章が、慣例的に使用されている。いうまでもなく天皇家の紋章だ。中国の国徽は、さまざまな公的機関の正門の上などに掲げられているほか、公的機関で発行される印刷物、書類に記されたり、印章として用いられたりしている。赤地の円形の上部には国旗と同様の五星が輝き、下部には金色の天安門が配置されている。その周囲を稲穂が取り囲み、天安門の下には一枚の歯車が配置される。農民と工業労働者のシンボルである。歯車の中心からは赤いリボンが左右に伸びている。「新民主主義革命闘争と労働者階級が導く、工農連盟を基礎とする人民民主専制政治による新中国の誕生」を象徴していると規定されている。

デザイン案は、梁思成や、その妻で詩人でもあった林徽因ら清華大学建築学部のメンバーと、張仃、張光宇ら中央美術学院のメンバーからそれぞれ提示されたが、一九五〇年の六月、最終的に清華大学のデザインにもとづいたものが採用された。

図４　映画『風雲児女』ポスター

国歌は映画主題歌？

中国の国歌も、オリンピックなどで頻繁に耳にするようになり、メロディを聞いて、それと認識できる日本人も多くなってきたのではないだろうか。とはいえ、その歌詞の意味を堪能できる人は、まだそう多くはないだろう。中国の国歌は「義勇軍行進曲」である。もともと、一九三五年に抗日をテーマとして製作された映画『風雲児女』の主題歌であった。作詩は劇作家の田漢、作曲は聶耳である。その歌詞は次のような意味になる。

立ち上がれ、奴隷になることを望まぬ人びとよ／われらが血肉で、われらの新たな長城を築こう／中華民族に最大の危機が迫る時／ひとりひとりが最後の雄叫びをあげる／立ち上がれ！　立ち上がれ！　立ち上がれ！／われら万民が心をひとつにして／敵の砲火を冒して進め！／敵の砲火を冒して進め！／進め！
進め！　進め！

『風雲児女』は、上海での楽しい生活を夢見る東北出身の文学青年が、抗日戦で戦死した親友の手紙に一念発起し、抗日の最前線に赴くというストーリーだ。ラストで青年は、かつて上海で面倒を見た貧しい娘と再会し、「日本帝国主義を打倒せよ！」のスローガンが叫ばれるなか、ともにこの主題歌をうたいながら戦場に赴く。映画の上映後、「義勇軍行進曲」は全国で広く愛唱されることとなった。

一九四九年、委員会は、この曲が国歌としてふさわしいとの結論で一致したが、歌詞が過去の歴史を描写していることに対して、郭沫若や田漢本人から、書き変えるべきではないかとの意見も出た。だが、フランス国歌「ラ・マルセイエーズ」が

図5　映画『英雄小八路』

①　文化大革命（略称「文革」）
1966年から約十年間つづいた，大規模な政治闘争を指す。初期には毛沢東が学生を組織した紅衛兵運動が暴徒化し，粛清による大量の犠牲者を出した。76年，周恩来死去による第一次天安門事件と，毛沢東の死去によって収束に向かう。78年からは，鄧小平の主導する「改革開放」路線が進められ，市場経済体制へと移行した。

革命戦争当時の過激な内容の歌詞をそのまま採用しているのに倣い、歌詞はそのままにして、正式に制定されるまでの「代国歌」とした。かくして一〇月一日、大々的に挙行された開国の大典において、この曲は天安門広場に響きわたったのである。

文革期[1]には田漢は批判の対象となったため、彼が作詩した歌詞がうたわれることはなかった。文革終了直後の一九七八年には、「偉大な共産党はわれらを長征に導く」「毛沢東の旗幟を高くかかげて進め！」といった、共産党と毛沢東崇拝の色濃い歌詞に変えられた。一九八二年一二月、政府は「義勇軍行進曲」を国歌として正式に承認するとともに、歌詞もふたたび田漢のものに帰した。一九九九年には、国歌が完成する経緯を描いた呉子牛監督の映画『国歌』がつくられている。だが、昨今の中国の若い世代には、「曲はいいが、歌詞は時代おくれ」という意見も多いようだ。

↓44

さまざまな儀礼の歌

中国には国歌のほかにも、儀礼や行事の場でうたわれる曲がたくさんある。ソ連のピオネールに倣ってつくられた少年先鋒隊は、紅いネッカチーフをつけた少年少女たちのことだが、その隊歌は「われらは共産主義の後継者」という歌だ。なかなか調子のよろしい元気の出る曲で、これもまた、もとは映画『英雄小八路』（一九六一）の主題歌であった。

おそれ多くも畏くも、「国歌」というものを、人気の映画主題歌ごときから採用するなどという考え方そのものが、日本人には、とうてい思いもよらないことであろう。

（武田雅哉）

4

言語と文字——漢語・漢字の諸相

漢語の出自と仕組み

中国の言語としてまず我々が思い浮かべるのは、漢民族の言語たる「中国語」であろう。学術界では「漢語」と称することが多く、ここでも中国の他の民族言語と区別するために、そのように呼んでおこう。漢語の歴史的な来源は必ずしも明らかではない。他のどの言語と「祖語」——祖先として仮定された言語——を同じくする関係にあるのかは確定していない。シナ・チベット語族としてチベット語やビルマ語などと結びつけるのが通説であるが、これとて古代漢語とチベット・ビルマ系諸語とに同源語と覚しき少数の語彙が共有されることを踏まえた仮説にすぎない。この漢語の出自の「分からなさ」の原因を、これがそもそも単一の来源に由来するのではなく、タイ語系の殷（いん）の言語とチベット・ビルマ語系の周の言語とが融合しつつ形成された、いわばハイブリッド的言語であることに求める立場もある。

さて、漢語の言語としての仕組みの特徴を、日本語や英語と対照して確認しておこう。現代の標準漢語の「我喜歡她。（ウオシーホアンター）」〔私は彼女が好きだ／I like her.〕なる文を例にとれば、「我」「喜歡」「她」の各単語が他の単語との文法関係を示す形式上の標識を欠くという「孤立性」を備えており（日本語なら「私」「彼女」に格助詞がつき、英語なら代名詞「I」「her」が格変化により文法関係を明示）、形態素（けいたいそ）という意味を担う最小の単位（我、喜、歡、她）が、発話器官の一回の運動で発音される音節という単位

と、一対一で対応するという「単音節性」の傾向を備えている。以上の二つの特徴は、古今のあらゆる漢語が備えているものであるが、東北アジアのアルタイ諸語には見出されず、東南アジアのベトナム語・タイ語などに共有されている。

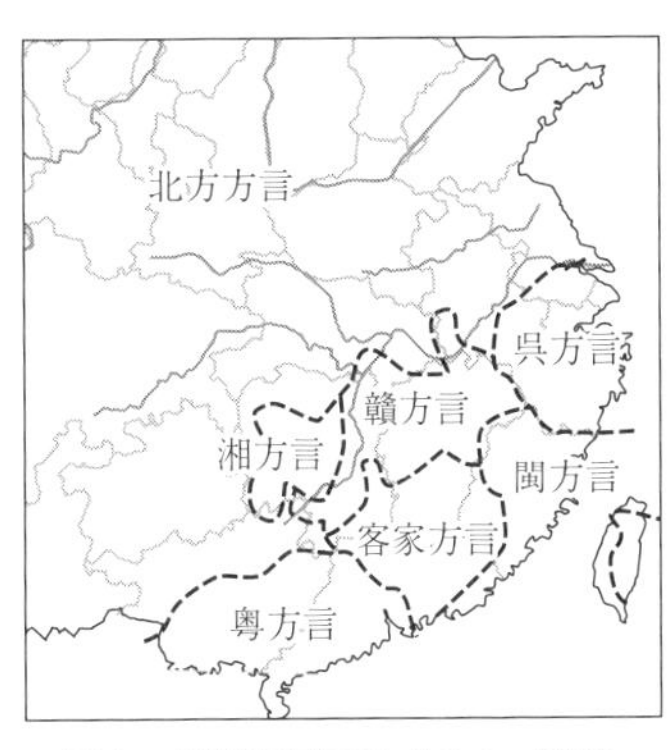

図1　漢語方言区画（イメージ図）

方言の複層性

漢語方言は村や市といった単位でも異なるが、それらを大きなグループにまとめた方言区画が通行している。主に音韻的特徴に基づき、北方方言とその他の南方の六大方言とに分ける七大方言区画がそれである（図1）。北方方言は現代標準語の基礎となった方言であり、分布範囲は長江以北の大部分を覆うが、その内部は南方の諸方言よりも均質的であり、北方方言どうしであれば、多くの場合は相手の言葉を聞き取ることができる。一方、南方の諸方言は、総じて内部の差異が大きく、同じ区画内の方言どうしであってもしばしば言葉を聞き取ることが難しい。さらにたとえば南方方言のうちの閩（びん）方言が隋代以前の音韻特徴を部分的に保存するなど、歴史的に古い言語特徴を残す傾向があり、このことは南方の諸方言が古い時代に分化したことを示している。このように、とくに南方の諸方言は強い多様性を有するが、その一方で、標準語に基づく書き言葉が全国的に共通であること、地域的な共通語も存在することなど、統一的な側面をも持ち合わせている。これは遥か古代に漢語方言が分裂し、時代とともに多様性が向上しても、文化的な中心地から新たな言語要素が不断に伝播し、統一的要素を各方言に植え続けたことを物語る。漢語方言は、直接的な来源の異なる言語要素が複層的に積み重なって形成されたようである。

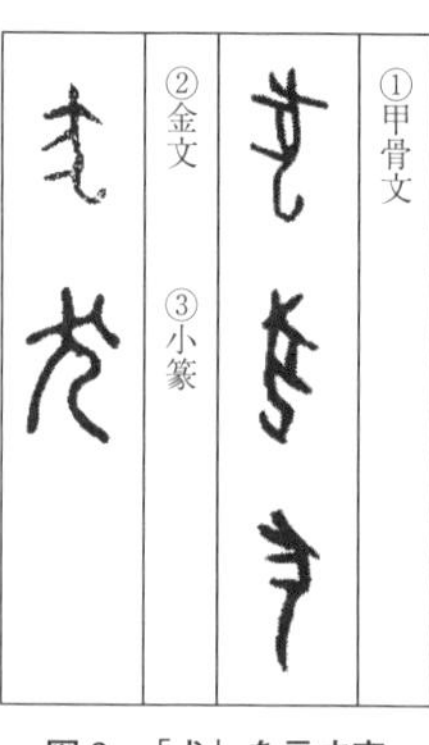

図2　「犬」を示す字

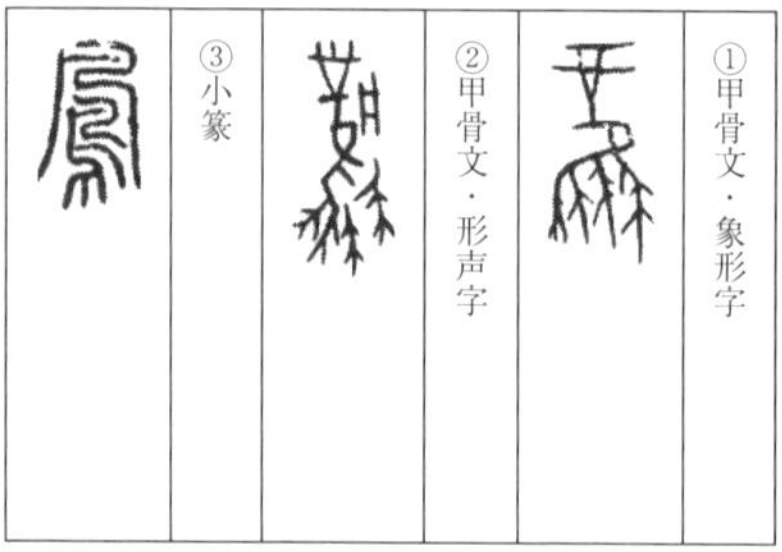

図3　「鳳凰」を示す字

史的変遷——水面下での変化

記録された漢語の歴史は、三五〇〇年前の甲骨文にまで遡る。以降の歴史を辿る時、我々はまずその不変性に驚かされる。たとえば標準語の一人称代名詞「我（ウォ）」はすでに甲骨文に見え、現代まで何の変化もないかのようだ。しかしこの不変性は表面上のものに過ぎない。ここでは「みる」意味の単語を例に考えてみよう。東周期には、「視（ギッ）」（みる）、「観（クアン）」（目的を持ってみる）、「瞻（タム）」（高いところをみる）、「見（ケン）」（みえる）等の単語が体系をなしていたが、現代標準語ではそれぞれ「看（カン）」、「有目的地看（ヨウムーティーダカン）」、「向高處看（シアンカオチューカン）」「看見（カンチエン）」のように、複音節語やフレーズで表現される。そうすると、現代では複音節語やフレーズで表現されるべき多くの意味内容が、東周では単音節の一単語に刻み込まれていたことになる。東周では「我（ガイ）」も、もう一つの一人称代名詞「吾（ガ）」に対する強調形であり、「一人称＋強調」という豊富な意味内容を備えていたのだ。このような東周期の単語の特徴は、後漢以降に音韻体系が簡略化し、同音語の増加を回避するために複音節語が増加すると、消失していった。漢語の歴史においても水面下では大変化が生じていたのである。

漢字の本質——表語文字

漢語を表記するために作られた文字が漢字である。図2は「犬」を示す字の古代における史的変遷を示したものである。現存する最古の漢字であり、亀甲や牛骨に刻まれた殷朝貴族の占いの記録たる甲骨文、西周代の青銅器に鋳込（いこ）まれた金文、春秋時代の秦国文字を母体にした小篆（しょうてん）といった字体の変遷を眺めてみると、歴史的な

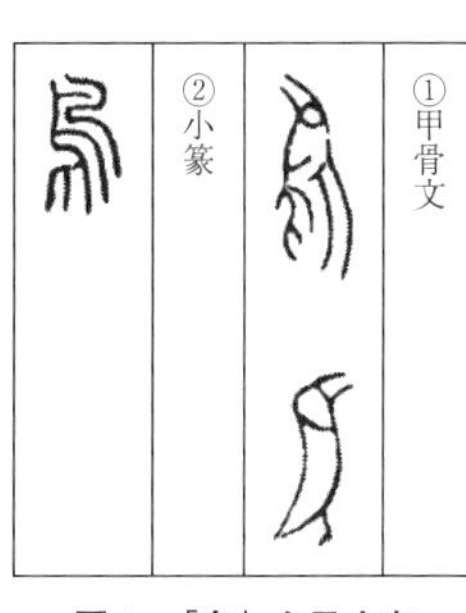

図4　「鳥」を示す字

継承性が確認される一方、甲骨文や金文は相対的に絵文字に近く——口を大きく開いて吠えるさまが共通してデフォルメされるなど絵そのものではないが——字体も不安定であるが、小篆では文字としての体系化が進展しているのがみてとれる。

さて漢字の本質的な機能を考えた時、「犬」のようにモノの形態をかたどった「象形字」は、意味そのものを表すものだと言えそうだ。しかし、現在の漢字の八割以上を占める、意味要素と音声要素とを複合させた「形声字」の生成過程を考えると、ことはそう単純ではない。図3①は「鳳凰」を示す殷代初期の象形字であり、字形の上で「一般的な鳥」を示す字（図4①）と区別されていた。ところが殷代後期になると、この象形字に、「鳳凰」を表す「鳳（ボム）」という単語と発音の近かった音声要素（凡（バム））を付加した形声字（図3②）が出現した。そもそも意味そのものには発音がないので、この形声字が直接に示すのは「鳳」なる単語であり、意味は単語を介して表されたことになる。なお「凡」は、「足のついた器」の象形字であったが、ここでは音声情報のみを担っている。そして注目すべきは、この形声字が小篆の字体（図3③）に継承されていった際、元々象形字であった部分が「鳥」に置き換えられ、「一般的な鳥」（図4②）との区別を無くしたことである。象形字が音声要素を加えて単語との関係を確立すると、元々意味そのものを表していた象形字部分も、字におおよその意味情報を付加するだけの要素となっていったのだ。甲骨文字以降、漢字の字形は体系化の過程を辿るが、このことは漢字が直接には単語を示す「表語文字」としての性格を強めていったことと関連するのだろう。

（松江　崇）

5 漢字と非漢字——異文字に会いにいこう

非漢字文字を探しに

中国は文字の国であると言われるが、その場合の文字とは、ほかならぬ漢字のことであろう。だが、いま少し目を大きく見開いてみるならば、そこには漢字にあらざる文字たちの饗宴を目にすることができる。たとえば現行の紙幣を眺めてみるとよい。そこには漢字による表記のほかに、チベットやモンゴルをはじめ、四種類の民族の言語が、それぞれの文字で表記されている。これらは、現在の中華人民共和国で、主要な構成員と認められた民族の代表者たちであるが、中国という巨大な空間と悠久の時間は、さまざまな非漢語と非漢字をも包括していたのである。

図1　居庸関雲台

異文字の交錯する世界

万里の長城といえば、知らぬものとてない中国の名勝であり、北京郊外の八達嶺（はったつれい）長城をはじめとして、長城関連の観光ポイントには、訪れた人も多いであろう。その八達嶺にいたる途中に居庸関（きょようかん）がある。明代には北方のモンゴルと中原（ちゅうげん）とを隔てる関所であり、また軍事要塞であった。そこには一四世紀の元代につくられた、雲台（うんだい）と呼ばれるトンネル状の建造物がある。かつてはこのトンネルをくぐることで、人びとは中原に別れを告げて、モンゴル高原という外部空間への旅に出た。そんな旅人の安全を祈願する意味であろう、トンネルの内壁には、チベット仏教の仏像のレ

図２　雲台の西夏文字

図３　雲台のパスパ文字

リーフとともに、六種類の文字によって陀羅尼経などが彫られている。

それらの文字と表記された言語は、それぞれランチャ文字（サンスクリット）、チベット文字（チベット語）、パスパ文字（モンゴル語）、ウイグル文字（ウイグル語）、西夏文字（西夏語）、そして漢字（漢語）である。ランチャ文字とチベット文字は横書きで、あとは縦書きである。一九世紀後半、この遺跡と文字群のことがヨーロッパの東洋学界に紹介され、その解読と研究が始まったのであった。

筆者が一九八二年にはじめて居庸関を訪れたときは、ほぼ廃墟であったものが、いまではおかしいほどに整備され、多くの観光客を集めている。だが、ゼエゼエいいながら長城を登る観光客はたくさんいても、雲台のあたりはいつも閑散としている。現地のガイドをつかまえて、雲台のことを質問しても、それ、なんのこと？と首を横に振るだけで、逆に教えてくれと言われた。長城に足をのばすのであれば、ぜひとも居庸関の雲台のトンネルをくぐり、漢字と五種類の異文字を愛でながら、さまざまな人びとが、さまざまな言語と文字を交錯させていた世界に思いを馳せ、すこしばかりロマンティックな気持ちになってもよいのではないだろうか。

漢字が生まれて詐欺が生まれた？

漢民族が、いつも例外なく漢字至上主義を貫いてきたのかといえば、じつはそうでもないらしい。そもそも漢字の創製にまつわる神話にしても、漢字への懐疑とも言えるものがのぞいている。漢字を発明したのは、蒼頡という名の人物とされるが、かれは四つ目の怪人だ。紀元前二世紀の『淮南子』には、蒼頡が文字をつくると、

図4　漢字を作ったとされる蒼頡

「天は穀物を降らせ、鬼は夜に泣いた」とあり、それは「智能が優るにつれて、徳性は薄れていく」ためであるという。同書はまた、「愚者はこれによって物忘れに備え、知者はこれによって遠大な考えを記すことができた。だが世の中が衰亡してくると、みだりに偽りの文書を綴るようになり、それによって有罪の者を釈放したり、無実の者を殺したりした」とある。また『淮南子』に注を施した三世紀の高誘(こうゆう)は、天が穀物を降らせたことの理由として、文字ができると詐欺が生まれ、人びとは耕作を放棄して、ペンを研(と)ぐのに専念するようになった。天は、人間が飢えるであろうと懸念し、穀物を降らせたのだと解釈する。

文字の発明は、文明の利器の獲得ではあったが、そのまま詐欺の発明に直結したというのだ。これは中国人の、なかなかクールな哲学ではあるまいか。

漢字を捨てようという思想

それでも中国人は漢字を捨てきれず、莫大な量の漢字の列を積み上げてきた。そのなかには、神話が語るように、「詐欺」に関わる文書も相当数あったろう。

中国人は、漢字の恩恵を存分に受けながら、これをもて余してもいたのである。その理由のひとつが、漢字の多さと複雑な形態であろう。ひととおりの漢字をマスターするために、エネルギーの多くを費やしてしまうことに、中国人も頭を痛めていたのである。

そんな中国人は、古来、表音文字が気になっていたようである。明代には、イエズス会士たちがローマ字をもたらす。かれらはみずからの中国語学習の助けとして、

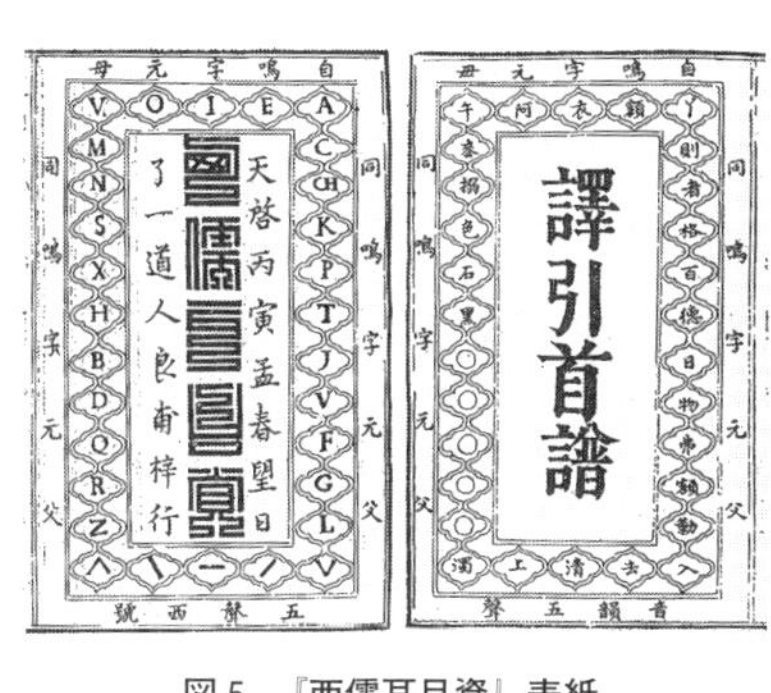

図５　『西儒耳目資』表紙

図６　「切音新字」の篆書体サンプル

漢字の音をローマ字で表記し、中国人もこのシステムをおもしろがった。その創始者であるマテオ・リッチにつづき、ニコラ・トリゴーは、中国人の王徴と協力して『西儒耳目資』（一六二六）というローマ字による漢字音表記の書を編集した。現在、漢字の音表記には主としてローマ字が用いられていて、外国人学習者もこれを覚えることから入るが、『西儒耳目資』はその先駆であった。そこでは、西洋人と中国人が、互いの文字を賞賛しあうという内容の会話によって、漢字表記法のマニュアルが展開していく。

　清朝末期にいたるや、漢字の廃止とこれに代替すべき新文字を真剣に考えるデザイナーが、何人も名乗りをあげた。かれらは、西洋人が僅かばかりの文字で近代科学を発展させたことや、日本人が五〇ほどの仮名文字で近代化を成功させたことを手本として、さまざまなタイプの新文字を提示した。まさに〈蒼頡たち〉の出現である。盧戇章の『切音新字』（一八九二）や王照の『官話合声字母』（一九〇三）などがその代表格であった。それらはあまりにラディカルであったため、すべて短い夢に終わったが、中華民国時期にいたって、その精神は、共通語や正書法の制定や漢字音の表記など、ゆるやかな言語改革に引き継がれていった。

　現在、中華人民共和国で使用されている簡体字や、漢字表音に用いられるローマ字を用いたピンイン方式などの言語政策の流れも、清朝末期の蒼頡たちの饗宴に源流をもっている。コンピューターによる言語や文字の処理が進んだいま、中国人には、漢字を捨てる気はまったくないようであるが、将来のことは、蒼頡ならぬ身には、知るよしもない。

（武田雅哉）

6 領土と統治——台湾・チベット・天安門

砲弾でつくられた包丁

古来、中国の領土は漢民族の文明を中心とみなす「天下」観にもとづいて想像されてきた。一六八九年、清がロシアとネルチンスク条約を結んだあたりから、中国は無限の領域をもつ「天下」から、周辺国との境界を定めた「国家」へと移行していく。しかし中国人が西洋の世界観を知った後も、観念としての「天下」は、領土紛争の際にはしばしば思い起こされるもののようだ。また、漢民族の文化的な同一性は境界線を越えて存在しており、領域と国境の問題を複雑なものにしている。

台湾を例にあげると、一七世紀にオランダ・鄭成功（ていせいこう）（一六二四―六二）・清朝とめまぐるしく統治者の変わったこの島は、一八九五年に清朝から日本へ割譲された。一九四五年、日本の敗戦にともない中華民国の統治下におかれると、四九年には中国大陸から共産党に敗れた国民党軍が逃れてきて、この地で大陸の奪還をめざす。これより、「二つの中国」が存在することとなった。

台湾にとっての中国との境界の最前線に、金門島という離島がある。一九五八年八月二三日、中国の共産党軍と台湾の国民党軍は、海をはさんで激しい砲弾の撃ち合いをはじめた。金門島の先端にある「小金門」と呼ばれる島から、対岸の福建省厦門（アモイ）まではわずか六キロほどの距離である。かつては自在に行き来した、同じ言語文化圏に属する人びとが、「国境」を隔てて激しい砲撃戦を繰り広げたのだ。

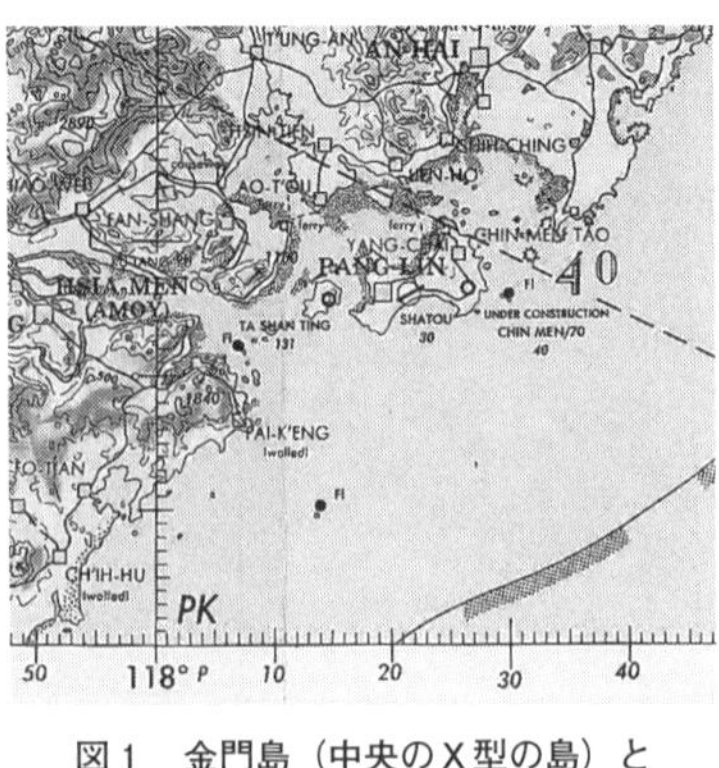

図１　金門島（中央のＸ型の島）と対岸の廈門

図２　金門島の最前線。共産党軍の上陸を阻むため，対岸に向かって並べられた防衛柵

図3　金門島の包丁店に並べられた砲弾

図4　農家に貼られた毛沢東像

現在では、金門島は中国と台湾の往来の窓口となっており、中国からの観光客も数多く訪れている。金門島の特産品はなんと、かつて共産党軍に撃ち込まれた砲弾を材料にしたという「砲弾包丁」だ。砲弾は数十万発も降り注いだといわれ、破壊された建築物の痕跡は今も残っているが、島民はそれを産業の資源にしてしまったのである。金門島に行けば、中国からの観光客が嬉々として、共産党軍の砲弾でできたとされる包丁を手にとる姿が見られるだろう。

像のゆくえ

中華人民共和国の建国にあたり、国旗や国歌とともに共産党のシンボルとして大きな役割を果たしたのは、毛沢東像↓11である。一九五一年につくられた、彫刻家劉開渠（りゅうかいきょ）による胸像と王朝聞（おうちょうぶん）による横顔のレリーフを原型とする像は、文化大革命期、中国全土にあふれかえった。毛沢東崇拝の傾向は、建国前の四〇年代よりすでにはじまっていたが、建国後はかつての財神や竈神（そうしん）↓33に代わり、人びとの家の中や婚礼などの儀式の折に、神像のごとく高い位置に掲げられた。

ドイツ映画『グッバイ、レーニン！』（二〇〇三）には、ベルリンの壁崩壊後、東ベルリンで解体、撤去されることになったレーニン像が登場する。中国では文化大革命の後、毛沢東像の身の上に同じことが起きた。台湾においては、二〇〇〇年に戦後台湾を統治してきた国民党から、民進党に政権が交代するという歴史的な転換があった。それまで学校などに建てられてきた蒋介石像をどうするかという問題が、ここでも浮上するのである。しかし、台湾が独特なのは、蒋介石の陵園の所在地で

図5　「両蔣文化園区」内にある「慈湖紀念雕塑公園」。立ち並ぶ蔣介石像

ある桃園市に、「両蔣文化園区」というテーマパークをつくってしまった点であろう。そこには、各地の蔣介石像が集められており、さながら蔣介石だらけの大宴会といった趣を呈している。台湾映画『コードネームは孫中山』（易智言監督、二〇一四）には、学校の倉庫に放置されていた孫文像を盗んで売り飛ばそうとする男子高校生たちが描かれるが、台湾社会における統治者の像のゆくえには、共産主義文化圏とは異なる独自の展開が見られるようだ。

「辺境」の文化大革命

中華人民共和国の建国後、中国の領土は清朝を引き継いで史上最大に拡張し、東北地方・モンゴルの南半分・ウイグル・雲南など少数民族の住む地域を含んでいる。漢民族にとって長らく「辺境」の地であったチベットも、一九五一年に人民解放軍の侵攻によって中国に組み入れられた。

チベット語作家タクブンジャの小説『犬と主人、さらに親戚たち』（二〇〇二）は、文化大革命前夜に起きたとされる「犬殺し運動」について描く。遊牧民の生活にとって不可欠な犬を、狂犬病予防のため皆殺しにするという運動に突然巻き込まれたチベットの村人たち。赤い雌犬をこっそり逃がしたロジャムは、そのせいで糾弾されるが、村には赤い雌犬の影が神出鬼没にあらわれ、不可解な出来事が起こる。やがて赤い雌犬は、山の神の番犬と噂されるようになり、時が流れて文革が終わっても、村人の脳裏からは赤い雌犬にまつわる記憶が消えない。渦中の人間にとっての「運動」なるものの不条理さは、時に「祟り」といった形で人びとに認識される。

図6　チベットにおける文化大革命の記録写真。つるし上げられたチベット人は，チベット語で「罪状」の書かれた三角帽子をかぶせられた

この作品は、宗教や文字など漢民族とは異なる文化をもつ人びとにとっての、共産党の統治を寓話のように描き出すものといえるだろう。

文化大革命の特徴のひとつに、それが公開のつるし上げなど、「芝居がかった」手段によって群衆を動かす運動であったということがあげられる。同時期のプロパガンダ芸術では、善玉と悪玉をはっきりと区別し、皆で敵をやっつける筋書きがくり返し演じられた。現実の人びとにも、それらの役柄をなぞることが求められ、こうした運動のやり方は、少数民族の居住地域にももたらされたのである。

もうひとつの群衆運動

二〇世紀後半、記憶に新しいもうひとつの群衆運動は、一九八九年六月四日に起きた第二次天安門事件(1)であろう。この事件の後には、共産党政府による壮大な「芝居」が演じられ、それは今も継続中である。六月一〇日の中国共産党機関紙『人民日報』は、「北京で発生した反革命暴乱の真相」と題し、次のように発表した。「六月三日、および四日、首都北京では、一カ月あまりにわたる動乱の後、聞くものが耳をおおうような、驚くべき反革命暴乱が発生しました。人民解放軍戒厳部隊の士官と兵士、武装警察の士官と兵士、そして公安部門の幹部および警察の勇敢なる闘争によって、また、広範な人民の協力と応援とによって、暴乱の鎮圧はすでに初期段階の勝利を収めています」。

台湾・チベット・天安門は、現在の中国では、政府のシナリオに沿った表現が求められる話題である。「芝居」の幕が下りるまで、見届けねばなるまい。（田村容子）

(1)　第二次天安門事件
1989年４月，元総書記胡耀邦の死をきっかけに，北京の天安門広場に集まった学生を中心とする人びとによる，政府に対する民主化要求運動を指す。５月には党の最高指導者鄧小平によって戒厳令が発令され，６月４日，中国人民解放軍の兵士と戦車による一般民衆への発砲をもって制圧された。

ソ連へのあこがれ

中国の市街を歩いていると、星のついた尖塔をもつ異国情緒あふれる建物に出くわすことがある。北京展覧館など、スターリン様式といわれるこうした建築物は、一九五〇年代に建てられた。もとは中国の建国五周年を記念し、中ソ友好の象徴として開催された博覧会のパビリオンであり、ソ連からやってきた建築家が設計したものである。五四年にはじまったこの博覧会では、ソ連の社会主義の成就を示す工業製品、とりわけトラクターなどの農業機器が中国の人びとのあこがれの的となり、「祖国の明日」と謳われた。

博覧会の期間、ソ連政府は多くの専門家を中国に派遣した。社会主義国の豊かさを示すべく、中国の女性もソ連女性のような柄物のワンピースを着ましょう、と奨励されたのも、五〇年代後半のことであった。

本家ソ連では、四七年から五七年にかけて「スターリンの七姉妹」と呼ばれる七つの高層建築が建てられている。その小さな妹たちが中国にできた時期は、皮肉にもスターリンの死去やフルシチョフによるスターリン批判と重なっており、スターリン様式の権威は失墜しはじめていた。中国に派遣されたソ連の建築家たちの心中は、いかなるものであったのだろうか。

北京の西直門にある北京展覧館

その後、五八年あたりから中ソ関係は悪化し、文化大革命期には、ソ連はとうとう「ソ連修正主義」と目され、中国共産党の敵となった。しかし、人びとのかつてのソ連へのあこがれは、簡単には失われなかったようだ。

九一年に発表された王朔（おうさく）の小説『動物凶猛（どうぶつきょうもう）』と、その映画化作品『太陽の少年』（一九九四）では、北京展覧館内のモスクワレストランや柄物のワンピース、ソ連映画などが、文革末期に思春期を過ごした少年の回想において、重要な役割をはたす。虚実いりまじった〈ソ連〉イメージの挿入は、主人公の文革体験を上書きし、事実を曖昧なものに変えていく。五〇年代、中国がソ連に見ていた未来像は、文革を経て、屈折した自画像となったかのようにも見える。

いまや中国において、ソ連時代の思い出は急速に消えかかっている。しかし街の風景の中に、変わらずにそびえるスターリン様式の建築物は、〈中国〉の記憶をかたちづくるものとして存在しつづけている。

（田村容子）

第2章

意味ありげな場所とのであい

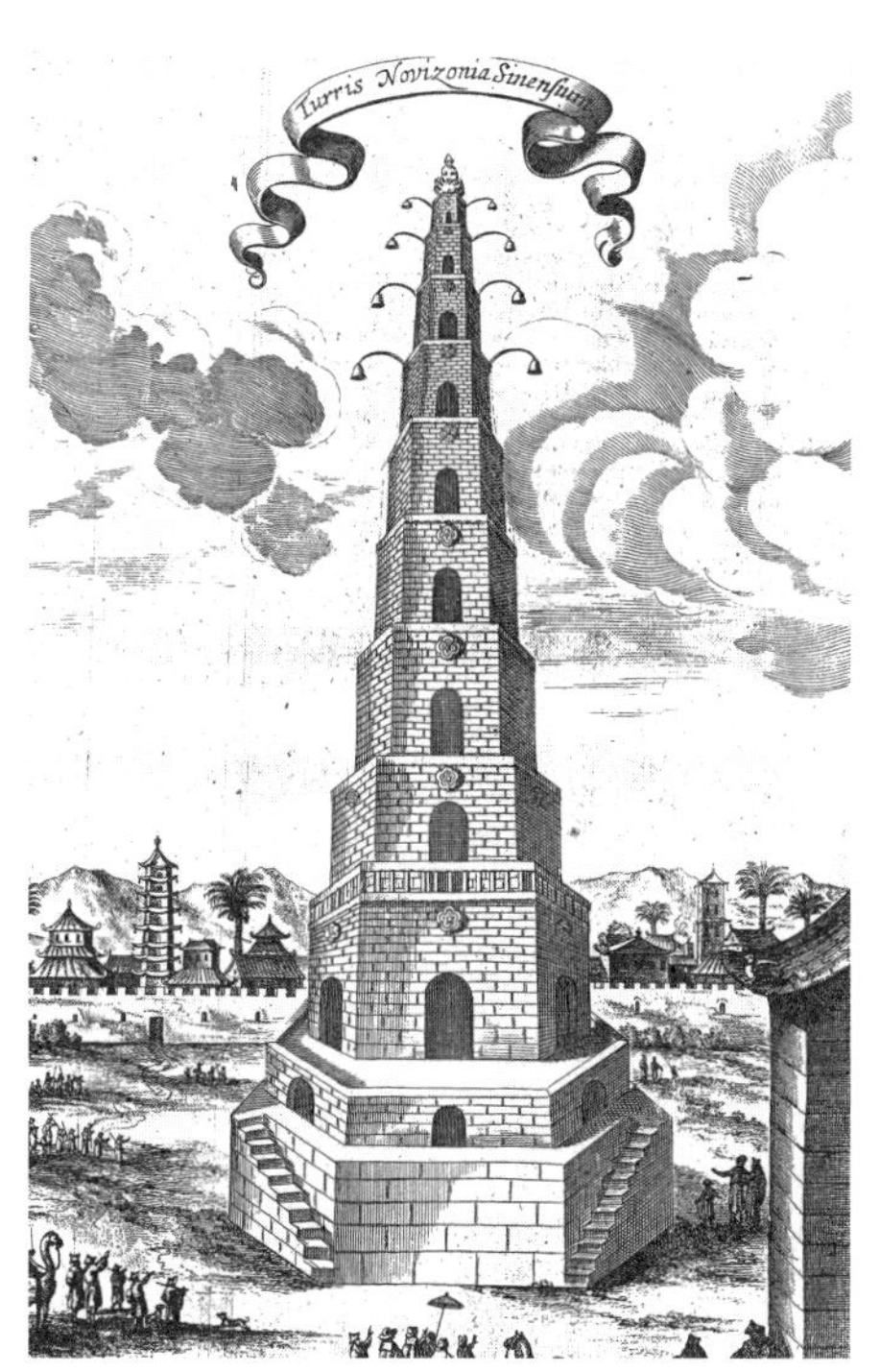

福建省にあるという400メートルを越える高さの仏塔
（キルヒャー『シナ図説』1667）

庭園を駆ける

第2章では、中国なるものとつきあうことで、出会うであろう、さまざまな場所や、行ってみたい、行けたらいいな、というような空想の対象となる空間をのぞいてみることにしたい。

どの時代をあつかうにしても、この文化が行き渡っている空間は、広大である。それにはさまざまな分類が考えられよう。たとえば現在であれば、都市や省ごとに、それぞれ特徴的な文化がはぐくまれているはずだが、そのような羅列式の記述方法は、本書では採らないことにする。その手の参考書は、図書館や書店で、容易に手に取って読むことができるからである。

また、みなさんがその身を中国におくまでもなく、部屋の中で中国の物語をひもといたときに迷い込んでしまう空間にも、いくつかの重要なキーワードがひそんでいるような気がする。神々の棲む崑崙山。洞窟をくぐった先にあるという桃源郷。壺の中の世界もまた、中国人の物語を駆動させている不思議なエンジンである。

都市と田舎

ある田舎者が都会に行って、とある麺屋に入った。注文の仕方もわからぬうちに、たてつづけに三碗の麺を平らげたが、いかんせん金の持ち合わせがなかった。ただ喰いされて頭に来た店主は、腹いせに田舎者を九回なぐった。田舎者は家に帰ると、村人に「都会には良い麺屋がある。三回なぐらせれば、麺が一碗食えるぞ」と教えた。べつの田舎者が都会に出てその麺屋に行き、麺屋の主人にたずねた。

「先に喰うのかね？　それとも先になぐるのかね？」

これは明代に編まれた日用百科事典に載っている小噺である。都市の住人が田舎者を笑うテーマは、古くから都会の盛り場でおこなわれてきた、お笑い演芸の定番なのであった。

聖地の政治学

怪獣などというものは、自分の目の前には、めったに出現しないものである。それはふつう、どこか遠い土地からの「怪獣あらわる！」という風の便りとして届けられる。ここからは、「怪物は遠きにありて想ふもの」というテーゼが導き出されよう。

二〇〇三年の七月一一日。中国と北朝鮮の国境地帯に位置する長白山という山の頂にある「天池」と称するカルデラ湖で、二〇頭もの「怪獣」が遊弋しているのが目撃されたのだそうだ。この長白山というのは中国名だが、朝鮮で

は白頭山（ペクトゥサン）と呼ばれ、あの金正日（キムジョンイル）の生誕の地とされている。かれらにとっての「聖地」なのであった。

この報道を耳にし、さっそく書庫から関係資料をひっぱり出してひもといてみると、天池の怪獣については、早くは清朝末期の一九〇三年に目撃記録があるようだ。それによれば、怪獣は牛ほどの大きさで、咆哮（ほうこう）をあげながら湖水のなかに消えていったのだという。その後、一九〇八年、一九一〇年にも目撃されたらしいが、頭に角が生えているとの報告もあり、当時は「龍」と呼ばれていた。

新しいところでは、一九六二年。その後は「文化大革命」時期の一九七四年、そして文革も末期となった一九七六年の九月二六日にも目撃されている。ちなみに九月九日には、毛沢東がこの世を去っている。その後、何度も目撃報告があいついで、現在にいたっているようだ。

二〇〇三年の天池における怪獣の大量出現は、いったいなんだったのだろう。筆者のまわりでは、「怪獣型工作船の航行実験」説、「怪獣たちの集団脱北」説など、さまざまな憶測が無責任に飛び交っていたが、その前年末に始まり、世界を不安におとしいれたＳＡＲＳ（重症急性呼吸器症候群）の流行によって、中国では外国人観光客が激減したことを考えると、怪獣たちもまた、総出で客寄せにつとめたというところが、妥当な説明であろうか。

「麒麟（きりん）」は、為政者が正しく世を治めているときにのみ姿をあらわす瑞獣（ずいじゅう）なのだそうだ。長白山の「龍」たちの行動が、当時の緊張した北朝鮮をめぐる政治情勢と関係があるのかどうかはわからない。ただ、たあいない怪物といえども、それをうまく利用してしまおうというのが、政治にほかならない。怪物は、いつだって政治的に好ましい場所と時間とをわきまえつつ、出現するのである。やがてそのような場所には、人の手によって記念碑が立てられる。

動きまわる中国人

中国人にとっての好ましい観光地とは、なにかしら人文的な物語が貼り付けられた場所のことのようだ。言い換えるならば、そのような「記念碑」のあるなしが、その土地を訪れる価値があるかどうかを決定する、重要な指標ともなる。怪獣出現でもよろしい、愛国的な戦いが繰り広げられた戦場でもよろしい。偉人の生誕の地でもよろしい。記念碑は人びとの記憶を呼び起こし、そこにいたる道の整備と、交通機関や宿泊施設の進化をうながす。

意味ありげな場所は、いまでも増殖をつづけている。これに伴って、いろいろな形の「記念碑」もまた、増殖をつづけている。そしてわれわれ異国の客もまた、それを追いつづける衝動に駆られているのである。

（武田雅哉）

7 楽園と庭園——桃源郷と壺中天

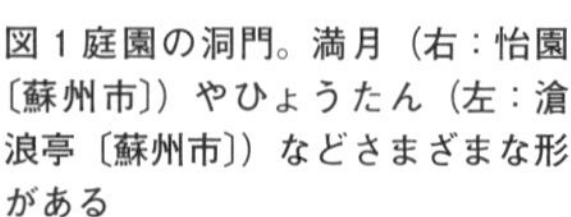
図１庭園の洞門。満月（右：怡園〔蘇州市〕）やひょうたん（左：滄浪亭〔蘇州市〕）などさまざまな形がある

小さな入り口の向こう側

福建省に桃源洞という道観（道教の寺院）がある。その入り口は、細く暗い小みちの奥の小さな扉であった。扉を抜けると青空と緑地がからりと開け、丘の中腹に彫られた老子の上半身像に見守られるように、その道観は建っていた。

小さな入り口の向こうにまったく別の風景が広がるという仕掛けは、中国の伝統的な庭園の造りにも見られる。庭と庭を仕切る牆壁の随所に「洞門」と呼ばれる抜け穴が穿たれている（図１）。洞門をくぐり抜け、仙界のような別天地を次から次へと体験しながら、われわれは庭園のさらに奥深くへと誘われるのである。

これらの道観や庭園の空間構成は、晋の陶淵明の『桃花源記』とそのイメージを共有する。ある漁師が両岸に桃の花が咲きそろった川をさかのぼっていくと、水源のところに一つの山があった。その山に開いた小さな穴の中に入っていくと、人びとが楽しそうに暮らす平穏な村が現れた。それが桃源郷である。そこは何度でも足を運ぶことのできる庭園や道観とは異なり、二度と誰もたどり着くことはできなかったという幻の楽園である。

壺公→34という仙人は、夜になると小さな壺（ひょうたん）の中に飛び込み、そこには美しい神仙世界が広がっていたという話がある（『後漢書』『神仙伝』）。壺のような小さなものの中にあるもう一つの天地のことを「壺中天」→34という。桃源郷のように

図3　馬王堆一号墓から出土した帛画（部分，摸写）。天門は中央で向かい合う人物の左右に描かれている

図2　石棺に刻まれた天門（四川省滎経県出土）

小さな入り口を境界として、日常空間と入れ子構造になって存在するもう一つの世界も、また壺中天である。山の中に広がる洞窟世界は、とくに「洞天（どうてん）」と呼ばれた。

別天地への通路は、この世界のそこここにぽっかりと口を開いている。陶淵明が『桃花源記』を著した同じ晋の時代に行なわれた神降ろしの記録『真誥（しんこう）』によると、地中には三六の洞天があり、神や仙人が出入りしているという。一つの洞天にはいくつかの門が開いており、俗界の人間も入っていくことができるが、そこは外界と異なることがなく、人びとは洞天の中だと気づかないのだという。

天界への扉

人ひとりがやっと納まるほどの棺もまた壺中天である。後漢の王喬（おうきょう）は、ある日、天から玉の棺が降ってきたのを見て、「天帝が私をお召しになった」といい、その棺の中に横たわると、たちまち蓋が覆いかぶさった。人びとが王喬の入った棺を葬ると、土がひとりでに盛り上がって墳丘となった。『後漢書』に収録される伝記には、王喬が天上に召されたのか、土の下に眠っているのかは説かれていないが、漢代の墳墓から出土した石棺に刻まれた画像（図2）や棺を覆う帛画（はくが）（絹に描かれた絵）には（図3）、高き天にあるはずの天への入り口「天門」が描かれ、棺に入ることを通じて昇天しようとした痕跡が見られる。ただ、死者を導くはずの棺に描かれる天門は、ほんの少ししか開かれておらず、表情のない門番が門に寄りかかってこちらをながめるばかりである。そこには歓迎のムードはない。門の向こうはもはや生者の世界ではないからか。

図4　『列仙全伝』王質

図5　「体象陰陽升降図」（『元始無量度人上品妙経内義』）崑崙山と化した修行者の身体。下腹部は大海で表される

凝縮される時空

晋の王質というきこりも、知らないうちに洞天に迷い込んだ者のひとりである。王質は石室山で碁を打つ仙人に出くわし、対局を見ているうちに長い時が経ち、気がつくと傍らに置いていた斧の柄が腐っていたという（『述異記』、図4）。王質は洞天に入り込むと同時に囲碁の世界にも入り込んでいる。円形の碁石は天、方形の碁盤は大地を象徴し[2]、石の白と黒は陽と陰[35]、盤の四隅は四季、三六一の目の数は一年の日数を表す。囲碁は仙人が操る小天地なのであった。

夢[36]の時空も壺中天である。『説文解字』という後漢の字書によると、夢とは眠っているが覚めている状態だという。つまり、目を閉じて暗い穴をくぐって到達したもう一つの世界が夢である。唐代の小説『枕中記』の主人公は、道士に借りた枕で眠りにつく。夢の中で枕の端に開いた穴の中に入ってゆき、そこで一生を過ごすが、目が覚めると、眠る前に蒸しはじめていた黍がまだ蒸し上がっていないくらいの短い時間しか経っていなかったという。壺中天とは、囲碁や夢の世界のように、空間ばかりでなく悠久の時間が凝縮された場なのである。

人体もまた壺中天である。不死を目指して修行する者たちは、大地も河も海も星も、そして永遠に流れる時間さえも、すべてすっぽりとわが身に収納されると考えた（図5・6）。五感を反転させて自身の内なる小天地に入ることができれば、そこには仙界の時空間が広がっているのである。

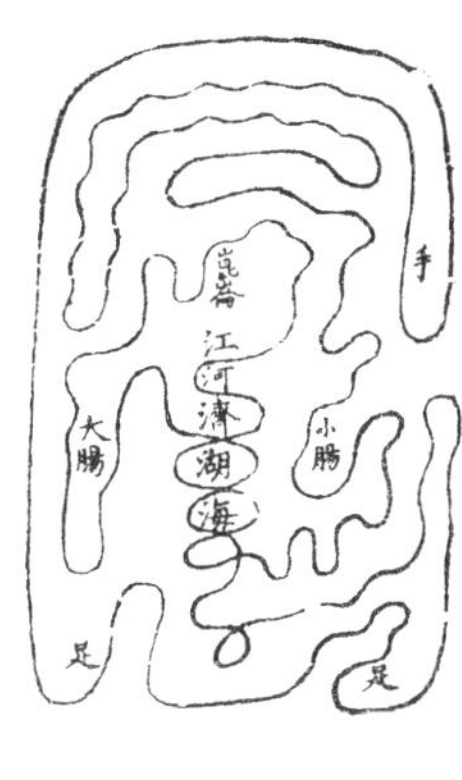

図６「元降図」（『太上霊宝浄明九仙水経』）人体の水血のめぐりは，そのまま天地の水のめぐりに置き換わることを示す

万物を生み出す壺

壺の胴部は人体を連想させ、さらには崑崙山（こんろんざん）→34とも結びつく。崑崙山とは、黄河の源流に位置し、世界の中心にそびえ立つという伝説の仙山であり、その山に登ると不死が得られるという。葫蘆（ころ） hulu（あるいは壺蘆（ころ）、ひょうたんのこと）は崑崙 kunlun や渾沌（こんとん） hundun と音が近く、これらは、中心、原初的、とらえようがない、といった意味を共有する語彙群とされている。渾沌とは万物の根源であり、『荘子（そうじ）』が説く寓話の中では、世界の中央に君臨する目も耳も口もない帝（てい）の呼び名であった。

中国南部に伝えられる、壺から人が生まれるという神話や、一組の兄妹が壺の中に身を隠して大洪水を生き延び、結婚して人類が繁栄したという伝説は、壺が万物を生み出す根源的な場であることを暗示している。時空を凝縮する壺中天には、必ずといってよいほど、男女や日月などの陰陽の要素が具わり、そこで天地の造化が再現される。

壺の中の造化の秘密は何なのか。見てみようと壺の口から内部をのぞいても、真っ暗で何も見えない。一日に一つずつ、外界に接続する耳目の竅（あな）を開けられて、七日目に死んでしまったという『荘子』の渾沌と同じように、壺は割っても何も出てはこないし、一度割れたらもう二度ともとには戻らない。

壺中天の入り口は暗くて狭い。そのようなところに、人はかえって足を踏み入れたくなるもののようである。それが仙界へと通じる扉であることに気づいているのかどうかはわからないけれども。

（加藤千恵）

8 旅行と探検――到達するところに物語あり

『史記』をつくった旅

前漢、武帝(ぶてい)の時代に編纂された、最初の正史『史記(しき)』の各章は、「太史公(たいしこう)いわく」で始まる著者のコメントで締められているが、そこではしばしば、「わたしは土地の古老を訪ねて話を聞いたが……」というようなことばにでくわす。太史公、すなわち司馬遷(しばせん)は、全国各地で土地の歴史や古き物語を知るものを訪ねては、取材をおこなっていたのであった。それらのコメントや、『史記』「太史公自序」からは、かれが若いころに、中国のほぼ全域を旅してまわっていたらしいことがわかる。

司馬遷が卓越した文献学者であったことは否定できないが、同時にまた、体力で勝負した、有能なフィールドワーカーであり、旅人であったことも事実であろう。かれが、みずからの旅の苦労話をどこにも書き残してくれなかったことは、少しばかり残念ではある。漢代の国内旅行は、いったいどのようなものだったのだろう。いずれにしても、二〇〇〇年以前の中国において、ひとりの人間に、中国全土にわたる旅行を敢行させるだけの、空間移動と衣食住供給のためのもろもろの設備が整っていたであろうことは、想像に難くない。

空間移動の猛者たち

中国では、途方もない旅の猛者(もさ)には、ことかかないようである。漢の武帝の命を

図１　張騫は筏に乗って……

図２　鄭和艦隊の戦闘

帯びて、西域はるかに旅立ち、シルクロードに関する重要な知識をもたらした張騫。ローマ（大秦）に派遣されたものの、途中で断念した甘英。長安から、タクラマカン砂漠、パミール高原を越えて、インドへの求法の旅に出、スリランカにまで達し、海路で山東省に帰国した法顕。唐代の求法僧、三蔵法師玄奘。アフリカにまでいたる数度にわたる大航海を、艦隊司令長官としてリードした明代の鄭和。同じく明代の中国を歩きまわり、地貌の記録を残した徐霞客、などなど。

かれらのなかには、詳細な旅の記録を残したものもある。張騫の事績を記した『史記』「大宛列伝」、『法顕伝』、玄奘口述の『大唐西域記』、『徐霞客遊記』など、いずれも当時の世界を知るための貴重な報告である。さらにこれらの記録は、中国人の想像力をかきたて、空想的な奇譚の創造をも刺激した。張騫は筏に乗って黄河を遡行し、天の河まで到達したとされた（六朝の志怪小説、唐代の詩など）。玄奘は、サルやブタのお供を連れて、妖怪と戦いながら天竺に旅をした（明『西遊記』）。はたまた鄭和艦隊は、異国の怪人たちと妖術を駆使した戦闘を展開しながら、果ては地獄にまで突入してしまった（明『西洋記』）。かれらの旅の記録は、いまにいたるまで、単なる歴史資料以上の意味をもって、人びとの想像力に働きかけているのである。

旅は異なもの危ういもの

山西省の山中にある寒村で、古老たちと酒を飲んでいたときに、こんな話を聞いた。「遠出する時には、踏み固められた道のほかは、歩いてはならない。地面から

図3　古地図における人の進むべき道

図4　断崖絶壁に文字を刻む

毒虫どもが湧き出てきて襲ってくるからの……」。踏み固められ、表層が堅固な路（みち）であれば、大地の底に棲息する悪虫たちが、人の匂いを嗅ぎつけて湧き出てくるのを、ちゃんと抑えてくれるというのである。

その時に思い出したのが、民俗学者の江紹源（こうしょうげん）が書いた『中国古代旅行の研究』（一九三四）であった。楽しい旅行のあれやこれやが書かれているものと思いきや、その内容は、『山海経（せんがいきょう）』→32など古代の地理書に見える、怪獣や妖怪のたぐい、つまりは楽しいはずの旅を苦しい旅に変えてしまうものどもの研究なのである。その第一章は「旅の途中で出くわす悪しきものども（および邪悪な生物）」と題されている。なるほど、現代人の気楽な観光旅行などではない、古代人にとっての遠方への旅とは、危険との命がけの戦いであった。『西遊記』の天竺への旅が、物語としては妖怪退治の旅という形をとってしか成立し得ないのも、むべなるかなである。中国の古地図を見ても、人の進むべき道は、しばしば ▮▮▮▮ の記号で示されている。まるで石畳（いしだたみ）が敷かれて、地中の毒虫どもが湧き出てくるのを抑えているかのようだ。

人が歩くべき安全な道、観光旅行の対象としてよろしい場所には、文化的な記号を刻みこんで、人によって征服されたことの証（あかし）としようという衝動に、中国人はかられた。目を楽しませる絶景や、歴史的な古跡には、きまって石碑が建てられ、さらにその地について語られるべき「物語」が付与された。石碑でものたりなければ、深山幽谷の断崖絶壁に足場を組み、自然景観破壊との非難もどこ吹く風、岩壁には巨大な文字による詩などが刻まれて、文字は真赤に塗られたりもする。こうして正しい名勝地、リゾート地が誕生するのである。

図５　嫦娥が社会主義中国を祝福するのは，宇宙開発に始まったことではない。大躍進時代のポスター『嫦娥が花束で英雄を迎える』（1959）

探検は成立するか？

学生のころ、チベットの秘境なんぞに行く準備をしていると、まわりの中国人に、しばしばこうたずねられた。「あんな、なにもないところに行ってどうするの？」と。「そこに山があるから」はナンセンスな回答でしかなかった。そのような世界に、はたして「探検」は成立するのだろうか？ ↓13

宋代の劉斧が編んだ小説集『青瑣高議』（一五九五）に収められている「高言が人を殺して諸国を逃げまわるはなし」は、人を殺めてしまったために中国から逃げ出し、世界の北の果てから南の果てまで奔走した男の物語であるが、作者は、当時の知りうるかぎりの異国の奇譚を盛り込んでいる。主人公はしばしば「中華」への郷愁に襲われて、「いっそ中国の犬に生まれたほうがましだ！」とまで考える。消極的な目的で探検まがいのことをしてしまった話というのは、珍しいかもしれない。

宇宙空間は、もっとも新しい探検の場であろうけれど、なにしろ中国には、古代から宇宙旅行譚にはことかかないのだ。先述のように、張騫は天の河に到達してしまったし、唐の玄宗皇帝は、おかかえ道士の術で月まで橋を架けてもらい、李白や楊貴妃とともに、暢気に月の宴会に出席した。現実の宇宙開発をかえりみるに、中国の月探査計画は、月の女神の名をとって嫦娥プロジェクトと称され、宇宙船の名も嫦娥。二〇一三年、嫦娥三号で運ばれた月面探査車の名は月兎であった。いまやあの灰色の月世界にも、にぎやかな中国の物語が、少しずつ刻み込まれようとしている。

（武田雅哉）

9 都市と広場——城壁を越えて

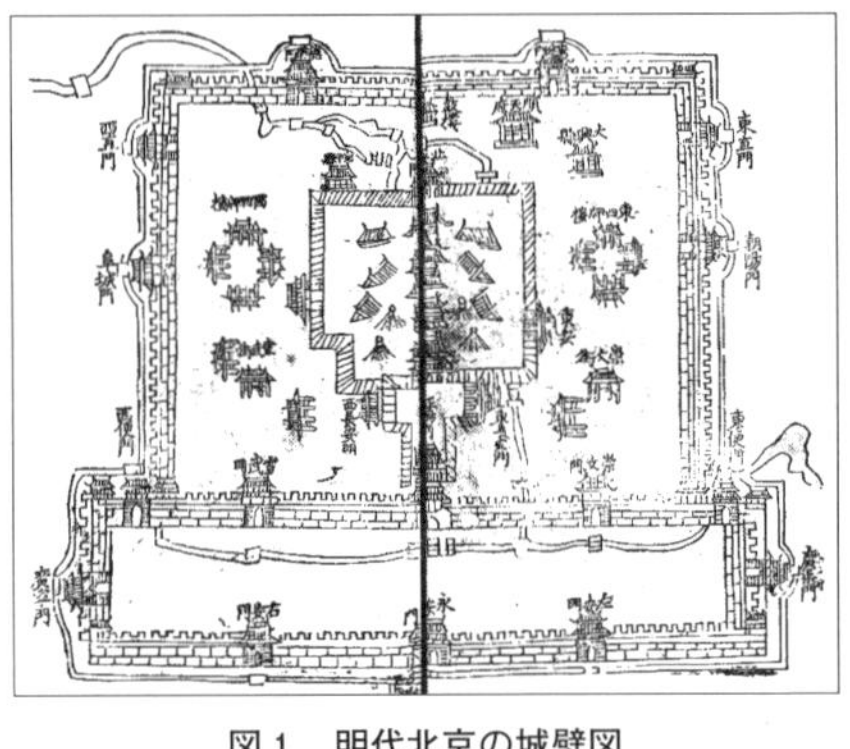

図1　明代北京の城壁図

城壁に囲まれた都市

北京在住の友人を訪ねたとき、友人は留守であり、彼の父上が「今日は息子は城内に出かけた」と話してくれたことがあった。この「城内」ということばにはっと驚いたものである。「城内」とはお城の中という意味ではない。城壁の中という意味である。中国の伝統的な都市と日本の都市とのちがいを考えるとき、まず城壁の有無を指摘しなければならないだろう。中国の都市を意味する漢字である「國」は、そもそも城壁に囲まれたエリアをかたどっている。中国の伝統的な都市には、城壁があり、郊外と厳密に区別されて、都市が成立しているのである。

現在の中国の首都である北京が統一王朝の首都となったのは、モンゴル族の王朝である元の大都が最初であった。『周礼』「考工記」の土木に関する記述には、城壁には三つの門をもうけ、東西と南北それぞれ九本の道で碁盤の目を作らなければならないなど首都の建設方法が細かく指定されているのだが、大都はこの設計図にもっとも忠実な都であったとされている。異民族の中華へのコンプレックスのなせるわざと言えるだろう。

幾重にも囲まれた都市

北京は、明清の王宮であった故宮を中心にしている。そして、幾筋もの大通りが

図2　北京，城壁ありしころ

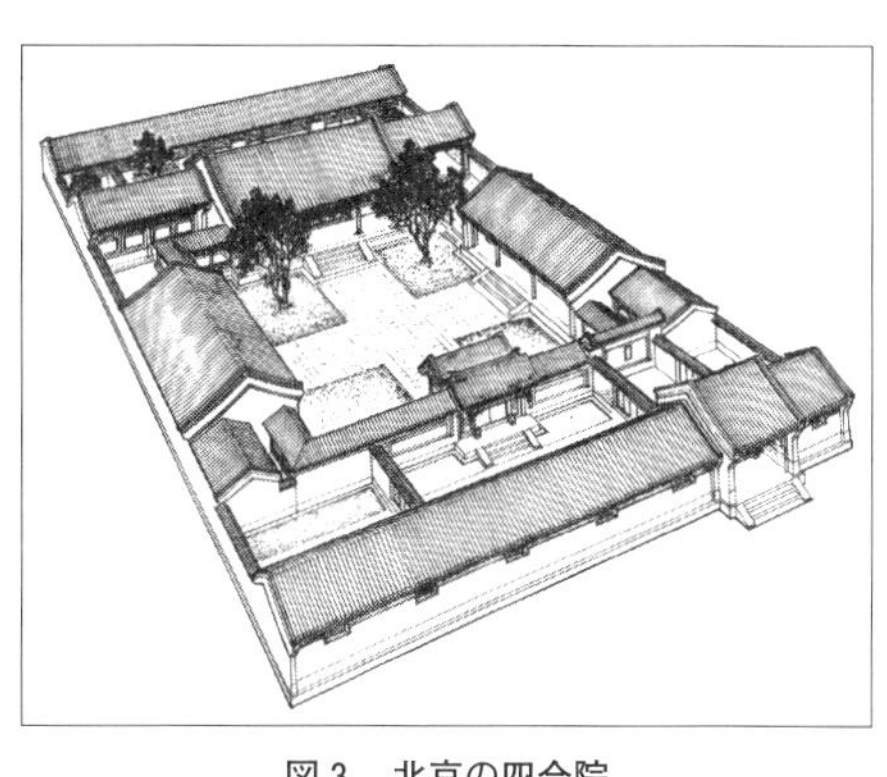

図3　北京の四合院

縦横に走り、碁盤の目の形状をなしている。しかしもっとも北京らしく、もっともおもしろいのは、小さな路地であり、北京の街の片隅まで蜘蛛の糸のようにはりめぐらされた胡同と呼ばれる横町であろう。その胡同に面して、灰色の煉瓦造りの家が並ぶ。北京の伝統的な家屋である四合院である。四合院は、エンジュなどが植えられた中庭を中心にして、東西南北に棟を造った、特に北方中国によく見られる民家の形式である。そう、北京という街は、四角い四合院に抱かれ、さらにその外側を城壁に抱かれた、まるで忘れてしまった母の胎内を思い出させるかのような都市なのである。中華民国時代の北京に暮らしたディヴィッド・キッドは、四合院の暮らしを「無限の時間の核心近く」の暮らしといい、「理不尽にも心静かな気持ちになる」と語っている。

社会主義の首都へ

そのような古都・北京にも大きな変革の嵐がおとずれる。一九四九年一〇月一日の中華人民共和国の建国であった。社会主義国家・中国の首都をどのように建設してゆくかが大きな問題となったのである。清末の思想家である梁啓超の長男で建築家の梁思成は、古き城壁を残して城内を緑化地帯とし、新官庁街を城壁の西側に造成しようとした。この計画は、奇しくも戦争中に日本軍が計画したものとよく似たものであり、財政的な問題もあってボツとなる。実際には、モスクワを手本として、城壁を取り払って都市部と郊外とを一体化し、職住一体の「社会主義型」都市の建設が目指されることになったのである。そして官庁街は、故宮の周辺に置かれる

図4　権力の展示場――天安門広場

ことになる。ちなみに天安門広場[3]が造成されたのは、一九五九年の建国一〇周年を記念してのことである。こうして北京は、社会主義の権力を体感せざるをえない首都として生まれ変わったのであった。いまも中心部の官庁街で実感する、息づまるような権力のすさまじさは、こうしてできあがったものである。

城壁に囲まれない都市

実は中国には、北京などと異なり、城壁に囲まれない都市も存在する。たとえば、上海、青島（チンタオ）、大連（だいれん）などといった外国人が租界・租借地として建設した都市である。正確には、上海には、旧中国人居住地区には城壁があったのだが、その北側にあった旧フランス租界、旧共同租界には城壁が建設されていない。

上海は、一八四〇年から英国との間で戦われたアヘン戦争に清朝が敗け、一八四二年に締結された南京条約によって、開港されることになった都市である。英国は上海に租界を建設し、中国と外国の出会いの場としての上海が形成されてゆく。その後、アメリカ、フランス、日本なども租界の建設に加わることになったのであった。十里洋場（じゅうりようじょう）――五キロメートルの西洋と呼ばれる上海の歴史の始まりである。

上海の競馬場から人民広場へ

上海という街の歴史を見るとき、競馬場に着目すると、興味深い。イギリスは、多くの植民地都市で競馬場を建設したが、上海も例外ではなかった。しかも上海では、一八五〇年代から六〇年代にかけて三回も競馬場を作り直しているのだ。最初

図５　1900年ごろの十里洋場――上海外灘

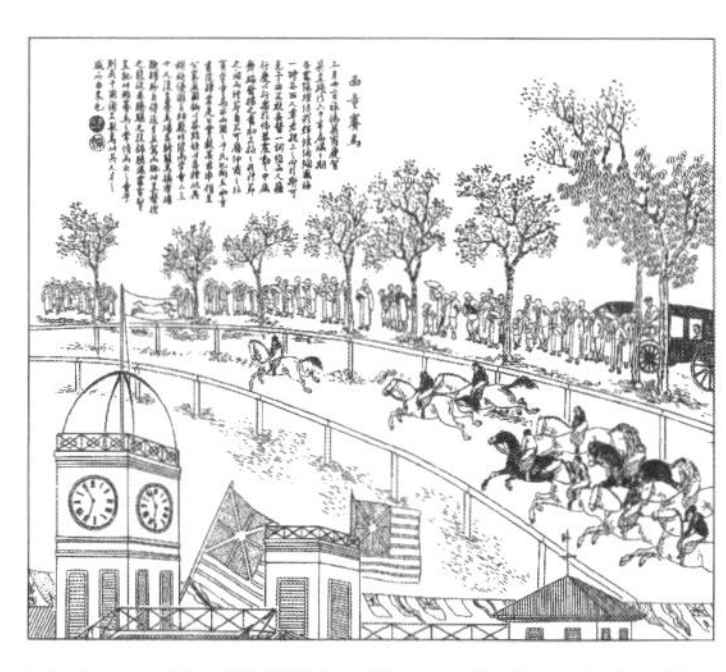

図６　上海競馬場のヴィクトリア女王即位60周年記念レース

の競馬場は、現在の南京路（なんきんろ）と河南中路（かなんちゅうろ）の交差点の北側にあった。上海の港である外灘（ワイタン）からメインストリートの南京路を二〇分ほど歩いたところだ。しかし、上海の租界はすぐに膨張し、競馬場が邪魔になってしまった。そこで今度は、南京路をさらに一〇分ほど歩いたところにある現在の湖北路（こほくろ）附近に第二代の競馬場が建設された。しかし、この競馬場もまもなく都市の雑踏に飲み込まれてしまう。今度は第二代競馬場の西側の隣接地に第三代の競馬場が建設されたのであった。城壁のない上海の租界にあっては、競馬場という郊外は、自由に移転できたのである。

第三代の競馬場は、壮麗なものであり、これ以上の移転は行なわれなかった。しかし上海は、なおも膨張しつづけたため、いまはあたかも上海の中心部に位置しているかのように見える。その上海競馬場にも、やがて大きな転機がおとずれたのであった。中華人民共和国の建国である。社会主義の理想に燃えた国家にあっては、賭博は悪であり、競馬は帝国主義の象徴であった。一九五一年に競馬場は上海市に回収され、やがてそこに広大な広場が出現した。そして憎き帝国主義者の手から回収し、社会主義国家の人民のものになったことを記念して、人民広場と名づけられたのであった。この広場では、一九八〇年代まで、公開処刑↓41が行なわれていたという。現在は上海市人民政府も置かれている。改革開放後、ますます繁華になっていく上海にあって、そこがやはり社会主義国家の都市であることを演出する装置となっているのだ。しかし、かつての競馬場の面影は、国際飯店前の道路の緩いカーブ――かつての競馬コースのコーナーに残されている。

（齊藤大紀）

10

万里の長城——長けりゃいいってもんさ！

無用の長物のチャンピオン

明代の文人である文震亭（ぶんしんこう）が、その趣味的生活へのこだわりについて綴った本に、『長物志（ちょうぶつし）』→20がある。タイトルは、日本でも「無用の長物」で知られる「長物」と同じで、無用のもの、役にも立たないもの、といった意味あいだ。すでに本来の目的のためにはまったく用をなさないが、さりとてゴミとして捨てるわけにもいかない偉大なる長物。しかも人類がつくったものとしてはチャンピオンの座に君臨するであろう「長い物」といえば、万里の長城をおいて、ほかにないだろう。

隣人との線引きをするための人工的な境界は、いつとも知れぬ太古から建造されてきたであろうが、すでに戦国時代に存在していた軍事目的の城壁を統合したことで、長城の最初の建造者としての名を歴史書に刻んだのは、秦の始皇帝であった。その長さは『史記』によれば「一万余里」とのことで、ここから万里の長城の名が生まれた。その後、崩壊、増築、整備を経て、秦の始皇帝以来、もっとも巨大な長城修築工事を進めたのが、明王朝であった。現在、観光スポットとして利用されている北京郊外の長城は、おおむね明代に建造されたものである。

図1　八達嶺長城

長城は中国の偉大なシンボルとなる

そもそも明代の再建以来、長城は、中国人にとって、偉大な文化遺産でもなんで

図２　訪中したニクソン元米大統領夫妻は長城に登る

もなかった。それは自然と人の手による崩壊にまかせられ、二〇世紀初頭には、ほぼ廃墟と化していたが、それがかれらにとって、新たに大きな意味をもつようになる。それは、満洲国の成立によって、両国を分かつ境界となり、さらに日中戦争において干戈(かんか)を交える場となったことで、愛国と抗日のシンボルと変じたことであった。

中華人民共和国になって、長城は保護と研究の対象としての、歴史文物となった。周辺の異民族からの防御という本来の目的は、現代においては、まったく意味を成さない。そのかわり、中国観光の目玉として、内外の観光客を集めるという任務を、ただいまの長城は与えられている。

現在では、中国人の偉大な科学技術の遺産として、中華のもっとも強大なシンボルとしてプロデュースされ、首都北京を訪問した異国の領袖(りょうしゅう)たちは、長城に案内されて、友好のシンボルとしての記念写真を撮らされるのである。また、長城ワインをはじめ、国内の多くの企業が「長城」の名を冠している。

月から見える長城？

「万里の長城は、月（あるいは宇宙）から肉眼で見える唯一の建築物である」――いつのころからか、長城の長大さを形容する、このような言いまわしが、世界を席捲していた。おそらくは、いまでも多くの人類が、長城にふさわしい形容として、好んで用いているに相違ない。とりわけ旅行会社などは、その恩恵にあずかっている筆頭であろうか。だが、長城を月から肉眼で眺めるのは、とうてい不可能である。これは、ちょっとした計算で容易に否定できるはずの〈都市伝説〉のたぐいなのだ

図３　ヴァン・ルーン『地理学』に描かれた「月から見える長城」の図解

図４　「長城は見えなかった」と言った楊利偉

が、真理とは逆の方向にむかって、暴走していくのもまた、人間のもつ癖である。

この言いまわしは、一見、中国人の中華思想に起因しているようにも見えるが、どうやら一八世紀くらいにはさかのぼることのできる、西洋人が抱いた「東洋の驚異」の情念による発明品であったようである。一九世紀の火星大接近以降は、あろうことか「火星から見える」というバージョンも流行した。

前述のように、日中戦争時に長城が愛国的シンボルとなっても、そのような異人の「たわごと」には関心を示さなかった中国人であったが、文化大革命が終了した八〇年代になって、「月（宇宙）から見える長城」という謳い文句は、やっと中国人みずからによって愛用されることとなった。長城研究の権威も、これを好んで宣伝した。さらに「アポロの宇宙飛行士が月から見た」という、まことしやかな尾ひれをも増殖させながら、小学校の地理や国語の教科書にも、手ごろな愛国教育の話題として、誇らしく紹介されたのである。

二〇〇三年、中国は、神舟五号による初の有人宇宙飛行に成功した。飛行士の楊利偉は、帰還直後におこなわれたテレビのインタビューで、「長城は見えましたか？」とたずねられて、「見えなかった」と答えた。この回答は、ひとりの人間にとっては小さなつぶやきだったが、全中国人にとっては巨大な衝撃とあいなった。

確かに、科学的に考えれば見えるはずはない。だが、いままで見えると信じていたのに……。ものが愛国心のシンボルであっただけに、楊利偉のことばを複雑な気持ちで聞いた中国人も多かったであろう。議論は議論を呼び、「自国の古代文明を自慢したがる悪癖はもうやめよう！」と反省を促す者あり、「いや、がんばれば見

図5　月から見える長城は消えても，長城は教科書に健在だ

えるかも！」「ライトをつけたら見えるだろう！」といった前向きな人びともあった。「月から見える長城」に触れていた教科書の教材は、削除されることとなった。

いまも成長する長城

それでも長城は、確かに長い。その長さについては、諸説あるうえに、計算方法によってもまちまちである。現在、中国の学校で一般に教えられているのは、「東の端の山海関から西の端の嘉峪関まで、一万三〇〇〇里あまり」というものである。一里とは、およそ〇・五キロであるから、六五〇〇キロ強ということになろう。

ただ、遺構を調査したうえで、過去に建造された長城すべてを足すという計算もなされている。景愛の『中国長城史』（二〇〇六）では、二万一〇〇〇キロという総計を提示している。その同じ著者は、苦言を呈してもいる。すなわち、観光資源に乏しい地域では、なんとしてでも「長城」があることにしようと、「あれこれ法を講じて長城を探し出し、この〈クローン長城〉によって観光資源を増加させようとしているのである」。また、「ある人びとは、長城を、より長く、さらに長くしようとしている。長城は、長ければ長いほどけっこうであると考えているのだ」と。

イギリスの映画『ウェールズの山』（一九九五）は、「山」と認定されるには標高がちょっぴり足りない「丘」のいただきに、地元民総出でひそかに土を盛り、「丘」を「山」にしてしまおうというはなしであった。長城の成長譚は、人類の情念にまつわる笑い話でもあるが、長城問題は、現在進行形で、なかなかおもしろい様相を見せている。

（武田雅哉）

11 記憶と記念——銅像の生き様

図1　杭州西湖の「惜別白公」（白居易との別れ）

銅像の登場

一般的に銅像は、故人の業績を称えるために作られる。一周忌や一〇周忌など、故人と関わりのあった特定の団体が出資して記念事業として銅像を建立する。銅像建立事業は、建前は、故人の顕彰であるが、政治的には愛国心を鼓舞するといった効果が期待されてきた。除幕式の主役は銅像でなく、銅像の除幕をする人物、聴衆の前で故人の業績を披露する人物である。その人物は、自分も死後、銅像となって顕彰されることを夢見ながら式典に臨んできた。

銅像は広場や公園などの広い空間に建てられる。その理由の第一は除幕式などの式典を行うためであり、第二は人びとが銅像全体を見上げるためである。見上げるための十分な空間がない場合、その銅像は何かの理由があって移設されたか、あるいは都市計画の中で銅像のための空間が削られたか、のどちらかである。最近、見られるようになった台座のない銅像は、伝統的な場面を切り取ったものが多い。

伝統中国において偉人・英雄は、詩や碑、すなわち文字を通して追悼・顕彰されてきた。岩に刻まれた文字は、偉人・英雄の魂が永遠であることを象徴してきた。

一九世紀末、上海の租界（そかい）にイギリスやフランスが人物顕彰碑を建立した。後に李鴻章（りこうしょう）の銅像も作られた。二〇世紀に入り、西洋彫刻を学ぶために若い芸術家たちがフランスへ留学し、帰国後、杭州西湖（こうしゅうせいこ）の周辺に銅像を作った。

図2　上海の陳毅像

図3　杭州西湖の魯迅像

図4　杭州の蔡永祥像

中華人民共和国成立後、革命で命を落とした革命烈士の身分が正式に定められた。烈士顕彰の技法は一九五〇年代、ソ連から導入された社会主義リアリズムであった。この時期、労働者や兵士の筋骨隆々の肉体を強調した銅像が作られた。文化大革命が始まると、毛沢東の銅像やコンクリート像が学校の構内や広場に登場した。詳細は不明であるが、全国で約二〇〇〇の毛沢東像があったという。

一九九〇年代に愛国主義教育が始まると、再び銅像ブームが起こった。銅像の除幕式は、急速な経済発展の中でさびついた烈士顕彰の空間を刷新することができた。この時期の銅像は、一九五〇年代から一九六〇年代の六頭身のずんぐりむっくりの体型ではなく、九頭身ほどのスマートな体型をしているものが多い。

銅像のポーズ

中国の銅像はポーズによって以下の三種類に分類できる。すなわち、立像、座像、ヨガで言うところの「英雄のポーズ」の銅像である。この分類は、その人物の属性を示す。立像の代表は毛沢東であり、その他には、周恩来や陳毅（ちんき）などの偉人が挙げられる。張思徳（ちょうしとく）のような革命烈士は仁王立ちのポーズを取っている。座像には、長袍（チャンパオ）（中国服）を着た人物のものがしばしば見られる。魯迅や蔡元培（さいげんばい）などの知識人がこのカテゴリーに入る。最後の「英雄のポーズ」は、文字通り、中国の英雄である革命烈士に用いられる。正確に言えば、ヨガの「英雄のポーズ」は、曲げた膝が足首より前に出ないようにしつつ、上半身を垂直にするので、革命烈士のポーズと異なる。ただし、両足を大きく広げ、片膝を深く曲げることで力強さを示すという

図５　瀋陽の毛沢東像台座

図６　南昌八一起義記念館

点では「英雄のポーズ」と同じである。

この不自然なまでの前屈みのポーズは、当時の社会主義思想を表している。足を大きく開き、肘を水平に前方へ突き出す動作は、毛沢東の指導下で前進すること、また、手を斜め上に挙げることは、社会主義の未来を見ていることを意味した。一九七〇年に完成した瀋陽の紅旗広場（現、中山広場）の「毛沢東思想勝利万歳」はその典型例である。一〇・五メートルの高さの毛沢東像は、五六名の兵士と労働者に囲まれている。兵士と労働者は斜め四五度に身を傾け、今にも台座から転げ落ちそうである。

手を高く挙げ、膝を深く曲げたこれらの彫像群は、総体として鈍角三角形を作り上げている。鈍角三角形が醸し出す緊張感と躍動感は、見る者を威圧するかのようである。この三角形は、一九三〇年代にまでさかのぼる。第一は、ヨーゼフ・トーラクの「アウトバーン記念碑」で、五人の裸の男が大きな石塊を動かそうとしている像である。第二は、ソ連のムーヒナとイオファンが製作した「労働者と女性コルホーズ員」→コラム1である。後者は一九五四年に北京で開催されたソ連博覧会でも模型が展示された。

近年、歴史上の武将の騎馬像が作られるようになったが、西洋の銅像の花形である騎馬像は、中国ではあまり見られない。一九三〇年代に陳英士の騎馬像が作られたが、後に撤去された。また、一九三七年、当時の新京（現、長春）に北村西望作の巨大な児玉源太郎の騎馬像が置かれた。この銅像が撤去された公園には、現在、毛沢東像が立つ。

図7　広州中山記念堂

図8　王府井

孫文と毛沢東

文化大革命期に毛沢東像は、「粗製濫造」されたため、形状が安定していない。片手を挙げているポーズが多いが、後ろで手を組んでいるものもある。井岡山(せいこうざん)には若い頃の毛沢東の座像がある。華奢な体の若い頃の毛沢東は、偉大な指導者というよりも、繊細な知識人という印象を与える。

孫文も立像と座像がある。孫文像は一九二八年、梅屋庄吉(うめやしょうきち)が作らせた高さ二・九メートルの立像が最初とされる。その後の孫文像には、軍服やフロックコートを着ているときには立像であり、中山服を着ているときには座像という傾向が見られる。

若い頃の毛沢東像は例外として、毛沢東と孫文の像には高い台座、もしくは、生垣がある。また、魯迅や陳毅などの銅像も柵で囲まれている。さらに、杭州西湖の魯迅像には、「よじ登らないでください」という札まである。中国では記念撮影する際に、当然のように銅像にタッチする。また、子供を銅像の上に載せて撮影する両親も少なくない。

最近では、銅像にタッチしたいという人びとの願望をかなえるかのように、北京の王府井(ワンフージン)や西湖などの観光地には台座がない銅像が増えている。どこを触るのかは個人差があるはずだが、実は、触られてテカリが出る場所には一定の法則がある。それは、子供の頭、大人の肩や腕などの手を置きやすい場所と、男性のせり出した腹などの出っ張った場所である。王府井の新参の銅像はテカリも少ないが、西湖の「惜別白公(せきべつはくこう)」（白居易(はくきょい)との別れ）のようなクラスになると、ベテランのテカリを見せるのである。

（高山陽子）

12 異国と域外——北極星・異域情報・世界像

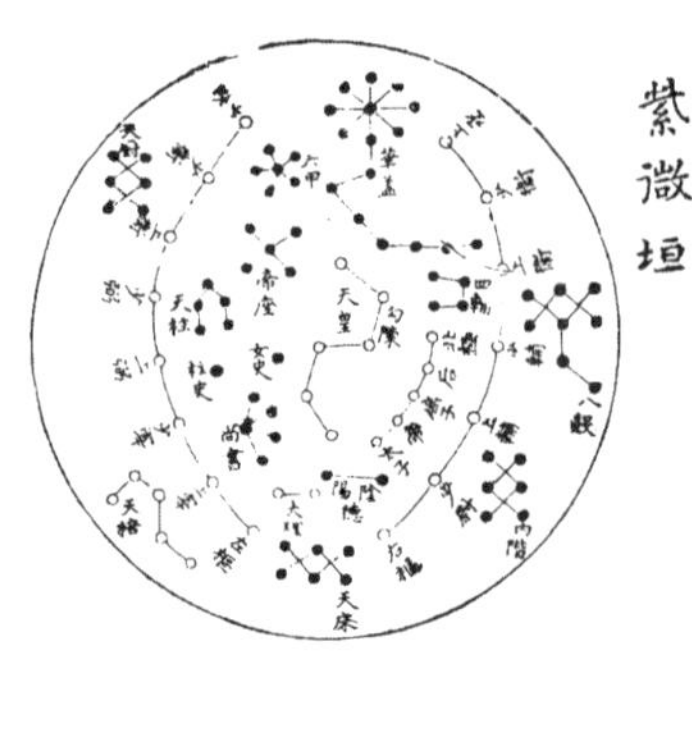

図１　北極を含めた天上の星々が，皇帝とその回りの人びとや，官職に当てはめられていたことが示されている（『程氏墨苑』）

皇帝と北極星

北極星は、天上にきらめく星々の中で、唯一、見た目の位置が変わらない。そしてその周囲を他の星々がめぐる。古代中国においてそのような観察は、北極星と皇帝とを結びつけ、それと同時に、北極星をめぐる天上の星々と、皇帝をとりまく地上の人事も、結びつけられるようになった。

　中央に坐った者が、その座にふさわしい人物かどうかは、天の決定に委ねられている。仮に天の意志に背く者がその座に着いた時、天から地へは、飢饉や災害などの異変がもたらされて示されるというのである。王朝が交替する際には革命が起こるものだが、中国の革命は、ある一族の手にあった皇帝の地位が、別の一族の手に渡るといった性質のもので、これを易姓革命（えきせいかくめい）→26と呼んでいる。

　皇帝を中心とした統治の理想形は、中央にいる有徳の皇帝が周囲に恩恵をほどこす、といったもので、こうして皇帝の恩徳の届く範囲が域内であり、それ以外が域外であるということになる。域外、すなわち皇帝の恩徳に服さない地域は未開であり野蛮であり、東西南北にいるそういった異族は、それぞれ東夷（とうい）、西戎（せいじゅう）、南蛮（なんばん）、北狄（ほくてき）と呼ばれた。このような異域観ひいては自国観は、少なくとも帝政が廃止される二〇世紀初めまで続いたと言えるが、現在もなお中国大陸のどこかに息を潜め、何かの折に再び浮かび上がってくる可能性を孕んだものでもあるだろう。

図２　清代初期の羅針盤。外側の円周帯に24の羅針盤方位が，内側の円周帯に東西南北が記されている

多文化の融合

ただし、そのような異域観があったからとて、皇帝はただ中央でふんぞり返っていたばかりでは決してない。異国の情報を収集することに熱心だった皇帝もたくさんいたし、事実、彼らに派遣されて異域の文物と情報とを自国にもたらした探検家もたくさんいる。たとえば前漢代、武帝に派遣された張騫は、→8匈奴挟撃のための同盟国を求めて西域へ向かったのだったが、目的は果たせず、しかし多くの西域情報と、西域原産の葡萄や苜蓿を中原地域へもたらすことになった。以降、多くの人と物資とが西域のオアシス国家と中国とを行き来することになる。後にもたらされた品に胡桃があるが、もともと「胡」字は、北方および西方の異民族を指すことばである。

唐代の東西交流については、ベルトルト・ラウファー『シノ＝イラニカ』、エドワード・シェーファー『サマルカンドの金の桃』、石田幹之助『長安の春』などの研究にまとめられている。当時、都の長安や洛陽にやってきた西域商人たちは胡人と呼ばれ、商才に長けているものが多かったと言う。石田氏は、胡人が物語に登場する際に見られるある特徴、すなわち「ある品物の、漢人にはわからない真価を見極める能力を持つこと」を指摘した上で、胡人が漢人の物品を高値で買い取る物語を「胡人採宝譚」と名付けた。

詩仙として名高い李白もまた、出自が謎に包まれた人物であるが、その真偽は不明ながらも、裕福な交易商人の息子として西域のオアシス都市に生まれ、五歳の頃に四川に移り住んできた胡人であったと考えられている。

図3　清代の博物事典に掲載されたキリンの図．これは17世紀の在華宣教師，フェルディナント・フェルビースト（南懐仁）が『坤輿図説』に収めた図版をアレンジしたもの

異域文物の流入と世界の姿

後に、西アジアと中国の間では、陸路のほか海路が使われ始める。それに伴って、大量の物資が輸送できるようになった。宋代になると、広東や福建の商人たちが、大型の外洋帆船を操り、羅針盤を使いながら、盛んに南シナ海やインド洋に進出し始める。陶磁器が国を代表する交易品となったのもこの頃からという。元代は、ユーラシア大陸の大半を支配し、海と陸のネットワークが結びつきを強める。マルコ・ポーロ『東方見聞録（とうほうけんぶんろく）』は、当時、福建泉州（せんしゅう）が最大の港として、多くの商人や船舶で賑わったことを伝えている。

海外との交流が盛んになるにつれ、海外知識もまた少しずつ増えていった。それらをうかがう宋代の資料には、周去非（しゅうきょひ）『嶺外代答（れいがいだいとう）』や趙汝适（ちょうじょかつ）『諸蕃誌（しょばんし）』などがある。元代の汪大淵（おうだいえん）『島夷志略（とういしりゃく）』は、実見に基づいた地誌である点で貴重なもので、後の地理書に大きな影響を与えた。明代には永楽帝の命により、大艦隊を率いて西方へ七度向かった鄭和（ていわ）→8がおり、キリンやライオン、ダチョウなど、たくさんの異域の動物を中国へもたらしている。明代の海外知識をうかがう資料に馬歓（ばかん）『瀛涯勝覧（えいがいしょうらん）』や費信（ひしん）『星槎勝覧（せいさしょうらん）』などがあり、どちらも鄭和に随行し海外を実見した者たちによる記録である。

世界地図については、明末の宣教師マテオ・リッチの「坤輿万国全図（こんよばんこくぜんず）」が、一七世紀初めに現れている。しかし、あまりに巨大であったことや、記された地名が当時の中国のそれと違っていたことなどから、次第に用いられなくなったという。この地図が示した世界の姿に再び熱い視線が集まるのはアヘン戦争の後のことで、魏（ぎ）

源『海国図志』の登場を待たねばならない。

中国のガリバーたち

実見による知識が蓄えられてなお、多くの中国人にとって、海の彼方は謎に満ちた領域であった。そんな中、異国に漂着し、帰還し得た船乗りたちが、自らの経験を断片的に語ったりもしていたらしい。

たとえば清の袁枚『子不語』巻一五に記録された話。一七七六年のこと、舶来品を商う呂恒なる男が、海で遭難した末に、無門国なる国にたどり着いた。その国は一日を二つに分けていて、鶏鳴とともに起きて仕事をし、昼に一度寝て、夕ぐれにまた起きて仕事をし、夜にまた寝るといった具合。だから年をたずねて一〇歳であれば、それは中国の五歳のことなのだとか。そこでは刑法が独特で、基本的に「目には目を」式の刑罰だが、人の娘を犯した男はじしんの娘を犯され、娘がいない場合には、木の張形でじしんの肛門が犯されるという。呂はそこで一三カ月暮らしてから、南風に乗じて帰還したとの由。

李汝珍の小説『鏡花縁』もまた、異国めぐりで知られているが、誰かの体験に基づくものでは特になく、伝説と書き手の想像から成っている。たとえば深目国人は掌に目が付いていて、遠くを見るときは手を挙げるとか、女児国人は男女の服装と社会的役割が逆転しているとか。無腸国人は、食べた物がすぐに排泄されてしまうので、食事の前には、まずトイレを探すのだそうだ。書き手はホラを楽しんでいるだけなのだが、あるいは鵜呑みにした読み手もいたかもしれない。（加部勇一郎）

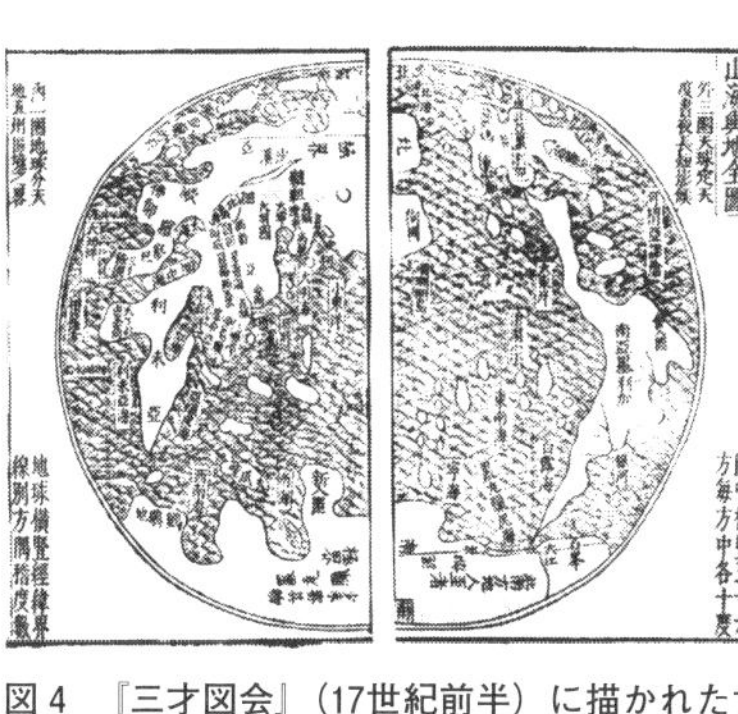

図4　『三才図会』（17世紀前半）に描かれた世界の全貌

13 滞在と移動——宿と乗り物の「万華鏡」

図1　人肉まんを売る女

怖いまんじゅう——宿場の恐怖

中国での旅を考えるとき、どうしても忘れられない小説の一節がある。『水滸伝（すいこでん）』第二七回のエピソードだ。ときは宋の時代、武松（ぶしょう）という猛者（もさ）は、自分の兄である武大（ぶだい）を殺した兄嫁の潘金蓮（はんきんれん）と間男の西門慶（せいもんけい）に仇討ちし、その罪で流罪となってしまう。旅の途中、孫二娘（そんじじょう）という女が経営する一軒の酒家に立ち寄り、肉まんを食べながら、熱燗を飲む。武松は、肉まんの中に人間の陰毛が入っているのを発見し、これは牛肉まんではなくて、人肉まんではないかと疑う。果たして酒にはしびれ薬がしこまれており、武松も危うく肉まんの餡にされそうになる。しかし危険を予知していたため、毒が回る前に孫二娘をやっつけて、ことなきをえたのであった。このエピソードは、よく知られたものであり、中国人も田舎のさびしい宿屋に泊まるとき、しばしば思い起こす話のようである。

『水滸伝』の人肉まん宿屋は、山中にある、一見（いちげん）さん相手の宿屋である。中国人にとって、伝統的な旅とは、日常の危険の少ない環境を脱け出して、常に新たな危険に身をさらしつつ、ある目的のために移動することにほかならないのだ。『水滸伝』のエピソードは、それを象徴的にいいあてたものであろう。つい数十年前まで、中国で旅自体が目的となるひとり旅をしていると、なぜひとり旅という危険なまねをするのか、なにが楽しいのかと、しばしば詰問されて、返答に困ったものである。↓8

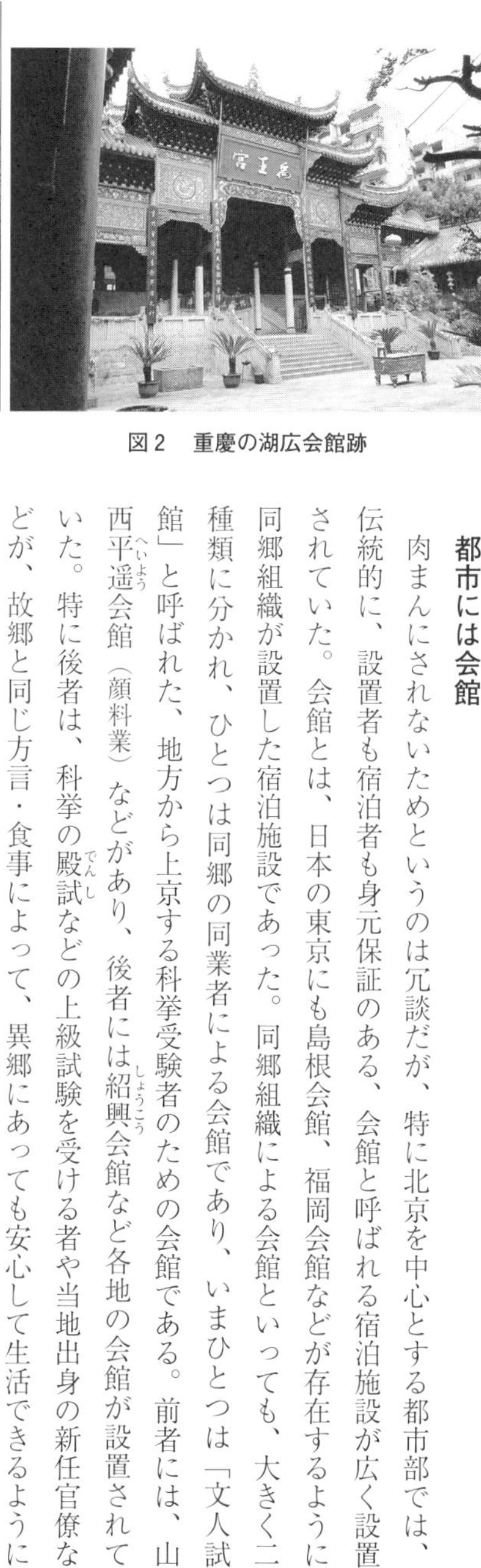

図2　重慶の湖広会館跡

図3　一輪車に乗って寺参り

都市には会館

肉まんにされないためというのは冗談だが、特に北京を中心とする都市部では、伝統的に、設置者も宿泊者も身元保証のある、会館と呼ばれる宿泊施設が広く設置されていた。会館とは、日本の東京にも島根会館、福岡会館などが存在するように、同郷組織が設置した宿泊施設であった。同郷組織による会館といっても、大きく二種類に分かれ、ひとつは同郷の同業者による会館であり、いまひとつは「文人試館」と呼ばれた、地方から上京する科挙受験者のための会館である。前者には、山西平遥（へいよう）会館（顔料業）などがあり、後者には紹興（しょうこう）会館など各地の会館が設置されていた。特に後者は、科挙の殿試（でんし）などの上級試験を受ける者や当地出身の新任官僚などが、故郷と同じ方言・食事によって、異郷にあっても安心して生活できるようにするための宿泊施設であったといえるだろう。

「車船馬轎」による移動

旅をするには、宿泊施設も不可欠だが、交通手段もなくてはならないものである。現在の中国でも、実にさまざまな交通手段が活躍している。たとえば、郊外の幹線道路では、ベンツやアウディがトラクターや馬車、驢馬車を追い越す光景を目にすることができる。前近代と近代が混在する風景といってもいいだろう。

その前近代においても、中国には、さまざまな交通手段が存在していた。おおまかにいって、降水量のちがいにより、北方では、ウマやロバ、またはそれに引かせる車であり、南方では、おもに船である。また市内の交通では、「轎（ジャオ）」と呼ばれる

図４　清末，カゴに乗った妓女

図５　湖南省と重慶市を結ぶ渡船

カゴや一輪車が一般的であった。とくに嫁入りの際に花嫁が乗るカゴは花轎（ホワジャオ）と呼ばれた。

　南方の船については、人口に膾炙（かいしゃ）した魯迅（ろじん）の『故郷』を思いおこしてほしい。「私」は、二千里あまり離れた故郷・浙江省紹興に船に乗って帰る。船のとまの隙間からは、陰鬱な空と荒れ果てた農村が見えている。「私」が乗るのは、浙江省によく見られる「烏篷船（ウーポンチュワン）」と呼ばれる船である。また沈従文（しんじゅうぶん）という作家は、散文集『湘西（しょうせい）』に収められた「常徳（じょうとく）の船」で、故郷・湖南省西部の船の形状をこと細かに記録している。この地方には、長江の支流が網目のように流れているのだが、その川の流れの緩急や川底の状態によって、川筋ごとに形状の異なる船が走っていた。たとえば、洞庭湖（どうていこ）には、風力を動力として軽量な「烏江子（ウージャンズ）」、急流の多い白河には、丸太づくりの「白河船（バイフーチュワン）」といったように、川や湖の個性を読んだうえで、さまざまな形の船たちが浮かべられるのであった。中国は川の文化が高度に発達した国でもある。

近代の異国の乗り物

　一九世紀末になると、中国にも異国から伝わった近代の乗り物が登場してくる。まず鉄道であるが、中国で最初の鉄道は、一八七六年にイギリス人が敷設した上海と郊外の呉淞（ウーソン）を結ぶ呉淞鉄道であった。最晩年の西太后（せいたいこう）も、祖先の墓参りのために鉄道で奉天（ほうてん）（現在の瀋陽（しんよう））まで出かけたとされているが、ほかの列車の運行をすべて止め、西太后の止まりたいところで停車するなど、本来正確な時刻による運行で近代の象徴とされる鉄道を、あたかも巨大な「轎」のように見なしていて、興味深

図6　汽笛一声，呉淞へ

図7　清末，上海の人力車

い。その後、欧米列強が鉄道敷設によって、中国の利権をわがものにしていったことから、近代の中国では、鉄道が侵略の象徴として描かれることも多い。そして、これはまた富強を目指す現在の中国の、高速鉄道に対する執念の、遠い源流ともいえるであろう。中国の近現代史においては、鉄道こそがナショナリズムそのものなのであった。

さて近代中国において、カゴや一輪車に代わる画期的な市内交通が人力車であった。人力車は、明治二年に日本で発明されたとされる。じきに中国に輸入され、東(トン)洋車(ヤンチュ)（中国より東の洋の国——日本から来た車の意）、洋車などと呼ばれた。上海では租界当局の指示によって車体を黄色く塗ることになったため、後に黄包車(ワンボーツ)と呼ばれ、三〇年代初めには七万台弱が走っていたという。北京でも、最盛期には一〇万台以上の洋車が走っていたとされる。人力車夫も富裕な家のお抱え車夫から貧しい流しの車夫まであり、知識人の「私」と人力車夫の交流を描いた魯迅『小さな出来事』や、祥子(シアンツ)という人力車夫の悲しい人生を描いた老舎(ろうしゃ)『駱駝祥子(らくだのシアンツ)』などの「人力車文学」というべき作品も書かれている。人力車は単なる乗り物であることを超えて、富める者と貧しい者の関係を象徴するオブジェだったのである。

最後に自動車であるが、この驚異のスピードの乗り物については、茅盾(ぼうじゅん)『子夜(しや)』をひもといていただければと思う。『子夜』は一九三〇年代の上海の社会・風俗をスケール大きく描いた作品である。その冒頭、田舎から上海に出てきた老人は、そのスピードとネオンとモガの肢体に目を眩ませて、この世を去るのであった。

（齊藤大紀）

Column 2

仙界のリーダーは？

中国の仙人たちのトップに立っているのが、呂洞賓（りょどうひん）という人物である。このおかた、通俗小説や民間伝説の世界では、偉いことは偉いのだが、酒と女が大好きで、おまけに喧嘩ッぱやいことになっている。酔っぱらってしまえば、一般人の娘であろうと女神さまであろうと、美人を目にするや、すぐに手を出して、あとで痛い目にあうのだ。そんなところが中国の民衆に受けているのであろう。もっとも、かれの擁護論者に言わせれば、呂洞賓はただのスケベなのではなく、性的交わりを通して不老長寿の境界に達しようとする、ある種の道教修行の研究に熱心なだけなのだそうだ……。

その日、いつものように飲み屋で飲んだくれていた洞賓、帰る時分になって、財布の中身が空っぽであることに気がついた。なにしろかれは仙人なので、足もとに転がっていた石ころを拾うと、術をかけて金貨に変え、支払いを済ませてしまった。

これを見ていたある神さまが、洞賓にたずねた。

「さっきの金貨だけど、あれは永遠に金貨のままなのかい？」

洞賓は答えて、

「いや、五〇〇年たったら、また石に戻るんだよ」

これを聞いた神さまは、こう言った。

「きみは眼の前のことばかり考えていて、五〇〇年ののち、それを手にした者が、どれほどつらい目にあうかを考えないのかい？」――このことばに、ハッとなにかを悟った呂洞賓。なにしろかれは仙人のリーダーなので、それ以降、仙人たちのあいだでは、石を金に変える術は使用禁止になったということである。

中国人が語る、荒唐無稽な仙人譚に登場するキャラクターたちも、その語り手たちの性癖をそのまま継承しているのだろう。呂洞賓は、かれらが理想とするリーダー像の、ひとつのタイプなのかもしれない。

石を金に変えてしまうのであるから、現代科学の目から見たら、物質の分子や原子に手を加える、とてつもない術なのであろう。それで、いま眼の前にある美酒は楽しめるけれども、はるか未来の人間には、とんでもない苦痛をもたらすことになる……。もはや魔法や仙術なみになり、人間の手に負えなくなった、いままさに、われわれが、それとどう付き合うべきかの選択に苦慮している、ある種の巨大な技術のことを連想してしまうが、それを、一見だらしのない、飲ん兵衛のリーダーが、きちんと禁じたというあたり、哲学のあるお話ではないかと思うのである。

（武田雅哉）

第3章

人びとの生活を彩るもの

中国人の書写の方法（キルヒャー『シナ図説』1667）

いかに泣き、いかに喜ぶか

残された断片的な歴史資料から、その土地その時代の米の値段を考証するのは、わりに容易なのかもしれない。だが、われわれとはまったく異なる地域と時代の人びとが、なにに涙し、なにに怒り、なにに興奮していたのかを理解すること、もしくは想像することは、なかなかむずかしいことだろう。

人が生きていく過程で遭遇する、いくつかの折目節目（おりめふしめ）を、中国人はどのような方法で、またどのような気持ちで、乗り切るのであろうか。それは、だれもが必ず体験する、誕生であり、死であり、また、人によって体験したりしなかったりする、結婚であり、離婚などである。

子供が生まれれば歓喜するし、親しい人が息をひきとれば涙する。これもまたわれわれと同じだ。それらがあまり変わらないことを前提としておいて、しかしその喜怒哀楽の表現となると、異人には意外に見えたり、おもしろく感じたりすることも多々あるだろう。

嗜好のあれこれ

中国で生きる人びと、あるいは外部に生きるわれわれが、そこで遭遇するかもしれない生活の匂いを、第3章で嗅（か）いでみよう。

きわめて重要であるにもかかわらず、本書では特に触れなかったのが「中華料理」である。これをテーマにした類書は多々あるから、というのがその理由だが、きりがないから、というのも本音だ。だが、口を通して得られる快楽は、人類が享受してきた快楽のなかでも、ことさらに大きなウェイトを占めているだろう。それは、日々の食事ばかりでない。酒、茶、タバコ、その他もろもろの、合法と非合法にまたがる快楽物質の摂取。それらの過剰と逸脱とを、名君は人民に戒め、暴君はそのためにみずから国を滅ぼすこともあった。

イメージではないけれど……

どこかの国に対して、好きとか嫌いとか、漠然たるイメージというのはだれしも持っているだろうが、二〇一五年の現在においては、日本人の中国イメージは、かならずしも良好なものとはいえない。海と島の線引きをめぐるやりとりは、日本政府に軍拡の口実をあたえているし、中国本国で頻発する巨大な事故と、それに対する上層部の不可解な対応は、さまざまなレベルで、危険な国であるとの印象を強めている。

最近の学生は、留学など、あまり外国に出たがらないと

いわれるが、中国への留学を希望しているものは、かならずしも少なくはない。むしろかれらの親の世代が、留学先に中国を選ぶことに、危機感と嫌悪感を覚え、反対するというケースもしばしば耳にしている。

「中国に留学したいのだが、あの国は事故が多いし、不衛生であるといって、親が許してくれない」――こう言ってぼやく学生の声も聞こえてくる。かの国に関しては、楽しいとはいえない報道ばかりが好んで流されるわが国においては、親たるもの、わが子を送り出す土地として、心配になるのは、自然のことではあろう。だがそれは、中国文化なるものへの関心とは、別のものである。

いっぽうで、中国市場が無視できない発展を見せ、国としては裕福になってくると、日本の観光業界や金融業界を中心に、「中国の富裕層をターゲットに……」というあられもないことばが、声高に叫ばれるようになった。イメージとしては悪いが、無視はできない。近代において、日本と中国が、互いに向けあったまなざしは、おおむねそんなところであった。

笑いの絶えない国

もう何年か前になるが、筆者が中国のお笑い演芸について講義をしたときのことである。受講生たちは、授業の感想を書いたレポートを提出してきた。そのなかに、次のような文章があった。

「先生。ぼくは大事なことを忘れていました。ぼくが中国について知っていたことといえば、反日運動、チベット問題、毒入りギョーザ、あるいは歴史認識、政治、経済の問題など……。中国人も娯楽を持っていて、お笑い演芸があって、毎日、みんなが笑って暮らしていることなど、考えたこともありませんでした」。

日本上空に、いかほど暗雲がたちこめようとも、テレビのスイッチを入れると、いまのところはまだ、たあいもないお笑い番組が、四六時中やっている。そのことは、どうやら中国でもそうだし、アノ国も、カノ国も、そう変わらないのかもしれない。

楽しい話題を口にしあい、ギャグを飛ばしあって笑っていること、そして、できれば朝から晩まで、そうやっておもしろおかしく笑って暮らしていたいと願っていることは、おそらく、いずこも大差はないのである。地球上のどの土地にも、「笑い」の文化は存在しているにちがいない。お笑い演芸のたぐいを持たないところは、おそらくないだろう。

われわれのターゲットは、むろん「富裕層」だけではない。

（武田雅哉）

14 飲食と宴会——よく喰う口はよくしゃべる口

舌で世界を理解する

一九九二年、陝西省周至県の農民が渭水で発見した肉塊状の「未確認生物」は、発見時には二二キロほどであったのが、三日後には三五キロに成長していた。その後、西北大学の研究者たちの調査によって、大型の粘菌複合体であることがわかった。第一発見者の農民たちが、その一部を切り取り、調理して食べてみたところ「なかなかウマかった」ということである。

このエピソードは、たいへん示唆的である。本草学↓23・薬物学の祖とされる神農は、植物をみずからの口で嚙み、その薬効を確認したというが、謎の生命体を発見したら、地球防衛軍に通報する前に、とりあえず喰ってみるというのは、中国人の伝統的な世界認識の方法に忠実なものであったと言えるからだ。古代の地理書『山海経』には、おびただしい数の奇獣怪物が紹介されているが、その説明たるや、「類という動物を喰うと、嫉妬をしなくなる」「虎蛟なる魚身蛇尾の怪物を喰うと、腫れ物ができず、痔にも効果がある」といった調子である。世界の構成員を喰らい、味わうことで、世界を理解しようとするのである。

図1　草を嚙みながら薬効を確認する神農

腹が減っては……

人類の口の機能には、食べるだけではなく、しゃべるというものもある。口と舌

図２　お食事中の猪八戒

とが、味わう器官でもあり、またことばを発する器官でもあるという事実は、おもしろい符合であろう。中国のおしゃべり文化、すなわち物語の世界は、喰うことで入力され、しゃべることで出力されているようだ。いずれも舌先三寸が大活躍をする。

中国の物語には、空腹を理由に戦闘を休憩するという展開が、まま見られる。『西遊記』第七一回。妖王賽太歳（さいたいさい）は悟空と戦うが、形勢不利と見るや、「ちょっと休憩。おれはまだ朝飯を喰っとらんのだ。喰ってから勝負をつけようぜ」と言うと、悟空も「この世のなごりに、たらふく喰ってこい」とこれを許す。中国の物語には、「喰うこと」がらみで展開していくものが多い。

宴会なくして始まらない

中国人の宴会に参加した外国人は、そこが、なにからなにまで「過剰」であることに衝撃を受けるかもしれない。一六、一七世紀の、ヨーロッパ人による中国旅行記、あるいは中国誌には、中国人の飲食や宴会を包んでいた空気が、この数百年のあいだ、変わっていないのではないかと思わせるような報告が綴られている。

ゴンサーレス・デ・メンドーサは、その『シナ大王国誌』（一五八五）で、「かれらチナ人のあいだでは、世界のどの国民よりも盛んに宴会をおこなう。そのわけは、かれらが富裕で放縦であるうえに、天の光明に浴していないために、できるかぎり現世の快楽とあらゆる娯楽に熱中しているからである」（第一八章）という。

中国で布教活動に従事したアルヴァーロ・セメードは、「友人縁者の出会い、出立、帰還、娯楽の催しには、かならず宴会がつきものである。宴会抜きですすめら

れる重要な商談もない」といい、あげくの果てには、「多くの場合、宴会は『あす死ぬかもしれないから、きょう腹をふくらましておこう』という動機だけでおこなわれる」(『チナ帝国誌』一六四二、第一三章)と、哲学的な金言を紹介してくれている。マテオ・リッチになると、「かれらは飲食に招くほかには愛情を示す方法を知らない」とまで言いはなつしまつである(『中国キリスト教布教史』第一の書・第七章)。

中国語学習も宴会から

朝鮮粛宗三年(一六七七)に刊行された、朝鮮人外交官のための中国語会話集『朴通事諺解』は、みんなで宴会の準備をする場面が、その第一課である。その内容がおもしろい。メンバーは三〇人なので、ひとり一〇〇銭出せば、予算は三〇〇〇銭になる。これで羊と牛と豚の肉を買う。菓子も必要だ。酒はどこで買ったらいいだろう。なんの酒をどれだけ買うべきか。スープはどうしよう……と、じつに具体的かつ実用的な内容となっているのだ。中国人との外交には、宴会の設営が必須であったのだろう。『朴通事諺解』第一課の末尾は、次のように締めくくられている。

皇帝の大いなる福徳のおかげで、酒にも酔ったし、飯もたらふく喰った。

むかしの人も言っているではないか。

「酒があり花があるのならば　目の前のことを楽しもう

　子がなく孫もないというは　すべて他人の心配ごとぞ」

われわれは、いまこの時を楽しまないで、どうしようというのだ!

セメードの伝える金言「あす死ぬかもしれないから、きょう腹をふくらましてお

こう」と、まるで同じことを言っているではないか。このような国際交流の風景は、現在でも、本質的にはほぼ変わらない。

図3　ゲロを吐くほど飲みました（『便民図纂』）

図4　ゲロ男とその友達（『清院本清明上河図』）

そして醜態をさらす

宴もたけなわ、醜態をさらすものも出てくる。現在の中国の宴会では、白酒（バイヂウ）という アルコール度数の高い酒がふるまわれるが、ホストもゲストも、ひとこと挨拶を求められるたびごとに、小さな盃でこれを何度も飲み干すことが求められる。これにまじめに付き合っていると、命さえ危ういが、まっとうな組織の外交部門には、たいてい酒に強いものがいて、酒宴対策の斬込み隊長の座に君臨している。これで泥酔して醜態などさらしては、外交的敗北ということになるからだ。

明代の農業技術の書『便民図纂（べんみんずさん）』には、「農家の楽しみ」と題する、豊作をよろこぶ宴会を描いた図版が載っているが、そのなかに、ひとりゲロを吐いている男が描かれている。だが、そんなやつにはおかまいなく、まわりでは飲めや歌えの酒宴が続行している。また、宋代、張択端（ちょうたくたん）の『清明上河図（せいめいじょうがず）』を、清代の宮廷画家が模して描いた『清院本（しんいんぼん）清明上河図』には、川沿いの飲み屋につどう男たちが描かれているが、ひとり欄干にもたれ、川面に向かってゲロを吐いている男がいるのは、注目にあたいしよう。しかも、かれの背中をさする、心やさしい友達の存在が、私たちの心を暖かくしてくれる。中国人の過剰と饒舌に、異国の者は疲れもするが、こういう「ゲロと友達」を描いてしまうというのもまた中国人の一面であり、それに癒（いや）されもするのである。

（武田雅哉）

15

酒と麻薬とタバコと——穀物を救え！

図１　北京の「二鍋頭発祥の地」の酒を造る人びとの像

酒を発明した人

紹興酒(しょうこうしゅ)に白酒(バイヂウ)（中国焼酎）、ビールにワイン、中国には多くの種類の酒がある。レストランに行けば、あちこちで「乾杯(ガンベイ)、乾杯」の嵐である。中国の社会は、酒という飲み物について、一見すると、とても寛容に思えてくる。しかしそのいっぽうで、不寛容な面も根強く存在するように思われてならない。

さまざまなものの起源には伝説がつきものであるが、中国の酒とても例外ではない。『戦国策(せんごくさく)』「魏策(ぎさく)」という書物によると、酒を発明したのは、儀狄(ぎてき)という人物だとされる。古代の聖王である禹(う)の娘が儀狄に酒を造らせ、飲んでみたらとてもうまかったので、禹に勧めたという。禹が飲んでみると、なるほどうまい。そこで、禹は酒を亡国のドリンクとして警戒し、儀狄を遠ざけ、自分も酒を口にしなかったという。このほかに杜康(とこう)という人物がもちきびから酒を造ったという伝説もある。

酒は飲めどもなぜ酔わぬ

儀狄の伝説を見るとき、少し意外に思うことはないだろうか。それは、禹の美酒に対する警戒感である。日本では、酒は飲んだら、酔うのがあたりまえ、酔ったならば、目上も目下も無礼講。これは、酒によってけがれが清められるとする日本人の感覚であろう。中国人の酒に対する感覚は、日本人のそれと根本的にちがってい

図２　湖南省鳳凰県の「酒鬼」像

図３　酒を濾す陶淵明一家

るようだ。古代の生活のきまりを記した『礼記』という書物の「楽記」という篇には、人間がブタを飼い酒を作るのは、祭礼のためであるが、酒によって訴訟沙汰が多く発生したので、王が「酒礼」をもうけて、主客が一杯の酒を酌み交わすにも、一〇〇回拝礼をすることにし、一日中飲みつづけても、酔わないようにした、とある。もちろん「酒鬼」（のんべえ）がたくさんいるから、それを戒める『礼記』の記述が生まれてくるわけだが、やはり理想は酔わずに飲むことなのである。逆に言えば、中国人にとって、酒とは、人間の理性を麻痺させ、狂気にみちびき、訴訟を多発させるドリンクであるといってもよいであろう。

酒は体の外で作られるウンチ？

とはいえ、中国の歴代の詩人には、陶淵明や李白をはじめとして、大酒飲みの詩人が数多くいる。しかし彼らも酒を飲むために涙ぐましい努力をしてきたのであった。陶淵明の伝記には、彼が彭沢県の長官をしていたとき、酒さえ飲めれば満足だといって、田んぼに酒の原料となるもちあわだけを植えようとしたところ、妻子がどうか食用のうるち米も植えてくれと泣きつき、結局、六分の一の田にうるち米を植えざるをえなかった、とある。彼の妻子は酒では腹がふくれなかったのだ。中国の伝統的な酒は、穀物によって作られるため、酒を作るためには、大量の穀物を発酵させ、消費しなければならない。つまり本来は人間の体の中で発酵／消化されて血肉になるべき穀物を、酒はむざむざカメの中で発酵させ、液体化してしまうのである。原理的には、酒は人間の体外でつくられる「ウンチ」とでもいうべきものな

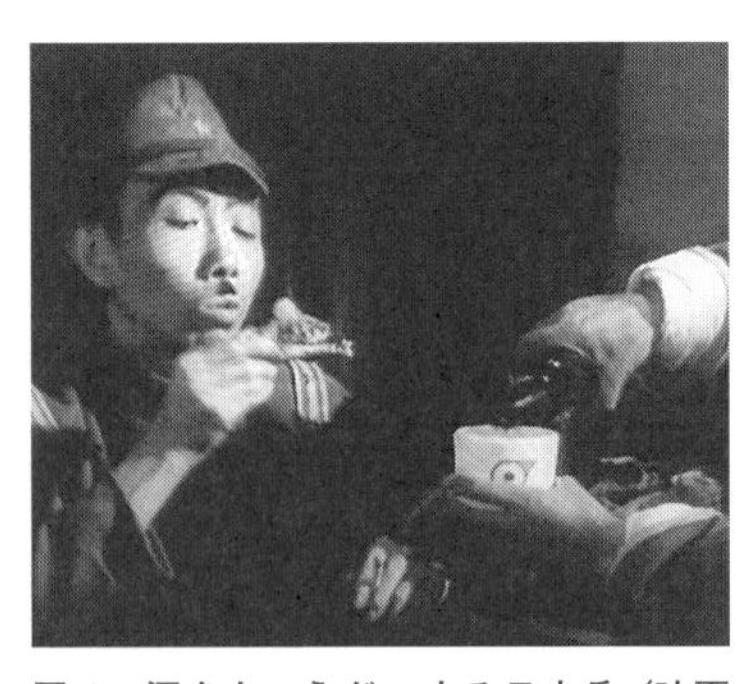

図4　酒をちょうだいする日本兵（映画『鉄道遊撃隊』）

のだ。禹が酒を亡国のドリンクとし、歴代の王朝がたびたび禁酒令を出してきた背景には、酒が本来もっている穀物の浪費という性質があったのである。

英雄と酒

酒については、歴代王朝のみならず、現在の中華人民共和国においても、不寛容な面があるようである。建国後、酒の生産は、増えていったとされているが、実のところ、あまた制作された社会主義革命を描く映画では、酒に対してしばしば厳しいまなざしを投げかけている。これらの映画においては、善玉の革命的人物と悪玉の反革命的人物とがはっきりと分かれるのだが、この亡国のドリンクを日常的にたしなむのは、ほぼ悪玉にかぎられている。善玉は、今生の別れなど、特別なことがあったときにだけ、杯に口をつけるのである。日本の「愛国的」映画である戦争映画で描かれる酒とは、大きく異なっているのではあるまいか。

ちなみに現在の中国でも、日本と異なって、「居酒屋文化」なるものがない。居酒屋文化がないと、はしご酒という習慣も存在の余地がない。来日したての中国人は、何軒も居酒屋を連れ回されて、いつになったら家に帰れるのかと、面食らうことも多いようである。たとえば「酒場放浪記」というテレビ番組を制作しようにも制作のしようがないのだ。

煙薬の効用

魯迅は「魏晋（ぎしん）の気風および文章と薬および酒の関係」という講演で、三世紀から

図５　肺病を患っても紫煙くゆらす魯迅

図６　シガレットを吸う毛主席とキセルを吸う農民

五世紀にかけての魏晋南北朝時代における「五石散（ごせきさん）」という鉱物性の麻薬に言及している。この薬は、効用を得るためには、歩きつづけたり――「散歩」の語源とされる――、冷たいものしか口にできなかったり、しかし酒だけは温かいものしか飲めなかったりして、服薬した後が非常に面倒なものであった。この薬を服用すると、魯迅は皮肉をこめて「仙人になれる」といっているが、よくいえば理性がさえ、悪くいえば傲慢になり、時として狂気の世界に近づいていくとされる。そして魯迅は、この薬の服用者は、一見すると、社会規範の破壊者のように見えるが、実はさえた理性によって偽善を攻撃していたのだとする。魯迅は、当時、多く吸引されていたアヘンを片目でにらみつつ、「五石散」のことを論じているといえよう。これらの麻薬は、酒が理性を鈍らせるのに対し、狂気に至る前の理性のさえをもたらすために、少々酒とはちがうあつかいをうけているようである。

英雄とタバコ

ところで、タバコについても、中国の宴席で勧められたことのある人も多いであろう。政治宣伝映画では、英雄は、あまり酒を飲まないのと対照的に、タバコをスパスパ吸うのである。革命の戦士・魯迅はヘビースモーカーであった。毛沢東にいたっては、チェーンスモーカーであり、一日一本のマッチがあれば用が足りるという伝説を残す。彼らを描いたポスターにもタバコは欠かせない。してみると、タバコは、英雄が理性を発揮して思考を展開するのに絶大な効果があるとされてきたようである。そして、「五石散」もタバコも穀物をムダにしないのだ。（齊藤大紀）

16

面子と交際——名誉と人間関係の原動力

図１　覇王祠は，享殿，衣冠塚，神道と墓道によって構成されている。項羽の青銅全身像が立っているこの享殿は，祭祀活動を行なう際の中心的な場所である（安徽省和県烏江鎮、2009）

面子とは

「面」の象形文字は、仮面をかたどったものであり、もともと仮面、マスクを表し、ひいてはおもて、前を意味する。『説文解字』の「面」の項目に、「顔の前なり」とあることは、それが顔全体を表す文字となったことを意味している。「面子」ということばの初出は『旧唐書』「張濬伝」に遡ることができる。面子をあらわすことばには、面目があり、体面、尊厳、名声、世間体、社会的立場といった意味で使われてきた。面子のこの意味は、そのまま日本にも伝わっている。「面子を立てる」「面目を保つ」「面子にかかわる」といった表現がこれにあたる。面子は、中国社会における個人の名誉、人間関係をめぐる行動原理を考えるうえで、もっとも重要な事柄である。

面子のために命まで落とした人

面子は、内面的自覚にもとづく名誉と、世間的評価を意識した外面的対応の二つの側面がある。中国の歴史の中で、人びとはこの内面的自覚にもとづく名誉である面子を保つために、さまざまな人生のドラマを繰り広げてきた。ここで司馬遷の『史記』「項羽本紀」の名場面をみてみよう。

秦の始皇帝亡きあとの動乱時代に、一時は全国の覇王の地位につきながら、ライ

図2　花嫁の行列。輿で花嫁を迎える漢族の風習は，南宋（1127〜1279）にまでさかのぼる。提灯や楽隊が先導し，嫁入り道具をいれた箱がつづく（安徽省宿州市、2008）

バルの劉邦との天下争いに最終的に敗れた項羽（前二三二―前二〇二）は、長江の北岸、烏江のほとりまで追い詰められた。烏江亭の亭長に、河をわたって故郷に帰り巻返しを勧告された項羽は、「たとえ江東の人びとが、我を憐れみて我を王とするも、我は、何の面目かあってこれに見えん」と言って、断った。項羽は故郷の人びとに面子が立たないと思い、三一歳の若さで自害した。

王として負けたとしても、人間としての最後の尊厳を示した項羽の生き様に、後世の人びとは深い共感を寄せている。そのため、項羽は中国において史上最強の武将、人間味のある豪傑として、中国の人びとに愛されてきた。

どこの国の人であっても大なり小なり面子という考え方はあるが、中国では何よりも重要なものである。中国の社会では、外面的な行動や態度がその人の価値を決定し、また世間体、他人の評価が人びとの行動を制約している。だから、中国人は命を絶ってでも面子を立たせることを願う。その意味で項羽の生き方は、中国人の憧れる純粋な人間像を示していると言える。

結婚と葬式の中の面子

一方、面子は、個人や家族の立場や勢力を象徴するものとして、日常生活の中によく登場してくる。その場合、内面的自覚にもとづく名誉とは異なり、世間の評価を意識した外面的対応となる。それが典型的に現れているのは、結婚式と葬式である。

提灯や楽隊が先導して、輿の後ろに嫁入り道具がつづく。花嫁の行列は、その実家の社会的・経済的地位を象徴するものと見なされる。また、その長い行列は、花

図３　葬送の行列。楽隊が先導し，故人の親族や親しい友人に囲まれた棺がつづく。参列者数は故人や遺族の面子にかかわるものであり，多いほどよいとされる（福建省恵安県，2010）

婿側の面子を立てることにもなる。いまでも、誰々の嫁が結婚した時の行列は、一キロもつづいたといったような「美談」は、人びとの記憶の中に生きている。

また儒教の価値観にもとづく中国では、葬儀↓18が親孝行を表現する最大の見せ場となる。葬式の参列者が多いほど、故人や家族の面子が立つことになるのである。ある安徽省の農村では、「九三歳で亡くなった義父の葬儀には一三五卓の客が来てくれたのよ。この辺の記録となった」と嫁が誇らしげに語った。中国の農村では、一つの食卓に八人が座るので、一三五卓とは、一〇八〇人の参加者を意味する。この参加者の数は、故人の名声や一生に築いた人間関係の規模を表すと同時に、息子夫婦の親孝行を表現するものでもある。

逆に親不孝な人の面子をつぶすのもこの葬式である。ここで七〇年代に起きた葬式での出来事を紹介したい。ある息子夫婦と同居した老婦人が、嫁に虐められ、病気になっても医者にみてもらえない。絶望した彼女は、農薬を飲んでこの世を去った。葬儀の日に、老婦人の実家の親族代表者が一人も来なかったので、葬儀は中止された。中国では、死者が結婚した女性である場合、その実家の親族がこなければ、死者の棺の蓋を閉めることができない。喪主の親族集団は、緊急に代表を選び出して、死者の実家を説得しに行かせた。後日、やっときた実家代表は、親不孝の嫁を殴り、宴会のテーブルも倒した。故人の仇討ちをし、自分たちの一族の尊厳を保つことになるのである。彼らの行為は、意地悪な嫁及び息子の一族の面子をつぶすことによって、このように、中国人は、世間的評価を意識し、目に見える対応により、自分と相手の面子を立てたり、つぶしたりする。

モノの贈答と面子

モノを通して、互いの面子を立てて交際することも、中国では昔から重んじられてきた。『詩経』「衛風・木瓜」の中で、次のような歌が書かれている。「あなたたちはわたしたちに木瓜を贈ってくれた。わたしたちはそのお返しに美しい玉を贈る。単にお返しというにはとどまらず、これを機会に長いお付き合いをしたいと思うのである」。付き合いにおいて面子を重んじるこの歌からは、人の交際がモノの贈答をともなうものであることがわかる。しかも、モノを贈る場合、自分の面子だけでなく、相手の面子も立てる必要がある。

たとえば、中国人がプレゼントを買うとき、派手で珍しいものを選ぶ傾向がある。貰う人が「これは友人がくれた、どこそこのものだ」と第三者に自慢できるようなものは、最高のプレゼントとされる。第三者の目に止まり、それを褒めてくれることによって、はじめて送る人ともらう人の面子が立つのである。

このような、面子を大事にする価値観は、中国人の海外旅行にも反映している。先進国で、物価の高い日本に旅行し、自分の面子を満足させた後には、お土産で親戚や友人の面子も立てる必要があるので、お土産の購入は大量になり、出費も他の国の観光客より多くなるのである。その意味で面子は、今日の中国人にとって消費行為の原動力ともいえるのかも知れない。

面子は、いつになっても中国人が物事を決定するうえでもっとも重視する行動指針であり、面子が立つかどうかがもっとも大切な判断基準になる。

（韓　敏）

17 結婚と離婚――「怪談」としての婚姻譚

図１　伝統的な婚礼。「司儀」と呼ばれる進行役が司り，新郎新婦に拝礼をさせる。新婦は赤い布を頭にかぶっており，洞房に入ると新郎はそれを取ることができる

新婚初夜のおそるべき儀式

清末の天津。すばらしく小さな纏足↓21・54の娘香蓮（こうれん）は、そのおかげで玉の輿（こし）に乗った。嫁入りの輿の中で、彼女はこっそりおばあちゃんがくれた、寝床で履くやわらかな靴の中をのぞく。そこには裸で抱き合う男女が刺繍されていた。「お家に帰して」と、香蓮は叫ぶ。だが時すでに遅し、初夜に彼女を待ち受けていたのは、まずは洞房（ねや）でドンチャン騒ぎをくりひろげる野次馬連中。つづいて新郎が、「彼女を寝床（ベッド）に押し倒し、靴をはぎとり、縛り布を引き裂いて香蓮の素足を握りしめ、うれしさに鼻息も荒く、奇声をあげたり、大笑いをしたり、気も狂わんばかりの喜びよう」。

馮驥才（ふうきさい）の小説『三寸金蓮（てんそくものがたり）』（一九八六）は、花嫁の身にふりかかる新婚初夜のドタバタを、あますところなく描いている。洞房でのドンチャン騒ぎは、「鬧洞房（ナオトンファン）」と呼ばれるもので、現代でも行なわれている。初夜に夫婦の部屋に押しかけ、花婿をからかったり花嫁をいびったりする風習は、爆竹を鳴らすのと同様、魔除けと考えられていたようだ。しかし実際のところ、早くも晋の『抱朴子（ほうぼくし）』には、流血沙汰になるほどで嘆かわしいと書かれている。清の絵入り新聞『点石斎画報（てんせきさいがほう）』にも、やりすぎて血を流したり、命を落としたりした人が頻出する。昔も今も、悪ふざけが過ぎる人びとが後を絶たなかったということだろう。

図2　張愛玲の描いた中華民国期の「半新式」婚礼の花嫁。赤い布をかぶるかわりに，サングラスをしている

完璧な結婚という「怪談」

中国の結婚を描いた小説には、「怪談」として読めるものが少なくない。張愛玲（ちょうあいれい）の『赤薔薇・白薔薇』（一九四四）は、そのひとつである。主人公佟振保（とうしんほう）の生涯には、二人の女がいた。一人は「赤薔薇」、かつての情婦であり、もう一人は「白薔薇」、自身の妻である。奔放な情婦と手を切り、貞淑な妻をめとったはずの振保は、情婦が妻の、妻が情婦の顔をもっていたことに気づく。この小説では、一人の男に複数の女という中国の古典小説に数多く見られる男女の関係が、男性の内面の破綻という形で痛烈にひっくり返される。ある日「赤薔薇」と再会した振保は、完璧な結婚生活を語ろうとするが、鏡に映る自分が涙を流す姿をただ眺めるほかないのだった。

さかのぼれば、唐代伝奇の『鶯鶯伝（おうおうでん）』から清代小説『紅楼夢（こうろうむ）』にいたるまで、「才子佳人（さいしかじん）」、すなわち才知にたけた男と見目麗しい女の物語には、別離や試練がつきものである。家父長制度に支えられた漢民族の結婚は、媒酌人をたて、親が取り仕切るのが一般的であった。指腹婚（しふくこん）といって、家柄の釣り合う相手の子供が胎内にいるうちから、妊婦の腹を指さして決めてしまう婚約もあるほどだ。親の決めた婚姻によって仲を裂かれる筋書きは、才子佳人ものの常套手段といえ、話を盛り上げる要素でもあった。張愛玲など近代以降の作家は、古典から養分を吸収しながらも、かつての家父長制度や才子佳人の婚姻が、異形の姿に変貌するさまを描いている。

童養媳の文学史

家長が取り仕切る結婚のことを、包辦婚（バオバンフン）という。二〇世紀後半にいたるまで、中

図３　「売品」としての女児

国では「父母の命、媒酌の言」に従った婚姻が正しいものとみなされ、私通や媒酌人のいない結婚は許されなかった。こうした慣習の中で、童養媳（トンヤンシー）といわれる売買婚も行なわれていた。これは、男児をもつ家が幼女を買い取り、小さいうちは男児の子守や家事をさせ、大きくなったらその男児の嫁にするというものである。夫側は結納金の負担が軽くなるが、働き手となる女性は、夫より年長の場合が多い。

魯迅の『祝福』（一九二四）や、蕭紅（しょうこう）の『呼蘭河（こらんか）の物語』（一九四一）など、中華民国期には「童養媳文学史」が編めるほど、その悲劇が数多く物語られた。一九一九年の五四新文化運動[28]の後、知識青年たちは「自由恋愛」をめざし、中国の結婚観には大きな変化が生じていた。かれらは旧習による婚姻を批判し、みずからもまた親の決めた結婚相手から逃れ、故郷からの脱出をはかったのである。

童養媳文学の異色の「怪談」といえば、沈従文（しんじゅうぶん）の小説『蕭蕭（しょうしょう）』（一九三〇）である。いなかの童養媳、蕭蕭の嫁入りはこんな風に述べられる。「彼女は恥ずかしがりもせず、こわがりもせず、何もわからずに人の嫁さんになった」。やがて蕭蕭は、幼い夫の世話をするうちに、作男の子を身ごもってしまう。首つり、身投げ、服毒、すべて思いつく蕭蕭だったが、結局どれも実行しない。掟破りの罰は、水に沈められるか転売されるか。しかし、蕭蕭は男児を産んで命拾いをする。やがてその子も、童養媳をもらった。婚礼の日、新たに生んだ赤ん坊を抱く蕭蕭は、まるで一〇年前に夫を抱いているみたいだった、と物語は締めくくられる。童養媳は別名「団円の嫁さん」とも呼ばれるが、「大団円」として語られる童養媳ほどこわいものはない。

図4　「禁止童養媳」の図解。姑に虐げられる童養媳（連環画『婚姻法図解通俗本』）

図5　連環画に描かれた婚姻法にもとづく婚礼。新夫婦の結婚登記

婚姻法と貫徹運動

一九五〇年五月一日、中華人民共和国最初の「婚姻法」が発布された。婚姻法とは、婚姻の自由、一夫一婦制、男女の平等などを定めた法律である。そうした法は建国前から存在していたが、このたびの新婚姻法では、「離婚の自由」が明文化されたところが新しい。夫婦には役所での結婚登記と、結婚証書の受け取りが義務づけられた。中国共産党政府は、新婚姻法の普及に力を注ぎ、演劇、ポスター、連環画など、非識字層にもなじみやすい視聴覚メディアを宣伝に用いたのだった。

しかし実際のところ、包辦婚はすぐにはなくならなかった。五三年には、共産党政府により「婚姻法貫徹運動」というキャンペーンが行なわれたほどであり、この時期に離婚件数が急激に増加したという。すなわち貫徹運動とは、婚姻法を遵守するため、まず包辦婚を解消しましょうという「離婚ノススメ」であったわけである。

建国後の「怪談」としての婚姻譚に、葉蔚林（よういりん）の『五人の娘と一本の縄』（一九八五）がある。同じ村で生まれ育った五人の娘は、嫁入りを控えたお年頃。でも、「お嫁に行くなんて鬼の住み家に行くようなもの。男の人は、昼間はひっぱたき夜は乗ってくる。姑さんの爪は長いわよ、ちょっとつまんだら五本の筋が刻まれる」。そこで娘たちは、あの世の「花園」への旅立ちを、五人で仲良く決行するのである。

閻連科（えんれんか）の『革命浪漫主義』（二〇〇四）は、中隊長の嫁探しという「重大任務」の成就を革命的に描く。そこに浮かび上がるのは、家父長制度が党や軍といった新たな組織に引き継がれるグロテスクな姿だ。結婚の背後に、亡霊のようにまとわりつく共同体の掟。おそらくはそれが、「怪談」の正体なのだろう。

（田村容子）

18

出産と死亡――人間と霊魂にかかわる文化的営み

図1　赤ちゃんの健康と成長を祝う吉祥画

中国人の生と死

世界人口の五分の一を占めている中国人は、命の誕生とそのおわりを大事にしてきた。出産と死亡は、個々人のことというより、当事者が所属する社会にとって、メンバーを再生産し、調整していく生理的かつ、文化的出来事でもある。

出産――多くの人が見守る中で迎える人生の最初の一大事

出産は、妊婦とその周囲にとって重大事であり、喜ばしいこととされている。しかし、衛生環境の悪さや医療の未発達から、母子ともに死の危険が大きく、また障害児が生まれることもある。そのため、赤ちゃんの誕生をめぐってさまざまな安産のための儀礼が行なわれるのは、家族や社会の期待と関心の表れであるといえるだろう。出産の月に入ると、妊婦の実家は卵、黒砂糖などの食べ物と、生まれるこどものための布団や衣類を含む「催生礼（さいせいれい）」という贈り物をして、無事出産を祈る。

一方、妊婦は不浄な存在とされ、産児や近親者に危険な力が及ばないよう、多くの禁忌も課せられている。たとえば、妊婦による結婚式や葬式への参列、自宅での喪中の出産は禁じられている。一九一〇年代の成都の、ある大家族を描いた巴金（はきん）の小説『家』には、主人公の身重の妻が、祖父の葬儀中の出産を回避するため、郊外のあずまやに追われ、難産のすえに死んでしまう場面があった。現在は、妊婦に課

図2　こどもの誕生を盛大に祝う「送祝米」の儀式に，母親の実家及びその父系親族から贈り物が届く。中には小麦，砂糖，卵と子供服などが入れてある（安徽省，1991）

せられた禁忌は、緩和されてはいるが、まだタブー視する人は多い。

こどもの社会的誕生――共同体への加入

赤ちゃんが生まれたら、男の子なら産室の左側に木の弓を、女の子ならその右側に赤いハンカチをかける風習があったが、いまは、性別と関係なく赤い布をかけることが多い。出産報告は、夫の仕事である。安徽省では、B4サイズぐらいの赤い箱と、赤く染めたゆで卵を持って、知らせに行く。男の子なら、箱に本と葱（ねぎ）を入れる。本は読書して出世することを願ったもので、葱は聡明の聡と同じ発音である。また、長寿を象徴する松を入れる場合もある。女の子の場合は花を入れる。将来は花のように美しい女になることを願っている。

こどもが生まれて一〇～二〇日経つと、親戚が集まって、出産祝いを行なう。図2は産婦の親族からの贈り物である。小麦、砂糖、布と卵のほかに、銀細工のアクセサリー、こどもの衣服、帽子、靴、玩具、車、ベッドなども贈られる。宴会のさなかに、近親者の女性が赤ん坊を抱いてみんなに見せる。親戚が一人一人、その子に「見面礼（けんめんれい）（初対面の礼金）」をあげる。出産祝いはこどもにとって、両親の親族の共同体への加入と、こどもの社会的誕生の完成を意味する。また産婦にとっては、子を持つ母という新しい身分として社会復帰する意味もある。

死亡――故人の肉体とたましいを見送る儀式

死は、すべての人びとがかかわる人生の最後の一大事といえる。長い歴史の中で、

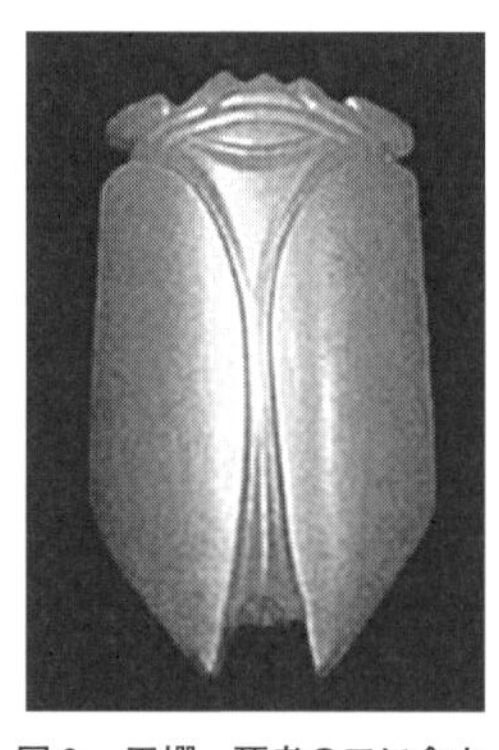

図３　玉蟬。死者の口に含ませる，玉石でこしらえた蟬

図４　中国では亡くなってあの世に住んでいる家族が不自由しないように，お金を模した紙製の供え物，紙銭を燃やす。最近，ポンドの紙銭も登場している（2010）

命のおわりをめぐる作法は、一定の構造を用いて維持されてきた。それは霊魂信仰にもとづくものであり、『礼記（らいき）』『儀礼（ぎらい）』などにも規定されている。その基本的な要素として、死に装束と近親者の喪服の着装、死の知らせ、霊鎮（たましず）めのための位牌、お供えと音楽の使用及び村外への埋葬などが挙げられる。

　葬儀の目的は、故人のたましいを鎮め、行くべきところへ導くことにある。『礼記』（祭義篇）によれば、人は魂（こん）と魄（はく）の二種類のたましいがある。天の陽気からの魂は、精神をつかさどり、地の陰気からの魄は、肉体をつかさどる。子孫たちは位牌を作って魂を祀り、魄の戻る場所として地中に遺体を埋めるのである。

　死が確認されたら、体を清めた後に、綿入れの寿衣（じゅい）（死体に着せる着物）を着せて靴を履かせる。毛皮やウールの使用は、来世動物に生まれ変わるので、タブーである。空腹では忍びがたいので、死者の口に米や貝などを入れる「飯含（はんがん）」の儀式を行う。そのほかに玉を入れる「含玉（がんぎょく）」の風習もある。再生力があるとされる玉に、死者復活の願いが託されている。また、遺族は号泣しながら、あの世のカネである紙銭（しせん）などを燃やし、天にも知らせる。『礼記』の時代は、死者の名前を書いた幡（はた）を作っていたが、いまは、ただ紙でつくった白い幡を屋外に立てて訃報を知らせる。遠方の親戚や友人にも葬儀の日程や場所を知らせる。

　遺体が安置されている大広間の前に、祭壇を設け、線香、蠟燭と食べ物を供え、あの世のために紙で作った家や日用品も用意する。近年は、通帳、パスポート、ドルや日本円の紙銭も登場している。近親者は、白の喪服姿で遺体を囲んで故人の霊を守る。孫にあたる人は、喪服か帽子に赤い布一枚、曾孫は二枚を縫い付ける。

図５　母親の棺を囲み故人の霊を守る息子夫婦。白の喪服を着て，白の帽子をかぶり，白の靴を履いている。中国では，「白」は死，葬式を象徴する色である（安徽省，1991）

葬送は楽曲とともに

葬儀は三日目に行なうが、今は翌日に行なうところもある。葬儀に欠かせないのは楽隊である。チャルメラ、シンバル、笙（しょう）、二胡から構成された楽隊は、喪主の家の前で前日から葬儀終了まで休みを入れながら演奏しつづける。弔問客は大体午前中につく。香典のほかに花輪や葬送にふさわしい対句を贈る場合もある。祭壇の前で三回の礼拝を済ませ、昼の会食と午後の出棺を待つ。長い待ち時間に楽隊は弔問客を楽しませるために地方劇や現代の流行曲などを演奏する。

軽やかな楽曲がだんだん厳かな楽曲へとかわり、人びとに出棺を知らせる。喪主が素焼きの鉢を地面に叩きつけて割り、出棺の合図を出すと、遺族や弔問客が一斉に泣き、楽隊は悲しみのクライマックスを演出する。爆竹が鳴り響く中で人びとは棺を担いで墓地まで送り届ける。幡が葬列を先導し、楽隊がついて行くが、現在は自動車に地味な色の飾り付けをして用いることも多い。人生の最後の一大事である葬儀は、参加人数が多いほど、故人の名誉と面子↓16につながるので、子孫はなるべく多くの人を集め、立派に行ない、来客が満足するように接待する。その意味で、時に悲しく、また時にはくつろぎを感じさせるような軽快な音楽は故人への鎮魂であり、弔問客へのもてなしでもある。

中国人の生と死は、自然的事象であると同時に、人間社会やコスモロジーと深くかかわっている文化的行為でもある。人間の命は、社会集団との関わりの中で始まり、また人びとに見守られて自然の中に帰るのである。

（韓　敏）

19 罪と罰――迷信や物語を生みだす酷刑

古代の検死学

中国では宋代に『洗冤集録』という法医学に関する書物が登場した。検死して死因を明らかにするためのものである。首つり、自殺、服毒死などさまざまな具体例を挙げながら、原因究明方法のみならず、現場検証や証人尋問の注意点についても子細に述べている。現代の医学からみると必ずしも正確ではないが、当時の技術水準から考えると、非常に優れた検死専門書で、当時の役人がどのように死体と向き合い、犯罪に対応してきたかが伝わってくる。これらは実際に現場で活用されてきただけではなく、小説や劇における殺人事件でも利用された。

伝説の名裁判官、包公

北宋の時代に、包拯（九九九―一〇六二）という人物がいた。彼は清廉潔白、公明正大な裁判官として有名で、民衆からは尊敬の意をこめて「包公」と呼ばれた。史書である『宋史』でも彼について記されているが、彼を主人公とした一連の裁判物語は広く人口に膾炙した。この包公が主人公の裁判ものは包公案と呼ばれ、史実に基づいた事件だけではなく、包公以前にも存在していた裁判ものも取り込み、挙句に包公を「昼間は人間界、夜は冥界の裁判をする」という超能力をもつスーパーマンに仕立て上げた。そのため、包公は人間以外の動物や妖怪をも裁くようになる。

図１　京劇における包拯

図2　拘束され，引き回される罪人

清の時代になると、包公は脇役的存在となり、彼よりも複数の武芸の達人たちが目立って活躍する『三侠五義』（一八七九）という小説が登場した。

包公案は日本にも入り、大きな影響を与えた。たとえば江戸時代の名裁判官である大岡越前（大岡忠相）の「大岡裁き」として著名な逸話には、複数の包公案が翻案され流用されている。どちらが本当の母親か子供の手を片方ずつ引っ張って愛情を確かめる「子争い」、お地蔵様をしばって尋問し盗賊を一網打尽にする「縛られ地蔵」など、いずれも包公案が元になっている。岡本綺堂の『半七捕物帳』はテレビドラマ化されたこともあり、よく知られている人気の高い時代推理小説だが、やはりここにも多くの包公案が換骨奪胎して用いられている。たとえば、傑作と名高い「三つの声」では、男が水死し事故死として片づけられそうになるも、事情聴取した半七は重要な三種類の声に気付き、瞬く間に真犯人を見出し事件を解決に導く。これは包公案の「三娘子」という作品からヒントを得たと考えられる。

古代の刑罰

中国の史書や小説に記された刑罰はひときわ残酷にも思える。特に処刑は見世物的要素が高く、民衆の集まる場所で行なわれたし、実際に多くの人びとが見物に訪れた（→41）。

刑罰は、主に公的機関による「官刑」と宗族や社会的なものによる「私刑」の二種類に分けられ、たとえば女主人の下女いじめなどは後者に属する。高貴な女性が死を賜る場合は、細長い白い布を与えられる。これで自ら首を吊って死ぬようにと

図３　『白檀の刑』表紙

図４　人肉しゃぶしゃぶ。清末の猟奇事件を伝える画報より

いう命令である。

　中国では肉体を傷つけることを嫌うため、刑罰にはあえて身体を損なうたぐいが多かった。「宮刑」は男性器を切りとる刑であり、最大の屈辱を味わいながら生きていかねばならぬ、精神的にも激しいダメージを与えるものであった。「烹煮」は「かまゆで」の刑である。日本でも大盗賊石川五右衛門がかまゆでの刑に処されたが、中国にも同様の刑罰が存在していたのである。問題は、中国ではただ煮殺すだけでは終わらず、時には「人肉スープ」や「人肉しゃぶしゃぶ」にして、その肉を遺族に食べさせたり、殺した側が食らったりしたという点にあろう。明代の小説『封神演義』でも、周の文王が息子の肉で作られたスープを皇帝から与えられる。「凌遅」→まえがきの刑はもっとも残酷なものの一つといえよう。これはできるだけゆっくりと死を与え、苦痛を長引かせるのが目的で、定められた回数分、刀で全身の肉を削いでいく。最終的には命を絶つのだが、その時には既にほとんどの肉が削り取られた後だという。あまりに残酷なために廃止になったことがあるが、すぐにまた復活し、清末になってもなお続けられた。この切り取られた肉片は薬になるという噂がたち、罪人の死後、肉片が飛ぶように売れたそうである。

　清末を舞台に描いた莫言『白檀の刑』では、天才処刑人を主人公とした物語が展開される。これでもか、というぐらい中国のさまざまな拷問・処刑が描かれ、さながら拷問百科のようであるが、虚実入り乱れた記述と複雑な構成は、描かれる刑罰の残酷さを補ってあまりある。

図5　釜にほうられる三つの首（池田大伍編『支那童話集』）

壮絶な復讐譚

残酷で厳しい刑罰のためか、それにまつわる復讐譚も中国には多く残されている。

『捜神記』の「干将莫耶」では楚国の王に剣を作るように命じられた刀鍛冶が鋳造に手間取り、三年も要してしまう。死を覚悟した刀鍛冶は雌雄ペアの剣のうち一振りだけを王に献上し、もう一振りを隠してまだ生まれぬ息子に託し処刑される。成長した息子は父の仇を誓って剣を見つけ出すが、懸賞首となった自分では王に近づけない。そこで出会った旅人にすべてを託して、自分で己の首を刎ねる。旅人は刀鍛冶の息子の首を王に献上する。王はこの首を釜茹でにするが三日三晩たっても煮えないどころか、首は湯の中から飛び上がって王をにらみつける。旅人は言葉巧みに王を釜に近づかせて見事その首を切り落とし、自らも首を刎ねて自害する。三人の首は大きな釜の中に落ちてしまい、区別がつかなくなった。この逸話は日本にも伝わり、『今昔物語集』や『太平記』にも記されている。

『史記』の「伍子胥列伝」では、国王に父と兄を殺され、自らも命を狙われた伍子胥が敵国に逃亡し、苦労の末に祖国を滅ぼす。だがその時には既に憎むべき平王は死んでいて恨みを晴らすことができなかった。そのため伍子胥は墓から平王の遺体を引きずり出し、これを鞭打った。その行為から「死者に鞭打つ」ということわざが生まれた。どちらの話にも共通するのは、権力者に対する壮絶な復讐という点である。こういった話が今なお数多く残っているのは、権力者による刑罰の理不尽さ、そのことに対する不満や憤りが物語となり、人びとの心に深く刻まれ語りつがれていったからではないかと思われる。

（山本範子）

20 道具と装置——人を整え、動かすもの

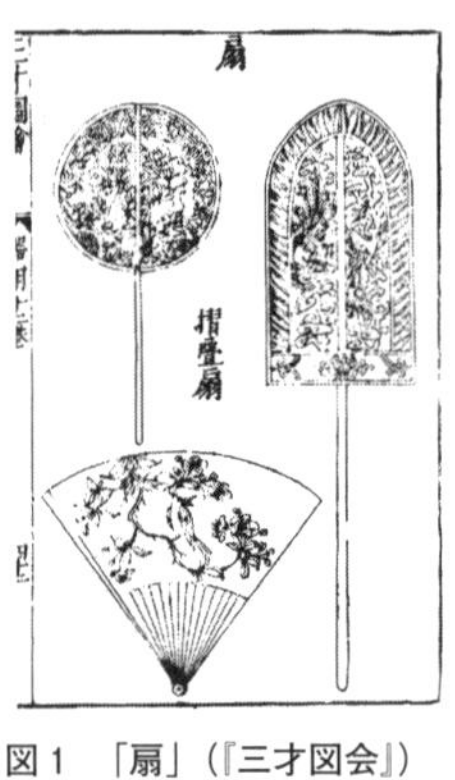

図１　「扇」（『三才図会』）

心地よさを求めて

「明窓浄几」といえば「明るい窓と払い清められた机」のことで、書を開くにあたって心落ち着く空間を表す。もとは北宋の欧陽脩のことばで、当時の知識階級にいた者たちの書斎の理想形を指している。「作文三上」の「三上」もまた彼に由来し、文章をよく練るという場所を三つまとめたもの。すなわち、馬に乗っているとき（馬上）、横になっているとき（枕上）、トイレにしゃがんでいるとき（厠上）、なのだそうだ。夏場の猫が涼しい場所を求めるように、文人たちもまた、心地よい空間を求めてさまよっていた。心地よい空間にいてこそ、精神は伸びやかになり、人は現実の瑣事を離れて、幽遠な思索の世界へ旅立つことができるのである。

この種の「心地よさ」、つまり生活における美学については、明代の末頃に、とくに洗練され、活発に議論されるようになったと言われる。当時の人びとのこだわりを伝えた書の一つに、文震亨『長物志』（一七世紀前半）がある。この書物には、生活の中で頻用するさまざまな日用の物、たとえば椅子に机、花木に乗り物、お茶やお香などが、こだわりのコメントとともに収められている。「長物」すなわち「むだなもの」をいう書名の下に、「使える」品々を詰め込んだあたりがおもしろい。

たとえば書架については、こう記されている。「書架には大小の両式がある。大型は高さ七尺余、闊はその倍とし、一二の格を設け、各格はやっと書物一〇冊が入

る程度にし、取出しの便をはかる。下の格に書物を置かない、地面に近く湿りやすいからである。足も少し長めにすべきだ。小型は机上に置くとよいが、格二つの平頭で角材（を使う）。竹架および朱・黒漆のは、いずれも使いものにならない」（巻六「架」）。これらの、高さや幅、使い方、材質や塗装にまで至る言及は、日用品の命である「使えるかどうか」の先にある「心地良いかどうか」を問題としている。このように『長物志』の細々とした記述からは、彼らの安らぎの空間、つまり思索のための装置と、それを彩る道具へのこだわりをうかがうことができるのである。

道具の「異人」たち

『長物志』の中にはまた、はさみ（巻七「剪刀」）や扇（巻七「扇・扇墜」）など、日本由来の道具についてのコメントが挟まれていて、日本人の目には興味深い。日本の折りたたみ式の扇子は、北宋の時代に朝鮮を通じて、中国へ持ち込まれたものと言われ、それまでの主流は、円い枠の中央に中骨が一本通った物であった。また日本式のU字型の和ばさみは、明代に、日本で金細工を修行した潘銅（潘鉄とも）が伝えた物という。人的交流に伴う道具の流入が、文化に変化と彩りを与える例であるだろう。そして、そのめざましい変化は、一六世紀末以降の宣教師たちの活動とともに現れる。彼らはキリストの教えや西洋の先進技術とともに、自国の珍品を皇帝に献上した。彼らがもたらした道具は、世界地図や天球儀、計算用の機器などあまたあるが、ここでは機械時計を見ていくことにしよう。

図２　順治14年（1657）に王宮内で製作された天球儀

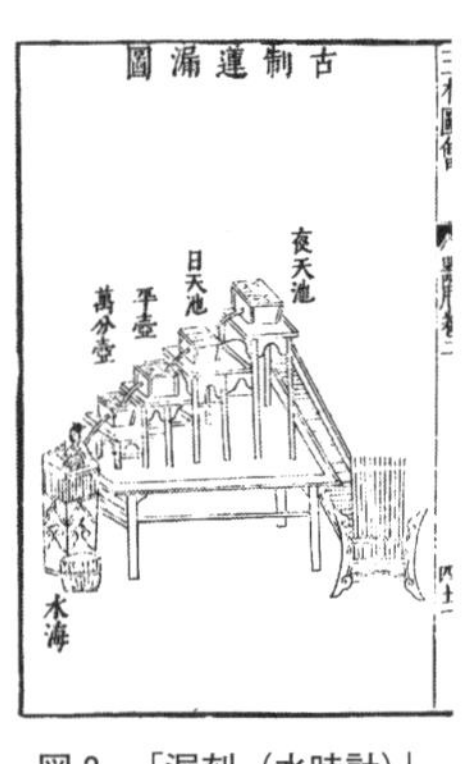

図3 「漏刻（水時計）」（『三才図会』）

からくり時計と中国

中国では古来、時間を測る方法として、太陽や水、線香などが用いられ、太鼓や鐘などによって、それを人びとに伝えていた。近代的な機械時計は、一般に明末に来華したマテオ・リッチ（利瑪竇）が中国に持ち込み、上海で活動した宣教師、ラッザーロ・カッターネオ（郭居静）を経由し、江南地域を中心に広まっていったと言われる。清代になり、康熙帝の頃には、北京の王宮内部に専門の時計製作所が設けられるに至る。王宮にはときおり、イギリスやフランスから、工夫の凝らされたからくり時計が届けられ、歴代皇帝の目を楽しませていた。からくり時計は国内でも作られるようになり、たとえば図4は、一七八〇年、乾隆帝の七〇歳の誕生日に際して、広州の役人が献上した中国製の物という。一定時刻になると、中央のサルが、音とともに桃を献上する仕掛けが施されている。

一八世紀後半の文人である趙翼は、『簷曝雑記』巻二「鐘表」の中で、時計を持っている役人を「かえって時間を間違える」と揶揄している。そのあたりは自覚もされていたようで、正確な時刻を把握し続けようとした役人の中には、周囲に時計を持たせ、互いに確認し合うようにさせていた者もいたようだ。ここには、集団の時間から個人の時間へと移行する時期の中国の姿が切り取られている。

「時計文学」と「近代」の足音

皇帝たちを楽しませ、人びとの生活を変えていった時計はまた、一八世紀後半から一九世紀前半にかけて、物語の小道具として用いられるようになる。まずは清代

図4　広州産のからくり時計

文学の最高峰である曹雪芹『紅楼夢』から。この作品には、一八世紀の大家族の、生活上の細々としたことが仔細に書き込まれているが、時計は病気がちな晴雯なる女子の登場とともに現れる。一家の若旦那である賈宝玉に体調を心配され、彼女が「大丈夫です」と咳き込みながら答えると、直後に時計は二回音を発する。そして次の晴雯の登場に際し、また何気なく音が四回鳴ると、それを合図とするかのように、晴雯はばったりと倒れてしまうのである。これは時計の音が、単に時刻を示すのみならず、不吉な雰囲気を醸している例と言えるかもしれない。後の紀昀『閲微草堂筆記』にもまた、ある男が真夜中に、暗闇に浮かぶ鍾馗の像と、カチコチと音を立てる機械時計に、肝を冷やして大騒ぎする話が収められている。

少し後の李汝珍『鏡花縁』では、時計は二度使用されるが、その二回目は、算術を得意とする米蘭芬なる少女とともに現れる。算術といっても、つるかめ算や筆算など、他愛もないものばかりなのだが、それらを物語は、まるで魔法でも披露するかのように描き出す。彼女は雷が鳴ったことをきっかけに、光と音の間隔から落ちた場所が分かると言い、その計算をし始めるのだが、時計はここで、その間隔を測ろうとする少女たちの注視を浴びることになるのである。これらの、自然に置かれた機械時計の描写からは、それが当時、人びとに浸透しつつあったものであるらしいことを十分にうかがわせる。

一八四〇年に始まるアヘン戦争によって、中国は強引に、西洋の主導する「近代」へと引きずり込まれてゆくことになるが、それは『鏡花縁』の登場から二〇年ほど後のことであった。

（加部勇一郎）

21

衣服と裸体——着ることと脱ぐことの攻防

股間をアルパカのヌイグルミで隠し、全裸で跳躍する巨漢——かれこそは、中国の現代アーティスト艾未未（アイウェイウェイ）（一九五七—）である。この人はいったい、何をしているのだろう？

「裸」のメッセージ

二〇〇九年のこのパフォーマンスは、あるメッセージを発信している。それは、「草泥馬（アルパカ）が真ん中を隠す（草泥馬擋中央（ツァオニーマーダンジョンヤン））」と中国語でつぶやくと、たちどころに解読される仕掛けだ。中国語では、「草泥馬」は「肏你媽（ツァオニーマー）」すなわち「肏（ファック）」、「你媽（ユアマザー）」とよく似た音であり、「擋中央」は「党中央」と同音である。ちなみに、「草泥馬」とはこの年に流行したネットスラングで、アルパカの姿であらわされることが多いが、架空の「神獣」とされている。

艾未未が裸であることも、ここでは意味をもっている。中国では、古くは『儀礼（ぎらい）』『礼記（らいき）』などの儒教の規範を記した書に見られるように、階級や身分によって着るものが制度として定められていた。決まりを守らず、常軌を逸した恰好をすることは「服妖（ふくよう）」（→7章イントロダクション）と称され、世の中に異変の起きる前兆と考えられていたのである。

中国において、衣冠服飾は社会的地位、性別、民族、年齢などを示す重要なコードとして機能してきた。たとえば、漢民族の王朝を征服し、清朝を立てた満洲族は、前頭部をそり上げ、残りの髪を編んで長く垂らす辮髪（べんぱつ）を男性に強制した。それによ

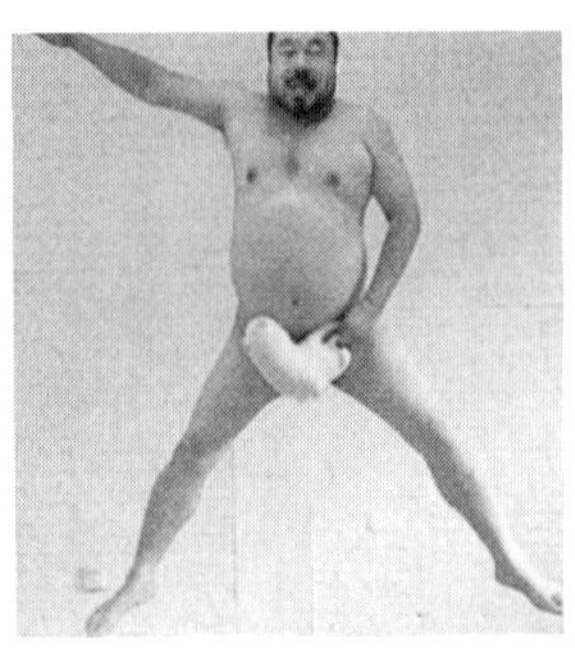

図1　艾未未『草泥馬が真ん中を隠す』（2009）

図２　中国春画に描かれる裸足

って、王朝の交代にともなう新たな規範を示したのである。やがて清朝が衰退すると、辮髪を切るか残すかが、政治的立場をあらわす一大事となる。魯迅の小説『阿Q正伝』（一九二一）では、村社会の末端にいるその日暮らしの阿Q↓24ですら、おずおずと辮髪を箸で巻き上げ、かれなりに「革命」の時流に乗ろうとしたのだった。

このように、服飾コードの遵守と逸脱は単なるファッションの問題ではなく、天下国家の存亡とも関連づけられる重大事であった。したがって、「裸」であることもまた、あえて規範を超越するという意思表示にほかならない。それは人間が、おのが身体と生命をかけて行なう、社会への異議申し立てであるともいえるだろう。

春画の裸体

「裸」の意味について解読しようとするならば、春画を避けて通ることはできまい。中国の春画は、日本のそれと比較すると、一見単調な線描によっている。性器の誇張や細密な描写を行なわず、人物はいずれもにこにこした童顔だ。したがって、中国の春画を見ていると、かれらのはじらいの在処はどこなのかという問題が気にかかる。一九五一年にファン・フーリック（Robert Hans van Gulik, 1910-67）の手で復刻された中国明代の春画集『花営錦陣』を見ると、もっとも意を凝らして描写されているのは、纏足↓54であるといえるだろう。とはいえ、それは隠されていることに意味があるようだ。春画の女性は、入浴の場面でさえ靴を履いている。だが纏足をしばる布がほどけ、靴のカバーが脱ぎ捨てられた様子こそ、見るものの欲望を喚起したのだろう。裸足が描かれることはまれだが、その場合、やはり「裸」であるこ

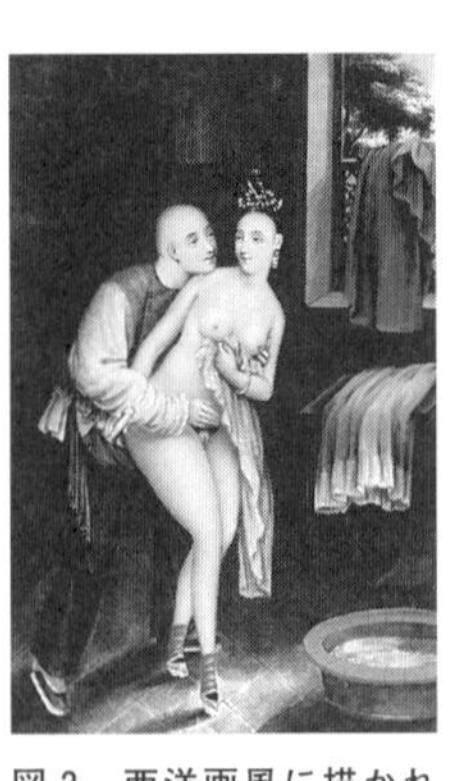

図3　西洋画風に描かれた中国春画

とには意味が込められている。裸足は、纏足をしていないことの強調、すなわち「男同士」を示唆するしるしとして機能しているのである。

　中国春画の裸体は、一八世紀に西洋絵画の技法がもたらされる（↓54）と、西洋人の視線を意識して描かれるようにもなった。むきだしの乳房を愛撫する描写は、明代の春画にも見られるが、それが半球状の立体感をともなっているあたりに、裸体画の過渡期的表現を見ることができよう。二〇世紀前半になると、胸や脚が「露わであること」のほうが好んで描かれるようになる。中国の裸体観が劇的に変化した中華民国期は、ある意味で「服妖」の時代の到来といえるのかもしれない。

図4　広告ポスターのモダンガール（杭穉英画）

モガとヌード

一九二〇年代、中国の美術界では、上海美術専門学校などにおける裸体モデルの使用や裸体画の展示が物議をかもしていた。しかし、それは同時に、裸体に対する関心が高まったことをも物語っている。二六年には、上海でグラフ雑誌『良友』が創刊され、ヌードを含む西洋人の身体やファッションが大量に紹介された。西洋画やグラビアにあらわれた裸体は、やがて中国人自身によって模倣されていく。

　二〇年代から四〇年代にかけて、上海には女学生や、ホワイトカラーの夫をもつ主婦や女優など、モダンガールといわれる女性たちが出現した。当時の広告ポスターを見れば、モガの理想像がいかなるものだったかがよくわかる。身体の線を強調する旗袍（チーパオ）（チャイナドレス）、胸や脚の露出が、この時期に新たな服飾の流行となった。その背景には、女性の身体が国や種族の将来と結びつけられ、健康な肉体美

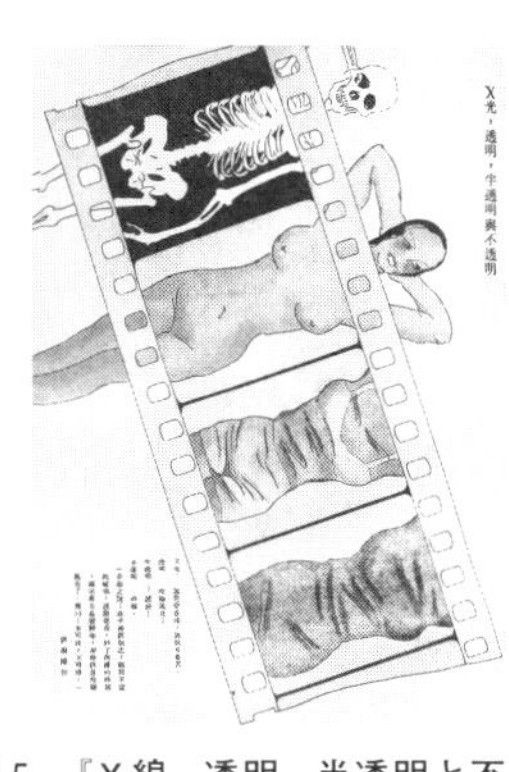

図５　『Ｘ線，透明，半透明と不透明』（陳涓隠画）。モガの肢体と衣服の関係が戯画化されている

図６　人民服を着た江青と毛沢東

図７　つるし上げられる王光美

が望まれたことも指摘できるだろう。

モガを撮った映画監督に、孫瑜（そんゆ）（一九〇〇―九〇）がいる。『火山情血』（一九三二）、『体育皇后』（一九三四）などの作品は、主演女優黎莉莉（れいりり）の「むき出しの脚」が見どころといっても過言ではない。孫瑜の描く女性の脚の特徴は、裸足であることが「理想の自然体」として健全な肉体を象徴し、ストッキングやハイヒールをまとった脚が、その都市化や近代化を示すことにある。このようなモガ像は、一九三四年から三七年にかけて発行された雑誌『時代漫画』にも見ることができる。三〇年代には、モガのヌードは凝視される一方、モガをモガたらしめていた旗袍やストッキングやハイヒールは、都市のシンボルとしてカリカチュアの題材にもなった。

中華人民共和国が成立すると、為政者の交代の常として、新たな服飾のコードが定められる。五〇年代から七〇年代にかけては、人民服が人びとの制服となり、旗袍は打倒すべき資産階級の代名詞となった。着替えた人の筆頭には、女優からファーストレディに転身した毛沢東夫人江青（こうせい）→27（一九一四―九一）を掲げておこう。

モガたちの中には、新たな衣装をうまく着こなせないもの、そして衣装を脱がされるものもいた。四〇年代の上海において、華麗な衣服の描写と奇抜な装いで一世を風靡した作家張愛玲（ちょうあいれい）は、五〇年の文学者会議で、たったひとり旗袍を着ていたという逸話をもつ。まもなく彼女は香港に渡り、渡米後中国に戻ることはなかった。一九六七年、文化大革命中につるし上げられた劉少奇夫人王光美（おうこうび）は、わざわざ昔の旗袍に着がえさせられ、ピンポン玉をつないだネックレスを首にかけられた。

衣服と裸体には、中国の桎梏（しっこく）と抵抗の歴史が刻まれているのである。（田村容子）

22

笑いと洒落——中国文化の中のユーモア

『笑府』——中国の笑い話の世界

空腹の貧乏人が、饅頭（マントウ）（日本のまんじゅうと異なり、中に餡のない蒸しパンのようなもの）屋の前で突然倒れる。店の主人が驚いてわけを尋ねると、男は「実は私、饅頭が怖いんです」と告白する。そこで主人は、この男を饅頭を何十個も入れた部屋に閉じこめて困らせてやろうとした。しかし、男は怖がるどころか、饅頭の大半をペロリ。怒った主人が他に怖いものはないかと尋ねると、男はこう言った。

「お茶が二、三杯、怖い」。

これは明代の馮夢竜（ふうぼうりゅう）（一五七四—一六四五）が編んだ笑話集『笑府（しょうふ）』巻一二にみえる「饅頭」というエピソードである。一三種類のジャンルの笑い話を集めたこの本は、江戸時代の日本でも抄訳本が出回り、この「饅頭」が落語の「まんじゅうこわい」となったのをはじめ、収録する笑い話が日本の落語・小咄の元ネタになったものも多い。笑いには、昔からあまりお国柄の違いはないのかもしれない。

「歇後語」——会話を彩ることば遊び

中国のことば遊びには、歇後語（シエホウユィ）と呼ばれるものがある。簡単に言えば「掛けことば」「しゃれ」「ことわざ」の類である。歇後語は、基本的にまず前半部でなにかの比喩を述べ、後半部でその意味するところ（本当に言いたいこと）を明かす、という

図１　旧時，元宵節（旧暦１月15日）に行なわれた灯謎。灯籠に字謎などのなぞなぞが貼られている

二段構成になっているのだが、通常、後半は敢えて言葉にせず、相手にゆだねるのがお作法である。「歇」とは「やめる」ことであり、「後の句は言わずにおく」というのが歇後語の意味なのである。

それらの多くは慣用句として古くから親しまれており、金・元代の雑劇（戯曲）などでは、実際に民衆の間で話されていたと思われる歇後語の類を、多数残している。明・清代の通俗小説でも多く目にすることができ、たとえば『西遊記』第八七回で不遜な態度の孫悟空が「蝿が頭巾で頭を包む——本当は小さいくせに顔が大きいふりをしてずうずうしい」などと言われるがごとくである。

歇後語の起源にも諸説あり、民間の話し言葉の中で使われる慣用表現として定着したものが、後に書面語としても記録されるようになったと考えられている。

そのタイプもさまざまあるが、たとえば、「泥の菩薩が川をわたる」で言わんとしていることは、「自分のことで精いっぱい」である。人々を救ってくれるはずの菩薩だが、自身の体が土をこねて作られたものであればそれどころではないという意味だ。それでは、「孔子の引っ越し」はどうだろう？　実は「負けてばかり」という意味になるのだが、これは音通を利用したダブルミーニングだ。孔子様の引っ越し荷物は「本」ばかりだが、中国語の「書（shū）」（本）と同音の「輸（shū）」（負ける）を掛けているのである。「本ばかり」は「負けてばかり」と同じ発音になる。また、漢字を部首に分解して示し、元の漢字を当てさせる字謎もある。「ひとりの人が内側にいる」で「肉」。「牛の尻尾を口で噛みちぎる」で「告」といった具合だ。

これら歇後語は、うまく使えば会話の潤滑油になること請け合いである。

図２　劇場での対口相声の様子

「相声」――大衆娯楽としてのお笑い

「お笑いは健康にいい。ひと笑いで一〇歳若返る」とうそぶく男に対し、「お笑いを聴きに来た三〇歳がひと笑いで二〇歳に、もうひと笑いで一〇歳になる。それ以上笑ったら……なくなっちゃうぜ」という男。「そんな馬鹿な？」と突っ込まれ、「人はなくならないが年齢がなくなるんだ。生まれたてのこどもになっちまう。そうなったらお笑いなんてやってられないよ。演芸場は託児所に改修しなきゃな」と答える。これは中国のお笑い演芸である相声の演目「笑いの研究」の一節だ。

若返り効果はさておき、相声は巧みな話術で聞く者を引き込み、笑わせる演芸で、現代中国を代表する芸能のひとつだ。その起源は諸説あるが、元々は盛り場などで語られていた民間演芸で、現在のような形になったのは清末民初の時期と言われている。「相声」という語は、「声を真似る（声帯模写）」という意味の「象声」が転じたものという説もある。一九四九年の中華人民共和国成立後に生まれたものを「新作相声」、それ以前のものを「伝統相声」というように、区別している。

またスタイルは、主に人数によって三つのタイプに分かれる。ひとりで行なう「単口相声」、ふたりで行なう「対口相声」（現在ではこのタイプがもっともポピュラーとなっている）、三人以上で行なう「群口相声」で、それぞれ日本の漫談・漫才・コントに近いといえる。現在では、テレビで取り上げられるほか、街中の劇場などで楽しむことができる。旧正月など祭日には、さまざまなイベントで特別ステージが行なわれたりもする。旧暦の大晦日恒例の「春節聯歓晩会」は、日本の紅白歌合戦に似た国民的テレビ番組だが、歌や踊りのパフォーマンスとともに、相声などお笑

いの占めるウェートが大きいところが、特徴である。

現代の相声に大きく貢献した人物としては、侯宝林（一九一七—九三）がいる。中華民国時代から活躍し、中華人民共和国成立後は、差別的なネタなども多く旧態依然としていた伝統相声を改編、内容を修正するなどして、時代に合わせた改革を進めた。同時に新作相声も外部の作家に依頼するなどした。また、芸人に学習の場を提供し、教養を身につけさせる活動も積極的に行なった。

その後、政治プロパガンダやイデオロギー教育の手段としても用いられるなど、時代の要請でさまざまな対応を迫られたこともあった。また、新世代の芸人・郭徳剛（一九七三—）のように、当局の規制に反発し、伝統相声を尊重しながらも主流の相声界には距離を置き、茶館などでの劇場公演を続けてその人気を確立した者もいる。時に停滞する相声界をネタの中で風刺・批判しつつも、現在の相声人気を支える立役者ともなっている。このような芸人たちの工夫と不断の努力によって、相声は現在まで人気を保ち続けているのである。

流暢な中国語を操って、バラエティ番組やドラマ・CMに大活躍し、春節聯歓晩会の常連メンバーでもあるカナダ出身の大山（一九六五—）は、おそらく中国一有名な外国人タレントであるが、彼のバックボーンもまた相声である。トロント大学卒業後、北京大学で中国語を学び、一九八九年には有名な相声芸人の姜昆（一九五〇—）に弟子入りしたというユニークな経歴の持ち主で、多くの番組で相声も披露している。外国人の彼もまた、相声という中国伝統文化の重要な後継者のひとりである。

（中根研一）

図３　侯宝林（右）と劉宝瑞による対口相声

子どもとアメと包み紙

賈樟柯（ジアジャンクー）は映画『長江哀歌（エレジー）』（原題『三峡好人』二〇〇六）の中で、「酒、茶、煙（タバコ）、糖（アメ）」の四種を取り上げて、それらを口にし、周囲に振る舞う人びとを自然に描き出している。映画はその四つが、中国人の交際の必需品であることを示しているわけなのだが、とりわけアメは、わりに早く手にする点で、特筆すべき品と言えるだろう。

上海の街と人とを題材にして、多くの作品を発表した作家、程乃珊（ていだいさん）（一九四六―二〇一三）は、エッセイ『甜蜜的回憶』（甘い思い出）の中で、子どもの頃のアメの思い出を記している。自分と親とで、食べたいアメの種類が違っていたこと。包み紙を洗い、浴室の壁に貼って乾かし、父親の分厚い洋書の間に挟んで延ばしていたこと。「甘い」を意味する中国語「甜（ティエン）」は、「幸せである」ことをもまた意味している。

彼女が子どもだった五〇年代当時、上海ではすでに、硬い物から軟らかい物まで、さまざまな種類のアメを手に入れることができた。味もチョコにフルーツ、ナッツにゴマなど、バラエティに富んでいたようだ。アメを清潔に保つための包み紙もまた、色彩やデザインにさまざまな工夫が凝らされ、タバコの空き箱や切手と並んで、子どもたちの収集の対象となっていたという。

アメを描いた文学に、余華（よか）（一九六〇―）の小説『兄弟』（泉京鹿訳、文春文庫版、二〇一〇）がある。親の結婚により新たに兄弟となった二人の男の子が、文革期から改革開放期の激動の中国を、たくましく、ときに滑稽に、ときに悲しく生き抜いていくさまが描かれている。当時、アメはまったくないわけではなかったが、今ほど手軽に手に入るものでもなかった。

「二人の子供は大白兎（ダーバイトゥー）キャンディーの包み紙を大切にもってベッドに入り、夢の中でも大白兎ミルクキャンディーと逢えるように、包み紙に残っているミルクのにおいを嗅いだ」（同書八九ページ）。これは二人が兄弟になった日の夜の描写。寝床に包み紙を持ち込む子どもがいじらしい。

「大白兎」キャンディーの包み紙

「大白兎」（大きな白ウサギ）は、ミルクキャンディーのブランド。一九七二年のニクソン訪中の際に周恩来が贈った品とも伝えられ、中国ではどこへ行っても手に入れることができる。

（加部勇一郎）

第4章

いろいろな人たち

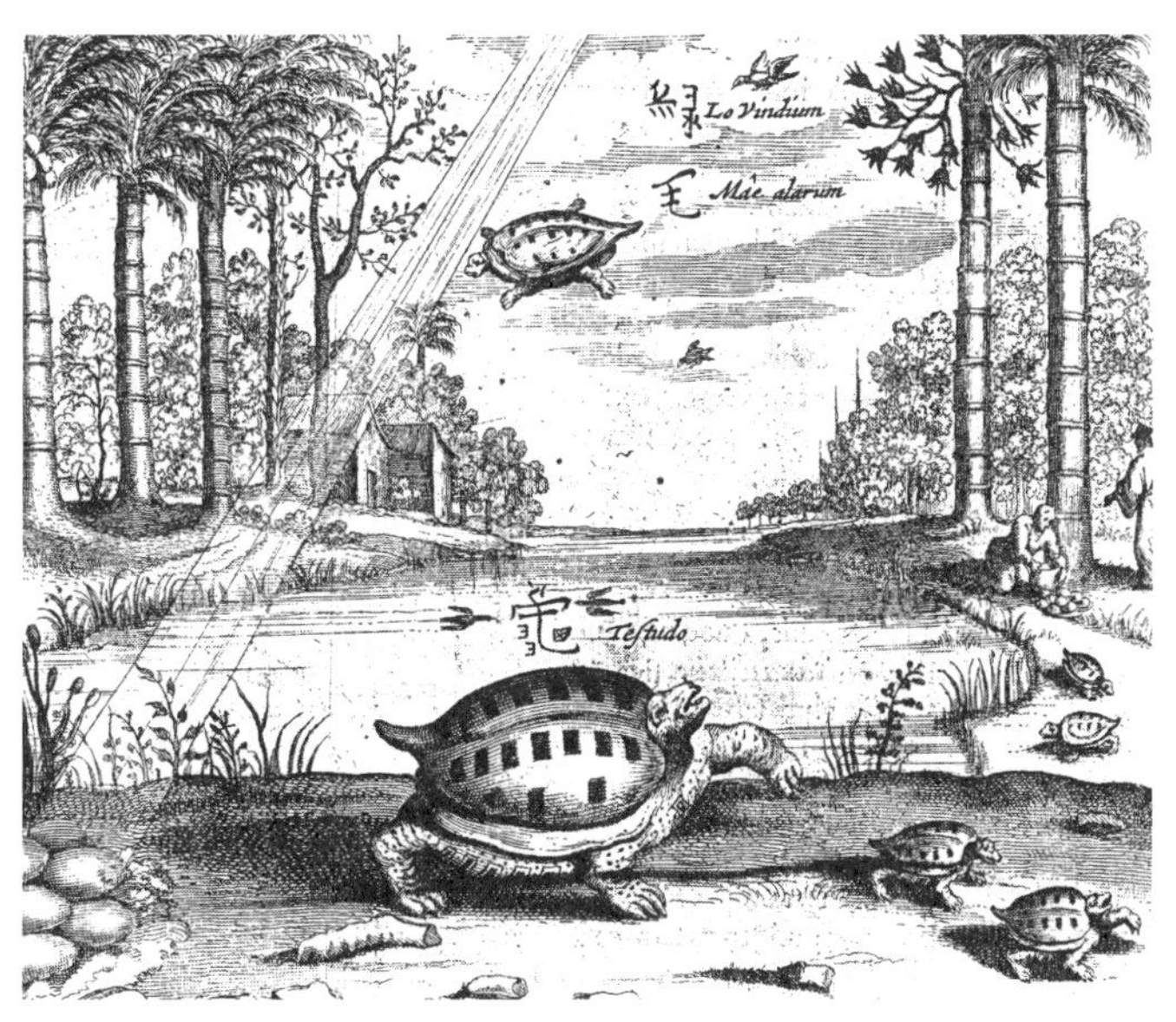

空を飛ぶ亀（キルヒャー『シナ図説』1667）

人は見た目

清代の小説『紅楼夢(こうろうむ)』には「儍大姐(シャーダージエ)」と呼ばれる娘が登場する。彼女は顔も体も大柄で、纏足をしておらず、力仕事を得意とするが、おつむの出来は今ひとつ。他にも「呆大姐(ダイダージエ)」「痴丫頭(チーヤートウ)」などの名で呼ばれ、「儍」「呆」「痴」はそれぞれ、とんま、バカ、うつけを意味している。

しかし彼女がどんなにバカ呼ばわりされようとも、嫌なムードは漂わない。彼女は「おバカ」として、それなりに愛されながら存在し、物語終盤、読み手の最大の関心事である、賈宝玉(かほうぎょく)と林黛玉(りんたいぎょく)、そして薛宝釵(せつほうさ)の三角関係に絡む重要な役割を果たすことになる。彼女のように纏足をしていない女性は「大脚(ダージアオ)」とも呼ばれるが、同じく清代の『儒林外史(じゅりんがいし)』には「沈大脚(シェンダージアオ)」なる名の取り持ち婆さんが登場し、彼女もまた、物語を楽しく引っかき回す役割を元気に果たしている。

中国という国は、名前と物との関係が、日本よりも密接で、「名は体を現わす」度合いが強いようだ。太っていれば「胖子(パンツ)」だし、足が悪いなら「瘸子(チュエヅ)」である。この種のことばは、なんでも婉曲に済ませたい日本人にとって、翻訳の際に悩ましい。なぜなら「ふくよかな方」「足の不自由な方」など、もってまわる余裕が常にあるわけではないし、なにより呼び名に用いられたときなど、「デブ」「足なえ」と、とたんに差別的なニュアンスを帯びてしまうのだ。

一方、中国で見た目を直裁に表わしたとしても、そこに差別的なニュアンスは、日本ほどにはないようだ。それはこの種の名付けに、子どもがつけるあだ名のような親しみやすさと、すべてを受け入れるような、カラリとした潔さがうかがえるからかもしれない。

ただし、この例が示しているのはまた、かの国において「装い」がいかに重要であるか、ということでもあるだろう。「名は体を現わす」ことは、逆に、人を判断する材料に、外見が大きな比重を占めることを意味している。ただでさえ人が多いのに、隠れた美点をわざわざ見つけている暇などないわけなのだ。今でも公共空間の入り口には「衣冠不整、請勿入内（服装の乱れた者、立ち入りを禁ず）」の標識を見かけるし、筆者もまた、サンダル履きで図書館へ行こうとして、止められた経験を持つ。中国で「ボロは着てても心は錦(にしき)」なんて言ってると、越えねばならない障害が無駄に増えてしまうようなのである。

早く人間になりたい！

怪異を誌した書を読めば、「この世」は「あの世」と地続きで、「人ではないもの」たちも頻繁に訪れ、留まり、

人と関わってきたことがよくわかる。それらはたいてい美女に化けて、男たちのもとに現れ、ときに精を吸い取り死に至らしめるわけだが、それも彼らなりの理由があったりして、たとえば「人ではないもの」からの脱却を図っている最中のことだったりする。

清代、蒲松齢『聊斎志異』に収められた「画皮」は、ある男が、美女の皮をかぶった鬼と懇ろになる話。妖気を察知した道士が、男に危険を告げるも、彼は女の外面しか見えないために信じようとしない。しかし男はあるとき「青い顔に鋸のように尖った歯をもつ恐ろしげな」鬼が、人の皮を広げて筆で色を塗っているところを見てしまう。鬼は皮をさっと一振りし、身に羽織るやいなや、美しい女へと変身する。驚いた男が先の道士を探し出し、退治を依頼したところ、なんと道士はこんなことを言う。

「ヤツも長いこと苦労して、ようやく身代わりを見つけたのだから、命まで取るのはかわいそうだ」。

中国では、あの世のものにも命があって、人と同様、鬼にもまた持ち場や役割があるらしい。河で溺死した者は河に憑き、部屋で首をくくった者は部屋に憑く。持ち場から抜け出るためには身代わりが必要で、この鬼もまた、おそらく誰かの後釜なのだ。つまり道士はこの鬼に対して、ヤツも今の状況から抜け出そうと頑張っているのだと、その懸命さに同情を寄せているというわけなのである。

ならば「画皮」は、単に恐ろしい化け物の話としてのみならず、貧しい身の上の者が、努力して栄光をつかみ取ろうとする「いい話」のようにも読めないだろうか。書き手の、下層にいる異類への眼差しは、予想に反して暖かい。新たなステージに上がるため、あがき苦しみ、努力しているモノを、だれが簡単に糾弾などできるだろうか？

皮剝けば、みな骸骨

「画皮」はつまり、人ではないものが装って人になろうとする話であった。ただし人の世界とて楽ではない。人もまた、老幼や美醜、性別や職業に応じて、細分化され、それぞれに合った装いが求められるからである。

第4章が扱うのは、皇帝や美女、侠客など、さまざまな人びとである。人の「型」のバリエーションは、賢者や英雄など、多くの人びとの羨望の眼差しを集めるものから、愚者や醜女など、みなができるならば避けたいものまで、さまざまだ。子どもや女学生は、わりに最近になって意識され始めた「型」と言える。いずれも見た目が重要だ。

人として活動する一瞬の煌めきの間には、どのような役柄が用意されているのか。「この世」なる舞台に上がる人びとの姿を、ごらんいただきたい。

（加部勇一郎）

23

鬼と人――人にあらざるものへの想像力

図１　鍾馗の妹の婚礼を手伝う，鍾馗配下の「鬼卒」たち。みんないいやつだ！

鬼とはなに？

日本語でいう「オニ」ではないので、〈鬼（き）〉と読んでおこう。〈鬼〉とは、「人にあらざるもの」の汎称であり、文脈によってさまざまなものを指す。生きている人間に対しては、幽鬼、幽霊、亡霊、死者などを指す。死んだばかりで幽霊になりたてのものを、新鬼（しんき）と呼んだりもする。しかるべき手順を踏んであの世にいけなかった霊魂は悪鬼（あっき）となり、この世の人をおびやかす。さらには人間が居住する空間の外部にあり、ときに人を襲う妖怪変化、怪物怪獣のたぐいなども〈鬼〉と呼ばれる。

中央の好ましい空間、すなわち中華に住まう人間は、好ましい〈気（き）〉によってはぐくまれているため、正常な肉体をもっているが、遠方の土地に住むものは、その土地の歪んだ〈気〉によって異常な肉体をもち、中央に住む〈人〉とは異なってくる。中国人はそのような〈鬼〉たちの住む遠地を、鬼方（きほう）、鬼域（きいき）とも呼んだ。そこに住む人類は、近代的な語彙でいうところの〈外国人〉のことでもあった。ここから、つまるところ〈人〉とは、中国人のことにほかならないとの認識が導き出せよう。

魑魅魍魎

「鬼」の字が四つも入っていて、わが国でもよく用いられている語彙に「魑魅魍（ちみもう）魎（りょう）」がある。漢代の字書『説文解字（せつもんかいじ）』を編んだ許慎（きょしん）は、魑を「山の神。獣の姿をし

図2　物好きどもが，さまざまな鬼に扮して街を練り歩いた

ている」と、魅を「老精怪である」と説明している。『左伝』「文公十八年」の「かれらを四方の辺境に放逐して、魑魅を防がせた」という文に、杜預は「魑魅とは、山林の異気より生ずるもので、人に害をなすものである」という注を施している。『説文解字』は、魍魎を「山川の精物なり」と説明する。だいたいのところ、魑魅魍魎は、山の怪と水の怪のこと、妖怪変化の総称といったところであろう。

この種の〈鬼〉の物語となると、幽霊譚、妖怪譚、怪物譚など、じつに広範囲にわたるものになってしまうが、これらを「鬼話」と総称する。六朝の『捜神記』から、清朝の『聊斎志異』まで、そして現代においても、〈鬼〉を語るのにいっこうに厭きが来ないのは、この国だけのことではあるまい。中国の鬼話は、わが国でも多くが翻訳紹介されているから、そちらを読んでいただこう。

〈人〉の研究

〈鬼〉が人にあらざるものならば、ではその〈人〉とはなんなのか？　この根源的な疑問に答えるべく、西洋の哲学書などをひもとくのもよろしいが、われわれは、中国のある百科事典に解答を求めてみようではないか。その事典とは、明代の李時珍が編纂した博物学書『本草綱目』（一五七八頃）である。全五二巻の最終巻が「人部」だが、この巻では、人体を構成するあらゆるパーツ、人肉や血液から、人屎や人尿まで、頭髪や陰毛から、耳垢や唾液まで、それらについての薬用法——ありていに言ってしまえば、「喰いかた」とその効能が、詳細に記述されているのである。しかも、ここにあげたような人体のパーツはまだしも納得がいくが、「魄」すなわ

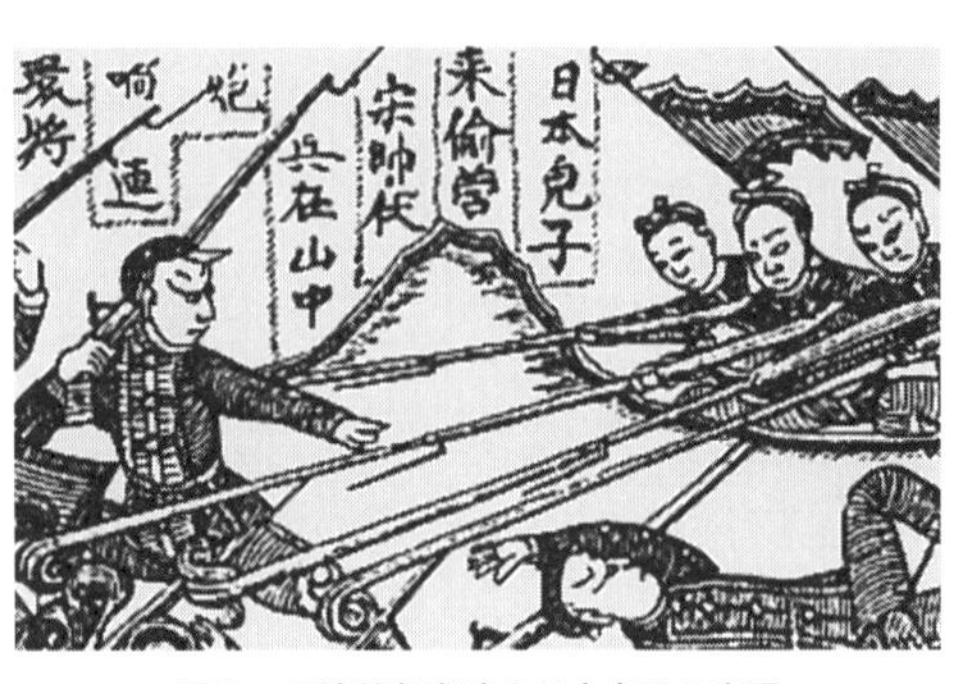

図3　日清戦争当時の日本鬼子の表現

ち「たましい」の一部までも採取して薬用に供する方法が詳細に書かれているのを見るに及んで、「人とはなにか？」の素朴な疑問も、どこかにふっとんでしまいそうになる。なるほど、人とは、魄（たましい）にいたるまで喰えるものでもあるらしい。

「人部」にはまた、「傀（かい）」という語についての説明がある。「人」と「鬼」とをあわせたこの文字を、李時珍は「怪異のことである。人の変化には常理の外に出るものがある」と説明する。李時珍は「人部」の締めくくりとして、また『本草綱目』全巻の締めくくりとして、「人と物の変化もきわまりない。……浅学のものが、自分の狭い了見に拘泥して、世界古今の変化きわまりない事物を指して、一概に荒唐無稽であるといって排斥してよいものであろうか」と言う。ここでいう〈物（ぶつ）〉もまた、〈人〉にあらざる、異常に見えるもの、怪物のことである。中国の伝統的な怪談テクストでは、「ある〈物〉があらわれた」といった表現が好んで用いられる。

〈鬼〉の足には関節がない？

異国に住むものを言う〈鬼〉は、明清時期に西洋から来訪した客人を称するのに用いられて、「洋鬼子」との語彙が生まれた。さらに近現代にいたり、敵としての日本人の出現は、「日本鬼子（リーベングイヅ）」→53（現代中国語の発音）の呼称を生んだ。

日清戦争のころ、両江総督（りょうこうそうとく）の張子洞（ちょうしどう）に、ひとりの学者が「日本兵を倒す有効な方法」を献策した。そのひとつが「竹竿を地面に並べて転ばせる」というものであった。「外国人は足がまっすぐなので、いちど転んだら立ち上がることができなくなるから」というのがその理由である。聞いた張はあきれて、これを一笑に付した。

図４　ドラマや映画で有名になった「キョンシー」

図５　太平洋戦争当時の日本鬼子

だが、この策にはなにやら根深いものがあるようだ。日清戦争に先立つ清仏戦争のさいにも、道に竹筒を置いて、関節のないフランス兵をつまずかせて転ばせるという策が講じられたというし、李劼人の小説『死水微瀾』（一九三六）には、洋鬼子の足はまっすぐなので、かがめない、起きあがれば背が高いし、鉄砲のいい的になる、とのエピソードが語られる。異国の〈鬼〉どもは、遠地の歪んだ〈気〉によって異常な肉体をもつため、足がまっすぐ、すなわち膝の関節がないのである。学者先生の献策も、中国人の〈鬼〉への想像力がもたらしたファンタジーなのであった。悪鬼はまっすぐにしか進めないという伝承もあるし、そういえば、死体を故郷に運搬するのに、術を使って死者自身に歩かせるという「僵屍」（広東語ではキョンシー）も、関節が硬直しているためか、ピョンピョンと跳んで歩く。

〈鬼子〉がいっぱい

現在では、「憎むべき異国の侵略者」くらいの意味で、〈鬼子〉が日常的によく使われている。中国近代史で最初の侵略者とされるのが「英国鬼子」。建国初期の敵としてのアメリカ兵は「美国鬼子」だし、中ソ蜜月時代から対立時代になるや「蘇聯鬼子」の称号がとなえられ、映画のなかのナチスドイツは「徳国鬼子」……。だが、なんといっても一番の人気を誇るのは、わが「日本鬼子」であろう。映画、テレビドラマ、連環画などで、敵の表象のヒットチャートをかけぬけている。中国人の、これら「敵」表象の豊かな想像力を確認すべく、われわれは、まずはそれぞれの膝関節の有無から、真剣に検証していく必要がある。

（武田雅哉）

24

賢者と愚者――神聖なるものへのふたつのアプローチ

図１　「先聖像（孔子）」（『三才図会』）。伝統的な孔子のすがたである

「諸子百家」とよばれる思想家たちは、中国文化を語るうえではかかせない存在である。『漢書』「芸文志」ではこれを、「儒家」「道家」「陰陽家」「法家」「名家」「墨家」「縦横家」「雑家」「農家」の「九流」と、「小説家」↓39を加えた「十家」のいわゆる「九流十家」に区分した。彼らの思想は脈々と継承され、多くの思想家たちを輩出したが、このうち、「儒家」の始祖である孔子（孔丘）をとりあげておきたい。

賢者の系譜――聖人と賢人

孔子（紀元前五五二、あるいは紀元前五五一―紀元前四七九）は魯の出身で、不遇の時を経て魯の大臣となるとその政治的手腕を発揮した。政争に敗れ諸国を放浪したが、魯に戻ると弟子たちへの教育を続け生涯を終えた。かれは「仁（愛やまごころの意とされる）」の重視を説き、超越した有徳者である「聖人」による統治を目標とした。

ところで、孔子の弟子に顔回（顔淵、顔子）という男がいる。身分も財産もなく、粗食に路地裏暮らしを楽しむかれを、孔子は「顔回は賢人である」（『論語』「雍也篇」）と評し、さらには「顔回はその心が三月も仁にたがわなかった」（同右）と称賛した。

この顔回の存在は、後の思想家たちを大いに勇気づけた。たとえば周敦頤（一〇一七―七三）は、「聖人は天を、賢人は聖人を、士人は賢人をねがうものだ」（『通書』「志学篇」）と述べ、たとえ常人であっても、学問と修養を通じて、士人・賢人とい

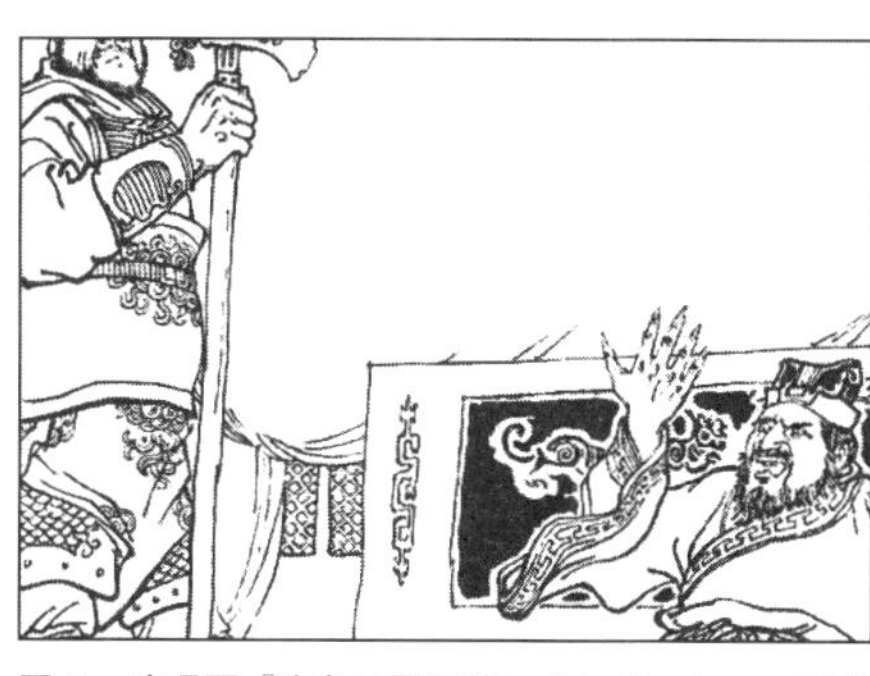

図２　連環画『孔老二罪悪的一生』の一コマ。文化大革命時期には，孔子を批判するため，そのすがた（図右）がみにくく描かれている

図３「顔子像」（『三才図会』）

う段階を経ながら聖人へと近づきうることを、顔回をモデルとして説いた。

賢者と愚者

さて、孔子は顔回について「会話のあいだうなずき続ける顔回が愚者のように思えたが、気をつけてみているとそうではなかった」（『論語』「為政篇」）と述べている。また、孔子が老子に「君子は豊かな徳をそなえていても、その容貌は愚かものであるかのようだ」（『史記』「老子韓非列伝」）と教えられたという話もある。

これらのエピソードは、賢者（賢人）と愚者（愚人）の、ある種の不可分性を示している。賢者は愚者のようにみえる、あるいは愚者をよそおう、というのである。

魏晋のころ、「竹林の七賢」と呼ばれた知識人たちがいた。そのひとりである阮籍（二一〇―二六三）は、戦乱の世を嫌い、権力者との姻戚関係を結ぶことを避けるために、六〇日間も酒を飲み、酔いつぶれつづけた。また嵆康（二二三―二六二）は、政争から一族を守るために、自らが我慢できないことを七つと自らの欠点を二つ、わざわざ書面にしたため、告白してまで仕官を断ったのである。

かれらの行動は常識から外れた愚者のものであるかにみえるが、実は賢者の深謀遠慮によるものなのである。価値観が相対化するにつれて、賢者と愚者とをわかつ基準や境界線はあいまいとなり、賢者と愚者はまさに紙一重となった。ひるがえってみると、貧乏暮らしをいとわぬ顔回のすがたからうかびあがる賢者像は、まるで神仙や隠者のような生き方を志向するものであるから油断ならない。つまりわれわれは、愚者をこそ注意深く観察し、その真偽をしかと確かめねばならぬのである。

図４　労働者を助け，善行をする雷鋒（図左）

愚者の系譜

奇妙な、そしていっけん愚かそうな人間が、常人には理解できない、または突拍子もない行動をする。周囲は驚き困惑するが、実はかれは立派な人物であった。中国における賢人譚・愚人譚の多くはこうした文脈で語られ、その物語は、主人公の評価の転換をクライマックスとすることで、より面白く印象的に完結する。

しかし、愚者の本質や正体によってその系譜は枝分かれするし、物語の結末にもちがいが生じる。この点に留意しながら、中国の愚者たちをながめてみよう。

最初に紹介する愚者の物語は『列子』にみえる。主役はその名も「愚公」である。九〇になろうかという老人の愚公が、山を人力で動かそうとして、近所の智慧者である智叟に笑われる。ところが愚公は、子々孫々作業を続けていけば、たとえ果てしない時間の先でもきっとできると説き、ついには愚公に感じ入った天帝が山を動かしたという。愚者にみえる愚公が、実は道理に通じた賢者であったことと、愚直な行ないもそれが正しいものであれば、やがて報われることを示した物語である。

愚者礼讃――異質な存在としての愚者

愚公の愚直さは、遠く時をへだて、「雷鋒同志に学ぼう」のスローガンで知られる雷鋒（一九四〇―六二）にまっすぐに受け継がれている。雷鋒は解放軍の兵士である。ボランティア精神にあふれるかれは善行を重ねていたが、事故で夭逝する。すると生前の行ないに着目した毛沢東が政治的偶像としてとりあげ、人民教化のため、そして共産党の政治的プロパガンダのために顕彰されることとなる。

図６　じしんの顔をはたくことで，ばくちの大負けから立ち直る阿Ｑ。

図５　「孔子とともに祀られる（與孔子同享祭祀）」乞食であった武訓（図左）が，ついに，聖人と目される孔子（図右）と席を並べるようになる

雷鋒はその行く先々で、はたからみると意図がわからないことを次々としでかす。奇妙で、愚か者のようなかれが、実はあの雷鋒で、その行動にも深い意味があった、と物語は大団円を迎えるのである。雷鋒は賢人というよりは偉人であろうし、まったくの愚者ではないけれども、自身を「ばか」であると自覚していたことから、雷鋒にまつわる物語は、愚者の系譜につらなる「偉人譚」だといえるだろう。

次に武訓（ぶくん）（一八三八―九六）を紹介する。貧しく学校に通えなかった武訓は、乞食↓52をして資金をあつめ、貧しい者が無料で学べる学校を設立した。かれはこの教育活動による社会貢献が評価され、『清史稿（しんしこう）』に伝を立てられた偉人である。

中国では、愚者や乞食・不具などの異質な存在にある種の神聖さを認めることがある。それはたとえば老子しかり、乞食で足の悪い仙人・李鉄拐（りてっかい）↓34しかりで、異質なものの正体が神仙であったとする伝承や、乞食がその身に神をおろすような習俗に由来し、かれらは時に人びとの畏怖の対象となる。「学のない乞食」であった武訓は、異質であるがゆえに畏怖され、史書に名が載るほど顕彰されたのかもしれない。

さて、愚者といえば、阿Ｑ（あきゅう）にもふれねばなるまい。魯迅（ろじん）『阿Ｑ正伝（せいでん）』の主人公であるかれは、もしかすると中国でもっとも知られた愚者かもしれない。かれは作中、周囲によい影響をなにひとつあたえずに死んだ、生粋の愚者として描かれている。

しかしかれの「精神勝利法」――自分を常に勝者だと思いこむその方法――は、賛否両論あるものの、人間の生きる知恵としてとらえれば、やはりみすごせない魅力がある。まさに「愚者の千慮にも必ずひとつは得るべきものがある」（『史記』「淮陰（わいいん）侯列伝（こうれつでん）」）からこそ、われわれは決して、愚者をあなどれないのである。（江尻徹誠）

25 中華ヒーロー――人気者、誰がために戦う

図１　四川省成都市の武侯祠にある諸葛亮像

史書や古小説の英雄譚

史書や古小説に描かれた皇帝・知将・武将・豪傑たちなど、中国は英雄譚にこと欠かない。南宋時代に異民族王朝の金との戦いで名をあげた実在の武将・岳飛（一一〇三―四二）は、謀殺されるという悲劇的な最期を遂げたが、救国の民族英雄として今も讃えられている。

日本でも小説・漫画・ゲームなどを通じてよく知られているところでは、史実の『三国志』をベースに、明代に書かれた通俗歴史小説『三国演義』に登場する英雄たちがいる。蜀の劉備・関羽・張飛・諸葛亮や、魏の曹操、呉の孫権・周瑜等々、いずれも根強い人気だ。また、やはり明代に書かれた『水滸伝』の好漢たちも、もともとはアウトローながら梁山泊に集結し、やがて国のために闘うことになる英雄たちである。『西遊記』の孫悟空や、『封神演義』の哪吒太子なども、神通力をもったスーパーヒーローといえるだろう。

義侠心あふれる多くの英雄・豪傑たちが登場してチャンバラを繰り広げる、中国大衆小説の一ジャンル「武侠小説」も、長い歴史をもつ。現代でも、金庸（一九二四―）の『書剣恩仇録』や『射雕英雄伝』、『天龍八部』といった武侠小説作品が人気を博し、何度もドラマ化・映画化されている。

図2　見得を切る楊子栄

図3　連環画『鉄道遊撃隊』より

現代中国の革命英雄譚

中華人民共和国成立後は、共産党のために尽くす多くの革命的英雄の物語が生まれた。

曲波（一九二三―二〇〇二）の長編小説『林海雪原』は、中国東北部にいる国民党の残党や匪賊と戦う解放軍兵士たちを描いた作品だが、その中でも匪賊のアジトへ単身で偵察に乗り込む勇敢な英雄・楊子栄を描いたくだりはとくに人気があり、『智取威虎山』としてのちに話劇や連環画や現代京劇にもなった。文化大革命時期には革命模範劇→コラム6のひとつとして、繰り返し上演されてもいる。

また、劉知侠（一九一八―九一）の長編小説『鉄道遊撃隊』も、もとは炭鉱や鉄道の労働者たちが共産党の指導のもと鉄道遊撃隊を組織し、抗日戦争の英雄となっていく物語である。走る列車に飛び乗り、日本軍の武器弾薬や食料を奪い、果ては列車同士を衝突させるなどしてゲリラ戦を展開する痛快活劇で、これも連環画化され、大人から子供まで広く人気を博した。

両作ともこれまで繰り返し映画やドラマで映像化されてきたが、最近でも『智取威虎山』は二〇一四年に3Dアクション映画としてリメイクされている。また、『鉄道遊撃隊』もジャッキー・チェン主演の『鉄道飛虎』としてリメイクされ、二〇一六年の建国記念日である国慶節に公開された。

世界を魅了した銀幕の英雄

映画スターもまた、現代の英雄のひとつの姿だ。中華圏における不世出の英雄と

図4　ブルースとジャッキー，広告看板で夢の対決？

して、ブルース・リー（李小龍（りしょうりゅう）、一九四〇―七三）がいる。

彼の名を全世界に知らしめたのは、ハリウッド映画初主演作である『燃えよドラゴン』（一九七三）だが、その公開直前に急逝していたという悲劇性も、彼の神話化・英雄化に大きく影響したであろう。香港での主演作『ドラゴン危機一発』（一九七一）、『ドラゴン怒りの鉄拳』（一九七二）、『最後のブルース・リー／ドラゴンへの道』（一九七二）は、いずれもアジア圏でそれまでの興行記録を塗り替える大ヒットを記録し、彼は推しも推されぬ英雄となった。『最後のブルース・リー／ドラゴンへの道』での役名「唐龍（タンロン）」はまさに「中国の龍」↓31を意味する。死後、未完だった『死亡遊戯』を吹替による追加撮影で一九七八年に完成させた。

耐えに耐えた末に怒りを爆発させ、ある時は中国人労働者たちに横暴の限りを尽くすタイの工場管理者を、ある時は中国武術道場に屈辱的な仕打ちをする日本人武術家を、またある時は中華レストランに嫌がらせをするイタリア人のチンピラを、痛快に叩きのめす姿に中国人の観客は快哉を叫んだ。中華圏を代表する英雄でありながら、その姿が国や人種を超えて人びとを魅了したからこそ、今に至るまで世界中にファンを作り続けるという希有なヒーローとなりえたのである。

ちなみに『ドラゴン怒りの鉄拳』の主人公・陳真（チェンジェン）は架空の人物だが、ブルース・リーが演じて以降人気キャラクターとなり、陳真や彼のいた道場「精武門（せいぶもん）」が登場する数多のリメイクや亜流作品を生んだ。同作の主要スタッフ・キャストによる、正式な続編・後日談『レッド・ドラゴン／新・怒りの鉄拳』（一九七六）には、前作では単なるスタントマンに過ぎなかった無名俳優・陳元龍（ちんげんりゅう）が主演に抜擢された。彼

はこの作品から新たに「成龍（チョンロン）」という芸名が与えられ、本格的な映画デビューを果たした。彼こそ、その後の香港映画界を背負って立つ男、ジャッキー・チェンである。「精武門」の看板を受け継いだ映画の内容そのままに、カンフー・ヒーローの座は、ブルース・リーからジャッキーに引き継がれたのである。

中国語学習を始めたばかりの日本の大学生に「知っている中国人の名前を挙げよ」とアンケートを取ると、毎年決まって毛沢東（もうたくとう）と一位の座を争うのはジャッキー・チェンである。香港映画界が生んだこのスターは、今も抜群の知名度を誇る。多くのハリウッド映画にも出演し、おそらく世界一有名な現役の中国系俳優であろう。

図5　シリーズ第3作『鎧甲勇士・拿瓦』DVDセット

テレビの特撮ヒーローたち

近年の中国には、現実世界の英雄ではなく、テレビ特撮番組のヒーローも増えつつある。『金甲戦士（きんこうせんし）』→32（二〇〇八）を皮切りに、『鎧甲勇士（がいこうゆうし）』シリーズ（二〇〇九から）、『巨神戦撃隊（きょしんせんげきたい）』シリーズ（二〇一三から）→35といった、特撮ヒーロー番組が陸続と作られている。五行思想や神話、古典文学をモチーフにするなど、中国文化を盛り込みつつも、ウルトラマンや仮面ライダー、スーパー戦隊といった日本の特撮に多大な影響を受けた作品群である。子ども向けではあるが、そこでは新たに憎むべき「悪」として、荒唐無稽な宇宙人や悪の組織だけではなく、水質汚染や大気汚染といった環境破壊と、それによって生まれる怪獣・怪人、及び人間自身が引き起こす現代の犯罪・社会問題もしばしば取り上げられており、今日的問題に立ち向かう新時代の英雄像が垣間みえる。

（中根研一）

26 皇帝と奴隷——まわりもちの思想

図１　「徐福夢男——虹のかけ橋」北京語対訳歌詩付！

図２　江蘇省徐阜村の「日中友好の始祖」徐福像

突然ですが、鳥羽一郎です

中国の東の海に浮かぶ島といえば、日本である。中国最初の皇帝である秦の始皇帝は、不老長寿↓34の仙薬を求めて、道士・徐福を東海に遣わしたという。日本では、三重県熊野市や和歌山県新宮市をはじめとして、各地に徐福とその三〇〇〇人のお供の渡来伝説が残されており、彼らが農耕、紙すき、捕鯨などの文明を伝えたとされている。この伝説は、海の演歌歌手・鳥羽一郎の歌で「徐福夢男——虹のかけ橋」として歌謡曲となっており、熱い歌唱で楽しむことができる。現在の中国でも、徐福の子孫が住むとされる江蘇省の徐阜村（徐福村）がクローズアップされるなど、日本人はすべて徐福の子孫だと固く信じている人と出会うことさえあるほどだ。

皇帝という称号

始皇帝の伝記である『史記』「秦始皇本紀」を見ると、彼が中華を統一したとき、王たる自分をどう呼ぶかが問題になっている。李斯ら臣下たちは、「むかし、天皇があり、地皇があり、泰皇があったが、泰皇がもっとも高貴であった」として、「泰皇」と呼ぶことを進言する。始皇帝は、理由は定かではないが、「泰を取り去って皇をとどめ、上古の『帝』位の号を取って『皇帝』と号することにする」と宣言

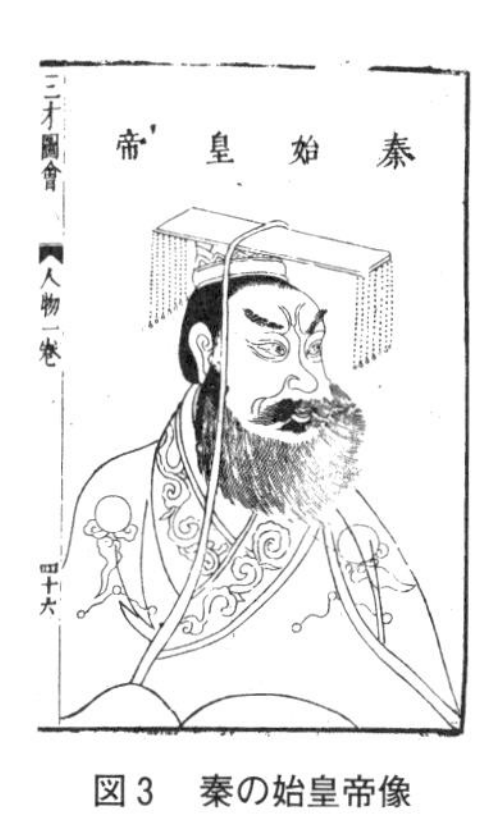

図３　秦の始皇帝像

して、皇帝という称号が決まったのであった。このとき皇帝の自称を「朕（ちん）」とすることも、あわせて決められた。そして、始皇帝は、天下を三六郡に分けて統治し、度量衡、車の両輪の幅、文字の書体なども統一したのであった。

始皇帝は、高い鼻、細長い目、ハヤブサのような胸、ヤマイヌの声、恩を感じぬ虎狼の心を持っていたとされる。歴代、偉大な皇帝は、始皇帝の例を踏襲してか、外見が常人と異なる異形の王であったと伝えられることが多い。この理由のひとつには、王はその異形の肉体をもって、天命を受け、秩序だった理想的な世界である天との交流をはかり、ともすれば混乱しがちな地上世界に天の運行のような整然とした秩序を実現しなければならないと考えられていたこともあげられるだろう。

天命を受けて天下を統一した始皇帝は、その永遠の権力の保持を目指し、みずからの命の永遠を保証する仙薬を求めて、徐福を東海に派遣したのである。その痕跡が現在の日本にも残っているわけなのであった。

皇帝はまわりもち

「万世一系」の皇室をもつ日本人の感覚では、皇帝とその子孫は、永遠に天下を支配するものだとついつい思ってしまう。しかし中国人の感覚ではそうではない。たとえば、『西遊記』第七回で、天界を大いに鬧（さわ）がす孫悟空は、おしゃかさまと対決し、「帝の位はまわりもち、年が明けたら俺の番」ということわざを引用して、玉帝（ぎょくてい）から帝位を譲り受けようとする。孫悟空がやんちゃなサルだから、適当なことを言っているのではない。中国では、ある姓の一族を皇帝とする王朝は、天の命を

図4　あばたの朱元璋像

受けて天下を統治するわけであるが、もしもその王朝が徳を失い、天下が乱れるようだと、また天命が下って、ちがう姓の一族を皇帝として新たな王朝が打ち立てられるという考え方を取っている。これは、古くは『孟子』などにも見られる思想であり、易姓革命——姓を易え、命を革めるという。孫悟空はさらりとこの王朝交代の原則を披露しただけなのである。

となると、孫悟空も皇帝となることができ、さまざまな階層の人物にも皇帝になる道が開かれることになる。実際に明の太祖・朱元璋などは、もともと↓24・52乞食坊主の出身であり、農村で食いはぐれた流民を組織して、ついに皇帝になったのであった。彼は乞食坊主の過去にコンプレックスを感じて、スキンヘッドを連想させる「禿」と「光」の字が大嫌いであり、これらの字を使った者を死刑にしたという。

かといって、中国の皇帝は、すべて朱元璋のようかといえば、もちろんそうではない。宋の徽宗などは、まさにインテリ、芸術家皇帝であり、現存する徽宗の絵画は、中国でも日本でも国宝級のものとなっている。ただし徽宗は、その政治の結果、北方の異民族王朝である金の侵入を許し、北宋亡国の皇帝となってしまった。

このようにさまざまな皇帝がいたわけだが、その根本の仕事は、天命を受けて天界の秩序を人間界で実現することであり、それができなければ、あっさりと天から見捨てられることになってしまうのである。この点は、万世一系とされる天皇家の血統を受けつぐ人物が代々即位する日本のシステムと、大きく異なっているのである。だから、中国の易姓革命を根拠づけた『孟子』を積んだ船は、東シナ海の藻屑と消えるという伝説が残ったのであった。『孟子』は、日本の天皇家の万世一系の

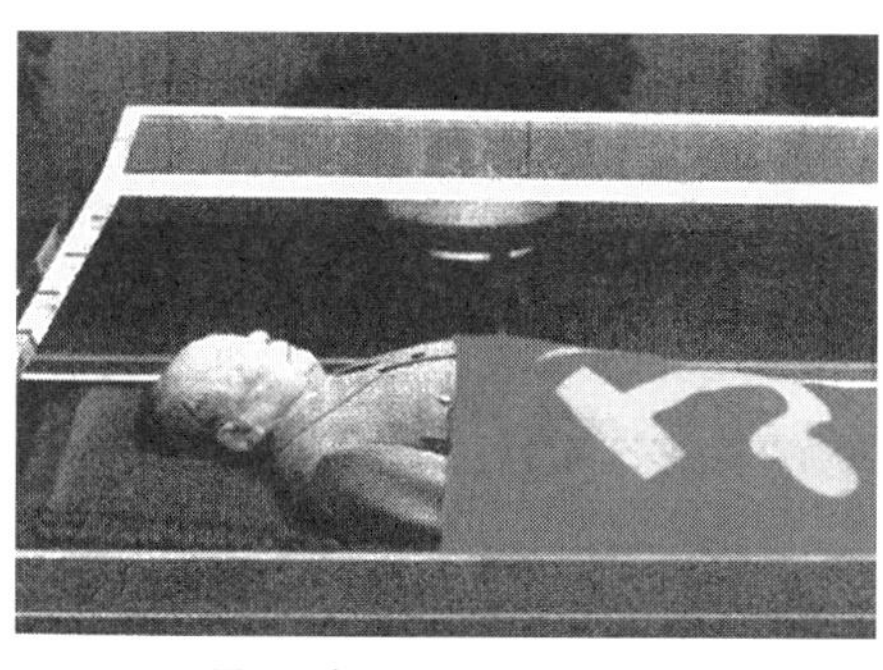

図5　生けるがごとき毛沢東

統治システムにとって、危険な書物にほかならないのだ。

奴隷の時代と奴隷になれない時代

皇帝以外の人びとは、どうか。魯迅は、『灯下漫筆』（一九二五）という散文で、中国の歴史を「一、奴隷になりたくてもなれない時代」と「二、当分安全に奴隷になりおおせている時代」に分ける。天命を受けた皇帝は奴隷の規則を作る人物であり、その規則がうまく運用されていれば、皇帝以外の人間は当分奴隷でいられる太平の世を生きることができる。その規則を決めてくれる皇帝がいなければ、奴隷になりたくてもなれない悲惨の時代を生きなければならないという。中国の歴史は、そのふたつの時代の循環によって成り立っているとするのである。そして魯迅は、そのふたつの時代以外の、第三の時代——皇帝も奴隷もいない、ひとりひとりの人間の社会を求めたのであった。

ところで、一般にラストエンペラーといえば、愛新覚羅溥儀ということになる。しかし、実際には、世界革命を目指し、いまなお生けるがごとき姿で眠る毛沢東↓11こそ、まさにラストエンペラーにふさわしいだろう。

奴隷のゆくえはどうなったか。王炎監督の映画『奴隷から将軍へ』（一九七九）は、一九一〇年代から四〇年代を舞台に、少数民族であるイ族の貧しい孤児が、その射撃の神業によって、兵士として名をあげ、ついに共産党軍の将軍となる物語である。奴隷か権力者か——ここに、魯迅の求めた社会というよりは、朱元璋を生み出した社会につらなるものを見ることができるのではないだろうか。

（齊藤大紀）

27 女帝と女侠——戦うヒロインたち

図1　王昭君

図2　炮烙の刑

三大悪女

春秋時代の西施、前漢の王昭君、後漢の貂蝉、唐の楊貴妃は中国四大美人とされる。外面的な美しさに対し、内面的な美しさを持った女性のカタログとして前漢の劉向が編んだ『列女伝』があり、良妻賢母、才媛、貞節に殉じるなど、優れた徳を持つ女性たちの逸話が批評とともに集められている。『列女伝』には優れた女性ばかりでなく、権力の中枢にいて国家に悪影響を与えた悪女、妖婦の類も収められる。そもそも劉向が『列女伝』を編んだきっかけは、前漢王朝を衰退させた趙飛燕・趙合徳姉妹の非道ぶりであった。こういった女性を掲げれば枚挙にいとまがなく、おのずと三大悪女というくくりも生まれる。三大悪女はメンバーが固定されておらず、殷の妲己、前漢の呂后、唐の則天武后、清の西太后の名前がよく挙がる。殷の紂王とその寵姫妲己による狂気的な愛欲は、有名な酒池肉林以外に、炮烙の刑（油を塗った銅の柱を熱して罪人に渡らせる刑罰。一説に縛りつけるとも）の逸話でも知られる。このように、彼女たちの残虐な逸話の数々は、たとえそれが歴史書に載るものであっても、多分に現実を超越していて信じがたいものもある。前漢の呂后はかつての皇太子擁立争いのライバル戚夫人の目をつぶし、手足を切断、耳も口もつかえなくして便所に投げ込み、これを「人彘」（人ブタ）と呼んだという。

彼女たちが後世、多くの通俗的物語のキャラクターとなるのは、その行状が現実

図３　則天文字

図４　若き日の江青と毛沢東

を踏み越えて虚構の領域に足を踏み入れているからであろうか。

則天武后の漢字呪術

摂政の立場などで政権を握った女性は何人かいるが、帝位についたのは則天武后のみである。中国史上唯一の女帝であることをのぞいても、則天武后は、スケールの大きさやその魔術性などの点で特異である。

則天武后の魔術性は改名と新文字制定に集約される。則天武后はその統治期間に地名、官職名などをやたらと改名し、自分の名前専用の漢字を含む十数個の新しい漢字を創った。これを則天文字と呼ぶ。改名は自分の支配の誇示でもあるが、則天文字によって作られた新しい文字たちは天、地、日、月、国など、この世界を構成する主要な要素であり、則天文字の制定によりその支配は国土を越えてはるか宇宙に及ぶことになる。文字呪力による新しい世界の創造でもあった。

則天武后は残虐性においてもまた並のものではなく、ライバルの王皇后に罪をかぶせて蹴落とすために、生まれたばかりのわが子を平然と手にかけたという逸話さえ残っている。肉体的なものばかりではなく、やはり文字を使った拷問を行なっている。この事件の後に王皇后の姓を発音の近い「蟒」（うわばみ）に変えたのは、呂后がライバルを人ブタにしたように、王皇后を人ヘビへと変える拷問だった。則天武后は後に実際に彼女の手足を切断して酒甕に漬けたとも伝えられる。また同様に敵対勢力の蕭氏を「梟」（ふくろう）氏に変えている。

呂后も則天武后も一方で前政権からの課題を克服し、国内に秩序安定をもたらし

図５　紅線

図６　木蘭

たとその政治的手腕を高く評価する向きもある。文化大革命の中心人物であり四人組の一人として逮捕された江青は呂后と則天武后へ憧れを抱いており、彼女が政権を握っていた時代にはこの二人の女性に対する評価の見直しが行なわれている。江青が惹かれたのが彼女たちの政治手腕ばかりでないことは歴史が物語っていよう。

戦うヒロインたちの物語

貞を貫いた女性、愛に殉じた女性たちとも違う、男まさりの戦う女性たちもまた民衆の人気を博し、愛すべきキャラクターとして中国の文化史を彩ってきた。

唐代伝奇小説中の一篇『聶隠娘』は、一〇歳の時にさらわれ山中で暗殺者としての訓練を受けた女侠聶隠娘の物語だ。匕首を懐に忍ばせ、眉一つ動かさず任務を遂行する聶隠娘は強烈なキャラクター性を備えている。『紅線』もまた女侠紅線の活躍を描くが、彼女はその特殊能力を暗殺ではなく、戦争回避に使い平和をもたらす。彼女たちの物語は後世まで人気が衰えず、芝居や通俗小説に盛んに取り入れられた。清末の孫玉声（海上漱石生）が書いた武侠小説『仙侠五花剣』では聶隠娘と紅線が競演を果たし、天界から人間界に下って活躍する。近年も侯孝賢監督の映画『刺客聶隠娘』（邦題『黒衣の刺客』二〇一五）が作られている。

戦場で武器を手にして戦うヒロインたちは「巾幗英雄」（女もの頭巾をかぶった英雄）と呼ばれる。ディズニーアニメ『ムーラン』（一九九八）で世界的に有名になった木蘭は、六朝期の『木蘭詩』以降、演劇に小説にと語られた物語で、老いた父の代わりに男性になりすまして戦地に向かい、女性と気づかれないまま一二年後に故

図7　一丈青扈三娘（京劇『三たび祝家荘を打つ』）

図8　秋瑾

郷に帰還する。

明代の小説『水滸伝』で梁山泊に集う一〇八人の英雄中、三人の女性のうち随一の美女とされる一丈青扈三娘は武術も一流。梁山泊と祝家荘との戦いに参戦し、梁山泊の武将たちを次々と生けどりにする一段を描く京劇『三たび祝家荘を打つ』では扈三娘の魅力が存分に発揮される。扈三娘は梁山泊の仲間となるに際し、短足で女好きの矮脚虎王英と妻合わせられる。ギリシア神話で愛と美の女神アフロディーテ（ローマ神話のビーナス）が両足の曲がった鍛冶の神ヘパイストス（同ウルカヌス）と結婚させられる話と似ており、背後に古い民間伝承の存在を感じさせる。

戦う女性たちが一番多く登場するのが『楊家将演義』だ。この物語は北宋と遼との戦争を背景に、北宋の将軍楊継業一族の活躍と苦闘を描いた作品である。弓の達人穆桂英や男装して遼の国のスパイをする楊八姐に代表される多くの女将たちが活躍する。物語の終盤には、楊一族の寡婦たち一二人が一斉に出陣する「楊門女将」として知られる一段がある。また、『三国演義』の関羽には実は関銀屏という娘がいて、父の敵を討たんと戦場を駆け回る。こんな話が雲南を中心に伝承されている。戦う女性は民衆の想像力の中で普遍的な人気を得ており、次々にキャラクターが生み出されるのだ。

清末に女性解放のために奮闘した秋瑾もまた戦う女性の一人だ。彼女の写真にはつねづね好んで携えたという刀剣とともに写っているものが多い。この刀剣こそが秋瑾の「巾幗英雄」としてのキャラクター性を担保し、この女性英雄の写真のイコン性を高める役割を果たしていると言えよう。

（佐々木睦）

28

新青年と女学生——新しい価値観の誕生

図１　陳独秀

図２　『青年雑誌』創刊号表紙

「青年」の発見

一九一五年九月一五日、上海で『青年雑誌』が誕生した。発行者の陳独秀（ちんどくしゅう）（一八七九—一九四二）は、その発刊の辞「青年に敬告す」において若者であること、青年であることを尊ぶべきだという新しい価値観を示している。翌年には『新青年』と名を変えたこの雑誌が、中国の「近代」を牽引することになった。このタイトルが象徴するように、中国の近代は「青年」の発見と密接な関係を持っている。長い伝統を持つ儒教道徳は、「五倫」（父子、君臣、夫婦、長幼、朋友）の徳を根本的な教義とし、父子の親、長幼の序は侵すべからざるものとされていた。「若いこと」に積極的な価値を見出した『新青年』は、「サイエンス」と「デモクラシー」をスローガンとし、自主的であること、進歩的であること、開放的であることを称揚して、父祖への反逆も辞さない態度を示した。この思想は青年たちに大きな影響を与え、やがて「五四新文化運動」（一九一九）という大きな流れに結実してゆく。中国の長い歴史の中で初めて、青年たちが時代の主役として脚光を浴びることになったのである。

「僕は青年だ！」

こうして五四新文化運動以降、青年たちは儒教道徳に抵抗し、自分たちの未来は

図３　『家』劉家宅による挿絵。語らう覚慧と鳴鳳

図４　北京，培華女学校の学生たち。右端は作家の林徽因（1916撮影）

自分で切り開こうと考えるようになった。作家、巴金（はきん）（一九〇四―二〇〇五）の初期の代表作『家』（一九三三）は、成都の大家族に育った主人公覚慧（かくけい）が新思想の洗礼をうけ、さまざまな試練を経たのちに家を捨てて上海を目指すという教養小説（ビルドゥングスロマン）である。多くの若者に愛されたこの小説のうちでも、特に人口に膾炙（かいしゃ）したのは、中国語に訳されたばかりだったツルゲーネフ『その前夜』（一八六〇）からの引用の一句であった。

「僕は青年だ、奇人でもなく、愚人でもない。幸せは自分で摑（つか）み取ってみせる。」

青年であることに無限の可能性を見出すこの名言は小説中の重要な伏線となり、覚慧の最大の危機に際して――彼の愛した召使の少女、鳴鳳（めいほう）の自殺――彼を失意のどん底から蘇らせる役割を果たす。「青年」が持つ力を引用文から見てみよう。

彼の表情は目まぐるしく変わり、内心の闘争がいかに激烈なものかを表していた。彼は眉根に皺をよせ、軽く口を開いて重々しく言った。「僕は青年だ。」それからまた憤然と「僕は青年だ！」次に疑わしそうにゆっくりと「僕は青年か？」そして何かを悟ったように「僕は青年だ、」最後に力強く、「僕は青年だ、そうだ、僕は青年だ！」

愛する人の死という衝撃から覚慧を救ったのは、自分が「青年」であり、「幸せは自分で摑み取らねばならない」という信念だったのである。こうして根付いた「青年が当事者となる」という意識は中華人民共和国建国後も引き継がれる。毛沢東は一九五七年に「あなたがた青年は活気にみなぎり、一番意気盛んな時を迎えた、いわば朝八時か九時の太陽だ。希望はあなたがたの上にある」と演説し、青年への期待を寄せた。また、中国で最後に起きた全国的な民主化運動（第二次天安門事件、→6

図５　『傷逝』唐民皓の「撮影連環画」。子君の装いは典型的な女学生風

図６　豊子愷の漫画，『学生漫画』（1931）に発表されたもの

一九八九）も、北京の学生たちが中心となって牽引したのだった。

「わたしはわたし自身のもの」？

しかし、民国期の「青年」とはやはり男が中心だった。彼らと対をなして登場したのが「女学生」である。科挙に無縁の女子は家の敷居から出ることすら稀であったため、女子教育の開始は中国女性史にとって大きな事件となった。女子教育が普及してゆく段階はまた、「自由恋愛」という新たな価値観が普及した時期でもある。この新しい価値観に翻弄されたのは、知性を有しても職業に就けない女学生だった。

魯迅（一八八一―一九三六）唯一の恋愛小説『傷逝』（一九二五）のヒロイン子君は、「わたしはわたし自身のものです」と宣言し、家長ではなくて自分自身が自分の愛／結婚を選択するのだという画期的な新女性の姿を示した。この宣言は、『家』の「幸せは自分で摑み取ってみせる」に対応しているようにも思える。しかし小説後半、生活の窮乏は愛をすり減らす。恋人に「もはや愛していない」と宣告された子君は悄然と故郷に帰って死んでしまうのだった。前近代の女性と異なり、子君は「自分で選んだ」ために恋愛の破綻の報いを一人で背負わねばならなかったのである。北京女子高等師範学校出身の作家廬隠（一八九九―一九三五）の代表作『海濱故人』では、卒業を控えた女学生が親友に次のように語っている。

「学校へ入ってからの人生観はがらりと変わったわ。親戚と相容れなくなり、両親と相容れなくなった。一日一日自分が孤独だと思うようになり、悲しみや無聊というものがわかるようになった。これは知識がわたしを誤ったってこと

じゃない？」

教育を受け、自由恋愛を実践し、結婚相手を自分で選ぶようになった女学生たちが次に見たのは、媒介婚であろうと自由婚であろうと、結局家庭に閉じ込められ、部分的にしか社会に関わることが許されないという現実だった。この問題は、形を変えて今の中国にも根強く残っているように思われる。

新たなファッションリーダー

「女学生」が注目を浴びたのはその知性や恋愛観などの内面だけではない。彼女たちの装いは反纏足→21・54運動や断髪運動などと結びつき、「短髪、上着とスカート、革靴」といったファッションアイコンとしても機能したのである。たとえば図3の『家』の挿絵に描かれた鳴鳳は長い髪にズボンで、旧時代の労働者階級に属する少女だと一目でわかる。次に豊子愷（一八九八―一九七五）の描いた漫画「母と娘（母与女）」（一九三二）を見てみよう。母は清朝風の上着にスカート、長い髪を髷にし、纏足に布靴を履き、手には数珠を持っている。娘は西洋からやってきたブラウスに短いスカート、天然そのままの足にハイヒールを履き、近代的なスポーツであるテニスを楽しんでいる。文字通り頭のてっぺんから足の先まで、今まで見たことのないような出で立ちをした女性の姿は、保守層からは揶揄と嘲笑の対象となったが、多くの少女から崇拝の眼差しで迎えられた。「女学生の着るべき服」は布地のポスターにもなり、晩清から民国まで、ファッションに敏感な妓女たちの多くは、女学生ファッションを真似たという。

（濱田麻矢）

図7　30年代上海のインダンスレン染め生地の広告

図２　観音菩薩に扮した西太后の写真

図１　台湾の「芸術写真」

29

美女と美男、醜女と醜男——越境できない美醜の領分

演じられる写真

台湾の首都台北にある中山北路（ちゅうざんほくろ）は、通称「婚紗街（ウェディングロード）」といわれる。そこには、結婚写真の専門店が軒を連ね、美男美女の微笑む巨大な写真パネルが店頭に並んでいる。「芸術写真」とも呼ばれるこうした写真の専門店は、台湾をメッカとして中国にも進出し、世界各地のチャイナタウンにも存在する。日本の結婚写真と違うのは、専属のカメラマンやヘアメイクを帯同してのロケ撮影、モデルのような大胆なポーズ、デジタル技術による痩身や肌の修正など、過剰に凝った演出がなされる点である。撮った写真の巨大パネルを寝室や玄関などに飾る人も多く、どうやら「演出された写真」を好む文化が、中華圏には確実に存在するようだ。

その早期の例として、西太后（せいたいこう）（一八三五—一九〇八）の写真好きがあげられよう。二〇世紀初頭、すでに中国にもたらされていた写真技術に興味をもった西太后は、我が身を写させることに熱中した。残された写真は、一〇〇点以上にものぼる。彼女はさまざまな衣装や装飾品、調度品とともに写真に収まり、玉座に坐った全身像のほか、観音菩薩に扮したものまである。「権威の誇示」という肖像の政治的な力を理解していた西太后の写真には、美しく見えるよう着色されたものもあり、「芸術写真」のはしりといえるだろう。

二〇世紀は、複製可能な写真が、広告メディアとして大量に用いられた時代であ

図4　『毛主席のよい戦士，雷鋒』と題された周軍による写真（1960）

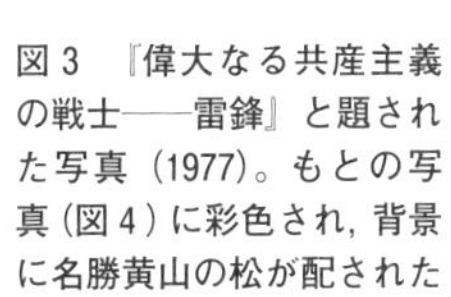

図3　『偉大なる共産主義の戦士――雷鋒』と題された写真（1977）。もとの写真（図4）に彩色され，背景に名勝黄山の松が配された

った。中華人民共和国期の「演出された写真」といえば、中国共産党による作品の数々がある。中でも有名なのは、「雷鋒同志に学ぼう」の雷鋒[24]（一九四〇―六二）だろう。事故で夭折した解放軍兵士の雷鋒は、毛沢東によって道徳的英雄とされたため、宣伝用に加工された写真を数多く残すこととなった。その一枚、「雷鋒帽」と呼ばれる防寒帽をかぶった姿は、背景が「永遠」を象徴する黄山の松に差し替えられるなどの「演出」が加わり、一九六〇年代から七〇年代にかけてのイコンとなった。

美の類型化

中国の美的感覚において、美と醜は歴然と類型化されている。そのパターンを見るには、「類書」といわれる古典籍のデータベース的書物をひもとくのがよい。清の『淵鑑類函』[37]（一七一〇）には、「美婦人」の項目に「翠翰眉」という美女の形容が採られている。これは西晋の陸機（二六一―三〇三）が、蛾の触覚のごとく弧を描く眉をあらわす「蛾眉」を、翡翠の羽にたとえて詠んだ言葉である。ほかにも「蟬翼鬢」、すなわち鬢を蟬の羽のごとく薄く結い上げた髪型を指す語などがある。中国古典の美女観は、昆虫の触覚や羽と相性がよいようだ。

こうした美貌の条件は、むろん時代によっても異なる。スタイルについていえば、たおやかなウエスト「柳腰」がよしとされる一方、唐代は楊貴妃のような豊満な体型が好まれたといわれる。中国の美女像はこの両極に分けられることが多く、清代小説『紅楼夢』のヒロインでいえば、林黛玉は前者、薛宝釵は後者である。

明末清初の作家李漁（一六一一―八〇）は、随筆『閑情偶寄』「声容部」において、

図５　『紅楼夢』の林黛玉

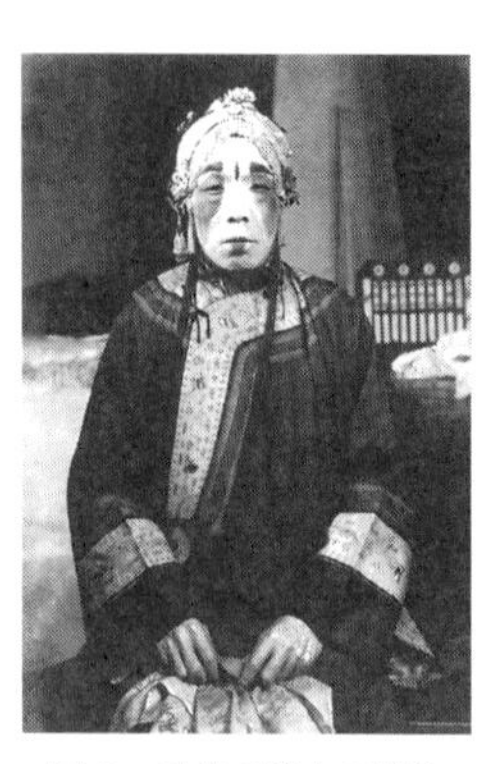

図６　丑役の醜女の扮装

女性の目を次のように分類する。「細長いのはしとやか、大きいのは気が強く、よく動いて白目と黒目がはっきりしているのは賢く、どろんとして白目がちや黒目がちなのは愚かである」。では目の動きを確かめるにはどうすればよいのだろう？　李漁はこう書いている。「心配無用、方法はある」。みずから視線を送れば女性は恥じらってうつむく、それを下からのぞきこめば相手は目をそらすので、その動きにおのずと性質があらわれるのだそうだ。

醜の領分

類型化された美醜には、おのおのの領分というものがあり、それに沿った「演出」が加えられるようである。「西施の顰みにならう」という故事は、胸の持病をもつ美女西施の真似をして、眉をしかめた醜女をわらうものである。この故事は、美醜の領分の越境が、容易には許されないことを教えてくれる。

こうした発想は、たとえば伝統劇の役柄類型にも見ることができよう。京劇を例にあげると、その人物像は大きく四つ、生（男性）・旦（女性）・浄（常人ならざる男性）・丑（道化）に分けられる。美男は「生」、美女は「旦」に属し、さらに身分や性質によって役柄が細分化される。一方、醜男と醜女はいずれも「丑」に属し、その役割はあくまでも道化で、往々にして脇役に甘んずることになる。

李漁の書いた戯曲『風箏誤』には、醜く愚鈍な長女と、美しく聡明な次女が登場する。才子韓琦仲が次女にあてた詩を書いた風箏を、誤って受け取った長女は、次女の名を借りてかれを誘惑するが、あまりの醜さに逃げられてしまう。類似の物語

図7　潘金蓮に毒殺される武大

は京劇『鳳還巣』にも見られ、醜女は丑役の「男性」が扮することになっている。醜男として有名なのは、『水滸伝』および『金瓶梅』に出てくる武大であろう。かれの妻は美女の潘金蓮だが、弟の武松に色目を使うわ、富豪の西門慶と姦通するわ、ついには武大を殺害する毒婦ぶりである。それもこれも、武大と潘金蓮の容貌がつりあっていないことが原因とされる。このように、民衆の好む小説や演劇の世界では、美醜は類型によってはっきりと描き分けられ、分不相応な醜女や醜男は報いを受けると相場が決まっているのである。

　ところで、さきの『淵鑑類函』の「醜丈夫」の項目には、醜男とされる人びとの機知を示す話がいくつか見られる。隋の蘇世長は煬帝に「駆驢」、すなわち走るロバに顔が似ていると言われると、すかさず四つん這いになって変な顔をしてみせ、煬帝を喜ばせて褒美を賜った。また、漢の劉向が編んだ説話集『新序』に見える、次のようなエピソードも紹介される。醜男の遊説家田巴先生は、斉王に召し出されたので、新しい衣服をあつらえ、身なりを整えて妾に聞いた。「どうかな?」「カッコいい!」出発にあたり、従者にも聞いた。「どうかな?」「カッコいい!」しかし、かれは見てしまったのである。川を通り過ぎるとき、水面に映ったおのれの醜い姿を……。やがて斉王の前で、田巴先生は訴える。斉をよく治めるには、川に自分の姿を映し、過ちを改めることが肝要なのです、と。

　これらの話は、「醜の領分」をわきまえることを称揚するものでもある。現代において、「芸術写真」で虚像とたわむれているように見える人びとも、実は鏡におのれの姿を映した上で、ひとときの「演出」を楽しんでいるのだろう。（田村容子）

30 子どもと教育——子だくさんと一人っ子

どうして子どもが大切か

中国のポルノ小説として名高い『金瓶梅（きんぺいばい）』（明・万暦（ばんれき）年間）は、西門慶（せいもんけい）という精力絶倫の男と、その妻妾たちが織り成す大家族の物語である。西門慶の夜のお相手の座を巡って、一つ屋根の下に暮らす女たちの嫉妬が全篇に渦巻くあたりが見所だが、彼女らが西門慶の夜伽を争う理由は「彼を愛しているから」ばかりでもないようだ。妻妾たちの関心事には、西門慶の子種というのがあって、彼のもとで男児を生み、無事に育てることもまた重要課題だからである。

その理由は日本の大奥と同様、男児の獲得が、みずからの保身につながるからである。男児の獲得とは基本的に、男子が家を相続し祖先を祀る役割を担っていた時代において、その祭祀を執り行なう存在を獲得することを意味する。また、死後の生活を生者からの供物（→18）に頼っている彼らにとって、それは死後のじしんの生活の保障にもなる。生きている側にとっても、官僚の家では家を栄えさせる手段としての科挙受験者(1)を輩出することにつながり、普通の家でもまた、単純に、肉体労働を担う働き手の増加につながるのである。

こうして、人びとの願いを図像化した民間版画（年画（ねんが））（→44）の画題にも、男児をモチーフにしたものが多く現れることになる。図1は「五子奪魁（ごしだっかい）」といい、五人の男児が「盔（かぶと）」を取り合っている絵であるが、「盔（かい）」は科挙の首席合格を意味する「魁（かい）」（→44）

図1 「五子奪魁（蘇州）」（部分）

(1) 科挙
隋から清末にかけて行なわれた官吏登用試験のこと。受験の機会は，親の職業による例外などを含みながらも，基本的にすべての男子に与えられた。明清時期には，童試，郷試，会試，殿試といった試験が段階的に設けられ，それぞれ及第すると，生員（秀才），挙人，貢士，進士の称号を得ることができた。皇帝の面前で行なわれる殿試の上位及第者をとくに，上から状元，榜眼，探花という。

図2　「百子図（蘇州）」（部分）

と同音字であり、つまり兄弟どうしでトップを争うという「おめでたい」状況が表れている。図2は「百子図（ひゃくしず）」から、山のような男児が多種多様に遊び戯れるさまを描いたもの。笑いさざめく声は、さぞかし賑やかであることだろう。

では現在ではどうか。むろん、「女の子のほうが、おしゃれで華やかで、老後も話し相手になって、そっちのほうがイイ！」といった方もおられるだろうが、近年の婁燁（ロウイエ）（一九六五―）監督の映画『二重生活』（原題『浮城謎事』二〇一二）を見る限り、結局そうでもないらしい。映画は、現代の地方都市に住まう、一人の男と二人の女の物語。男は二人の女との間に子どもを設けている。男と、娘のいる正妻と、息子のいる愛人、三者がさんざんやり合った末に、映画終盤、男は正妻と離婚し、愛人との家庭を選択する。男の後ろには、お嫁さんにとっての最大の敵、「お義母（かあ）さん」が控えていて、「お義母さん」は孫息子の誕生により、息子の不貞なんかどうでもよくなっている。これは、跡継ぎとなる男児を産んだ女が勝者となる「幸せの形」が、現代に引き継がれていることを示す例であるだろう。

子どもを救え！

伝統的に子だくさんが望まれたとは言え、中国で子どもを独立した「個」として扱いだしたのは、民国に入ってからのことで、せいぜい一〇〇年ほどしか経っていない。魯迅（ろじん）は一九一八年に発表した小説『狂人日記（きょうじんにっき）』の末尾を「子どもを救え」と締めくくったが、ここには、古代より中国を一貫して縛ってきた伝統や礼教の連鎖から子どもたちを解き放つべきとするメッセージが込められている。彼が子どもを

図３　裸で寝そべり氷を溶かし，池の魚を捕る王祥

図４　街で見かける「孝」を推進する図版

縛りつけるものの代表として、その後の論考で俎上にあげたのが、「二十四孝（にじゅうしこう）」とそこに表された「孝」の形であった。

「二十四孝」は歴代の親孝行な子どもたちの逸話を二四種集めたもので、伝統中国の児童教育において、重要な役割を果たしてきた書物である。登場する孝子は、「親のため」なら何でもするような、ハートのアツい人たちばかり。たとえば王祥（おうしょう）なる子どもは、父親に冬場、池の魚を採って食べさせるために、池に張った氷を溶かすべく裸で寝そべったのだという。また、庾黔婁（ゆけんろう）というおじさんは、病気になった父親の病状を知るために、父の糞便を嘗（な）めたのだという。しかし魯迅はクールに、子どもの頃はこういった孝子の物語が「こわかった」と述べ、この種の「孝」の奨励と強制とを糾弾する。彼にも親がいるわけで、これは当時、勇気のいる発言だったのではないだろうか。このような提言がきっかけとなって、中国ではようやく、子どもの世界を認めるような近代的な子ども観が、意識されていくようになる。

こうして、積極的に子ども時代が語られるようになる。前述、魯迅の「二十四孝」についての言及を収めた『朝花夕拾（ちょうかせきしゅう）』や、顧頡剛（こけつごう）『ある歴史家の生い立ち』が、その先駆的な存在と言える。自伝執筆が盛んになることと相まって、以降、子ども時代を描いた作品には枚挙に暇がない。その書き手は、文筆を生業とする知識人が大半であるが、彼らの回憶からは、昔の子どもの暮らしを垣間見ることができる。

子どもは救われたか？

中国の人口問題については、早くは一八世紀の末に、洪亮吉（こうりょうきつ）によって警鐘が鳴ら

図５　1983年に発行された，一人っ子政策を推進する切手

②　反右派闘争

1957年６月，毛沢東により発動された「右派」を摘発する政治運動。56年４月に提起された党への批判を歓迎する「百花斉放・百家争鳴」の後，毛沢東の怒りを買った政治家が標的となった。「右派」の基準が明確にされなかったため，運動は拡大化し，58年には「右派」は44万5000人にものぼった。「右派」とされた人びとは労働改造に送られるなどし，実際に迫害を受けた知識人と家族の数はさらに多いといわれる。

されている。一九五七年に経済学者の馬寅初が「新人口論」を発表し、人口増加に伴う食糧問題に警鐘を鳴らしていたが、反右派闘争②の折に失脚してしまう。六〇年代に産児制限に関する指示が出されもするが、文化大革命により無効化、八二年に行なわれた人口調査で、一〇億人を突破していることが明らかとなる。

いわゆる一人っ子政策↓52（計画生育政策）は一九七九年に始まり、これは地域や条件などの例外を含み、幾度も変更が加えられてきたものだが、基本的には周知の通り、一組の夫婦に子どもを一人だけと取り決めたもの。この政策は施行の後に、特に子どもを労働者と見なす農村を中心に、無戸籍児童や女児の間引きの問題を引き起こした。都市でもまた、溺愛され甘やかされる子どもが問題視されている。

しかし陳丹燕（一九五八―）の『一人っ子たちのつぶやき』（一九九七）などを読めば、ときに小皇帝などと揶揄された彼らが、親の過度な期待と過干渉を、いかに息苦しく感じて育ってきたかがよくわかる。一人っ子政策は、歪んだ人口構成を修正すべく、二〇一五年に廃止が決定された。

子どもを大切にする風潮は、今に至るも変わることなく、さらに新しい動きも見えている。近年の報道によれば、北京の幼稚園にも、教室と遊び場にたくさんの監視カメラを取り付け、四六時中、保育のようすを見張るところが現れたそうだ。「子どもの成長を阻害する」などと、多くの専門家からは指摘されているが、親からは、家にいながらネットでわが子の成長を見守ることができると、大変に好評らしい。現場からはあくび一つできないと歎く声があがっている。子どもは特に、何も言わない。

（加部勇一郎）

Column 4

永遠の少年「三毛」

「アタマに毛が三本」と言えば、日本なら「オバケのQ太郎」だろうが、中国なら「三毛（サンマオ）」だ。「三毛」は、一九三〇年代の上海で生まれた男児のキャラクターである。産みの親は、張楽平（ちょうらくへい）（一九一〇―九二）という漫画家で、彼が上海の新聞で連載したマンガ『三毛流浪記（サンマオるろうき）』（一九四七―四九）がきっかけとなり、全国的に知られていった。

『三毛流浪記』は、旧社会、すなわち国民党政権下の上海をさまよう、身寄りのない少年「三毛」の物語である。彼は、寒さに震え、空腹に喘ぎ、大人に殴られたりしながら、新聞配達や靴磨き、大道芸人の弟子や印刷工場の徒弟として、たくましく生き抜いていく。当時は巷に、そんな子どもが多く見られもしたのだろう、読者の中には、「三毛」の辛く悲しい流浪を、実話だと勘違いした者もいたらしい。新聞社にお金や衣服が届けられることもあったそうだ。

上海は一九四九年五月に、共産党によって「解放」されるが、それはすなわち「三毛」の流浪が終わるときでもあった。彼のような子どもは、新しい中国に存在しないはずだからである。したがって、四九年以降に描かれる「三毛」は、基本的に衣食住が足りていて、党是（とうぜ）に従い周囲の子どもを導くような「よい子」として描かれる。建国直後の物語には、貧困に苦しむようなものもあるにはあるが、その場合、解放前の辛い経験を回想するといった枠を持ち、加害者であるアメリカや日本を糾弾する意図を含んでいる。八〇年代に入ると、科学や法律などの知識を、幼い子どもに教える役割を担うようになる。二〇〇七年には、国際的な大会のマスコットになったりもしている。

では『三毛流浪記』のような、現実にそぐわない昔の物語は、中国において、すでに不要なものなのだろうか？

答えは否（いな）。『三毛流浪記』の物語は、二〇〇六年にアニメ化がされており、冒頭にはこんなことばが付いている。

〈あなたの幸せな日々／それは三毛がもっとも手に入れたがっていたもの／あなたは幸せの中を歩んで来たけれども／三毛の苦難と願いとを忘れてはならないのです〉

「あなた」は今の子どもを指している。どうやら裏には、「三毛」の苦難の物語によって、豊かさしか知らない「あなた」を健全に育もうとする意図があるらしい。

1960年代の子ども向け雑誌の表紙に描かれた三毛

（加部勇一郎）

第5章

不思議なものども

江西省の龍虎山。ふたつの山頂がそれぞれ龍と虎に似ているという
（キルヒャー『シナ図説』1667）

石からはじまる

中国の物語には、石からはじまるものが多い。謎の石碑を掘りおこすと、一〇八人の魔王が飛び散る『水滸伝』。山の頂上にあった石の卵が石ザルとなり、大あばれする『西遊記』。人びとの想像をかきたて、話のまくらに重宝される、これらの石の神話をさかのぼると、女媧伝説にゆきあたるだろう。

女媧は、天地が崩れ、大火と洪水が起きたとき、五色の石を煉って天をつくろった神様として知られている。この天変地異は、じつは共工と顓頊という神様が争い、天の柱を折ったためともいわれており、女媧は神々のケンカの後始末をしたわけである。また、女媧が人間を作ったという説もある。はじめは黄土を固めて作っていたが、たいへんな作業ゆえ、そのうち縄を泥に沈め、引き上げてできたしずくを人とした。いうなれば、前者はハンドメイドで後者は量産、かくして人の身分は生まれながらにして決まっているのだと、後漢の『風俗通義』はまことしやかに説く。

女媧が煉り上げた石は三万六五〇一個あったが、たったひとつ使われず、余った石があった。捨てられた石がわが身を嘆いていると、僧と道士がこの石を玉に変え、人の世へと送り出してやる。悠久の時間が流れ、ふたたび発見された石には、人間界の見聞が刻み込まれており、ある人がその文字を書き写した……。

これは神話にあらず、清代の長編小説『紅楼夢』の冒頭である。またの名を「石頭記（石の物語）」ともいうこの小説には、石にまつわるイメージが、縦横無尽に織りこまれている。「女の子は水でできていて、男は泥でできている」。主人公にして名家のお坊ちゃまである賈宝玉は、こんなことを口ばしり、女の子と遊んでばかりいる。父親はかれの将来を危ぶむが、この言葉は、賈宝玉が生まれたとき口に含んでいた玉が、遠い昔、女媧の石であったことと深く結びついているのである。

めおとの神様

この章には、中国のあちこちに棲息する神仙、聖獣、珍獣や怪獣など、不思議なものどもが登場する。それらは空想の産物として、フィクションの世界にのみ住んでいるとは限らない。人びとの願いを原動力に、神様たちは今なお増殖しつづけている。その意味で、不思議なものどもは、現実の中国と地続きのところにいるともいえるだろう。

先ほどの女媧とて、例外ではいられない。いつのころからか女媧は、伏羲という男神とペアの神様とされるのだが、女媧が伏羲に妻合わせられることになったのも、人間界の

事情による。たとえば、後漢時代の墓室の壁面を飾る画像石には、「人面蛇身」の女媧と伏羲が、シッポをからませた姿で描かれている。こうした図像は、人びとが死後の再生を願い、一対の男女を埋葬する「夫婦合葬」が、漢代ごろより流行したため出現したという。めおとの神様の誕生は、陰と陽の力で互いの欠けたところを補い、「二つでひとつ」となって限られた生を超越しようとする、中国人のあくなき探求心のなせるわざなのであった。

めおとのお笑い

こうした「二つでひとつ」の思想は、現代人の日常生活にも息づいている。二一世紀の現在、中国全土を席巻せんとする勢いの演芸に、「二人転（アルレンジュワン）」なるものがある。もとは東北地方の農村の芸能だが、男女のコンビがうたい踊り、滑稽なやりとりをしてみせるさまは、日本の「どつき漫才」に近い。

二人転出身の芸人はテレビでも活躍しており、いまや北京や上海など、大都市にも常打ちの小屋があるほどだ。そうした場所では、伝統的な芸を見せるいっぽう、お色気ネタやどつき合いがエスカレートする傾向にある。「黄色（エロティック）」路線の二人転は、お上の取り締まりの対象にもなっており、健全なお笑いをめざす「緑色（セーフティ）」路線と二極化している。

この二人転において、チビ・デブといった身体的特徴をもつ芸人は、男女問わず「どつかれ」役である。かれらは白痴のモノマネさえし、むろん、相方によって絶妙の呼吸で張り倒される。ところが、「猪八戒、嫁さんを背負う」などの曲をうたう段になると、どつき合っていたはずの男女が仲むつまじくデュエットする。女のほうが猪八戒となり、男を背負うこともあるが、男女がひっくり返るのもまた、この演芸の醍醐味といえるだろう。

二人転で演じられるのは、「どつき合い」や「罵り合い」といった形をとりながらも、一対の男女が互いを補い合う姿である。性をネタにし、不具をわらう前近代的な演芸がかくも愛される理由は、もしかすると、その根底に、陰陽の合一という中国人にとってなじみ深い世界観があるせいなのかもしれない。

神様からお笑いまで、中国の哲学は万物を覆いつくす。目には見えない神性や霊性をとらえるためには、陰陽五行という「ものさし」や、桃やひょうたんのシンボルが用いられてきた。さらには、鏡や夢といった装置によって、空想と現実のあわいを、自在に行き来することもできる。われわれもまた、不思議なものどもに導かれ、そんな術に長けた中国人のアタマの中をのぞいてみることにしたい。

（田村容子）

31 聖獣と珍獣——幸せを呼ぶ動物たち

図1　故宮内の建物には多くの龍の姿が見える

龍

中国文化を代表する聖獣として、まず龍が挙げられる。古くは新石器時代の仰韶文化（紀元前四〇〇〇―紀元前三〇〇〇）の遺跡から見つかった彩陶に、既に龍の源流らしき文様が見られる。甲骨文や金文における「龍」の字を見ると、シンプルながら頭部に霊性の象徴である角の付いた蛇のような形であることが確認でき、殷の時代（紀元前一七―紀元前一一世紀）頃には、その形象に一定の共通認識があったことがうかがえる。

龍に言及した最古の文献は、戦国時代の『管子』で、龍は水中で生まれた「神」であり、その大きさも変幻自在で、天に昇れば雲より高く、潜れば深泉にまで入るとされている。またしばしば水や雨を司る存在として、時に大雨や洪水などを起こすとされた。まさに大自然のパワーの象徴とも言える龍は、人びとにとっては畏れながらも同時に敬うべき存在であった。

しかし時代が下ると、龍は人間側の政治的な思惑によって搦め捕られていく。『史記』「高祖本紀」では、漢の高祖（劉邦）は母が蛟龍に感応した後に産まれた子であることがほのめかされている。漢代以降、龍は人間の権力者との結びつきを強めていき、皇帝の身の周りのさまざまな装飾品・建築物にも龍の意匠が取り込まれた。その後、歴代の史書中にも、たびたび瑞兆としての龍の登場が記録されている。

図2　民間年画に描かれた「麒麟送子」（清代・天津楊柳青）

図3　頤和園の鳳凰像

麒麟と鳳凰

龍同様、その出現が良い兆しとされた瑞獣には、麒麟と鳳凰もいる。麒麟は『詩経』「国風・周南」では「麟」と呼ばれ、その姿の素晴らしさを讃えられている。形象について後漢の『説文解字』に「麟は仁獣である。麇の身体に、牛の尾を持ち、角は一本、牝を麟という」とある。優れた君主による、徳のある政治が行なわれている時に現れる聖獣とされた。前漢の劉向（紀元前七七―紀元前六）『説苑』になると、さらに鳴く声は音楽となり、歩く際もコンパスや定規で描いたかのようにキッチリ歩くという説明がされている。

晋の王嘉（?―三九〇）『拾遺記』巻三「周霊王」には、孔子の誕生前に麒麟がその実家に現れて、神仙の書である玉書を吐いたという逸話が記されている。そこから麒麟が立派な子供を送り届けてくれるという「麒麟送子」の伝説が生まれ、民間年画（→44）などに好んで描かれるようになった。

また鳳凰は、『山海経』（→32）「南山経」には、美しく五色に彩られた鮮やかな体色で、自ら歌い踊り、姿を現せば天下が安寧になるとある。『説文解字』等の記述を見ても、鳥・魚・亀・龍などの形象が入り混じった、かなりの怪物的な合成獣であることがわかるが、その後、我々にもお馴染みの鳥の姿で定着していく。史書にもその出現が事実として記録され続けた麒麟も鳳凰もまた、人間の中の聖人君子、あるいは権力者を象徴する存在であった。

図4　パンダモチーフの北京五輪の吉祥物

珍獣パンダ

さて、現在の中国を代表する実在の珍獣は、ジャイアントパンダ（中国語では「大熊猫」）であろう。しかし、その存在が一般に知られるようになったのは意外と最近である。一八六九年、フランス人宣教師ダヴィド神父（一八二六―一九〇〇）が、現在の四川省西部で、地元住民が「白熊」と呼ぶ白と黒の動物の毛皮を見せられたことが「発見」のきっかけとされる。化石等の発見により、パンダ自体は約三〇〇万年前から生息していたことがわかっている。郭璞（かくはく）（二七六―三二四）は『爾雅（じが）』の「貘（ばく）」につけた注で、それは白黒模様で銅・鉄・竹を食べる動物であるとしており、これをパンダとする説もあるが、断定は難しい。際立っているのは「鉄を食べる」という特異な性質だ。その後、「貘」は「食鉄獣」の名のもとでイメージを増殖させ、まさに幻獣／怪獣へと近づいていく。

一九世紀の発見後も「白熊」「羆」「浣熊」等々、さまざまな名前で呼ばれていたが、一九四〇年代に「熊猫（シオンマオ）」に統一された。これには本来「猫熊」だったが、左から右へ読む横書きのつもりで出した展示の名札が、当時一般的だった方向（右から左へ）で誤読され、定着したという説もある。

その後パンダは、その希少性と愛らしさから人気者になり、世界の動物園から引っ張りだことなった。中華人民共和国成立後は、国家間の友好の印として無償でパンダを贈呈する、いわゆる「パンダ外交」を戦略的に展開。初期にはソ連と北朝鮮のみへ、一九七〇年代以降は西側諸国へもパンダを贈っている。一九七二年、国交正常化を果たした日本へも二頭のパンダがやって来て、大フィーバーとなった。

図5　台座に「天池聖獣」と書かれた土産物

二〇〇八年の北京オリンピックの「吉祥物（マスコット）」のひとつとなったのも記憶に新しい。中国のアイコンとなり、国の宝と称されるパンダもまた、現代の聖獣といえよう。

作られる現代の聖獣伝説

一九八〇年、吉林（きつりん）省にある長白山（ちょうはくさん）のカルデラ湖・天池（てんち）で、→2章イントロダクション湖面を移動する謎の未確認生物（水怪）の目撃が相次ぎ、『光明日報（こうみょうにっぽう）』『人民日報（じんみんにっぽう）』等、政府系のメディアもこれを報じた。中国版ネッシーとして騒がれ、地方誌に記録された現地の龍の伝説も引き合いに出された。目撃証言も、「首は蛇のようだった」「角が牛のようだった」「頭は犬に似ていた」「皮はアザラシそっくり」などまちまちで曖昧模糊としていたが、いつしかその想像図はネッシーにあやかってか首長竜のような姿に収斂していった。幻獣ではなく古代生物に姿を寄せるあたりは一見科学的（?）だが、頭部には霊性の象徴とも言える角を付けることも忘れなかった。

一九九〇年代に同地の観光マスコットに選ばれると、さらに漫画チックにデフォルメされ、「吉利（ジーリー）」という縁起のいい愛称まで与えられた。ついには「天池聖獣」の名を冠した置物や絵を販売する。その説明書には、古来よりこの聖獣が現れると気候も安定して五穀豊穣で、邪気を払い、無病息災で財をなす……という新「伝説」まで付けられた。かくして天池聖獣はその実体と遊離し、最終的に文字通りの「吉祥物」として再生産され、流通していく。これもまた、聖獣というものの現代的な姿のひとつと言えるかもしれない。

（中根研一）

32

怪獣と怪物——現代にも息づく伝説の末裔

図１　帝江

奇書『山海経』

魯迅（一八八一―一九三六）が、幼年時代に興奮して貪り読んだ書物がある。人面の獣・九頭の蛇・独脚の牛・有翼の人などが登場する、怪獣怪人図鑑の如きそれは、絵入りの『山海経』であった。魯迅は『阿長と『山海経』』（一九二六）の中で、それは粗末な作りながら、自身が一番大切にした本であったと述懐している。

現存する『山海経』は全一八巻。成立年代は同じではなく、戦国時代から漢代にかけて、複数の作者によって書き足されていったものと考えられている。一般に「最古の地理書」などと紹介されることも多いが、制作目的には諸説ある。内容は実際の地理とはほど遠く、空想的な動植物や奇想天外な姿をした異民族のオンパレード。怪獣の出現と自然災害を結びつける記述も多く、一種の予言書のような性格も帯びている。一方で、それを食した際の効能なども解説されるなど、実用的（?）な側面も有している。早くにその多くが失われた中国神話の断片を、今に伝える数少ない資料のひとつでもある。

東晋の郭璞（二七六―三二四）は、『山海経』が荒唐無稽・意味不明な内容であるために人びとに顧みられず、散逸することを危惧し、これに注解を施すことでその命脈を保たせた。その後、清の郝懿行（一七五七―一八二五）によっても詳細な注が付けられ、二〇世紀には神話学者の袁珂（一九一六―二〇〇一）が丁寧な校訂を行な

図2　刑天

図3　九尾狐

っている。もともと絵図が存在していたとされるが、現存するのは明清代に新たに描かれたものばかりである。魯迅が手にしたものも、当時数多く流通していたそのような版本のひとつであった。

異形の怪獣・怪人たち

『山海経』に見られるのは、のっぺらぼうで四枚の翼と六本の足を持ち、歌って踊れる帝江（ていこう）（西山経）、首なしで、乳が目でヘソが口の刑天（けいてん）（海外西経）、前後両方に首のあるブタに似た并封（へいほう）（海外西経）などなど。いずれ劣らぬ異形の怪獣たちだ。また人間の姿ながら、首が三つある三首国（さんしゅこく）（海外南経）、逆に身体が三つある三身国（さんしんこく）（海外西経）、手の長い長臂国（ちょうひこく）（海外南経）、足の長い長股国（ちょうここく）（海外西経）など、世にも奇妙な異民族もゾロゾロ出てくる。これら奇々怪々な描写は、当時の人びとの外側の世界すなわち異界・異境への恐れや好奇心の表れでもあったろう。

日本でも馴染みのあるところでは、『山海経』の南山経と大荒東経に記述の見える九尾の狐がいる。後に日本に伝わり、美女に化けて国を傾ける大妖怪として、室町時代に『御伽草子（おとぎぞうし）』の「玉藻の草紙（たまものそうし）」や謡曲『殺生石（せっしょうせき）』の物語に登場するようになって以降、現代にいたるまで妖怪や怪物を扱った漫画やアニメ、ゲームの中に繰り返し登場する人気キャラクターだ。

引用される怪獣たち

『山海経』は、後の文学作品などのネタ元にもなっている。たとえば、李汝珍（りじょちん）

図4　『点石斎画報』に描かれた首なし怪獣

（一七六三？―一八三〇？）の小説『鏡花縁』（一八一八）では、『山海経』に登場する異国を巡っている。

一九世紀末に流行した絵入新聞『点石斎画報』などで実話として報道された「怪獣出没事件」の中にも、『山海経』から借用した名前と姿が散見される。絵に描かれるのは同時代の風景ながら、そこへ『山海経』からそのままコピー&ペーストしたかの如き刑天や并封などが配置されているのである。現実世界で何か不思議な現象に出会った際、検索するためのいわば一種のデータベースとしての機能も果たしていたのである。

二〇世紀の怪獣騒動

一九七〇年代に、湖北省神農架林区で発生した未確認動物〈野人〉も、目撃談中の姿形や性質は、『山海経』の梟陽国や狌狌（いずれも海内南経）といった怪獣の引き写しだった。〈野人〉と人間のハーフの噂もまことしやかに語られたが、これなどは後漢の焦延寿『易林』にまで遡れる「女性をさらう」山の妖怪や、六朝志怪小説・東晋の干宝（？―三三六）『捜神記』や、唐代伝奇小説『補江総白猿伝』に見られる「さらった上で人間との間に子どもをもうける」サル型の怪物の物語が、現代的なアイデンティティを得て再生産されたものと言えるだろう。古代の記述を〈野人〉実在の証拠として挙げる論調もあったが、むしろ逆だと考えた方がよい。

〈野人〉騒動では、一九七六年以降に中国科学院による国家レベルの調査隊も送られ、その様子が内外に報道されたことで、広く世界も知るところとなった。文化

図５　専門誌『野人探奇』創刊号表紙（1985）

大革命末期の混乱時期に国をあげて〈野人〉報道を喧伝したことについては、ある意味政治的な思惑もあったかもしれない。一九八〇年の申年（！）をピークに急速に騒ぎは収束したが、熱の冷めないアマチュア研究者による調査は続けられていた。また、後に中国出身作家としては初のノーベル文学賞を受賞（二〇〇〇）することになる高行健（一九四〇―）は、当時神農架の騒動を題材とした舞台劇脚本『野人』（一九八五）を発表し、環境破壊に警鐘を鳴らしている。

メディアの中の怪獣

一九九〇年代末には、商業紙やビデオCDといった新興メディアの爆発的な普及を背景に、突如〈野人〉騒動が再燃。人とのハーフというふれこみの〈雑交野人〉の映像が出回ったり、その真贋論争が新聞紙上で勃発したり、果ては経済特区である深圳の博物館で〈野人〉展覧会が開催されたり、懸賞金付きのハントツアーが企画されたりと賑やかだったが、これは〈野人〉を観光資源に人を呼び込もうとした神農架と旅行会社が仕掛けたものであった。怪獣はしばしば人間の都合で甦る。

二一世紀に入ると、テレビの科学番組で〈野人〉や〈水怪〉といった未確認動物を扱うことも増えた。番組の名目は科学知識の普及だが、その作りは娯楽性に富んでいる。国産の本格特撮ヒーロー番組『金甲戦士』（→25）（二〇〇八）は、怪獣出現の背景にある環境破壊がテーマ。後発の『鎧甲勇士』（二〇〇九）にはあの帝江をモチーフとした怪獣も登場する。その続編のタイトルはずばり『鎧甲勇士　刑天』（二〇一一）だ。数千年の時を超え、いにしえの怪獣たちは今なお生きている。（中根研一）

33 神様と発財——人びとのねがいとその行きつく先

図１　「神」字（『説文解字』）

図２　「太上老君」。牛に乗る老子の姿が描かれている（『三才図会』）

「神」とは？

中国の書物は「神」の存在にみちみちている。ひとたびひもとけば、神仙や鬼神・神人といった方々のご登場とあいなるし、はてまた神龍・神鳳・神鷹・神雀といった、なにやらありがたい動物が次から次へと顔をのぞかせてくるのである。

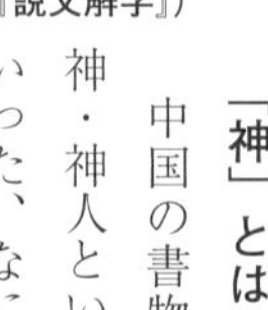

では、この「神」とはどのようなものであろうか。たとえば中国最古の字典『説文解字』には「天神、万物を引出すもの」とみえ、創造主のような存在だという。『周易』「繋辞上伝」の「測りしれない陰陽↓35のはたらきを神という」は、何者かの計り知れぬはたらきとその神秘性を示している。『礼記』「祭法篇」の「山林・川谷・丘陵が、雲を出し、風雨をおこし、怪物をあらわすものは、すべて神という」からは、自然神と自然信仰が想起される。他方で、『荀子』「天論篇」の「形が具わると神妙なはたらきが生じる」からは、「神」が肉体に対する魂や精神の意で用いられていたこともわかる。総じてみると、「神」とは、人間の知恵やいとなみのおよばぬ、得体の知れないものやそのちからを指す、と把握されていたようである。

「神」への憧憬と道教

「神」について、『論語』「述而篇」に「孔子先生は怪力乱神を語らなかった」とあるが、これは裏を返せば、人びとが「神」について語り合っていたということだ

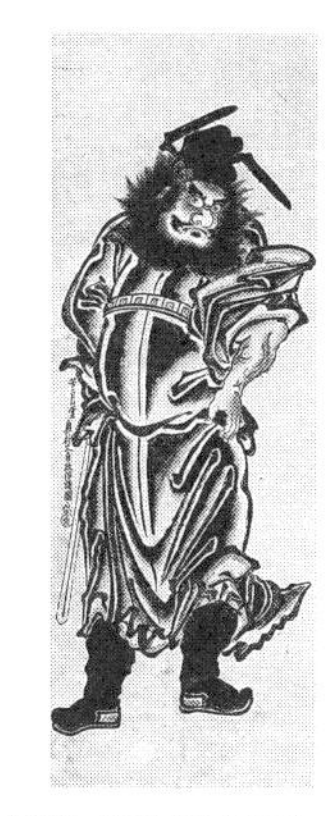

図3　鍾馗（奥村政信画）

図4　「門神守宅」

ろう。世界のあちこちに、何者かによる不可思議なはたらきがあらわれている！

この驚きや発見は、初めこそささやかだったのだろうが、黄帝・老子を信奉する「黄老の学」や、長生法を求める方術・錬金術が流行すると、秦の始皇帝や漢の武帝らは方士を重用し、不死↓34を求めて丹薬を服用するものもあらわれた。また、劉向『列仙伝』や葛洪『神仙伝』『抱朴子』などで神仙の存在がまことしやかに語られだすと、「神」なるものに対する憧れは、中国の知識人たちをも巻き込む潮流と化した。

漢代以降、張角の太平道や張陵・張魯の五斗米道があらわれたのち、道教集団の新天師道が北魏の寇謙之によって誕生し、また南朝宋の陸修静によって道教儀礼が整理された。こうして道教が成立すると、天地や日月星辰、気候や自然、人間や動物など、あらゆるものに神性がみいだされ、神様として世に知られることとなった。

この道教の神として崇拝される太上老君（道徳天尊）は、老子が神格化したものである。元始天尊・霊宝天尊とならび、道教の主神「三清」にかぞえられているが、たとえば『神仙伝』の「母の左脇を割って出た」という言い伝えは、あきらかに釈迦誕生説話の影響を受けている。また、現代の道教儀礼で主宰神として祀られる玉皇大帝は、儒学における天帝と同一視される。一方で、『高上玉皇本行集経』では、衆生を救い、修行して金仙（仏陀の別称）となったことが説かれ、仏陀とも同一視された。まさに儒・仏・道の三教合一を体現してしまった神様なのである。

神格化とさまざまな神々

以後、中国ではさまざまなものが神格化されていく。たとえば端午の節句の絵や

図6　飛虎将軍坐像（台南・鎮安堂）軍服をまとった神像がきらびやかに飾られている

図5　鍾離権（漢鍾離）着物の前をはだけ，頭にはふたつのまげを結っている

人形で知られる鍾馗もそのひとりである。流行病にかかった唐の玄宗が、夢に悪鬼を退治する鍾馗の姿をみて、目覚めると病は癒えていた。そこで玄宗は鍾馗の姿を描かせたが、これがやがて神格化され、災厄払いの力をもつとされた。

家々を守るのも神様のつとめである。門神は、門前で悪鬼をはらい家宅を守護する神様である。武将やまじない道具などが紙に描かれ、年画↓44として旧正月に貼られるが、唐の太宗を警護した逸話のある秦瓊と尉遅敬徳の両名が特に知られている。

かまどの神様である竈神は、旧暦の一二月二三日になると一家の善行と悪行を玉皇大帝に報告しにいくが、善悪に応じた賞罰があると考えられたため、この日になると家々では竈神に供物をささげて機嫌を取るのである。かわやには紫姑神がいて、正月の一五日に祀られるが、掃除用具に宿って占いやお告げをする。

また、民間のおめでたい席では、八仙と呼ばれる神様たちがもてはやされている。ひょうたんに杖つき歩きの李鉄拐↓34や、着物をはだけた鍾離権（漢鍾離）、剣を背負った書生姿の呂洞賓→コラム2ら、バラエティーに富んだ八人の神仙たちがにぎやかにつどう姿は七福神さながらで、廟の入り口や門前などをいろどっている。

この他、天の刑罰を執行する雷神、都市や村里に住む人びとを守る城隍神や土地神、航海の神様である媽祖など、その出自や特徴もさまざまであり、枚挙に暇が無い。

人気どころでいえば、『西遊記』の孫悟空は斉天大聖となり、三国・蜀の武将の関羽は関聖帝君となって、ひろく民間の信仰をあつめている。現代でも、台湾南部の村落を守り落命した日本の飛行士・杉浦茂峰がその功績から「飛虎将軍」として祀られた例もあるほどで、神格化の波はとどまることを知らないかのようである。

図８　年画「路路財神進家門招財招宝招平安」，中央に，財神たちに囲まれ札束をのせた聚宝盆がみえる

図７　「関公財神」上の段に赤い顔をした関羽がみえ，その両脇に関平と周倉が侍する。下段には財神が鎮座する

財神と発財――衆生利益のありかた

さて、先述の関羽は財神としても崇められている。財神は「発財」つまりは商売や金儲けをつかさどる神様であり、民衆からよりいっそうの信仰を集めている。五顕・五路と呼ばれる神々のほか、関羽や趙公明、比干(ひかん)や范蠡(はんれい)ら、庶民に人気で、公平無私だったとされる人物たちがその任に当たっている。前両者は武将姿の「武財神」、後両者は文官姿の「文財神」として年画に描かれ、家庭のほか、寺廟でも祀られているため、そこでは民衆が熱心に祈りを捧げる姿を目にすることができる。

財神は公平なあきないを保証した上で、さらに利益をもたらす神様である。中国では、その中に入れたものをたくさん増やす「聚宝盆(しゅうほうぼん)」という、打ち出の小槌のような器により金持ちになるという説話もある。しかし、本来人々が財神に祈るのは、正しい行ないの結果として富を得ることと、貧しくならないことなのである。

「発財」について、古くは『大学』に「仁なるものは財によってみずからの身を発(おこ)すが、不仁なるものはわが身をすりへらして財を発す」とみえる。じしんの修養とはかりにかけて「発財」をえらぶような不仁のものたちを戒めているわけだから、「発財」、つまり金もうけが、はるか昔から人びとの大きな関心事だったことがわかる。

不老長生のために神様や神仙となることを目指すのも、富貴や栄華をその神様に祈り願うのも、すべては現世利益にとらわれた人間の性のなせるわざだが、その行ないが正しかったかどうかは、あの世で再び関羽（地獄の神様でもある！）にお会いするまで、わからないのである。

（江尻徹誠）

34 桃とヒョウタン――永遠と無限のシンボル

図1　長沙馬王堆一号漢墓出土朱地彩絵棺に描かれたヒョウタン形の崑崙山（部分）

仙人と仙界

不老不死の仙人は古来より人びとの憧れの存在であった。仙人になりたいという要望に応えるように仙道修業のための理論書が書かれるが、とりわけ葛洪（かっこう）の著した『抱朴子（ほうぼくし）』の内篇は、仙人になるための入門書として評価が高い。仙人になる道は一つではない。体内の気を巡らせ、欲望をコントロールすることで不死を得るのが内丹の法（↓35）。動植物や金石を材料として化学的に作り出した仙薬を服用するのは外丹の法と呼ばれる。

中国の皇帝たちが最終的に追い求めたのも不老長生で、秦の始皇帝、漢の武帝はとりわけ仙道に耽溺した皇帝として知られる。彼らのもとにはしばしば仙界との仲介役をつとめんとする、方士と呼ばれる仙道修行を職業的に行なう者が訪れたと史書には記されている。その代表が徐福（じょふく）（↓26）という方士で、秦の始皇帝から東海の不死薬を取ってくるための投資を得ると、大船団を率いて船出したが、結局戻ってくることはなかった。日本の各地に徐福到来の伝説が残っている。

桃と永遠

中国では仙界や仙人の象徴として二種類の果実、桃とヒョウタンがとりわけ愛されてきた。この二つの果実の登場する数多くの物語から、桃やヒョウタンが不死や

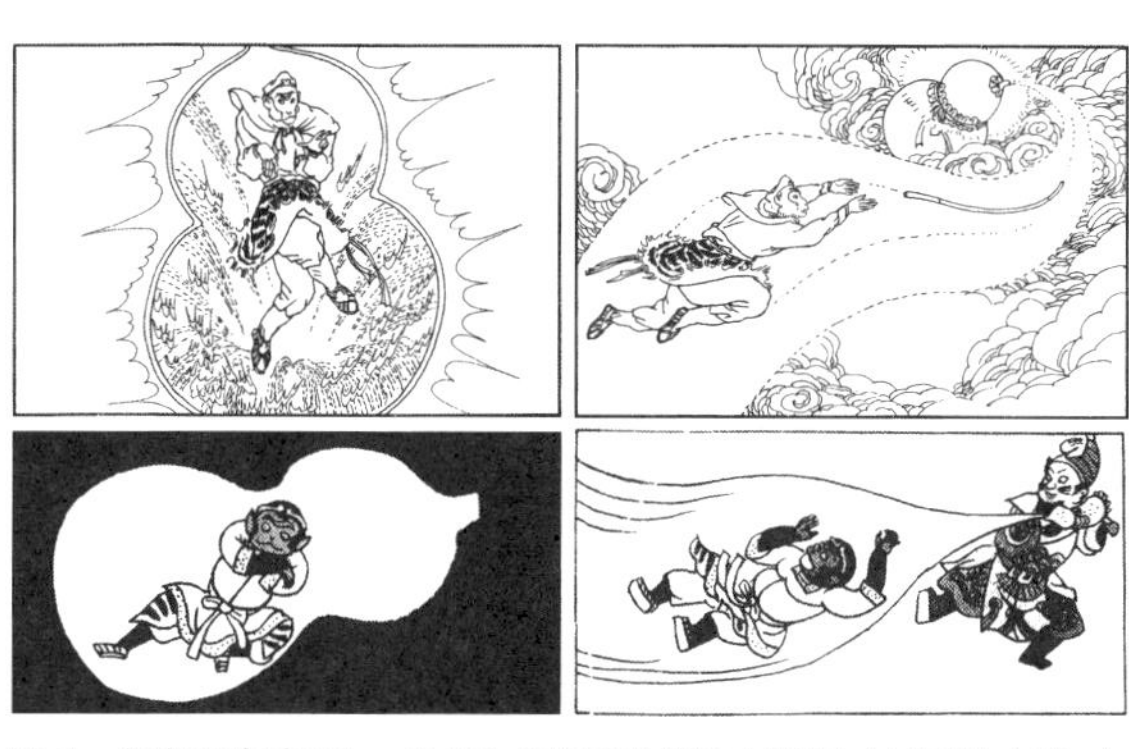

図２　銀角の魔法のヒョウタンの場面を描いた漫画（中国版（上）と日本版（下））

永遠のシンボルとして機能してきたことが読み取れる。

西王母（せいおうぼ）は不老不死をつかさどる女神として漢代以来の信仰を持っている。彼女の庭園には三〇〇〇年に一度実を結ぶ桃が植えられていて、これを食べると寿命が延びたとされる。このように桃は物語の中では不老不死の仙薬としての役割をしばしば担う。この西王母が漢の武帝のもとを訪れたというエピソードが『漢武帝内伝』に描かれる。それは七月七日の夜のことで、西王母は天界から七つの桃を持ってきて武帝には四つ与え、自らは三つ食べた。このエピソードは七月七日、すなわち七夕の夜に、牽牛と織女が一年に一度邂逅する物語とも通じる。そしてその背後には、この世の王と大地母神との定期的な結婚により、世界に新たな生命力を吹き込むという宇宙論的思想が認められる。漢の武帝に仕えた東方朔（とうぼうさく）は天界の住人だったという伝説があり、西王母の桃を盗んだ逸話も伝わる。この話は後に『西遊記』の孫悟空が天界で大暴れするエピソードに取り入れられていく。西王母や東方朔は、わが国でも江戸時代には不老不死の象徴として盛んに描かれた。わが国の桃太郎の話も根底には桃に生命力を見出す思想がある。

桃は魔除けの力を持つとも信じられ、梁・宗懍（そうりん）が六世紀頃の長江中流地方の年中行事を記した『荊楚歳時記（けいそさいじき）』には、正月の習俗として、桃のスープを飲むとある。また、桃の木で作った板を戸口にかけて、これを仙木と呼んだことや、そこに神荼（しんと）、鬱塁（うつるい）という二人の神の姿を描いたとも記されている。前漢・淮南王劉安（わいなんおうりゅうあん）が編纂した『淮南子（えなんじ）』「訂鬼篇」が引用する『山海経（せんがいきょう）』↓32の佚文によると、神荼と鬱塁は度朔山（どさくさん）の桃の木の上にいる神であり、幽鬼たちを管理していた。害悪をなす幽鬼は葦の縄で

縛り虎に食わせたというから、『荊楚歳時記』に記された仙木の習俗は、この神話のコンパクトな再現であった。度朔山の桃の木は三〇〇〇里に枝を広げるという巨大なもので、その東北の枝の間から幽鬼たちは出入りしていたという。つまり、この巨大な桃の木はこの世とあの世をつなぐ、一種の世界樹であったといえよう。

図３　壺に費長房を招き入れる壺公

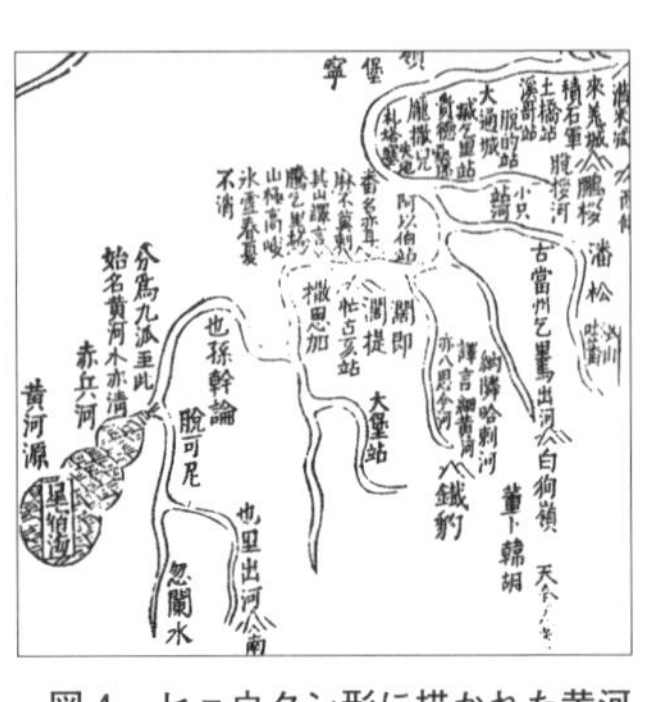

図４　ヒョウタン形に描かれた黄河の源流（『三才図会』所収「黄河図」）

ヒョウタンと無限

桃とともに永遠性を象徴するもう一つの果実がヒョウタンだ。ヒョウタンの実は中ががらんどうになっているが、「壺中天」→7（壺の中に宇宙があるという思想）の壺にも対応し、中に無限の空間をはらんでいる。ヒョウタンを意味する「瓠」は「壺」とも音通する。

ところで古代中国人の観念的な地図上では、世界の中央には崑崙山→7がそびえており、大地は四方を海で囲まれ、はるか彼方には蓬萊三神山（蓬萊、方丈、瀛州）を代表とする仙島が浮かんでいた。この崑崙山は、漢代の墓中から出土する図像資料によれば、中が中空構造として描かれ、壺やヒョウタンのような形をしている。一方、海に浮かぶ蓬萊三神山も、蓬壺、方壺、瀛壺とも呼ばれ、合わせて三壺山とも称される。

『西遊記』で妖怪の銀角が持つ武器はヒョウタンで、名前を呼び、返事をした相手を吸い込んでしまう。これまたヒョウタン内部の無限空間を象徴している。ヒョウタンは仙人の必須アイテムでもあり、不死の仙薬の入れ物がヒョウタンであった。ヒョウタンの中に出入りする壺公→7という仙人もおり、費長房という男がその中に招

図５　漢代の西王母図像

図６　ヒョウタンを持つ李鉄拐

かれると、中には神仙の世界があったと葛洪の『神仙伝』にはある。古地図では黄河の源流がしばしばヒョウタン形に描かれているが、水を永遠に黄河に供給し続けるイメージが込められているようだ。また中国の南方では大洪水の際にヒョウタンに乗って生き延び人類の始祖となる兄妹の話が多く伝承されており、ヒョウタンが単なる果物ではなく、天地創成の物語と深く関わる宇宙果実（コスミックフルーツ）として認められてきたことをも意味している。

桃が時間的な永遠のシンボルであったのに対し、ヒョウタンは空間的な永遠のシンボルであるといえよう。

仙人の図像学

かくて仙人たちはしばしば桃やヒョウタンとともに描かれる。

西王母は漢代の墓中から出土する図像資料では婦人が座す姿で描かれる。頭には機織りの糸巻き軸をかたどったかんざしを載せ、その周囲を羽人、太陽を象徴する三足烏や月を象徴する兎、蟾蜍（ひきがえる）が取り巻いている。ただし後には大きな桃やそれを持った女中を従えた立像で描かれる場合が多く、日本の場合もこれに準じる。

中国の民衆に愛されてきた八仙（八人の代表的な仙人のグループ）は、他の宗教絵画と同様に、一人一人がその逸話にちなんだ動物や持ち物（これらを一般に属徴と呼ぶ）とともに描かれる。この八人のうちヒョウタンを持っているのが李鉄拐（りてっかい）だ。日本の寺社彫刻でヒョウタンから馬を出しているのは、同じく八仙の一人張果老（ちょうかろう）（通玄仙人）である。

（佐々木睦）

35 陰陽と五行——世界を理解するための枠組み

五行	木	火	土	金	水
季節	春	夏	四季*	秋	冬
方位	東	南	中央	西	北
色	青	赤	黄	白	黒
神獣	青龍	朱雀		白虎	玄武
臓器	肝	心	脾	肺	腎
味	酸	苦	甘	辛	鹹

＊ 春夏秋冬それぞれの末の月

図1　五行配当表

青春とは五行だ

古代の中国では、すべてのものはひと連なりの気でできていて、気が濃く集まったところだけが目に見えていると考えられていた。この茫漠とした気の世界を、中国人はどのように認識しようとしたのか。そこで用いられたのが陰陽・五行の枠組みである。西洋では、世界の一部分を切り取り、シャーレに入れて世界から隔離した上で観察するという方法によって近代の科学を発展させてきたが、中国では、もともと一つである世界に切れ目を入れることなく、あらゆるものに陰陽や五行という物差しを当て、事物と陰陽・五行との対応を見出してゆくことで世界をとらえようとした。

たとえば「青春」ということば。清々しくも熱い思いを胸に抱きながら、誰しも一度は口にしたことがあるだろう。しかし、なぜ春は青いのか。その答えは五行思想にある。五行思想とは、木・火・土・金・水という世界を構成する五つの要素を枠組みとし、その五枠に時間、空間、色、味覚、臓器等、あらゆる事物や現象を配当し、さらにそれらを相互に関連づけるという考え方であり（図1）、遅くとも戦国時代半ばには誕生していた。春は五行の木に配当される季節であり、木に配当される色は青である。だから春は青いのである。その青は東の方位とも関連づけられ、東方を守る神獣である龍↓31の色でもあり、相撲の土俵の上に吊された屋根の東の隅に

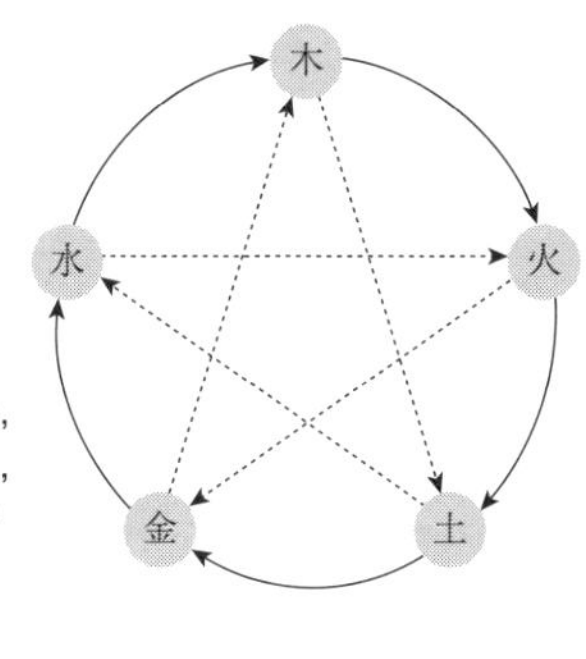

図2　五行循環の理論。木は火を生み，火は土を生み……という相生の関係と，木は土に勝ち，土は水に勝ち……という相剋の関係が基本となる

垂れ下がる房の色でもある。春、東、青、青龍は、いずれも木の気を有し共通する性質をもつ仲間だとするのが、五行の世界観である。同様に、肝臓の色も青で人体の東に位置することになり、酸味は肝臓に吸収され、春に多く摂取するのがよいということになる。ただし、この関連づけは、木なら木の仲間、火なら火の仲間の間だけでは終わらず、さらに五行の間に親子や夫婦や勝ち負け等の相互関係を設定する。その関係は五という奇数の要素の間を永遠に循環するように構築されている（図2）。

陰あっての陽、陽あっての陰

次に、五行に先立ってとなえられていた陰陽の考え方について紹介したい。陽はもともと山の南側の日の当たるところ、陰は山の北側の日の当たらないところを意味する語で、つまり一つの山の二つの側面であった。それが、たとえば天においての陽の代表が太陽で、陰の代表が月というように、陰の気をもつものと陽の気をもつものの対照的なペアの枠組みとなり、あらゆる事象が、天と地、昼と夜、南と北、暑と寒、動と静、男と女といった二つの対応関係にあるものとしてとらえられた。といっても、西洋の善悪のように万物を絶対的に二つに区分する二元論とは異なり、全体をまるごと一つのものとしてとらえ、そこに現れる表裏の二面を陰陽で表したのである。一日の明と暗、一年の寒と暑のように、世界はつねに二つの力が境界をつくることなく押したり引いたりしていて、一時もとどまることなく変化しているという考え方である。陰の極まる日である冬至が、陽が兆す意で「一陽来復」とも

呼ばれるように、陰陽はどれだけ極まろうとも、一方が尽きてなくなることはない。また、雄と雌、火と水といった互いに連続していないものも陰陽のペアと見なされるが、ここにおける陰陽も分離しているわけではない。火と水は正反対の性質をもつように見えるが、火は陽であっても陰を内包し、水は陰であっても陽を内包すると考えられている。

術や思想の中に息づく陰陽五行

陰陽説、五行説、および両者が組み合わさった陰陽五行説によって、自然の運行の目に見えない作用や万物の間の目に見えない関わりを説明したり、将来を予測したり、小天地の中に天地の霊妙な力を見出そうとしたりすることで、さまざまな術や思想が生み出されてきた。

たとえば、四方を守る青龍・白虎（びゃっこ）・朱雀（すざく）・玄武（げんぶ）の四神である。これらは古墳の四方の壁面や棺の側面に描かれて死者を守ることが知られているが、そればかりではない。風水術においては、生気の湧き出る龍穴（りゅうけつ）という地点を探し出して、そこに家や墓や村をつくれば幸福がもたらされるというが、その龍穴の東西に位置して生気が散じるのを防ぐ山を青龍・白虎と呼ぶ。また、道教の養生術においては、修行者が自身の前後左右に四神をありありとイメージすることで、その身を守ってもらう。

中国思想の影響を受けた韓国の国旗のデザインは、陰陽が組み合わさってできている（図3）。中央の円中の赤は陽、青は陰を示し、陰陽が一つになって万物の根源を意味する太極（たいきょく）を形成する。旗の四隅には、陽を示す⚊と陰を示す⚋が三段に重

図3　太極旗

ねられて、純陽の☰、純陰の☷、二陽の間に一陰を挟む☲、二陰の間に一陽を挟む☵の四種類の文様があしらわれるが、それらはさまざまなものを象徴するとされる。たとえば、先に見た陽の中に陰を内包する火は☲によって表される。

これは易の思想に基づくものである。陰と陽を万物の元素とし、三段に重ねることで八つのパターンが生まれる。これを八卦（はっか）といい、八卦をさらに上下に重ねた六十四卦ともども、この世に起こりうるさまざまな状況を象徴すると考えられた。人びとは易の卦によって未来を占い、宇宙論哲学を説いてきた。

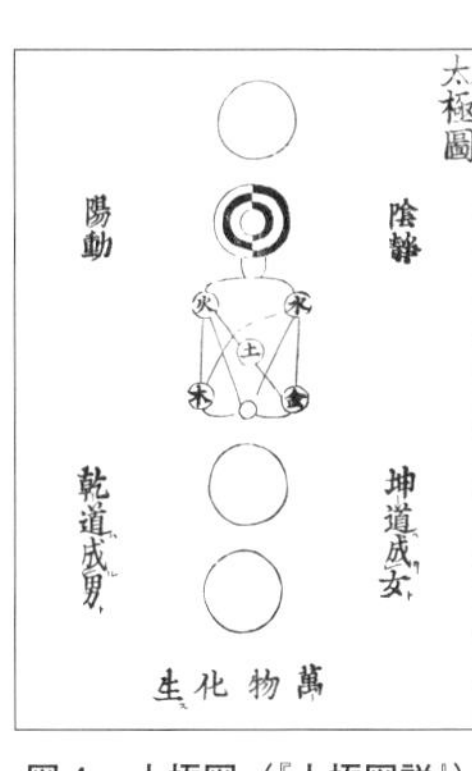

図4　太極図（『太極図説』）

太極図を見よう（図4）。この図は五つの小図から成り、上から二つ目の三重の円に黒の陰と白の陽が交わる様が描かれ、その下には線でつながれた五行が描かれる。図全体で、太極→陰陽→五行→万物という、万物の生成過程を表現している。

陰陽五行の枠組みは不死を目指す煉丹術（れんたん）においても重んじられた。煉丹術は、器の中で鉱物薬等を煉成する外丹と、体内で薬に見立てた気を煉成する内丹の二通りの方法があるが、いずれも器物ないし人体という小宇宙の中で造化のはたらきを再現するというものである。煉丹術においては、とりわけ陰中の陽と陽中の陰の交合が強調され、万物への展開を経て再び根源に帰ったものが不死の丹薬とされる。

陰陽五行はまた物語をも展開させてゆく。『西遊記』を煉丹術の工程として読み解いた清の劉一明（りゅういつめい）著『西遊原旨（さいゆうげんし）』によると、登場人物である三蔵は太極、悟空は金・水、八戒は木・火、悟浄は土の役割を担い、また悟空と八戒は陽と陰の関係でもあるという。太極である三蔵を中心に、陰陽五行である弟子たちが大活躍を繰り広げるのである。

（加藤千恵）

36 鏡と夢——ウソかマコトか

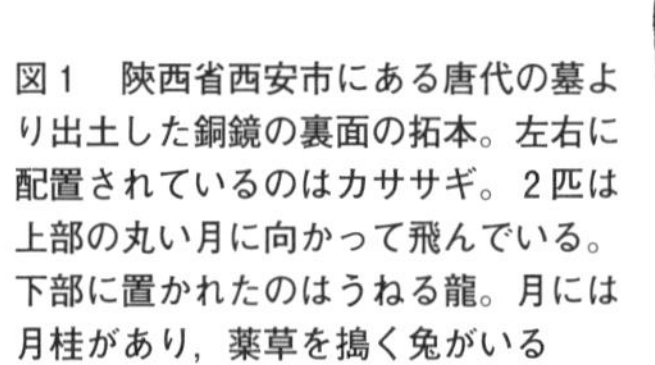

図１　陝西省西安市にある唐代の墓より出土した銅鏡の裏面の拓本。左右に配置されているのはカササギ。２匹は上部の丸い月に向かって飛んでいる。下部に置かれたのはうねる龍。月には月桂があり，薬草を搗く兎がいる

鏡と真像

中国において鏡は、古くから銅製のものが、姿見にはもちろん、祈願や魔除け、占いや医療、装飾や葬礼など、さまざまな用途に用いられてきた。それは高価なものであり、また見通すといった性質を持っていたことから、婚礼の際の品となった。漢代には夫婦の信頼の証とされ、遠く離れる夫婦が鏡を割って半分ずつ手もとに置き、もし妻に不貞があったとき、妻の持つ半分の鏡がカササギとなって夫に報せに行くと言われた。離れていた夫婦が再び一緒になることを「破鏡重円（はきょうちょうえん）」とも言う。物語の中では、その真像を映す機能から、妖魔の正体を発（あば）く「照妖鏡（しょうようきょう）」なる鏡が多く登場することになる。

「鏡文学」の悦楽

鏡は物語に用いられるとき、現実とは違った別の世界を映し出すことがある。中国にも、鏡を小道具に使う物語はあまたあるが、その金字塔と言うべきが、明代董若雨（とうじゃくう）の『西遊補（さいゆうほ）』である。これは「西遊記（さいゆうき）」物語のパロディで、三蔵一行が取経の旅の途中、「青青世界（せいせいせかい）」なる鏡の世界に迷い込んでしまう話。孫悟空が万鏡楼（ばんきょうろう）なるガラスの楼閣の中で、四壁に埋め尽くされた、大きさも形もさまざまの宝鏡を目にする場面が見所である。鏡の映ずる世界はそれぞれ異なっていて、西施（せいし）ほか古（いにし）え

図2　清代の鏡を磨く職人

の美女たちが集う宴の場だったり、南宋の悪名高い奸臣秦檜の裁きの場だったりする。ここで鏡は、無数の平行世界への入り口として機能している。

清代『紅楼夢』は、仮と真とをテーマの一つに据えているが、人を破滅に導く鏡が印象深く登場している。第一二回、王熙鳳なる人妻に横恋慕した賈瑞なる男、恋の病にいろいろな事が重なって、ついに病気になってしまった。「夜中に発熱し、日中はつねにだるく、下からは続けざまに精を漏らし、血の混じった痰を吐く」といったありさま。彼の治療にやって来た道士がため息をつきながら取り出したのが、「風月宝鑑」なる両面の鏡。道士が鏡を渡す際に言ったのは、「裏面しか見てはいけない」という戒めのことばであった。言われた賈瑞が裏面を見ると、中に立っていたのはなんと骸骨。驚き慌てて表に返せば、愛しの王熙鳳がこちらへおいでと手招きしている。賈瑞は鏡を眺めているうちに「フワフワと鏡の中に入り込んだような」気持ちになって、あちらで王熙鳳と性の悦しみを尽くす。ハッと気づくとベッドの上。下半身は精でぐっしょり濡れている。賈瑞はなお満足できず、再び鏡を手にし、鏡の中の王熙鳳に戯れる。そんなことを幾度か繰り返した末に、彼はついに事切れてしまう。

ここには、鏡の映し出す幻想に絡め取られて、抜け出せなくなった男の姿が描かれている。ただしそれは、男の真実の思いの反映に他ならないのであった。

夢と現実

中国人はときに現実主義的だと言われるが、それは『論語』にある「子は怪力乱

図3　19世紀末の画報に描かれた鏡

図4　明代に墨の図案として描かれた「蝴蝶の夢」

神を語らず」[33]（孔子先生は超自然的なことを言わなかった）ということばが影響していることだろう。ただし中国文学をひもとけば、妖怪や超能力の物語がひしめいていて、彼らが超自然的なことに目をつむってばかりいたわけでは決してない。現実の対極にあるかのような夢もまた[7]、物語によく使われる要素の一つであるが、中国の夢の物語は現実と深く関わり、両者の境目が曖昧であるものが多い。

有名な例に『荘子』「斉物篇」の「蝴蝶の夢」がある。これは『荘子』を書いたとされる荘周が、蝶になる夢を見た話。夢でヒラヒラと心地よく飛びまわった後、彼は目覚めてこんなことを言う。「はて、わたしが夢で蝶になったのだろうか、それともいま、蝶が夢でわたしになっているのだろうか」。この話における荘周の一言は、マコトと信じ込んでいるわれらの現実に、揺さぶりをかける。

リアリティと無縁な夢の世界にあっては、何をするにも理由はいらない。だから後に夢は、物語において、幻想と現実とを結びつける道具として用いられるようになる。唐の李復言『薛偉』（魚服記とも）は、その代表である。

薛偉なる男、夢で魚になって、気持ちよく泳いでいると、捉えられ、さばかれそうになる。首を斬られそうになり、慌てて「やめろー」とばかりに口をパクパクさせると、フッと意識が途切れ、気づけば蒲団の上、という話。いわば「夢おち」モノだが、彼が魚になっている間に見聞きしたことは、みな現実にも起こっていて、近くにまさに鱠を食らわんとする同僚がいたが、その調理された魚は、なんとさっきまでの彼なのであった！　という風に、なかなかに凝った展開も見せる。

さらに後になると、現実へ影響を及ぼすことにも、躊躇がなくなる。『西遊記』

図5　「魏徴が龍を斬る」の図（『西遊記』第10回挿絵）

図6　夢見る少女の姿と「私の夢――中国の夢」のことば

第一〇回の「魏徴が龍を斬る」話はその好例だ。

ある時、唐の太宗の夢に、龍↓31が訴えにやって来る。龍は天界で罪を問われ、死刑宣告を受けていたのだが、なんとか赦してもらえないだろうかと、太宗に取りなしてもらいに来たのであった。太宗は龍の訴えを聞き入れると、死刑の当日、死刑の執行人である魏徴を相手に、碁を一局設けることにした。それは彼を王宮に閉じこめ、役目を果たせないようにするためだった。しかし対局の最中に、突如、魏徴は居眠りを始める。しばらくして目覚めた魏徴が、皇帝に非礼を詫びていると、宮中がにわかに騒然となる。周囲に理由を問えば、雲の端から龍の生首が落ちて来たとのこと。なんとそれは魏徴が夢の中で、天界にて成敗した龍のものであった――夢の訴えで動く太宗、夢で仕事を全うする魏徴。夢に現れる龍と、現実に現れ出る龍の首。夢は鏡と同様、物語を複雑にするための道具と言えるだろう。

中国の夢

二〇一三年に発足した習近平政権もまた、夢を見ている。この夢は、「中国の夢」と呼ばれ、目指しているのは「中華民族の偉大な復興」なのだそうだ。つまりは、内部に民族問題を抱えるかの国が、人民の結束を強め、世界に打って出るための、政府主導のスローガンである。

古来より紡がれてきた夢の物語は、現実が、夢と無縁ではいられないことを伝えている。では「中国の夢」は？　それが現実と、どのように関わるかについて、我らは観察を続けなければならない。

（加部勇一郎）

ＵＦＯと中国人

世界のミステリのひとつとされるＵＦＯ（未確認飛行物体）だが、そんなことで騒いでいると、中国人から、「ウチには昔からごまんとあるから、好きなだけ持って行きなさい」と言われてしまうおそれがある。記録魔の中国人は、不可思議なものが目に入りさえすれば、しっかりそれをメモに残してきた。眼を天空に向けて、明らかに鳥ではない飛行物体を発見したら、すぐに記録したであろう。

一九四七年六月二四日、ケネス・アーノルドが、アメリカ・ワシントン州で謎の飛行物体を目撃し、これを「空飛ぶ円盤」と形容するという、ＵＦＯ認識史上でも画期的な事件が起きた。これは、中国でも時をおかず報道され、「飛碟」「飛盤」などの訳語が作られた。中華人民共和国の成立（一九四九）を目前にするという、政治的にきわめて多忙な時期であったが、その七月の『申報』には、「瀋陽と西安に空飛ぶ円盤あらわる」との記事が、早くも見えている。瀋陽のものは「地上から見ると直径四尺ほどで、乳白色にわずかに青みを帯び、玉盤のようであった」という。その後も各地でＵＦＯ目撃報道があいついだが、その正体は観測気球であると説くものあり、また、ソ連の原爆開発と絡めて論じるものもあった。このあたりには、当時、「共匪（共産主義の匪賊）」とも称された、共産党なるものへの、言い知れぬ不安もうかがわれるだろう。

冒頭に書いたように、ひとたび古代に目をやるならば、ＵＦＯの記録はめじろ押しである。晋代の『拾遺記』は、古代の帝王、堯の御代、一二年で宇宙を周遊する巨大な船が、地球の海面に停泊していたことを記している。中国人はこれを「月を貫く槎」（貫月槎）、「星に掛かる槎」（掛星槎）と呼び、船の搭乗者を、仙人の別名である「羽人」で呼んでいる。

宋の詩人、蘇東坡は、一〇七一年の冬、杭州に向かう途上、江蘇省鎮江の金山寺に立ち寄り、その夜、川面に正体不明の発光体が出現し、木陰に休む鳥たちがこれに驚いて飛びたつ様子を、その詩「金山寺に遊ぶ」でほのめかしている。清朝の末期には、ＵＦＯの図解報道も現われた。「空飛ぶ円盤」の認識と中華人民共和国の建国とが時を同じくしているのは、冒頭に書いたとおりだ。

一九八一年には記念すべきＵＦＯ専門誌『飛碟探索』が創刊され、いまだにつづいている。その初期には外国の事例の紹介が主であったが、次第に中国での目撃譚も充実してきた。アマチュア研究者やファンも多く、書店ではＵＦＯ関連本もけっこう充実している。中国人のＵＦＯ好きは、現代でも衰えてはいない。

（武田雅哉）

第6章

書く・描く・見る・読む・聞く・遊ぶ……

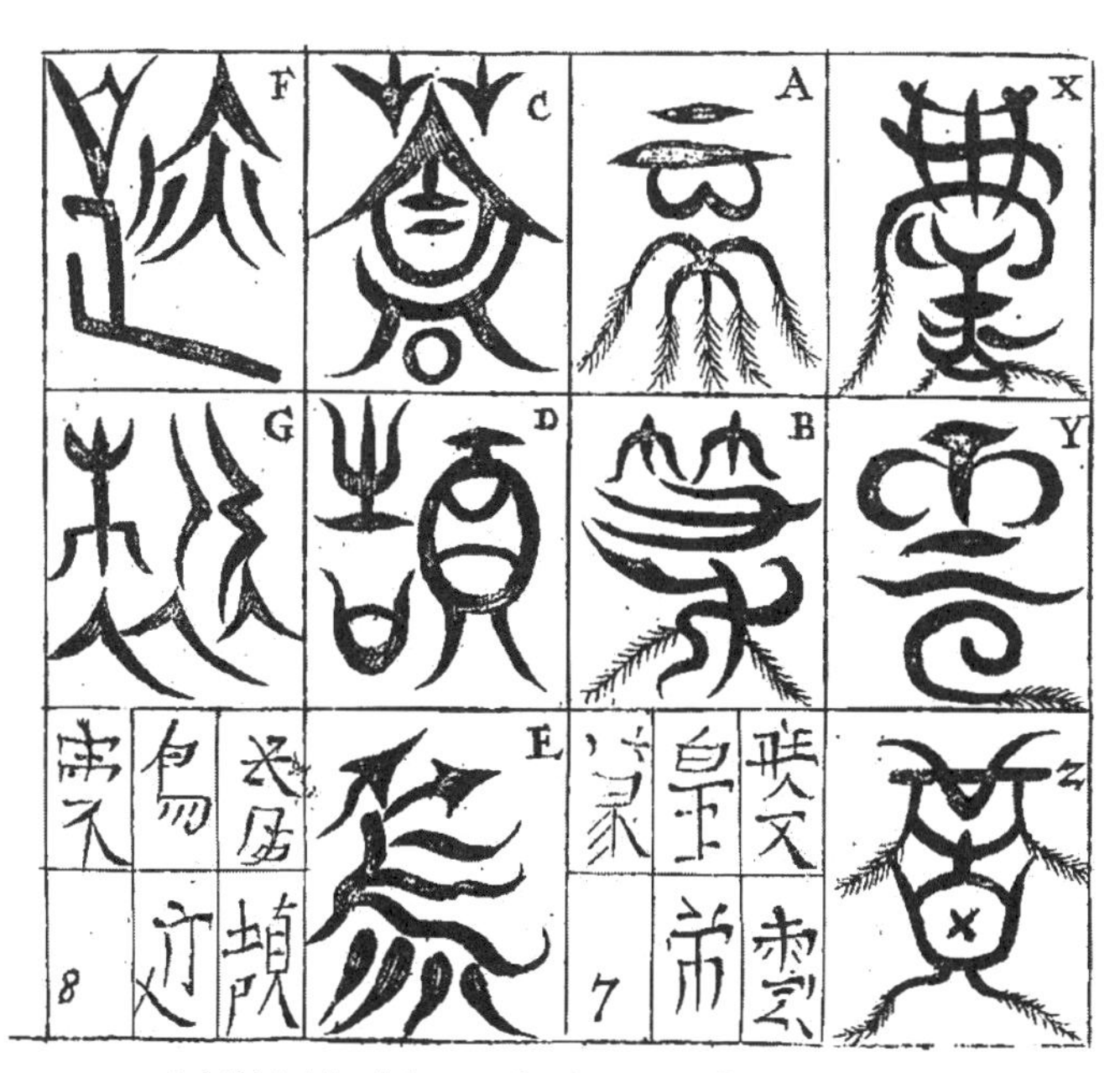

さまざまな書体の漢字のサンプル（キルヒャー『シナ図説』1667）

漢字の国のお楽しみ

いかに活字離れが憂慮されるような時代になったとはいえ、小説なるものと、まったく無縁でいられる日本人は、そう多くはないであろう。文学作品を楽しむといえば、まずは小説を読んでいる姿が、まっさきに思い浮かぶ。

現代中国語の「小説」も、日本語とほぼ同じ意味で使われているが、この「小説」ということばは、もっとも古い用例では、文字どおり「小さな説」、すなわち「つまらないおしゃべり」「とるにたりないはなし」くらいの意味であった。

とはいえ、中国の小説といえば、『水滸伝』や『西遊記』といった、長編小説のタイトルが、すぐに思い浮かぶであろう。これらはみな、近世になってから口語体で書かれた、白話小説（はくわしょうせつ）と呼ばれるものである。それがいかにおもしろかろうと、「小説」というからには、文学作品のヒエラルヒのなかでは、下層に属するものだったのである。

しかるべき文章は文語で書かれなければならないという、文人たちの文字世界では、小説ごときつまらぬものを綴るのに筆を費やすような人間は、おのずと文化的にはダメ人間なのであった。それかあらぬか、白話小説の書き手たちは、ほとんどがその本名を明らかにしたがらなかったようだ。それにもかかわらず、かれらが綴った通俗小説は、中国のみならず、世界の読者に、限りない愉悦を、いまでも与えている。

これとは対照的に、詩は、文学のヒエラルヒのなかでは「偉い（えらい）」ものであった。詩作は文学の創出だけでなく、政治にたずさわるものにとって、必須の技能であった。中国の詩人の名前であれば、李白（りはく）や杜甫（とほ）をはじめ、だれしも何人かは口をついて出てくるだろう。それほど偉そうにしている詩ではあっても、同時にそれは、なかなかのひょうきん者でもある。赫々たる詩の世界は、かならずしも高踏的な優等生ばかりではなく、ときに遊蕩児であり、ことばの大海を楽しげに遊弋（ゆうよく）しながら、おおいにその敏腕をふるっていた。

豊かなビジュアル文化

中国で生まれた楽しいもののあれこれは、文字で表現されたものばかりではない。そこにはきわめて豊かなビジュアル文化があった。図像と文字は、敵対するどころか、相互に結託しあうことで、図と文の相乗作用（イコノテクスト）を期待する企画への願望が、なにかと停滞、頽廃といわれる明代末期などには、ことさらに盛りあがったのであった。『三国演義』はじめ、おなじみの長編通俗小説が、印刷物として広く流

通するのも、まさにこのころである。

そんな明の万暦（ばんれき）年間、西暦では一六世紀の後半に、福建省の文人の家に生まれた、一〇歳になる、ある少年は、おじさんの家で発見した『三国演義』に読みふけっていた。それは、すべてのページの上部に挿絵が配置され、下部には文字テクストが印刷されたものであった。

朝も昼も、「ご飯だよ！」と呼ぶお母さんの声まで無視して『三国演義』に読みふけった少年は、とうとう母親から雷を落とされてしまう。すると少年は、こう言いわけをした。

「ぼくが読んだのは、下のほうの文字だけだよ。上のほうの絵なんか見ていないもん！」

それが本当かどうかは怪しいところだが、少なくとも、文人の家庭では挿絵の入った本が一段低いものとみなされていたことを、正確に見据えたうえでの、頭の回転の速い少年の言いわけであろう。少年は、やがて明末の古文家（こぶんか）として知られることになる、陳際泰（ちんさいたい）という人物である。

読書における図像的要素と文字的要素の割合は、身分、職業、性別、リテラシーなど、読者が属する階層によって、じつに複雑な様相を呈していたと思われる。いずれにしても、「マンガばっかり読んで！」という現代のおかあさまたちの苦言が、時空を越えて聞こえてきていることには、思わずニヤリとさせられる。もっとも、家が裕福というわけではなかった少年陳際泰は、八歳のころ、やはり親戚から借りて読みふけった『書経（しょきょう）』の難解な内容を、すでに理解していたというから、われわれ現代人ふぜいとは同日に論ずることはできそうにないのだが。

遊ぶ中国人

第6章では、中国人の日々の楽しみから、いくつかをピックアップして眺めてみたい。小説や詩といった、書物を通して得られた快楽。また絵画や演劇などの、ビジュアルとパフォーマンスのめくるめく世界。これらについては、日本語で読める概説書が、すでにたくさん揃っていることから、その主旋律についてはそちらにあたってほしい。

音楽、映画、漫画本などの近代の産物は、それらにくらべたら、いくぶん新しい分野ではあろう。また、悠久の歴史はあるが、深遠なる理論の世界に遊ぶ賭博なども、これまであまり紹介されてこなかったものである。いずれも中国人の愉悦を解読するうえでの重要なキーワードであろう。遊ぶこと、楽しむことを人生の目標とし、きわめてきた中国人。遊ぶ人（ホモ・ルーデンス）としての中国人の諸相をごらんいただきたい。

（武田雅哉）

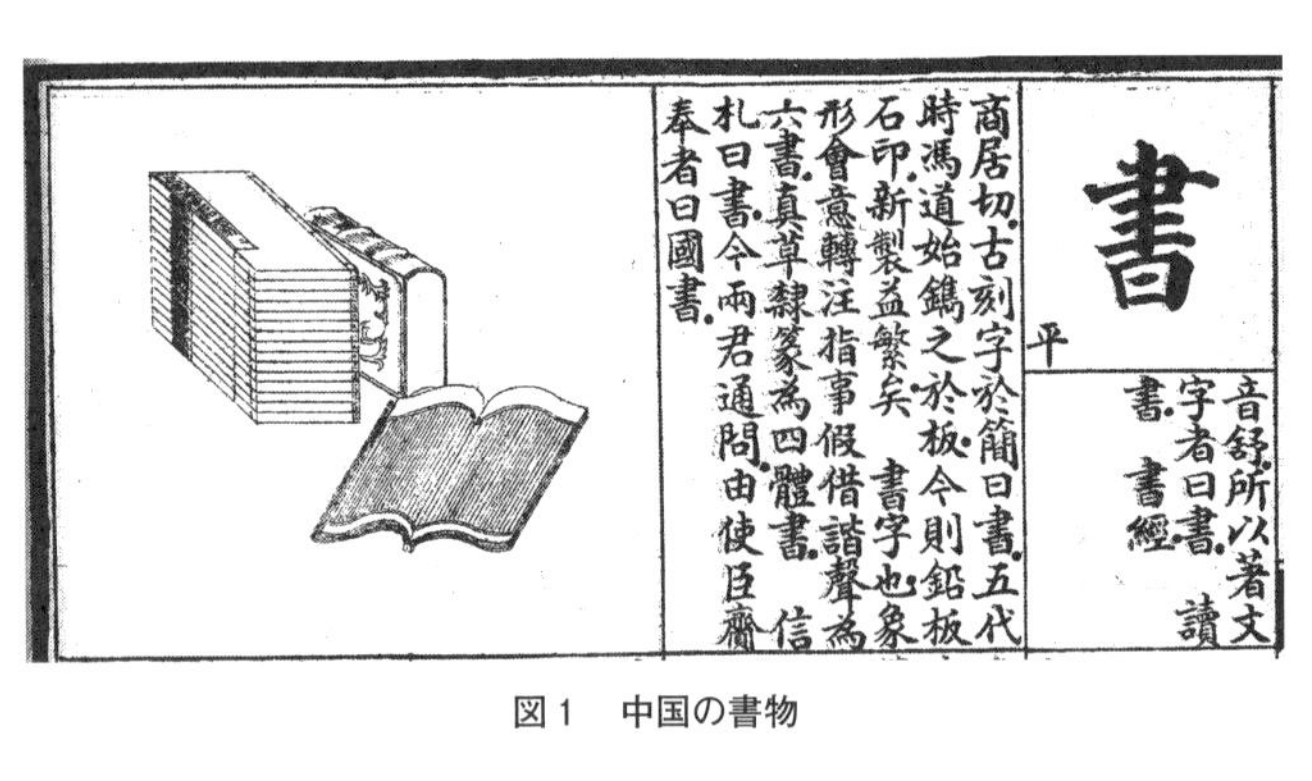

図1　中国の書物

37

書物の興亡――焚いては編んで、本はつづく

本ははかないもの

文字の国といわれる中国は、書物についても、世界に冠たるものをもっていよう。だがここで、この国でどのような書物が生み出されたかなどという、果てしのない話をしても、せんかたないだろうから、むしろ「書物は失われる」という視点から、この国の文化について考えてみよう。

そもそも書物は、容易に失われるものである。失われた書物のことを〈逸書〉という。伝統的な中国の線装本のごときは、ささやかな力に対してすら、あまりにも虚弱であり無防備である。ささやかではない権力を行使して、書物を消滅させる行為が「禁書」であり、物理的な行為としては「焚書」とも呼ばれる。焚書といえば秦の始皇帝のそれが有名だが、歴代王朝は、多かれ少なかれ似たようなことを繰り返してきた。むしろ、現王朝にとって不都合な真実や思想が書かれた本を消し去ることは、しかるべき政策として、容易に想到したであろう。

魏晋南北朝の三〇〇年にわたる混乱ののち、隋王朝は、失われた書物を復活させるべく、調査と整理をおこなった。逸書を所蔵するものには、これを提出させ、筆写したあとで謝金をつけて返却するというものであった。儒学者の劉炫のごときは、逸書一〇〇巻あまりをでっちあげて、賞金を稼いだという。

図2　西王母にまみえる穆王

図3　近代以前の書店の様子

逸書はまた発見される

失われた書物が発見されるという事件は、しばしば起きている。有名なのは、三世紀の晋代に、現在の河南省汲郡にあった、戦国時代の魏の王墓が墓泥棒にあばかれ、竹簡（竹の板を綴じた書物）が発見されたことであろう。そのなかのひとつ『穆天子伝』は、周の穆王が西方を旅し、女神の西王母に面会するという内容の空想旅行譚であり、最初の小説とも称されるものだ。

その発見から少し遅れた時代に生きた、晋の学者郭璞は、古代の地理書『山海経』↓32に注を施したが、『穆天子伝』が発見されたおかげで、『山海経』に見える西王母の記述がデタラメでないことが証明されたと言っている。さらに一世紀のちの陶淵明は、その詩『山海経を読む』で、「周王の伝を汎覧し、山海の図を流観する。俯仰して宇宙を終くす。楽しからずしてまた如何」とうたっている。陶淵明先生のお楽しみにも、この大発見は貢献していたのであった。

〈逸書百篇〉と日本幻想

秦の始皇帝は、仙薬を求めるために、東海の楽園、扶桑国に、徐福↓26という男を旅立たせた。宋代の欧陽脩に、東方の異国へのエキゾチシズムを歌った『日本刀歌』があるが、そこには「徐福の時は、まだ焚書はおこなわれず。逸書の百篇、いまなお存する」との文句が見えている。始皇帝の焚書は、ここでは詩語として機能しているが、欧陽脩らの現実にとっては、むしろ唐宋の戦乱で失われた古代の書物のことが頭にあったのであろう。いずれにせよ、逸書が日本に残っているかもしれない

図4　日本の足利学校で逸書を捜す黎庶昌駐日公使の随行員

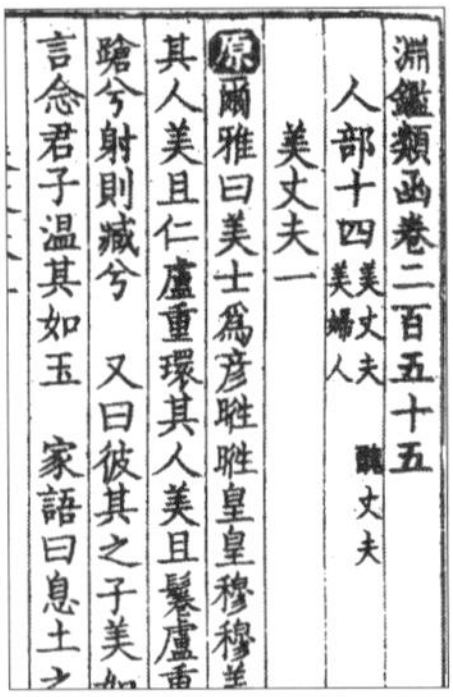

淵鑑類函巻二百五十五
人部十四 美丈夫 美婦人 醜丈夫
美丈夫一
原爾雅曰美士爲彦暀暀皇皇穆穆美
其人美且仁盧重環其人美且鬈盧重
蹌兮射則臧兮　又曰彼其之子美如
言念君子温其如玉　家語曰息土之

図5　『淵鑑類函』「人部」には「美丈夫・醜丈夫・美婦人」などの項目が見られる。いやしくも「醜男」の研究をこころざすならば，真っ先にひもとかねばならない

という考えは、欧陽脩以前からあり、実際にそうであった。宋代には、中国人のそのような日本幻想をわきまえた日本人が、期待に応えるべく、逸書を贈り物とすることもあった。日本僧奝然などは、宋太宗へのおみやげとして、逸書を携えて来ている。おもしろい通俗小説であるがために、中国では読みつぶされて逸書となってしまったものが、日本で発見される事例もあった。ありがたいことに、失われたポルノグラフィのたぐいなどは、しばしば日本のお寺で発見されているのだ[48]。

日本で発見された逸書が逆輸入されるという事例は、近代になってもつづいた。清朝の末期、駐日公使黎庶昌の随行員として来日した学者の楊守敬は、この種の逸書を調査し、『日本訪書志』を綴っている。その後も王国維や鄭振鐸が訪日して多くの逸書を発見している。このようなことは、将来も、日本のみならず、世界じゅうで報告されるであろう。

類書と叢書

中国の書物の世界には、「類書」や「叢書」といったサブ・ジャンルがある。過去の典籍から、関連する事項を書き抜いて編集したものが類書である。唐代の『芸文類聚』『北堂書鈔』『初学記』『白氏六帖』、宋代の『太平御覧』『太平広記』『冊府元亀』、明代の『永楽大典』、清代の『淵鑑類函』[29]『古今図書集成』などがそうである。あるテーマについて調べようとするならば、まずこれらの類書をひもとくことになる。それぞれの類書のテーマ分類が、それじしん世界観を表明していておもしろいし、すでに失われたテクストが、類書にのみ見いだされる事例もある。

図6　文革期には，始皇帝を讃える書籍が大量に刊行された

叢書は、全集のようなものだが、編者がなんらかの基準で作品の選定をし、再編集するものであるから、収録の際にはテクストの異同が生ずることがある。中国のことを学ぼうとする者は、少なくとも近代以前の本については、モノとしての単行本に触れるよりは、なんらかの叢書に収められたテクストを用いることが多い。

書物は危機にあり

文革期には大量の文芸作品が「毒草」とされて処分された。一九七一年、反毛沢東クーデターに失敗し、亡命中に事故死したとされる林彪と、かれが崇拝していたという孔子に対する批判運動が展開されるや、儒学批判は、始皇帝の焚書坑儒を偉業として讃える運動となった。毛沢東は始皇帝の顰みに倣ったわけである。

文革終了後は、またしても復興作業がおこなわれた。この二〇〇〇年、飽くことなく繰り返されている焚書と編集は、将来においても、さまざまな形をとって発動されるはずだ。書物がそのままの形で後世に伝わることは、きわめて稀有である。伝えられるのは、編集を通して少しずつ形を変えながら複製されるテクストであり、「書物がある」という幻想だけだ。いま、ネット上では、膨大な量の電子化された古今のテクストが、自由に閲覧できるようになっている。そのことは同時に、恐るべき誤字脱字の氾濫をも誘発している。中国の出版史においても、悪質な書物は多々出現したが、現在の乱れたテクストの洪水は、それらをはるかに凌ぐレベルにまで達している。為政者の焚書を待たずして、書物が自壊自滅していくのもまた、逸書の歴史の新たな一ページであるといえようか。

（武田雅哉）

38

回文詩と図形詩——漢字遊戯の伝統

志をうたう詩

中国文学の中心である詩は愛や憂鬱、喜怒哀楽の心情や人間の悲歓離合、あるいは美しい風景をうたってきた。物語の情景をうたい上げ、神託や未来の予言も詩の形で示された。また詩が科挙の科目として採用されてからは立身栄達の手段ともなった。ありとあらゆる事象が詩を通して認識され、そして発信された。詩は中国の文人たちにとって、世界を切り取る文学装置として機能していた。

四書五経の一つで、中国最古の詩集である『詩経』は、孔子が当時うたわれていた詩から三〇〇編あまりを選んで編纂したものとされ、後に儒教の精神をくみ取ろうとするあまり、一つ一つの詩を諷刺と見る政治的解釈学が発達する。『詩経』「大序」によると「詩は志の之く所なり。心に在るを志となし、言に発するを詩となす」――「詩」は人の心の中にある「志」（感情、思い）が動くことによって作られるものだ。心の中にある時には「志」といい、言葉に発せられると「詩」となる。

『詩経』が経典化されるとともに、大序の「志」も感情、思いという意味から「こころざし」の意味で解釈されるようになり、詩は高い志を詠うべきものと位置づけられていった。

図1　「真性頌」

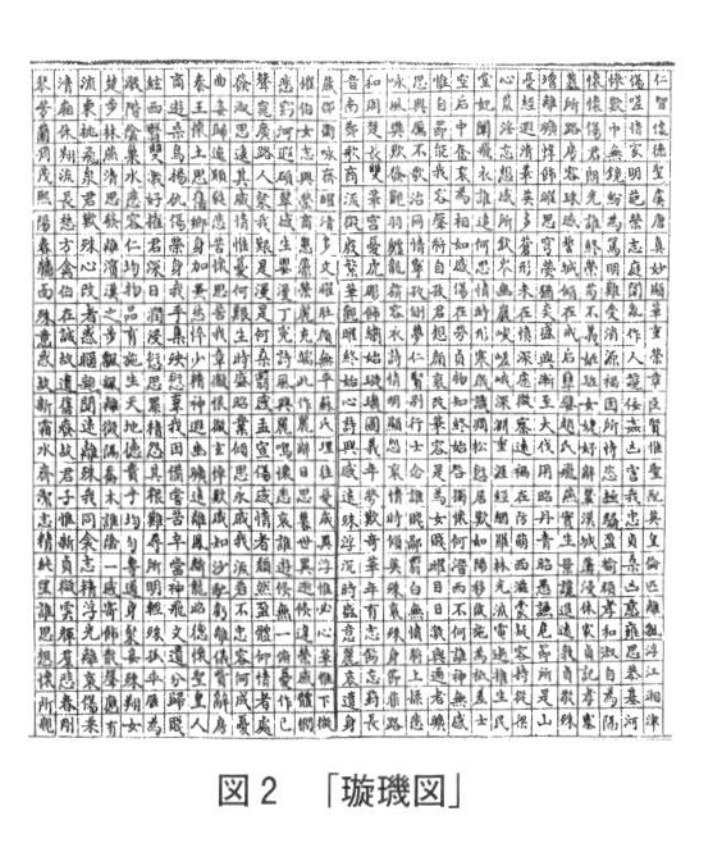

図2 「璇璣図」

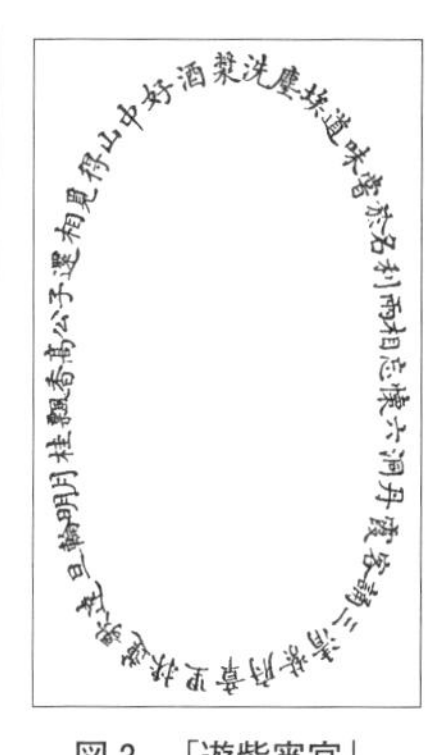

図3 「遊紫宵宮」

図4 「山寺晩鐘」

漢字遊戯の文学

正統な文学史の流れとは別のところで、政治や諷刺と関わりをもたない遊戯性に富んだ詩もまた独特の展開を見せる。その一つが回文詩で、中国では回文とは上下が対称になる文というより、逆から、あるいは別のところから読み始めても意味が通じる文を指す。

回文詩の一例として達磨作と伝えられる「真性頌」詩を挙げよう。この二〇字からなる円環は、どの字から時計回りに読み始めても五言絶句を作ることが可能で、反時計回りに読む分と合わせて四〇句を取り出すことができるといわれる。

宋・桑世昌はこういう回文詩を集めて『回文類聚』を編纂しているが、その中でも晋・蘇蕙という女性の「璇璣図」は回文詩の極致である。数千首の詩がここには隠れていると言われ、縦横ななめ、どこから読んでも詩になる。

「璇璣図」を読み解いていく際、同じ字であっても「我」を主語として「我は」、目的語として「我を」と読んだり、「思」を動詞の「思う」、名詞の「思い」と読み替えることになるが、これは漢字が一字で複数の意味を持つゆえに可能な遊戯だ。漢字は一般に「形」「音」「義」（意味）から成るとされるが、これは「義」の遊戯詩といえよう。

唐・白居易の作とされる「遊紫宵宮」詩もまた『回文類聚』中の一作である。円環詩であることは「真性頌」と同じだが、こちらは「蔵頭拆字体」である。「蔵頭」とは句の最後の文字に次の句の最初の文字の一部が隠されていることを指す。「拆字」とは漢字を分解することで、漢字の造字法を逆手にとった漢字遊戯の一つの技

図5　「九連環」

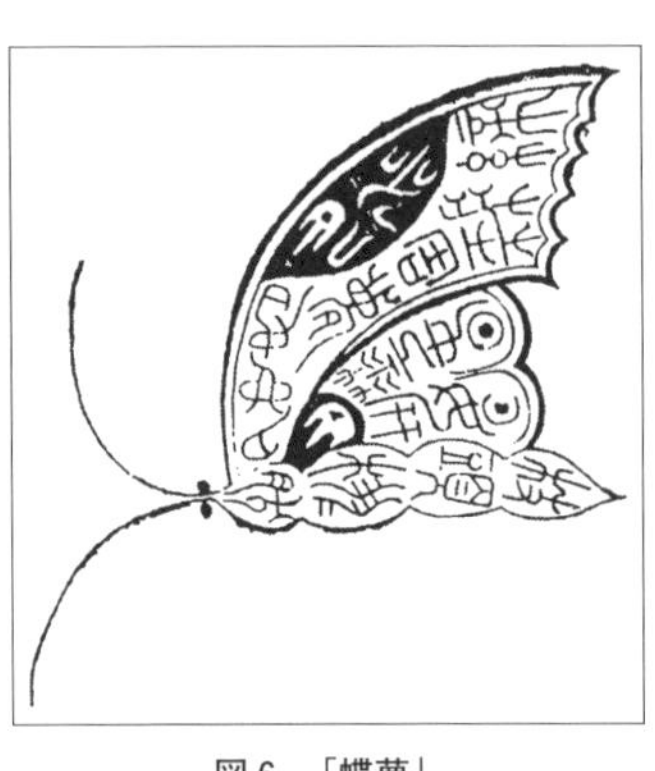

図6　「蝶夢」

術だ。たとえば一二時の位置にある「漿」の字は、前句の「見得山中好酒漿（見得たり山中の好き酒漿）」の末字であるとともに、「漿」の下半分の「水」の字が次の句の「水洗塵埃道味嘗（水は塵埃を洗い道味嘗む）」の最初の文字になる。

つまりこの詩は漢字を構成する要素を分解し、次につなげていくしりとり詩なのだ。この形式は「義」の遊戯詩に対して、「形」の遊戯詩と呼べるだろう。無論同音を利用した「音」の遊戯詩も存在するし、必ずしもそれぞれが別個に存在するわけではなく、複雑に組み合わさって戯れの極地を作り出していく。

志をうたわない詩

遊戯詩の一つにとんちを効かせて読む、神智体詩、打油詩などと呼ばれている種類がある。「山寺晩鐘」詩は以下のように読む。

雷大雨小月中空　雷は大きく雨は小さく月の中は空
東斜西倒半辺風　東へ斜めにし西へと倒す半辺の風
龍横虎倒高山上　龍は横たわり虎は倒れる高山の上
道人反手撞金鐘　道人は手を反して、金の鐘を撞く

第一句から第三句はほぼ視覚に対応しているが、第四句目のひっくり返った「人」は、転倒の「倒」と「道」が同音であるため、「道人」と読むとんちが必要となる。三字目の「金」と「童」は合わせると「鐘」になるが、さらに「手」と

図7　「百里封」

図8　「暮雨有懐」

「童」も合わせて「撞」字を導く強引さも要求される。

内容よりも技巧を追求し、その視覚的遊戯性を味わう詩の伝統も根強い。それはあたかもルネサンス末期の内容より形式、技巧、仕掛けにこだわったマニエリスム芸術に似て、かつて重要とされた「詩」に「志」を求める精神はすでに跡形もない。

こういった視覚的なインパクトを持つマニエリスム的な図形遊戯詩の数々が清・樹紅友の『璇璣砕錦』と清・張潮の『奚嚢寸錦』にはたくさん収録されている。

図形と漢字が組み合わさった例をいくつか図示しよう。詩としてどう読むかよりも、漢字遊戯の奥深さ、文字と絵の融合性などに驚いていただきたい。「蝶夢」はチョウチョウの紋様が実は漢字（篆字）である。右下から「枝頭栩栩然　月夕也如仙（枝頭に栩栩然として　月夕にまた仙のごとし）」と読んでいく。漢字が羽の紋様に擬態している一方で、チョウチョウの眼と触覚は「火」の字をかたどり、「然」字の一部（「灬」＝「火」）として詩に参加し、僕らのびっくり顔を尻目に漢字と絵が渾然と一体化した境地を悠悠と羽ばたいていく。「百里封」は「知縣」（県の長官を意味する。左は満洲文字）と書かれた容器に、地名の書かれたボードが満載されているが、これがまたつなげると詩となる。

宋・李禺山の「暮雨有懐」詩はすべて左右が反転した鏡文字から成る。これを解読するにはまず文字を左右反転させて元に戻し、かつその意味までも反転させて読む必要がある。つまり一句目はまず鏡に映して「朝晴断地近」に戻し、さらに意味を反転させて「暮雨連天遠」（暮雨、天に連なりて遠し）と読む。これらはみな漢字と極限まで戯れ尽くす文人遊戯で、中国文化の懐の深さを示している。（佐々木睦）

図１　清代の説書のようす

39 小説と読み物——手放せない「小さきもの」

取るに足らない話

マンガばかり読んでいるとバカになる、などと言う人がいる。そう言う人は、絵より文字の方が偉いと思っているらしい。確かに本屋へ行けば「小説作品」が大半を占めていて、マンガを真剣に研究する人びとも、今でこそ増えているが、文字だらけの読み物の方が、歴史も蓄積もあるし、奥深い感じがするのは否めない。中国でもこういったことは同様で、ただし中国でこの「小説」なる読み物のジャンルが、今のような意味で持ち上げられるようになるのは、二〇世紀に入ってからのこと、それまではマンガのように、人びとから一等低く見られる存在だった。

そもそも「小」字には「小さい」ことから派生した「取るに足らない」という意味がある。「小人」といえば「無徳のつまらない人」のこと。「小学」もまた、後には言語学を指すが、もとは児童教育のための学校を指した。「小説」もまた、「取るに足らない議論」だとして、否定的な扱いを受けてきたのである。

古代における「小説」は、文字が使われる以前の口承による伝説や、為政者を説得するための寓言などに、その源流が求められる。古代の「小説」観を示す記録に、後漢代に編まれた『漢書』の図書分類目録「芸文志」があるが、そこで「小説家」は、儒家や道家と並んで「十家」に算えられながらも、唯一「見るに足るもの」から外され、つまりその歴史的な価値は認められながらも、資料的な信憑性に留保

が付けられる、という扱いを受ける。
この「小説」観はその後も一貫して、文字を扱う文人たちに受け継がれ、「小説」は基本的に、「歴史」に従属する地位に甘んじることとなる。そのことは民間の細かな事柄や物語などを記した書物が「野史、稗史」といったことば（稗はヒエなどの雑草を指す）で呼ばれてきたことからもうかがうことができる。

耳から目へ、集団から個人へ

ただし、多くの文人たちは「小説」が「取るに足らない話」であることを承知した上で、それに積極的に携わって行った。六朝時代には、怪異を記した干宝『捜神記』や、人物を記した劉義慶『世説新語』が登場する。そして唐代になると、前代の幻想性を吸収しつつ筋の凝らされた『杜子春伝』『李徴』（人虎伝とも）などの「伝奇作品」があまた作られている。北宋代に皇帝の命により膨大なアンソロジー『太平広記』が編まれたことは、「小説」の歴史を考える上で、重要なトピックだろう。文字で書かれた物語は絶え間なく蓄積され続けるのである。

そしてその一方で、伏流のように、文字に書かれない物語が生みだされていったこともまた、見逃すことができない。二〇世紀の半ばに至っても、識字率の低かった中国の人びとにとって、物語は長い間、音声や図像を通して享受されるものであった。そのような物語受容の空間としては、唐代の寺院で仏教故事を語る「俗講」や、宋代の盛り場で歴史物語や恋愛物語などを語る「説書」の存在が知られている。録音の機械もない時代、いわばライブ会場の演者として舞台に立つ語り手たちは、

図2　清代の書物の行商人

図3　茶を飲みながら物語を聞く人びと

聞き手の反応を見ながら説明を加えたり余剰を省いたりし、物語もまたくり返し語られることでより洗練の度を極めていった。

後に語り手たちのネタ本がテキスト化され、聞くだけでは飽き足らなくなった識字者たちに享受されるようになる。中国の印刷術は、一般に唐の時代に起こり、宋の時代に盛んになったと言われるが、量的には明代中期から末期頃に隆盛したとされ、語り手たちのネタ本や、それに形式を借りたスタイルの読み物なども、この時期に多く刊行されるようになる。中国の物語といってまず思いつくような『三国演義』『水滸伝』『西遊記』などの長編がまとめられ刊行されるに至ったのもこの時期である。

前記三種と並んで有名な『金瓶梅』もこの頃の成立である。これは『水滸伝』の一部を取り出し拡張させた、いわばスピンオフ作品であるが、性的な内容を多く扱っていることから考えて、別の空間で秘めやかに編まれたものと考えられている。それは当然、みなと一緒に盛り場で享受する物語にはなりえない。したがって、この種の作品の登場を一つの契機として、密室での個人的な営みとして、物語を享受する読み手が多くなっていたと考えていいだろう。

「小説」観念の変容

明末清初には、既成の作品にじしんのコメントを付けて出版した金聖歎のような文芸批評家も現れたが、科挙の道を上がって官僚になることが望まれた時代、書物と言えば、それはやはり四書五経(1)などの儒教経典を指した。文章も八股文という試

(1)　四書五経

四書は『論語』『孟子』『大学』『中庸』の四種を，五経は『易経（周易）』『書経』『詩経（毛詩）』『礼記』『春秋』の五種を指す。これらは儒教経典の中でも，特に重要なものとされていた。旧時の子どもは，まず初めは『三字経』『百家姓』『千字文』などで文字を学び，次いで徐々に四書五経を習い覚えてゆき，将来の受験に備えたのだった。

図4　民国期上海の，亭子間（上海の伝統建築に見られる狭く小さな部屋）にて，執筆活動を行なう作家を描いた図

験用の定型文が求められ、「小説」がまともな大人の携わるものではないと考えられたことも、一貫して変わらない。一九世紀前半の李汝珍（りじょちん）『鏡花縁（きょうかえん）』は、書き手の博識が存分に詰め込まれた長編小説であり、文学史上「才学小説」などと呼ばれるものだが、作者は末尾でこんなことを述べている。「小説家の言が、どれほど世の軽重に関わるだろうか。三十数年の長きにわたって心血を注いできたが、大千世界のちっぽけな文章にも算えられない」。これは、苦労して書いた長大な自作を、「小説」だからという点で卑下しているわけなのである。ただしここまでくると、我らが人に物を贈るとき「つまらないものですが」と言い添えるのにも、少し似ている。

「小説」観念が今に近づく契機の一つに、民国期、胡適（こてき）（一八九一―一九六二）を代表とする文学者たちによる「新文学」の提唱が挙げられる。一九一七年に雑誌『新青年』（→28）上に発表された胡適の『文学改良芻議（ぶんがくかいりょうすうぎ）』は、新たな文学を形式および内容の点から、次のように提唱する。「典故を用いない／陳腐な言葉を用いない／対句を重んじない／俗字や俗語を避けない／文法を重んじる／無病の呻吟をしない／古人の模倣をしない／内容のあることを語る」。この提言はまた翻って、「旧文学」の姿を浮き彫りにする。

新しい文学の登場に伴い、新しい読者層も登場し、職業作家もまた誕生するに至った。職業作家については、一九〇七年に上海で創刊された雑誌『小説林（しょうせつりん）』が初めて稿料の基準を設けたことで、その登場の端を開いたと言われるが、実際に現れるのは、それより二〇年ほど後のことで、魯迅（ろじん）や巴金（はきん）が代表的存在とされている。

（加部勇一郎）

40 芝居見物――舞台の上の伝統と革命

「好！」の呼吸

ここは清末の寄席。小さな舞台の上にひとりの少女が登場し、梨花簡（カスタネット）と太鼓で拍子をとりながらうたい出す。満場の聴衆は息をこらし、その声と三弦の伴奏に聞き入っている。「まさに繚乱（りょうらん）の際、急にぴたり、歌声弦声ともにやんだ。同時に舞台の下から好（ハーオ）という叫びが轟然（ごうぜん）雷の如く湧き起こった」。

清末の劉鶚（りゅうがく）が書いた小説『老残遊記（ろうざんゆうき）』には、中国の芝居小屋でよく見られる風景が活写されている。そこで演じられるのは、右のような語り物のほかに伝統劇など。もう少し大きな劇場へ行けば、軽業を見せる雑技団、それに二〇世紀以降なら、西洋由来のセリフ劇やバレエなども見ることができるだろう。

中国では、庶民が楽しむ語り物や伝統劇には、うたと音楽がつきものである。演し物の佳境に差しかかれば、「好！」と叫ぶのがお約束だ。うた声が最高潮に達し、場内が静まりかえった瞬間、間髪入れずにかけられる「好！」の声。中国の昔ながらの観劇は、舞台の上と下が渾然一体となる観客参加型であった。

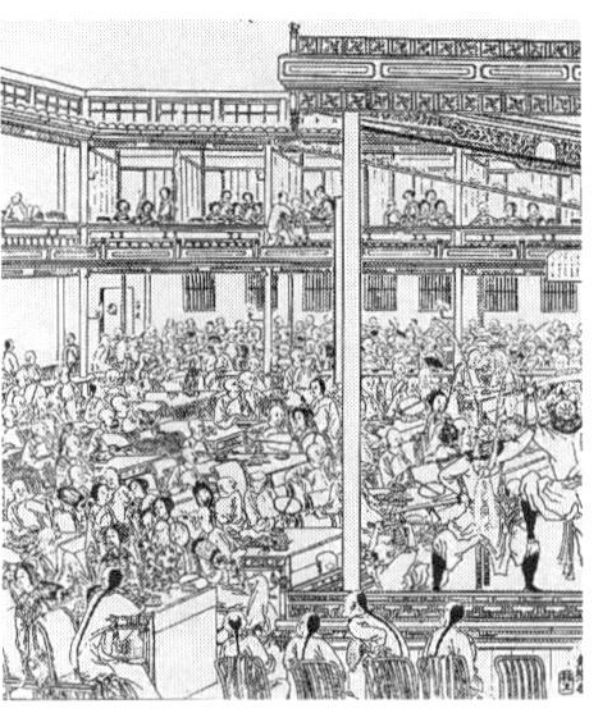

図１　戯園の観劇風景

戯園と劇場

『老残遊記』に描かれた芝居小屋は、伝統的な正方形の舞台をもつ「戯園」である。ふつう舞台の正面には太い柱が二本あり、正面と左右の三方向から観劇できた。

図2　「一卓二椅」の舞台

図3　芥川の見た女形小翠花。纏足の扮装をしている

戯園が主流であった二〇世紀初頭まで、観劇においては役者の容色よりも、声の善し悪しが重視されていた。戯園は社交場でもあり、人びとは茶飲み話の合間に芝居を楽しんだのである。場内では、かぼちゃの種や落花生の売り子が客席を回り、時には給仕の投げるおしぼりが観客の頭上を飛び交った。

二〇世紀に入ると、電気照明や舞台装置の設備をそなえた洋式劇場があらわれた。そうした劇場のひとつ、上海の天蟾(てんせん)舞台で京劇を見た芥川龍之介は、一九二一年の観劇風景をこのようにつづっている。「背景はまず油絵風に、室内や室外の景色を描いた、新旧いろいろの幕である。それも種類は二三種しかないから、姜維(きょうい)が馬を走らせるのも、武松(ぶしょう)が人殺しを演ずるのも、背景には一向変化がない。その舞台の左の端に、胡弓、月琴、銅鑼(どら)などを持った、支那の御囃(おはや)しが控えている」。

伴奏は演技に合わせて生演奏するため、かつては楽隊が舞台上にいたが、今では袖に引っ込むようになった。戯園での上演は、「一卓二椅(イージュオアルイー)」といって、ひとつの机とふたつの椅子のみであらゆる場面を演じる。したがって、中国の伝統劇では本来、幕や背景をほとんど用いない。そのぶん演技に重点が置かれ、役者の動作は観客に存在しない背景を想像させる。虚構の空間だからこそ、日常のしぐさも魅力的に映るが、芥川はその体験もこう語っている。「そう云えば今でも忘れないが、小翠花(しょうすいか)が梅龍鎮(ばいりゅうちん)を演じた時、旗亭(きてい)の娘に扮した彼はこの閾(しきい)を越える度に、必ず鴇色(ひわいろ)の褲子(クウズ)の下から、ちらりと小さな靴の底を見せた。あの小さな靴の底の如きは、架空の閾でなかったとしたら、あんなに可憐な心もちは起させなかったのに相違ない」。

いっぽう洋式劇場では、舞台装置の仕掛けも工夫されるようになる。どこまでを

図4　紹興の水上舞台

図5　映画『舞台姉妹』（1965）

実物で見せ、どこからを演技によって想像させるのか。二〇世紀以降の中国の伝統劇は、この問いをめぐり、試行錯誤を続けることになったのである。

魯迅の村芝居

魯迅（一八八一―一九三六）は、二〇世紀の伝統劇の変化をあまり好まなかったようである。『村芝居』（一九二二）の冒頭では、北京での芝居見物がドンジャンと騒がしいこと、役者の名前がわからぬこと、立錐の余地なく混み合っていることにすっかり閉口したと述べられている。江南の水郷の地、浙江省紹興出身の魯迅は、子どもの頃に船から見た村芝居こそが、記憶に残るいちばんの舞台であったという。

「すぐ目につくのは、村はずれの河沿いの空地にそびえ立つ舞台だった。はるかな月の空にかすんで、ほとんど空との境目もはっきりしない。絵で見たことのある仙境がここに出現したか、と思った。このとき船はますます船脚を速め、間もなく、舞台の上に人物が赤、緑、とりどりに動いているのが見えて来た。舞台近くの河面が見渡すかぎり真っ黒なのは、見物人の船のとまである」。

水上に建つ舞台を船の上から眺めるのは、中国南方の観劇習慣である。魯迅の『村芝居』を追体験したければ、謝晋監督の映画『舞台姉妹』（一九六五）を見るとよい。この作品では、一九三〇年代から四〇年代にかけての、越劇という伝統劇が映像化されている。劇中劇でうたわれる越劇の旋律は、浙江の民謡にもとづく優美でなめらかなものである。かつて船上で横笛の音色を耳にした魯迅が、北京の戯園の喧騒を厭うのは、こうした南北の曲調の違いによるところも大きい。加えて、中

華民国期の北京や上海など、都市の伝統劇が近代化していったことも、魯迅に幼少期のいなかでの芝居見物を、夢のような一夜として追憶させたのであろう。

図6　建国後，毛沢東およびソ連のヴォロシーロフと面会する京劇の女形梅蘭芳

毛沢東と京劇

魯迅に限らず、中国の知識人には芝居に一家言をもつものが多い。伝統劇をたしなみ、うたのひとくさりも披露することは、知識人の教養でもあったからだ。劇作家の湯顕祖（一五五〇―一六一六）や李漁（一六一一―八〇）など、仕官の道での出世をあきらめ、芝居に耽溺するというのも、知識人のひとつの典型である。

二〇世紀以降、中国を代表する伝統劇として京劇を世界に広めたのも、梅蘭芳などの名優を支えた知識人たちの力による。一九四九年、中華人民共和国が建国されると、それまで賤民と蔑まれてきた役者や芸人も、芸術によって社会を教育する人民の一員となった。知識人とその庇護を受ける芸人という伝統的なヒエラルヒが、「対等」なものに変わったのである。

毛沢東の提唱した「文芸講話」（一九四二）により、京劇の内容も皇帝や宰相ばかりの歴史劇から、労働者や農民、兵士を描くものへと改められた。このあたりの、京劇を取り巻く政治の変化は、陳凱歌監督の映画『さらば、わが愛――覇王別姫』（一九九三）→コラム6に描かれている。しかし毛沢東もまた、芝居を愛した知識人であった。京劇の現代化を推し進めた指導者は、晩年になって、ひそかに伝統京劇の名優の演技を映像に残そうとしたのである。毛沢東の脳裏にも、『村芝居』のごとく、失われた古き良き芝居見物の光景がよみがえっていたのかもしれない。（田村容子）

41 楽しい見世物——サルまわしから首吊りまで

図1　玄妙観で見世物にされた怪獣

玄妙観はパラダイス

清朝末期の蘇州。玄妙観という道観（道教の寺院）は、正月ともなると、見世物のパラダイスであった。多種多様な語りものに、歌もの、そして芝居。西洋鏡と呼ばれたのぞきからくり。そのほか、荒々しいものには、カンフー使い、綱渡り、刀や槍を振り回すもの、大きな甕を軽々とあつかうおじさんなど、さまざまな技を披露する芸人たちが、玄妙観の広場に集まってきて、子供たちは、その眼を、大きくまんまるに見開かせた。——これは、民国期に活躍した文学者の包天笑が、晩年に著した自伝のなかで、幼少時代を思い出しながら描いた、清末期の正月の見世物の様子である。同じころの絵入り新聞『点石斎画報』には、玄妙観に連れて来られた、人立する怪獣のことが描かれている。怪獣は見物人に流し目を送ったそうな。前で見ているのはすべて男性。女性の姿はあまり見られない。

同じころの上海。そこは、世界じゅうからわけのわからぬものどもが蝟集する土地であった。あるアメリカ人は「野人の頭」↓32と称して、首だけで生きている男の見世物を、雑居ビルの一室に設けた。これは、鏡と照明を巧妙に使ったマジックであったが、種がわかってしまえば、ばかばかしいかぎりで、一九世紀八〇年代の上海では、「野人の頭」は、インチキな見世物の代名詞となっていたようである。

図2　「野人の頭」のマジック

図3　地獄で体を鋸で切断される女

この世とあの世の地獄絵図

二夫にまみえた女は、死んでから閻魔様に鋸でまっぷたつに切られる。そういうはなしを聞かされて戦慄した寡婦は、知識人の「私」をつかまえてたずねる。――「あなたはなんでも知っていなさる。ひとが死んだら、魂というものがあるのか、地獄があるのか、教えてくだされ」。魯迅の小説『祝福』（一九二四）の一場面である。

無知な寡婦に、あの世での刑罰について教育した装置は、いまでも寺院や道観などに設けられている、民衆教化のための、地獄を再現した絵図や塑像であったかもしれない。これを見物した善男善女は、身に覚えのある罪の報いに、思わず背筋を凍らせただろう。この種の教化装置は、見世物小屋と博物館、また美術館としても機能していたのであった。

博物館とパノラマ館

近代的な博物館は、清の同治年間、一八六八年、フランスのイエズス会宣教師が、上海の徐家匯に設立した震旦博物館に始まるといわれる。中国人の手になるものは、一九〇五年、張謇による南通博物苑を嚆矢として、全国に設立されていく。清朝が崩壊してからは、故宮は開放され、一九二五年には故宮博物院が成立し、やがて日中戦争と国共内戦を経て、コレクションの一部は台北に運ばれ、現在にいたる。

歴史テーマの博物館にはパノラマ館を付設しているものもある。一九世紀の欧米でさかんにつくられたパノラマ館は、いわば大掛かりな見世物装置だが、中国では二〇世紀の八〇年代になって、遅ればせながら建造ブームが起き、二一世紀になっ

図4　パノラマ館（遼寧省丹東市・抗美援朝紀念館）

てもいくつか建設されている。館の内壁に描かれるパノラマ画は、中国語では「全景画」と呼ばれる。現在公開されているパノラマ館があつかうテーマは、一部、三国志物語に取材したもの以外は、ほぼすべてが、中国の近現代における輝かしい戦績がテーマであり、共産党の愛国主義教育基地として機能している。そのいくつかを筆者は訪れたが、軍隊や学校の研修旅行として、なかば強制的に見学させられる以外は、ほぼ閑古鳥が鳴いていた。派手な映画のアクションシーンに見慣れてしまった新時代の観客には、パノラマ館の地味な演出は、その押しつけがましいテーマとともに、もはや興味を引かないものとなっている。

現在ではまた、多くの私設博物館が、全国各地に生まれている。これらは富裕層や個人研究者のコレクションから発展したものであるとも言えるだろう。趣味の広い中国人のことであるから、さまざまな分野にわたる個人コレクションが展示されていておもしろいのだが、すぐに閉鎖される場合もあるので、要チェックである。

死という見世物

従来、そしておそらくはいまでも、処刑というのは最大の見世物であっただろう。安全な場所から、他人の確実な死を鑑賞することができるのであるから。この見世物の主役たる死刑囚は、人生最後の晴れ舞台で、観客を楽しませるべく、気の利いたセリフも諳んじておく必要がある。さしたる文才をもち合わせない役者のためには、決めゼリフも用意されていた。「二〇年後、生まれかわって男一匹」である。これをみごとに歌えたなら、観客からは拍手喝采が期待できた。魯迅の『阿Q正

図5　見世物としての縊死（『点石斎画報』）

伝』（一九二一）では、これがうまく歌えないばっかりに、阿Q[24]の晴れ舞台は、なんともパッとしないものとなってしまったのであった。

かつては、夫の死後、残された妻や許嫁が、男の死に殉ずることで、女は烈婦として讃えられた。インドのサティーに類するものである。清代の福建省では、特にこの風習が強く残っていたことが、当時の随筆に散見される。芝居小屋さながらの舞台が組まれ、鳴り物入りで儀式がとりおこなわれると、衆人環視のなか、女は首をくくるのである。女が進んでそうする場合もあるが、拒めば親兄弟が強いることもあった。これを悪習と断じた地方長官により、しばしば禁令が発せられていた。

そんな見世物としての縊死を、絵入り新聞が報道している。いま舞台の上で、「あっぱれな死」を、文字どおり「命がけで」演じ、喝采を浴びようとしているひとりの女を、線香を手にしながら鑑賞する見物人たち。そのほとんどを占めているのは男たちだ。扇子を広げ、囃し立てているものもいる。わずかばかりの女たちは、不安げに見つめる。倫理的に賞賛されるべき烈婦の殉死が、とどこおりなく遂行されるのを見届けようとしているかのような、役人たちもいる。絵師は、究極の見世物につどう人間たちの諸相を、ていねいに描きこんでいる。

革命に殉じた秋瑾[27]（一八七五—一九〇七）も劉胡蘭（一九三二—一九四七）も、それが若い女の斬首であるがゆえに語り草となり、いずれも颯爽たる塑像が立てられている。いま、中国のネット上では、死刑囚の「美女」たちの、死にいたる経緯が写真入りで掲載されている。刑死はいまでも見世物である。ことに「美女」のそれであってみれば、見物人どもの目は、いっそう輝きを増すのである。

（武田雅哉）

42 音楽とうた——時代・救亡・革命・抒情

図1 「黄河大合唱」

① 新秧歌運動

「秧歌」は，もとは中国北方の農村で親しまれている田植え歌などの民間舞踊歌を指す。この運動は，1943年の春節に延安から全国の解放区へ広まった新しい民間舞踊である。毛沢東の「文芸講話」を実践するために，労働者・農民・兵隊などによる群衆性のある中国風舞踊で表現することを精神とする。

② 救亡歌詠運動

1931年の満洲事変から37年の盧溝橋事変まで，日中戦争勃発前後に全国でおこなわれた集団で愛国歌をうたう運動。

分裂する音楽空間

中国で最初の流行歌は、一九二七年に黎錦暉（一八九一―一九六七）が作曲した「毛毛雨」といわれる。黎が作曲した一連の「家庭愛情歌曲」は、魯迅のような知識人の反発をかいながらも、SPレコードやラジオ、映画の普及を通じて浸透していった。

ところが一九三〇年代に入ると、満洲事変、上海事変、盧溝橋事変などが起こり、中国大陸は国民党統治区、共産党の革命根拠地、日本の淪陥区や満洲国などに分裂し、それぞれの地域における音楽文化は政治との関係によって変化した。国民政府のために「抗敵歌」などの抗戦歌曲を創作した黄自、その四大弟子といわれた賀緑汀（「天涯歌女」）、陳田鶴（「山中」）、江定仙（「早春二月」）、劉雪庵（「何日君再来」）。さらに桂林・昆明・貴陽・重慶などでクラシック音楽の演奏会を続けた作曲家馬思聡。一方、延安の新秧歌運動①の下で創作された「白毛女」。「救亡歌詠運動」②のなかで創作を続けた聶耳（「義勇軍行進曲」）→3、任光（「漁光曲」）、冼星海（「黄河大合唱」）など。さらに満洲、華北、華中で活動した李香蘭（「支那の夜」）。いずれも、各地域を代表する楽曲とそれを生み出したアーティストたちである。一九三〇―四〇年代中国における多様な音楽状況については、榎本（一九九八・二〇〇六）、岩野（一九九九）、王（二〇一一）、貴志（二〇一三）をみてほしい。

図2 「東方紅」

(3) 黄色歌曲
30～40年代の上海等の歌謡，80年代の香港，台湾で愛唱された大衆音楽を批判した用語。「黄色」とは，腐敗した，欲情的な傾向をもつことを示す。

統合される「革命音楽」

一九五〇年代、中華人民共和国建国初期の音楽はソ連・東欧の社会主義リアリズムの影響を受けつつも、三〇年代の延安の音楽をルーツとした、集団で身体を使った音楽表現形式である「群衆歌曲」がうたわれた。ところが、六〇年代に中ソ論争が起こると、ソ連の影響は払拭され、中国風の合唱や舞曲が中心となる。その代表作が、一九六四年一〇月、建国一五周年に制作された革命劇「東方紅（とうほうこう）」であった。

一九六六年、文化大革命が始まると、人びとが集団で口にする音楽は、『毛沢東語録』(→44)をもとにした「語録歌」や紅衛兵の歌曲、いわゆる「紅太陽歌」「紅歌」など毛沢東を讃えるうたのみが許可された。その結果、「沙家浜（さかほう）」などの京劇、北京の中央バレエ団の「紅色娘子軍（こうしょくじょうしぐん）」(→コラム6)や上海バレエ学校（後の上海舞劇団）の「白毛女」といったバレエ劇、中央楽団の交響曲「沙家浜」など、群衆歌一色となった。一方、一九三〇年代上海で流行した抒情歌やジャズなどは、すべて「黄色歌曲（こうしょくかきょく）」(3)に指定され、社会的には抹殺された。しかし、一九七〇年代初頭、文化大革命後期には、さすがにこのワンパターンな音楽に革命人士でさえ飽きてしまい、西洋音楽である声楽や室内楽でも「革命的」なものは許容されていくことになる。

世界に広がる中国音楽

文化大革命後の一九八〇年代、革命歌や群衆歌曲を支えてきた中国レコード総公司による独占体制を崩壊させたのが、七九年成立の広州太平洋影音公司などの独立系の企業であった。同公司は香港、台湾などの流行歌が入った八〇〇万本のカセッ

図３　テレサ・テン

トテープを販売した。なかでもテレサ・テン（一九五三―九五）のうたは、密かに、しかし爆発的にヒットした。ピーター・チャン監督映画『ラヴソング』（『甜蜜蜜』一九九六制作）は、この時期の様子をロマンティックに描いている。また、一九八三年に台湾から大陸に渡った「龍の子孫（龍的伝人）」の作曲家侯徳健（こうとくけん）が中国の音楽産業界に与えた影響も小さくはなかった。時代の音楽は、個人あるいはグループによる抒情的なものへと変化しはじめたのである。

「改革開放」期には、中国以外からの抒情曲の影響に対抗するために、中国独自の歌曲を認定し創造する必要があり、一九八〇年に中央人民放送局が開催した「リスナーが好む放送歌」選出イベントでは、「望ましい」抒情曲一五曲が選ばれた。さらに、一九八四、八五年には、三〇年代歌曲のイメージを喚起させる「流行音楽」という言葉の代わりに、「通俗音楽」という呼称が使われもした。

一九八六年は、「通俗音楽」にとって画期となる年であった。中央テレビ局のような公式メディアが「第二回全国青年歌手テレビ大賞コンテスト」で「通俗唱法」を初めて放送したり、同年五月米国の音楽キャンペーン「We Are The World」に触発されて中国でも「世界を愛で満たそう（譲世界充満愛）」イベントが行なわれて中国で初めて一二八名もの流行歌手が勢ぞろいしたりと、それまでにない出来事が続いた。さらに、この年、崔健（ツイチエン）（一九六一―）が国際和平年記念コンサートで「俺には何もない（一無所有）」を初披露した。これを機にロックブームに火がつき、一九九〇年中国で初めてロックフェスティバル「一九九〇現代音楽界」が開催された。

一九八九年は、中国の音楽界にとってもう一つの画期であった。台湾の斉秦（チーチン）の

図４　カセットテープ「譲世界充満愛」のジャケット

「狼Ⅰ」や蘇芮の「感じるままに進もう（跟着感覚走）」など、海外からのレコード輸入が初めて公式に認められたのである。また、この年に発表された譚盾（一九五七—）の「九歌」は、世界のクラシック界の注目を惹いた。こうした世界の音楽界とのつながりは、キャンパスフォークソングブームのきっかけとなった艾敬の「我的一九九七」（一九九二）や、ニュー・エイジ音楽ブームに火をつけた何訓田の「シスター・ドラム（阿姐鼓）」（一九九五）にもみられる。

逆走する愛国歌曲

二〇〇九年の建国六〇周年の際、重慶市長の薄熙来が愛国歌曲運動（紅歌運動）(4) を進め、その五年後の建国六五周年に開催された慶祝音楽会「美しい中国、栄光の夢」では習近平主席が愛国的な音楽を奨励した。こうして音楽の保守化が進む一方で、ネット音楽や衛星放送が生活に浸透し、二〇〇一年に雪村の「東北人はみんながまるで生きている雷鋒同志→24（東北人都是活雷鋒）」がヒットした。中国の音楽界におけるアマチュアリズムの台頭である。二〇〇四年には、楊臣剛の「ネズミは米が好き（老鼠愛大米）」、唐磊の「ハシドイ（丁香花）」、龐龍の「二頭の蝶（両只蝴蝶）」などのヒットを促した。二一世紀の文化現象として、愛国主義の高揚と、価値の多様化が起こっているものの、中国においては音楽文化と政治の関係はいたって緊密であり続けている。以上のような近現代中国の音楽史を体系的に理解するには、劉（二〇〇九）の一読を勧めたい。

（貴志俊彦）

(4)　紅歌運動
2009年から重慶市長薄熙来が主導した毛沢東時代の革命歌を歌わせる運動。保守層を大衆動員する手法であるとして中国共産党中央の批判を浴びる。

43

銀幕の中国——新しきものと古きもの

「影戯」——影の芝居

「映画」にあたる中国語は「電影」である。だが、日本に昔「活動写真」という言葉があったのと同じように、中国でもおよそ一九二〇年代まで映画のことは「電影」ではなく、「影戯（インシー）」（または「西洋影戯」「電光影戯」）と呼んでいた。「影戯」は「影の芝居」、すなわち、近代的な「電光」によって作られる「影」と伝統的な芝居である「戯」とが結合されたものである、と後の映画史研究者たちは解釈する。彼らは、この名称に芝居を指す「戯」の文字が入ることに注目し、芝居的性格を重んじる映画観が中国映画の歴史的展開に弊害を及ぼしたことを説く。

一九〇五年、北京の豊泰写真館の技師任景豊（レンジンフォン）が、名優譚鑫培（タンシンペイ）が京劇の『定軍山（ディンジュンシャン）』の一場面を演じる様子をフィルムに収めた。中国人による初の映画撮影とされるこの試みは「影＋戯」という形で、「影戯」を字面通りに実践してみせたといえる。

中国映画史の各時期で観客動員数を残した作品を振り返れば、「芝居」へのこだわりという点は鮮明に映し出される。国産映画の黎明期にある一九二〇年代の初頭に、中国映画の初のヒット作『孤児救祖記』（一九二三）が製作されたが、一家三代の家族が辿る運命を物語の骨組みとするこの作品は、伝統演劇によくあるメロドラマ的なパターンを踏襲したものである。戦争を挟んだ三〇年代前半と四〇年代の後半に、それぞれ記録的な観客動員数を飾ったのは『姉妹花』（一九三四）と『春の河、

図1　「ときどき苦戯をみると，あたしの惨めな身の上を思い出すから……あなただけに話してあげるからヒミツにしてね！」（『奥様万歳』）

東へ流る』（一江春水向東流、一九四七）であるが、いずれもメロドラマのヒット作である。『奥様万歳』（太太万歳、一九四七）という作品の冒頭に主人公の奥様とその姑が公開中の芝居の話をする場面があるが、その姑は「あたしは苦戯（クーシー）がいちばん好き」と興奮気味に言う。同じこの作品のラストでも、「あたし、映画をみるのが一番好き、だけど怖いとも思うのよ。なぜなら、ときどき苦戯をみると、あたしの惨めな身の上を思い出すから……」と、男漁りをする女が男の同情を誘おうとする。ここでいう「苦戯」とは、演劇や映画において主人公がなめつくした人生の悲しみを大々的に語り、観客の紅涙を絞る中国製お涙頂戴のことである。

改革開放期に入った一九八〇年代、謝晋（シェジン）監督の『天雲山伝奇（ティエンユンシャンチュアンチー）』（一九八一）や『牧馬人（ムーマーレン）』（一九八二）が次々とヒットしていたが、これらの作品も革命前に流行していた「苦戯」の語り方を新時代の映画に蘇らせたものであるとみてよい。「文革」後、新しい現代的な映画へと進もうとする気鋭の映画人たちが中国映画に長きにわたって存在する伝統演劇的美学への依存を批判し、「芝居の杖を捨てよう！」と掲げたが、彼らの目には、中国映画の一作目である『定軍山』が伝統演劇の舞台を映すものであったことは、「戯」（芝居）による「影」（映画）への支配があまりにも根強い中国映画の「原罪」とさえ映っていたのである。

創造的映画の系譜

中国映画はお涙頂戴ばかりを作ってきたわけではない。芸術性、創造性の面において評価される作品も脈々と系譜をなしている。一九二〇年代末から戦争の勃発す

図２　戦乱の時代に翻弄され，愛する恋人が親友の妻になってしまった……。人生の試練は舟の揺らぎ，川面の反射と共に，男や女に訪れる（『田舎町の春』）

る一九三七年頃にかけて、中国映画は「左翼映画」や「新興映画」とも呼ばれる最初の黄金期を迎えた。アメリカ帰りの孫瑜（スンユー）、ソ連モンタージュ様式を試みる沈西苓（シェンシーリン）、映画の表現力を追求し、中国のサイレント映画の最高レベルに達したとされる作品『女神』（神女、一九三四）を監督した呉永剛（ウーヨンガン）……、戦前の欧米映画でみられた芸術的展開の多くがそれらの作家作品に響いていた。

世界映画との連動をみせつつ進んだ国産映画の近代化は、一九四五年から四九年にかけての戦後においてさらなる進展をみせる。夫婦と友人の間で起きた感情的危機を費穆（フェイムー）監督が長廻しを多用して繊細にとらえる『田舎町の春』（小城之春、一九四八）や、右に挙げた、エルンスト・ルビッチ監督による粋な「艶笑喜劇」の様式を中国に開花させたとされる『奥様万歳』などは、第二の黄金期といわれる戦後四、五年の中国映画が達した芸術的レベルを代表するものとなろう。

文革後、『黄色い大地』（黄土地、一九八四）などに代表される八〇年代前期に続出した傑作群は、中国のヌーヴェル・ヴァーグの到来を宣告するものであった。以来、中国映画は新しい世代の作家たちによって創造的な一面をみせつづけてきた（第三の黄金期）。今日、八〇年代から九〇年代半ばにかけて中国映画を代表していた張（チャン）芸謀（イーモウ）や陳凱歌（チェンカイコウ）らにとってかわり、賈樟柯（ジャジャンクー）や婁燁（ロウイエ）は海外から大いに注目されている。いっぽう、王兵（ワンビン）の作品をはじめとする独立製作による現代中国ドキュメンタリー映画も、国内外の関心を集めつづけている。

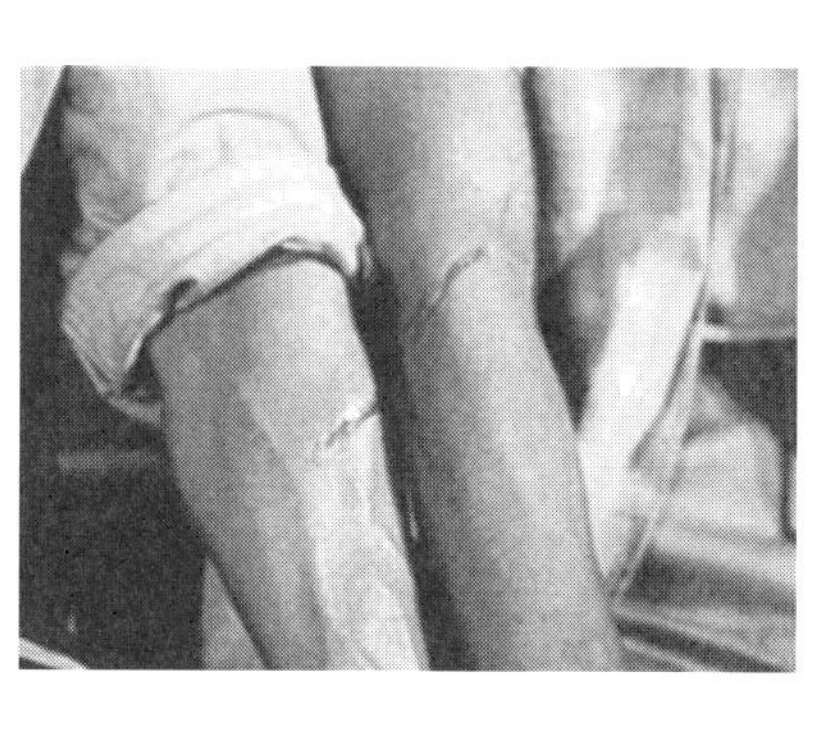

図3 「……忘れたのか，わたしたちの腕に残った傷痕が，どうやってつけられたかを！」（『南海長城』）

「革命映画」の意外な相貌

共和国設立後、中国映画は政治的宣伝の道具として利用されるようになり、いわゆる「革命映画」（→コラム6）を量産する時期に突入する。「革命映画」は革命的意識の高揚を讃えるプロパガンダ一色とイメージされがちなのだが、ときどき、「革命的」と思われない側面もそこに出没し、みる者を不意打ちしもする。たとえば文化大革命期に製作された『南海長城』（一九七六）。「偉大な中国人民」が敵をやっつけ勝利を収める「偉業」を物語るこの映画は、実は非常に感傷的な場面を作品のクライマックスにしているのである。

革命的意志が弱くなったある民兵の青年に、その青年の幼馴染、いまは民兵隊長の任にあたっている主人公の男が辛抱強く説教する。「……忘れたのか、わたしたちの子供のころ、昼間は海草ばかり食べて、夜はふたりで一枚のぼろぼろの網をかけて寝て、……どれだけ苦労したかを。忘れたのか、わたしたちの腕に残った傷痕が、どうやってつけられたかを！」と彼は言いつづけながら、その言葉に動かされた青年とともに、腕を伸ばし、自らの腕にある傷痕と青年のそれとを並べ合わせてしまう。それにつづく回想エピソードで、幼かったこの二人の少年は悪徳網元の無情な行動に反抗するが、この「階級の敵」の振りまわした刃物によって、二つの腕に切りつけられた一つの傷痕が残ってしまったことがわかる。過去に経験した苦難を傷痕によって召喚し、そのことによって「私たちは同じ階級にある味方同士である」という連帯感を喚起する――「革命映画」は所どころ意外と女々しく、マゾヒスティックな相貌を帯びてもいるのだ。

（応　雄）

44

絵遊び字遊び——共鳴する「イメージと記号」

図1　魁星像

図2　鬼神，北魏時代

漢字の身体化

中国道教の数有る神々のなかに「魁星」という受験合格の星の神がいる。科挙に合格して官僚となることが男の夢、出世のシンボルだった時代、単に合格するだけでもたいへんだが、何番の成績で合格するかもその後の昇進を決定づける重大事だった。状元（科挙一位合格）となれば、丞相へ昇りつめることが保証されたので、成績上位クラスの受験生は、北斗七星の先端の魁星（すべての星の先頭に位置するとされた）に祈りを捧げたのである。その神はまことに不思議な姿をしている（図1）。腰に小さな箱をつけた半裸の鬼神が、筆を持った右手を前に振り上げながら走っている。受験生の名前の上に合格の印をつけるためである。なぜこのような姿になったのか。

科挙が始まったのは六世紀末の隋代だから、魁星はそれ以後に創出された神である。誰も見たことがない神を、誰もが納得するような姿で表現する、そんな課題の解決策が、「漢字の形を利用する」という手法だった。「魁」という字は「鬼」と「斗（マス）」の組み合わせだから、鬼神の腰にマスを付け、一画目の点を「筆を持った右手」にしたのだ。走るポーズも字形に合わせた結果である。

じつは魁星が創出される以前から、鬼神は字形に則ったポーズで表現されることになっていた。漢代画像石から北魏時代のレリーフ（図2）、風神雷神図にいたる

まで、手を振り上げて疾走する姿で表現されている。日本の「鬼走り」の行事もここから派生したものだ。

漢字はモノの姿を線で単純化した形から生まれており、西洋のアルファベットのような表音文字とは違う性質を持っている。例えは悪いがインスタントラーメンのようなものかもしれない。お湯をかければすぐに元に戻る性質をその本質に内包している。中国文化は漢字を基礎に形成されたゆえ、文字とイメージ（像・印象）が自在に共鳴し往還する関係にある。

図3　忠字舞の近年の再演。厦门大学附属中山医院の2012年新年会で演じられたもの

忠字舞の図像学

わたしたちが中国を理解しようとするとき、この共鳴現象に留意する必要がある。毛沢東が文化大革命を押し進めていた一九六〇年代後半に、中国国民の間で「忠字舞（ちゅうじぶ）」なる群舞が大流行した。全国の若者たちが「紅衛兵（こうえいへい）」となり、共産党から権力を奪取していく過程で毛沢東崇拝↓3は頂点に達し、毛沢東への忠誠を集団で身体表現することに国民は熱中し始めたのである。行列で進みながら円形を構成したり、片手を伸ばして崇拝の意志を表現したり、地域や年によっても多様な振り付けがなされていたようだが、群舞の名称が忠字舞とあるように、「忠」という漢字を表現した舞であることを表明しているのは、なぜだろうか。それは毛主席にいつまでも付いて行くことを表す図3のポーズが、「忠」字の身体表現としての役割を果たしているからである。図2の鬼神のポーズの振り上げた拳を、肘をそのままにして下におろし、紅宝書（こうほうしょ）（『毛沢東語録』を当時こう呼んだ）を握りしめて胸前に置くのである。

図4 「康熙南巡図」の人文字

足を一歩踏み出して走るポーズで止まり、毛沢東の教えを胸に、力強く前進する姿を「忠」字に見立てている。身体の漢字化である。「毛沢東個人への、毛沢東思想への、毛沢東の革命路線への」三つの忠誠を誓う群舞はこのポーズがシンボルであった。

康熙二八年の人文字

こうした漢字の身体化、身体の漢字化は中国文化の自然な発露であり、集団で人文字を描く例も一七世紀の絵画に確認できる。「康熙南巡図巻」(一六九一)は清朝四代皇帝の康熙帝が江南地方を視察した第二次南巡の様子を描いたもので、最終巻には紫禁城に戻りついた一行の様子が描かれている。その行列の最後に「天子萬年」が人文字で描き出されている(図4)。中国史上屈指の名帝といわれる康熙帝と、彼によって達成された平和な世が永遠であれという民衆の思いが、道行く人びとに「偶然」「期せずして」一瞬の人文字を描かせたという奇跡を表現しているのである。中国では、皇帝の治政が素晴らしいと、天がそれを嘉してさまざまな奇跡を起こすと考えられていた。全長が二〇〇メートルを越える長大な画巻の最後は、康熙帝が天の祝福を受けたこの瞬間で終わっているのである。

「幸せの呪術具」としての美術

美術が芸術家の自己表現となる近代以前、それは多くの場合「政治メディア」か「幸せの呪術具」だった。その絵を飾ることにより家や組織や王朝に幸せを呼び込

図5　年画「連年有余」

図6　青花桃樹文双耳扁壺」景徳鎮窯，清，18世紀

図7　五福捧寿図

む美術の呪術性については、卑近な例として図5の現代年画をまず挙げよう。

巨大な金魚を抱えつつ、蓮を手にする子供が描かれている。蓮は発音が「連(リエン)」と同じなので「毎年毎年連続して」を意味し、魚は発音が中国では「余(ユ)」と同じなので「経済的な余裕」の意味となる。さらに金魚は「金余り」となるから、この年画を家に貼ることの意義は十分にご理解いただけるだろう。

漢字の同音異義語による自在なモチーフ変換を多用する吉祥美術の表現法は、花鳥画や古美術品の解釈にもっと適用されるべきである。図6は清朝の染付の壺だ。海の岩場になぜか桃の木が生え、蝙蝠(こうもり)が五羽飛んでいる図が描かれている。これは「寿山福海(じゅさんふくかい)」と「五福捧寿(ごふくほうじゅ)」という二つの吉祥語句を絵で表現したものである。「寿命は山のごとく、幸せは海のごとくあれ」を桃（長寿のシンボル）と岩（海のかなたの不老不死の島・蓬莱山を象徴）、蝙蝠（二字目が福と同音）と海で表しているのである。蝙蝠は、中国でも日本でも昔は幸福の使者であった。中華料理の食器などにも、デザイン化された赤い蝙蝠が下向きに飛ぶ図柄が多用される。「紅(こう)（い蝙）蝠(ふく)」は「洪福（溢れんばかりの幸せ）」と発音でつながり、下向きの蝙蝠「蝠倒」は「福到（幸せが来る）」を表す。これは「福」の漢字を逆さにしても同じだ。

五羽の蝙蝠は、人生に望まれる五つの幸せ「五福（長寿・富・健康・人柄・天寿の全う）」を象徴し、蝙蝠が桃と寿石を囲むことにより「五福捧寿」になるのである。ラーメンどんぶりの底によく見かける図7のような文様も五福捧寿図である。迷路のように見える図形は「寿」をデザイン化したものだ。中国文化の至る所で、イメージと記号は共鳴しあっているのである。

（杉原たく哉）

45 連環画の世界——現代中国の無視できないメディア

図1　赤壁の戦い（『連環図画　三国志』）

図2　小人書攤

連環画の誕生

「連環画（れんかんが）」という語彙は、現代中国文化に特殊なものであり、適切な訳語を見つけるのはむずかしい。そもそもが「連続した絵」という意味なので、とりあえずは、マンガや劇画、コミックスにあたるものとしておく。一般に連環画といえば、二〇世紀の中国において作られた、横長のポケットサイズで、一ページに一枚の絵が入り、絵の下などにキャプションが書かれた絵物語のことである。

古代中国の、連環画的な印刷物としては、ページの上三分の一に絵を配した、元代の『全相平話（ぜんそうへいわ）』（全ページ絵入りの歴史物語）シリーズがある。このタイプのものは、近代にいたるまで、通俗小説や芝居本として数多く刊行された。

現代的なタイプの連環画は、二〇世紀の二〇年代に刊行された、上文下図の『三国演義』『西遊記』などの「連環図画（れんかんずが）」シリーズあたりに始まるとされる。民国期には、連環図画、連環図画小説、図画小説、小人書（しょうじんしょ）、小書（しょうしょ）などと呼ばれていた。

これらの図書は、多くの場合、貸本業者に売られた。かれらは店舗、あるいは露店などで、安価で貸しだした。そこには腰掛けがならべられ、子供たちばかりか労働者、ご婦人たちが、その場で読んだり、借りだして帰宅して読んだりした。そのような露店は、子供たちにとっての、きわめて貴重なサロン空間であった。

この時期の連環図画には、武侠、神仙、エログロものも多く、これらを読んでそ

図3　張光宇『西遊漫記』

図4　文革期の“真っ赤な”連環画

の世界に陶酔した少年たちが、峨眉山に仙術の師匠を求めて旅立つべく家出をするというような事件が、しばしば新聞紙上を賑わしていた。かくして輿論は連環画を「悪書」の代表と目し、その改良を求めるようになる。そのようななかで、『西遊記』をベースにした、批評精神たっぷりの傑作カラー絵本『西遊漫記』（一九四五）を生んだ、張光宇のような作家もいた。

政治的プロパガンダの武器として

一九四九年、中華人民共和国の建国直後には、政府は連環画のもつ感染力を重視して、共産党の政治的プロパガンダという使命を課し、大量の作品が製作されることになった。そのため、絵師のなかには法外な稼ぎを得るようになったものもいたという。五〇年代は、連環画創作の最盛期であったといえよう。政府は旧来の図書を「反動、荒誕、淫猥」であるとして、これらを弾圧する法令をしばしば発したが、連環画はその主要なターゲットであった。政府お墨付きの新作は、民国期以来のものと区別して、とくに新連環画と呼ぶ場合もある。

文化大革命時期には、政治宣伝色が濃厚となり、千篇一律の「赤い物語」が濫造されたが、文革が終了した八〇年代初頭には、文化的飢餓を補うべく大量に生産され、連環画業界はふたたび隆盛をむかえた。

だが、それもつかのま、改革開放とともに、日本のマンガやアニメが大量に流れ込み、それらに熱中する若い世代は、旧来の連環画形式の娯楽への関心を喪失していった。その後、新たにつくられる連環画は、芸術作品を目指したイラスト集とい

図５　ソ連映画の連環画

った傾向を有するようになる。同時に旧作の複製も盛んに刷られているが、それらは懐古趣味や、コレクターの投資の対象となり、別の価値が付与されている。いまでも中国の各都市では、しばしば古書市や骨董市が開かれているが、連環画は、そこでの重要な交易品のひとつとなっている。

映画も連環画に

連環画という概念は、わが国のマンガとは完全には一致しない。たとえば、映画のスチール写真にキャプションをつけて、絵物語のように編集したものも「電影連環画」と呼ばれていて、連環画の総体のなかでは大きな部分を占めているからだ。映画を絵に描き直して連環画に仕立てたものは、民国期に始まる。それは、新作映画の封切りに合わせて販売すべくつくられたものらしい。絵師に試写を見せて場面を記憶させ、一晩で描きあげさせたというエピソードもある。

中華人民共和国になると、ソ連をはじめ、共産圏の映画が大量に紹介されるが、それらのスチール写真を使った電影連環画も数多く刊行されている。これは国産の映画についても、同様であった。映画『玲玲（リンリン）の電影日記』（原題「夢影童年」または「電影往時」二〇〇四）には、主人公の少女と少年が、抗日ゲリラの活躍を描いた人気映画『鉄道遊撃隊（てつどうゆうげきたい）』→25のストーリーをあらためて確認するために、その電影連環画を開いて読みふける場面がある。『鉄道遊撃隊』は知侠（ちきょう）の長編小説であるが、絵画による連環画も製作され、大人気を博した、連環画の代表的な作品となった。

図７　『連環画報』創刊号（1951年５月）

図６　連環画版『鉄道遊撃隊』

連環画の展開と未来

連環画そのものは、かならずしも子供むけというわけではない。明らかに年少の読者を意識してつくられたものは、判型も連環画タイプよりは大きく、ページ数は少なく、絵もカラーで印刷されることが多い。中華人民共和国の書籍分類では、これらを「（少年）児童画冊」などと称してもいるが、児童版の連環画といったところか。

連環画の専門誌も隆盛期にはいくつか刊行されていたが、いまでは日本風のマンガ雑誌に押されて、その牙城たる『連環画報』が生き残っているだけだ。一九五一年の創刊以来、文革期に重なる一九六〇年から七三年までは休刊したものの、二〇一五年現在でも刊行されている、長寿雑誌のひとつである。共産党の政策とともに走りつづけた、連環画の推移と興亡を見るには、恰好のバロメーターとなろう。

子供たちを惑わす悪書であろうと、政治プロパガンダの意図があろうと、二〇世紀の中国人にとっては、連環画は、このうえなく重要な、物語の供給装置であった。

中華人民共和国成立以来、近現代の中国が体験した「共産党を正義とする」戦いの物語は、図像を伴って物語る装置――「連環画」を通して供給されつづけてきた。国民国家形成神話としての物語を供給しようという努力は、この国の為政者たちによって、これからもなされていくであろう。その際、物語群は、どのような媒体によって提供されていくのか、そして連環画はどのように変容していくのか、注目していきたい。

（武田雅哉）

46 賭博——運命とのたわむれ

図1　道観（関帝廟）の祭壇にならぶ3対の杯珓

図2　仏寺にて，なげた杯珓をひろう信者

博と樗蒲——二面の棒をなげる賭博

中国の寺院や道観では、供物台の上におかれた「杯珓（はいこう）」をしばしば目にする。曲面・平面の二面をもつ、一対の木片（竹片）である。信者はそれをなげ、現われた面のそろい方で吉凶を占う。この行為は、目的こそ異なるが、「天意を聴く」という機能において、中国の伝統的な賭博の手法と一致する。

戦国時代から漢代にわたり（紀元前五—後三世紀）、曲面・平面の二面をもつ棒六本をなげ、コマを移動させるゲームが行なわれていた。その名を「博（はく）」という。「博徒」「博打（ち）」「賭博」など、ギャンブルをさす「博」の語源である。

魏晋南北朝時代（三—六世紀）にはいり、棒を一本へらしたゲーム、「樗蒲（ちょぼ）」が盛んになった。その棒は、曲面を黒、平面を白に塗り分け、さらに五本のうち二本については、黒面に牛、白面に雉（ち）のマークを加えた。この一セットの棒（「五木（ごぼく）」）をなげると、結果として現われる面の組合せは一二種類にのぼる。

二面をもった物体をなげるゲーム自体は、世界のいくつもの地域に分布するが、組合せの細分化と序列化において中国の樗蒲には到底およばない。北米先住民、オマハ族が用いる道具は、五個のうち二個にマークが描かれるという点で、樗蒲と完全に同一のパターンをもつ。しかし一九世紀の調査では、黒色と月のマークの「裏側」にそろうと勝ちになるという単純なルールしか発見されなかった。

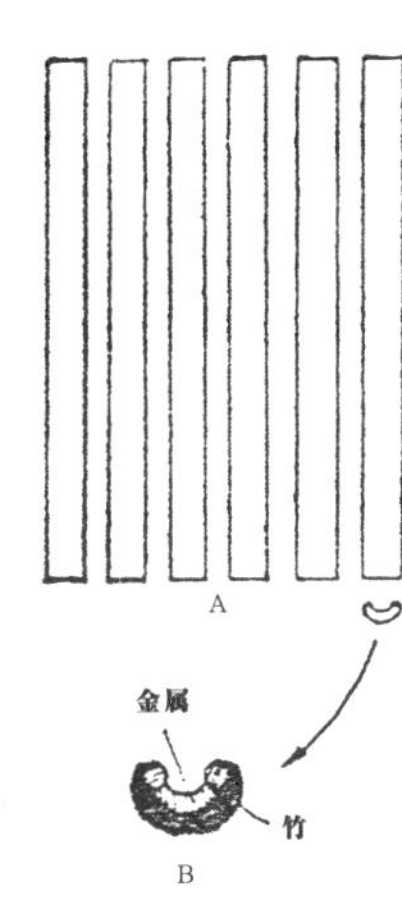

図3　博でなげる棒
（Aは平面・Bは断面）

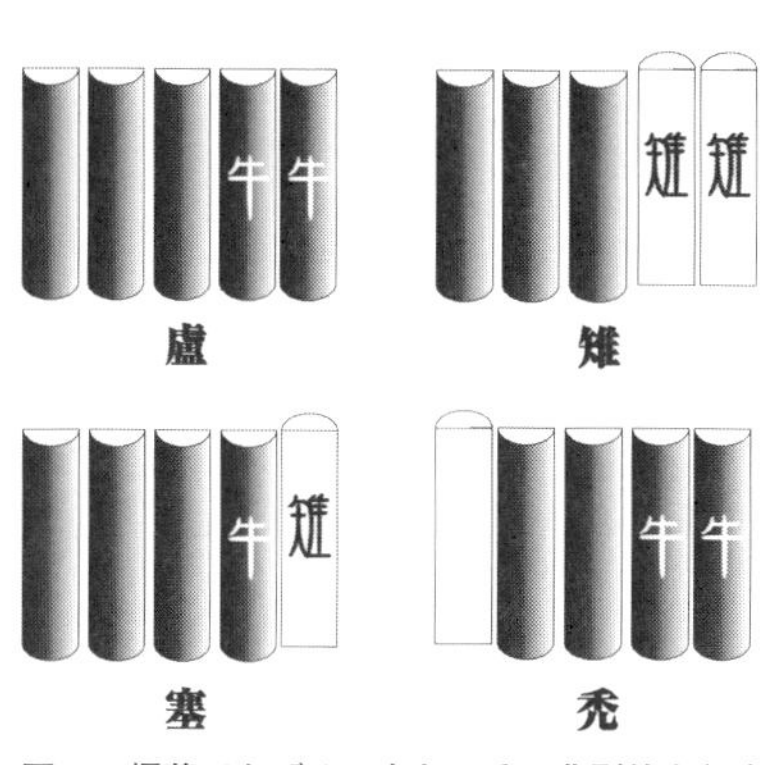

図4　樗蒲でなげる五木と，その典型的な組合せ

ちなみに、五木の二面の色とマークは、「陰」（黒と牛）・「陽」（白と雉）の二元論にもとづいており、一二種類の組合せにおのおの序列をもうける視点は、陰陽の組↓35合せから森羅万象の多様な属性を規定していく世界観に通じるものがあろう。

勝負のあや——組合せを凝視するまなざし

図4左上のように、五木すべてが黒にそろうと、最強の組合せ（「盧」）になる。二本だけ雉のマークがでると、第二位の組合せ（「雉」）になる。黒か白かという二元論ならば、四本とも黒色の面がでたら次点にしてもよさそうだが（現に他地域の「投げ棒」ゲームではそれが一般的）、樗蒲のルールでは、牛と雉の要素が加わるため、第四位（「塞」）あるいは第八位（「禿」）に落ちてしまう。この勝負のあやが当時の人々に鮮烈な印象を与えたのであろう。南北朝の史書は、同じパターンの勝負をくりかえし取りあげ、そこに異なる人物の運命やドラマをうつしだした。

東晋の将軍、劉毅は「雉」をだして、いならぶ諸将をやぶり、得意満面で「『盧』をだすまでもない」と嘲った。しかし次にひかえていたのは、かれにとって最大の天敵、劉裕（南朝宋の開祖）だ。劉裕は五木をなげて、たちまち四本を黒色にし、しかも最後の一本がころがりつづけるのを叱りつけて、みごと「盧」にしてしまう。現実でも、劉毅はのちに劉裕に討伐され、自害して果てた。

劉裕の孫、劉駿（孝武帝）のお気に入りである顔師伯は、それとは正反対に、「雉」をだした皇帝に勝ちを譲るため、「盧」がでた自分の五木を一本だけひっくり返し、「もう少しで『盧』がでそうでしたのに」と、ぬけぬけといった。まるで昨

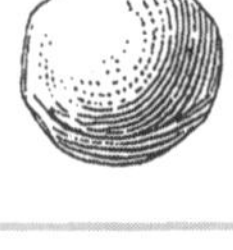

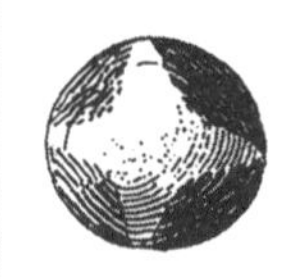

図５　オマハ族のサイコロ（５個で１セット）

今の接待マージャンのようだ。

一方、南朝梁の将軍、韋叡は、私欲のない高潔な人物として名高い。強欲な同僚の曹景宗が「雉」をだしたのを見て、「盧」になった自分の五木のうち一本をおもむろにひっくり返し、「おかしなことに『塞』になってしまった」と、とぼけた。傍若無人な曹景宗も、さすがにこの韋叡にだけは礼節をもって接したという。

擲銭――コインをなげる賭博

時代が宋（一〇―一三世紀）にくだると、「擲銭」賭博が社会全体にはびこり、さまざまな商品の交易にまで介在するようになった。客は複数の銅銭をなげて、その表・裏の出方を見る。もし規定の組合せ（多くは同じ面にそろうこと）になれば、少額の参加料だけで、商品が客の手にはいるしくみだ。そこで、またもや右に見たパターンのドラマが再演される。

たとえば、科挙で二位合格となった書生の予知夢である。夢のなかでかれが六個の銭をなげたところ、五個は裏返しになったのに、一個だけなかなか回転をやめず、結局、表側になってしまう。当然、商品は得られない。すると傍観者から「もう少しで『渾純』（すべて同一面がでる勝ち目のこと）になり、トップ合格だったのに」と惜しむ声があがったという（宋代筆記『閑窓括異志』）。

同様の状況はフィクションにも登場する。宋の徽宗朝をゆるがした梁山泊の好漢の一人、燕青は目の治療のために上京し、借金で一匹の魚を手に入れ、賭け商売をはじめた。ところが、客が六個の銭をなげると、五個すべてが裏側を向き、表側を

図６　元代戯曲『白兎記』（明刊本）に描かれた擲銭

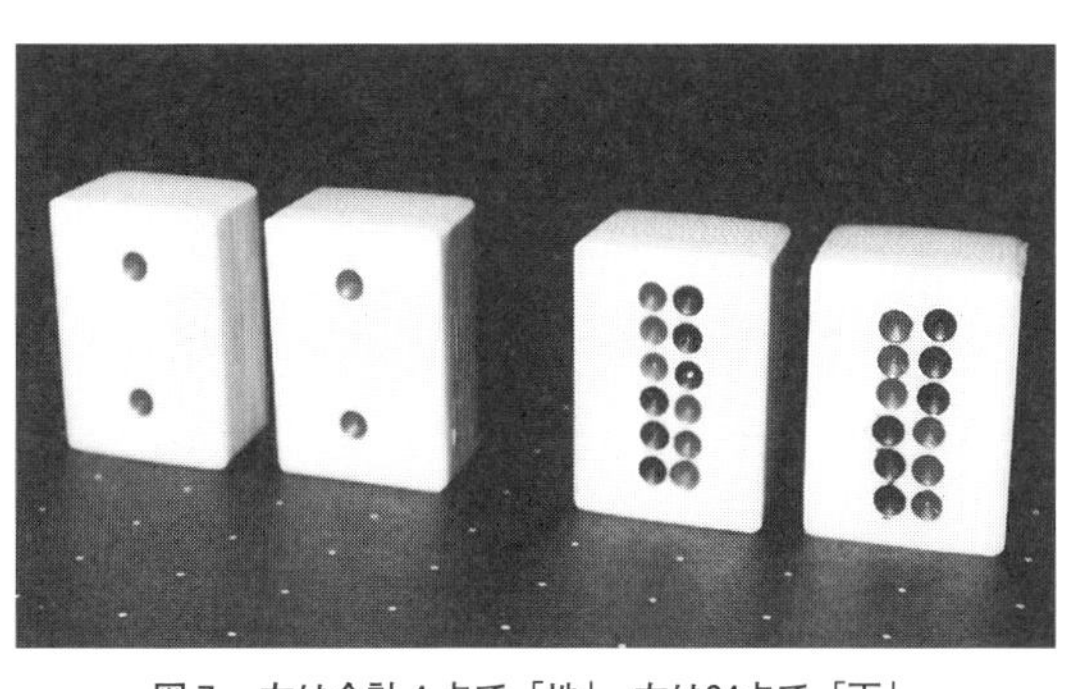

図７　左は合計４点で「地」，右は24点で「天」

向けていた頼みの綱の最後の一個も、クルクル回ったあげくに裏がえり、みすみす魚をとられてしまう（元曲『同楽院燕青博魚』）。

また、宋の初代皇帝、趙匡胤は若かりしころ、やはり魚を賞品とする賭けで客となった。八個の銭をなげ、七個すべてが裏側にそろったが、残りの一個がクルクルまわって表側になろうとする。しかし、天命で皇位を約束されていた彼だ。「裏！」と銭に叱咤するや、守護神が息を吹きかけてそれを裏側にひっくり返してしまう（清代小説『飛龍全伝』）。

骰子と骨牌

六面体のサイコロ（「骰子」）はおそらく中国で生まれたものではなく、仏教などと共に西方から伝わったものであろう。しかし魏晋南北朝以降、中国の地に根をおろし、複数（六―一二個）なげて出現した目の組合せに、さまざまな角度から分類をほどこし、序列をつけるという、特異な遊戯法に発達した。

さらにサイコロの目を二つ並べて一枚の板（「牌」）にした骨牌は、遅くとも明代中期（一六世紀）には完成し、図7のように「六・六」のペアを「天」（二十四節気なので）、「一・一」のペアを「地」（四方なので）などに見立てる、独特な象徴体系を構築した。ここでも多様な組合せと、その序列によって勝敗が決定される。

骰子と骨牌による運命とのたわむれは、現代中国でもなお現実生活のなかに息づいている。そしてまた、意のままにならぬ勝負と、人の運命とのからみあいは、明代以降、小説・戯曲に恰好のモチーフを提供しつづけている。

（大谷通順）

Column 6

革命バレエ『紅色娘子軍』

革命バレエ『紅色娘子軍（こうしょくじょうしぐん）』は、文化大革命期に作られた舞台芸術である。タイトルは「共産党の女子軍」という意味で、中国最南端の海南島に実在したゲリラ部隊の活躍を描く。西洋由来のバレエに器械体操を組み合わせた革命バレエは、軍服で踊る群舞など、なかなか実験的な作品である。中国共産党の芸術政策では、バレエや京劇といった伝統様式を現代化する試みが行なわれ、文革期には、それらが映画にもなった。党を賛美し、人民のお手本を示す革命バレエや革命京劇は、革命模範劇とも呼ばれている。

政治的制約のもとで作られたため、模範劇の主人公は必ず共産党の英雄で、敵の日本軍や国民党と戦って勝利する。その筋立ては単純だが、当時はほかの作品を作ることが難しかったため、模範劇に優れた人材が結集したという一面もある。残された映像をいま見ると、中国古典の換骨奪胎や西部劇のような勧善懲悪、超絶技巧のアクロバットなど、意外にも娯楽的な工夫が凝らされていることに驚くだろう。

『紅色娘子軍』は、衣装が斬新である。その主題歌に「むかし花木蘭（かもくらん）、いま娘子軍」と歌われるように、軍装の女性たちは、木蘭のように「男装」することによって旧社会から「生まれ変わった」とされる。だが実際には、ショートパンツから伸びた女性の脚線美こそが、文革当時の観客を魅了していた。謝晋（しゃしん）監督による同名の原作映画（一九六〇）では、ヒロインの男性指導者に対する思慕が映し出されるが、革命バレエではそうした描写は削除されている。むしろ女同士の水浴びや軍事訓練など、女性の軍隊生活がトウシューズによって表現されるところが、見どころであろう。

映画『妻への家路』（張芸謀（チャンイーモウ）監督、二〇一四）では、『紅色娘子軍』が時代の刻印として効果的に用いられている。文革期、バレリーナを目指す娘は、反右派闘争によって労働改造所に送られた知識人の父が逃走したため、『紅色娘子軍』の主役を逃す。やがて文革が終わり、一家が再会したとき、夢を絶たれた娘はもう一度だけ『紅色娘子軍』を踊る。だが、踊りきったときに父と娘が悟るのは、失われた家族の時間が二度と戻ってこないという現実なのであった。

革命バレエ『紅色娘子軍』の一場面

（田村容子）

第7章

周縁の愉悦

東洋で信仰されているという「菩薩」（キルヒャー『シナ図説』1667）

世界は愉悦に満ちている

最後の第7章であつかうのは、中国文化にうかがえる逸脱、過剰などといったテーマである。

一九八〇年代の初頭のことである。大学生になってから北京に遊んでいた私は、友人とともに、大柵欄（だいさくらん）という繁華街にある写真館におもむいた。ここでは、京劇の衣装を着て、さらにそのようなメイクもしてくれ、写真を撮ってくれる。いわばコスプレ写真だ。

館に入ると、いかめしい顔つきの着付けのおじさんが待っていた。私は、おそるおそるたずねてみた。

「女装にしたいのですが……」。

「なんだとオ?!」と、おじさんは、眉間にしわを寄せてこちらをにらみつけ、聞き返してきた。

「アノ、女装に……」

おじさんは、チッ！　と舌を打ち、ブツブツ言いながらも、メイクと着付けを始めてくださったのであった。

たとえば男と女には、それぞれしかるべき服装がある。それを乱すものを、中国では「服妖（ふくよう）」——すなわち「衣服の妖怪」と呼んだ。人はそれぞれ分に合った服装をすべきなのに、規範にはずれたヘンテコな服装がはやることを、一種の怪物現象とみなしていたのである。それは、世のなかに異変がおきる前兆とも考えられた。私が女装した時には、どんな天変地異がおきたのであったか、それはよくおぼえていない。

いずれにせよ、異様な服装までも妖怪の仲間に分類してしまうという中国人の博物学には、なにかしら愉しさを覚えてしまう。服妖を論ずる書き手たち——もちろん男たちである——の筆致は、いずれもきわめてマジメなのだが、そうであればなおさらだ。世界というものを、おもしろおかしく見ずにはいられない、かれらには、そのような癖（へき）があるのであろうか。

玩物喪志

「人を玩（もてあそ）べば徳（とく）を喪（うしな）い、物を玩べば志（こころざし）を喪う」というのは、中国最古の歴史書『書経（しょきょう）』の「旅獒（りょごう）」に見えることばである。

殷（いん）の暴君、紂王（ちゅうおう）を滅ぼした周の武王のもとには、諸国から祝いの品が届けられた。旅（りょ）の国からの貢ぎ物は、獒（ごう）という名の、人心を解する大犬であった。武王はこれを得て、たいへんに歓喜したが、それを見た忠臣の召公（しょうこう）は、君主が珍奇な物に熱中するあまり、政務をおろそかにしてしまうことを恐れ、そのことばをもって王を諫（いさ）めたのだという。

古代の偉人が、そのように懇切丁寧なアドバイスをして

くださったにもかかわらず、その後の中国の君主のなかには、さまざまな「物」を玩んで、なにもかも喪ってしまった者は、枚挙にいとまがない。それは美術品であったり、書物であったり、なにかしらの宝物であったり、美女であったり、はたまた、単なる金銭でもあった。かれらが玩んだ物には、われわれ異国の目から見て、なるほどと首肯ける物もあれば、首をひねらざるをえない物もある。

人びとの志を喪わせたさまざまな物のなかには、贋物もあったであろう。ところが、その行き着く果てには、贋物の創造そのものに志を喪った、というよりは、志のすべてを傾注させてしまった者たちもいた。これら贋物喪志の文化が、現在でもきわめて元気に繁茂していることは、周知のとおりである。

近年、北京郊外の某遊園地に設置された「似て非なる」異国由来のキャラクターたちが、著作権の侵害なりと世界の良識ある人びとから叩かれていたが、「あれは保存しておもしろがろうよ」などという不遜な発言は、ここではぐっとこらえて、呑み込んでおくこととしよう。

日本からの荷物

その中国も、しばしば沸きおこる反日運動の際などには、日本で作られた『西遊記』ドラマや映画の贋物ぶりをやり玉に挙げているのだが、こういうものは、相互に切磋琢磨して、贋物文化の水準を高めあいたいものである。

贋物として生まれた、そのような怪物たちは、それほどヤワではありえない。ほとぼりがさめたら、かれらはまた、どこからか、わらわら湧いて出てくることであろう。

戦争の記憶と幻想のあわいに生まれた、ドラマのなかの贋物としての日本人形象〈鬼子〉もまた、人びとを笑わせながら、いまでも元気いっぱい、凶悪を尽くして暴れ、正義の共産軍によって小気味よくやっつけられている。

その一方では、日本に由来するアニメの人気キャラクターのコスプレに熱中する若い世代がいる。オタクや腐女子やボーイズ・ラブ、男の娘といった、やはり日本渡来の概念は、すでに中国人が自家薬籠中のものとしている。

だが、その種の世界にどっぷり浸かる愉悦は、じつは近代以前の中国の物語世界において、すでにじゅうぶんな完成を見ていたようだ。ボーイズ・ラブも男の娘も、中国の古典文学をひもとけば、その元祖らしきものには、いくらでもでくわす。

それも、考えてみればあたりまえかもしれない。死の一歩手前、ぎりぎりの周縁にまで迫り、そこでしか味わえないあらゆる愉悦を追求してやまなかった、つまりはエロチシズムに勇猛果敢なかれらなのであるから。（武田雅哉）

47

贋物礼賛（がんぶつらいさん）——世にもまれなるモノと人

図１　雲に乗る中華風ミッキーマウス

ニセ物天国？

中国語の授業で学生に中国のイメージを聞くと、むかしは「自転車王国」であったが、近年は「ニセ物天国」といったものに変わってきている。どこかへんてこなミッキーマウス、耳のあるドラえもんなど、報道番組に映し出される粗悪なニセ物どものイメージが脳裏に刻まれているからであろう。こういった報道番組の構成の背景には、至高の真実のものはひとつであり、虚偽のニセ物どもはことごとく悪であるという考え方がひそむ。もちろん知的財産権や著作権は大切な考えである。そのいっぽうで、ニセ物、贋物を単純に悪とするだけでは、中国文化の豊かさをやせ細らせてしまう気がしてならないのだ。

魚香肉絲の秘密

ところで、中国に滞在する外国人留学生に人気の料理のひとつに「魚香肉絲（ユーシャンロウスー）」がある。いわゆる四川料理の一種であり、日本でもなじみの「青椒肉絲（チンジャオロウスー）」に豆板醤（トウバンジャン）などの調味料を加えたものだ。湖北省武漢（ぶかん）市に留学中のある日のこと、とあるレストランで魚香肉絲を注文したところ、ソウギョかコイの切り身が混じったものが出てきたことがあった。おかみさんいわく「うちのは本当の魚香肉絲だから」。これを聞いて、少し首をかしげてしまった。魚香肉絲の「魚香」の由来については、諸説

図２　魚の入らぬ偉大なる贋物？——魚香肉絲

があるものの、そのうちの一説に、魚を使わずに、肉と野菜と調味料だけで魚の香りを出す料理とするものもあるからだ。この説によると、おかみさんのことばは、本来の魚香肉絲としては大いなる誤解にもとづくものとなってしまう。魚香肉絲とは、魚を使わぬニセ物であることに価値のある料理であり、本物の魚を使ってしまっては、本末転倒になってしまうのだ。これは、肉を使った精進料理に意味がないのと、同じことであろう。つまり、ありふれた魚が重要なのではなく、またどこにでも売っている肉が大切なのでもなく、あえてそれらを使わずにその味を作り出すところに、これらの料理のポイントがあるのである。

図３　台湾・故宮博物院所蔵の翠玉白菜

白菜の価値

魚香肉絲と同じといっては突拍子もないかもしれないが、台湾の故宮博物院所蔵の「翠玉白菜（ツイユーバイツァイ）」についても、同じようなことがいえるだろう。この翠玉（ヒスイ）の彫刻は、故宮博物院の至宝のひとつに数えられている。参観者の長蛇の列に並んで、実際に目にしてみると、二〇センチ弱のささやかな彫刻作品ながら、その葉の緑と芯の白との、鮮やかな対比に目をうばわれずにはいられない。おまけに白菜には、バッタやキリギリスまで乗っていて、その精巧さに息をのむほどである。もちろん白菜が貞操の象徴であるとか、バッタが多産の象徴であるとか、さまざまな読み解きがなされるわけである。しかし、この翠玉白菜が驚嘆を誘うのは、やはり日常ありふれた白菜という野菜を、天然の奇跡とでもいうべき色合いの翠玉で精巧に彫刻しているからであろう。まさにありふれたものを、世にもまれなる材料と技巧とを使って、

あえてニセ物を作ることに価値があるのである。少し大げさになるかもしれないが、ここに肉と調味料だけで魚の香りを出す料理とされる魚香肉絲と同じ思想を見ることができるのではないか。両者に共通し、もっとも珍重されていることは、「奇」→50ということになるであろう。その「奇」を成り立たせているのは、リアルな魚や白菜ではなく、ニセ物が本来もつ「偽り」ということにあり、またその「偽り」を作り出すための、天の工（たくみ）を奪うかのごとき、人工の超絶技巧にあるのだ。したがって、魚入りの魚香肉絲のように、なんの工夫もなく、ベタな本物を使ってしまうことは、超絶技巧の否定になってしまう。また翠玉白菜を３Ｄプリンターでコピーし、プラスチックでその贋物を作るとき、やはり超絶技巧が否定されてしまうのである。だから、平凡な白菜の偉大なる贋物の、そのまたニセ物は、無造作にカバンに放り込まれる平凡な土産物のキーホルダーにしかならないのだ。

図４　偉大なる贋物を生きる人びと（映画『開国大典』）

生けるニセ物とその苦悩

いまひとつどうしても触れたいニセ物、いや、ニセ人がある。中華人民共和国の歴史を描いた政治宣伝映画にしばしば登場する、毛沢東（もうたくとう）→11や周恩来（しゅうおんらい）といった開国の元老のそっくりさん俳優である。たとえば、毛沢東であれば古月（こげつ）、周恩来であれば王鉄城（おうてつじょう）といった俳優が著名である。彼らのように、顔立ち、しぐさから方言のなまりまで、徹底的に似せることを求められた、生けるニセ物とでもいうべき人びとが、現代中国には存在するのである。開国元老が登場する映画の撮影の際、楽屋が北京の地下街にしつらえられたため、本番間近に毛沢東や周恩来のそっくりさんが地下

図５　本物の建国宣言

図６　毛沢東おばさん！

から地上にぞろぞろと登場し、とうのむかしに死んだはずの元老が目の前を歩いているので、街行く人びとが肝をつぶしたというエピソードが残るほどである。また近年は、四川省出身の陳燕（ちんえん）というかわいらしい名のおばさんが、人民服のコスプレをして、毛沢東のそっくりさんとしての人生を歩んでいるという。彼女のそっくりさんぶりは、ロイター電に乗って、世界中を駆け巡ったが、夫は「毛沢東を抱く気になれない」ということで、夫婦生活がなくなってしまったそうだ。

イーユン・リーの小説『不滅』も、毛沢東とおぼしき独裁者のそっくりさん俳優として生きることを決められた若者の苦悩を描いた作品である。独裁者にそっくりな主人公の少年は、古来、去勢された「男性」である宦官（かんがん）を輩出した村に生まれた。少年はやがて、国家的任務によって独裁者のそっくりさん俳優となり、「偉人」のニセ物としての人生が始まるのであった。栄光を極めた人生の影で、彼は四〇代になっても童貞でいなければならず、ついに変装をして買春をしてしまうが、それを写真に撮られて、生活の糧をうばわれてしまう。そっくりさん俳優というニセ物としての人生を奪われた彼は、故郷にもどり、母の墓前でみずからの男根を切り落とし、現代の「宦官」とでもいうべき男性のニセ物としての人生を生きることを決断する。この『不滅』という作品は、偉人のニセ物たるそっくりさん俳優と男性のニセ物たる宦官という、贋物のつむぎだす、永遠の物語を語ったものである。

この生きる贋物の苦悩を目の当たりにするとき、中国文化を支える魚香肉絲、翠玉白菜などの、さまざまな贋物たちの苦悩を想像したくなってきてしまう。贋物は、まさに偉大なり、である。

（齊藤大紀）

48

エロスの文学と性学——節度を超えた豊饒の世界

図１　「思無邪匯宝（しむじゃかいほう）」は47冊になんなんとする中国ポルノグラフィの全集である

みんな悩んで……

孔子さまは、好色の戒めを残しておられる。「若い時は、血気が不安定なので、女色を戒めねばならん」（『論語（ろんご）』「季氏」）、「どうしようもないね。女を好むように徳を好む者など、わしゃ見たことがないよ」（『論語』「衛霊公（えいれいこう）」「子罕（しかん）」）——これらはいずれも、孔子がのたもうたおことばである。孔子さまも、そのお若い時分には、さぞや女色で苦悩されたということかもしれない。

『礼記（らいき）』には「飲食男女のことは、人の大いなる本能である」（礼運）とあるし、『孟子』には「食と色とは、人の本性である」（告子章句上）と、これを自然なものとして認める発言がある。孟子そのひとは、梁恵王に、「王が色を好むのは、必ずしも悪いことではありません。一般人と同じようになされませ」とアドバイスをしたというのであるから（梁恵王下）、古代の聖賢たちも、節度を守るかぎりにおいては、好色には寛大であったといえるだろう。だが、その「節度」が問題であった。悠久の歴史を誇る中国では、節度を超えまくった人たちが、しばしば現われたからである。それらは史実としても記録され、またフィクションとしても語られた。これこそは、世界に冠たる豊饒を誇る中国のエロティック文学なのであった。

図3　男たちは恋人に春画を見せたがる。『肉蒲団』の主人公は，堅物の妻を教育すべく，多くの春画を買ってきて見せる

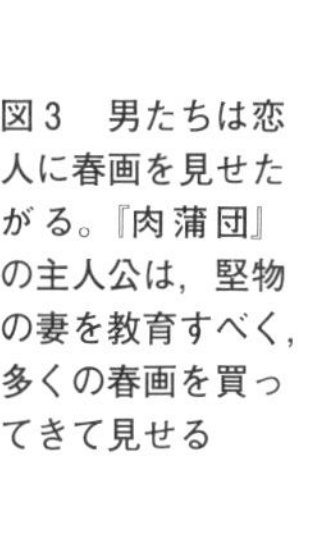

胬巨則始投凹中甚覺其苦而後漸覺其樂至於相
投以入不覺凹中之美眞有莫得而形容者也巨者妙處
如凸者恥則始雖不見其甚苦繼亦不見其甚樂也
予益疑焉曰何苦而能樂不苦而反不樂何也婦曰
女之凹者如含蕚封苞菡萏之形其凸之始進時生
澁燥緊覺凸之無微不巨也所以愈巨也愈痛予曰
然則何如而樂也少婦曰然凹之內又有肉舌含花
花蕊微動男子垂首至其處覺便翕〻然暢美則苦
漸去而樂漸生矣惟微而短者鮮能至其處則不見
其樂故必巨而長昂而大爲能充滿乎凹中盡力揉

図2　凹凸が乱舞するページ（『痴婆子伝』）

中国のポルノグラフィ

そのはじまりを問えば、きりがないが、たとえば最古の詩集『詩経』にもエロティックな表現は多く見られる。唐代、張文成の『遊仙窟』は、黄河源流域に出張した男が、そこで美人姉妹と遊びまくるというはなし。やり取りされる歌も、多くの性的な隠語を含んでいて、妓楼での遊びを秘境譚に仮託したものらしい。中国では早くに散佚したが、日本の留学僧が手に入れてもち帰り、大切に保管されてきたものだ。日本の寺院は、中国ポルノグラフィの忠実な保管庫でもあったのである。↓37やはり唐代の詩人、柳宗元が書いた小説『河間伝』は、貞女から淫婦へと変貌し、ならず者とのセックスに明け暮れするひとりの女を描いた、背筋の寒くなるような異色作だ。

通俗小説の隆盛を見た明代には、ポルノグラフィがめじろ押しだ。小粋なおばあちゃんの一人称体で語られる『痴婆子伝』は、隣のおばさんから性の知識を教えてもらった女の子が、年下の従弟と初体験をして以来の奔放な性遍歴の物語だ。西鶴にも影響を与えたといわれている。「凸」と「凹」とが乱舞する文字列も楽しい。

明末の文学者、李漁の作とされる『肉蒲団』は、プレイボーイ未央生の半生を描いたものだが、主人公は、みずからのペニスに犬のペニスの筋肉を移植して、パワーアップさせるという、人体改造手術を体験する。

作者不明の『金瓶梅』は、ポルノグラフィとしてのみならず、近代小説の幕開けともいえる傑作である。正義の好漢たちが活躍する、子供じみた物語『水滸伝』のストーリーの途中から、金と性をめぐる欲望渦巻くパラレルワールドに分岐していき、大人の物語に転じていくという設定もおもしろい。

図4　近代の房中術書
『男女秘密種子奇方』

房中術書と功過格

中国では、古来、性の科学、テクニックを説いた房中術書がさかんに編まれたが、それらはポルノグラフィとしても読むことができた。もっとも著名なものが、六朝期の『素女経』であろう。黄帝と素女の対話で進展する、セックスマニュアルであるが、素女は、陰萎に悩む黄帝の相談に乗ったりもする。おもしろいのは、幽霊とのセックスにあたって、体を壊さぬための注意までが提供されていることだ。言われてみれば、なるほど、男が女の幽霊や妖怪と交わる物語は、中国にはことかかないのである。まったくもって、いたれり尽くせりと感心するほかない。

清朝も末期になり、中国がウェスタン・インパクトに曝されるや、房中術書にも変化がおきる。陰陽五行説→35を基調とする古来のそれに、欧米や日本から流入した近代科学が融合し、電気学で男女のことを説明する本なども刊行される。中華民国期には、張競生など→54によって「性学」が提唱され、男女関係にも近代の風が吹きつけるようになったのであった。

ところで中国には、功過格と呼ばれる、一種の生活自己評価本がある。さまざまな行動について、功と過に分類され、それぞれにプラスとマイナスのポイントが示されている。これをもとにして、日々、みずからの行動を反省しようというものだ。では、好色の罪はどれほどなのか？　次に掲げるのは、その一例である。

▽尼僧を強姦したら地獄に堕ちる。▽寡婦や生娘を強姦したらマイナス一〇〇〇点。▽下女を強姦したらマイナス五〇〇点。▽女性の顔のことに言い及んだらマイナス一点。▽美女をじろじろ見たらマイナス一点。▽邪念を抱いたらマイナス五点。

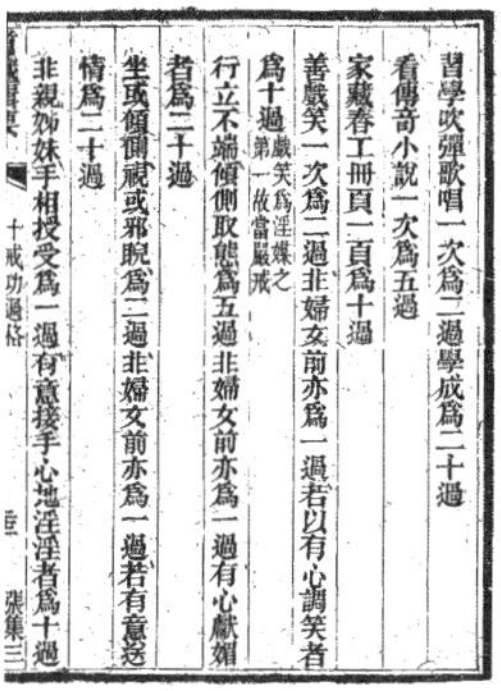
習學吹彈歌唱一次爲二過學成爲二十過
看傳奇小說一次爲五過
家藏春工冊頁一頁爲十過
善戲笑一次爲二過非婦女前亦爲一過若以有心調笑者
爲十過戲笑爲淫媒之第一故當嚴戒
行立不端傾側取態爲五過非婦女前亦爲一過有心獻媚
者爲二十過
坐或傾倒或邪睨爲二過非婦女前亦爲一過若有意送
情爲二十過
非親姊妹手相授受爲一過有意接手心地淫淫者爲十過
十戒功過格　張集三

図5　3行目に「春工冊頁(エッチなえほん)を家蔵すれば，一ページにつき十過と為(な)す」とある（「功過格」）

▽イヤラシイ夢を見たらマイナス一点。▽エッチな小説を読んだらマイナス五点。
▽家にエッチな絵本をもっていたら、一ページにつきマイナス一〇点。
逆に、エロ本を焼いたりすれば、ポイントはぐんと加算されて、地獄に落とされる確率も減少するというわけである。さあ、みなさんも自分で採点してみよう。

エロ小噺も古典の磁場に

中国の豊かな性の世界は、現代においても健在だ。最後に紹介する艶笑譚は、それが現代のものであっても、古典文学の磁場のもとにあることを教えてくれる。

ある病院で、盲腸の手術を受けにきた男がいた。手術前に陰毛を剃らなければならないので、ひとりの老看護婦が担当した。まだ剃り終わらないうちに、老看護婦に電話がかかってきたので、彼女は若い看護婦にあとを任せると、電話に出た。

あとで二人の看護婦は、洗面所で一緒に手を洗う。老看護婦が言った。

「いまどきの若い男どものあいだでは、刺青(いれずみ)が流行っているみたいだけど、あの患者はとんでもないわね。あなたも見たでしょ。アソコに字を彫っているのよ。『一(イー)流(リウ)』という二字を！　なにが『一流』よねえ！」

それを聞いた若い看護婦が、首をかしげて言った。

「あら、二字なもんですか。あたしが見たのは『一江春水向東流(イーヂアンチュンシュイシアンドンリウ)』の七字でしたわ」

——「一江春水向東流（一江(いっこう)の春水(しゅんすい)、東に向かいて流るる）」は、唐代、李煜(りいく)の詞(はうた)『虞(ぐ)美人(びじん)』に見える文句である。


（武田雅哉）

49 異性装と同性愛——逸脱の想像力

「男扮女装」の中国

「わが中国のもっとも偉大にして、もっとも永遠、かつもっとも普遍なる芸術は、やはり男が女に扮することである」。一九二五年に発表された一文において、魯迅（一八八一―一九三六）はこう述べている。当時は、京劇の女形梅蘭芳（メイランファン）（一八九四―一九六一）の全盛期であった。しかし魯迅は、「男扮女装（ナンバンニュージュアン）（男が女に扮する）」の女形のことを、「無性」の宦官と並べて皮肉り、それが中国を代表する「芸術」としてもてはやされることに、冷淡な視線を注いでいる。

一九三〇年、梅蘭芳は初めての渡米公演を行なった。これは中国にとって、自国の文化を西洋世界に誇示する一大イベントであり、演目の選定にも西洋人の視線が意識された。同行した劇作家斉如山（せいじょざん）の回想によれば、このとき梅蘭芳に纏足↓21・54の娘を演じさせる案も検討されたという。二〇世紀の中国において、西洋人の前で中国男性が「女」の役を演じることで賞賛を浴びたという事実は、しばしば劣位に置かれた後進国のアイデンティティと結びつけて論じられている。

中国において、異性装とは階層化されたジェンダーを前提としたものである。したがって、男性が女性に扮することは、みずから被支配者の役割を引き受けることとみなされた。二〇世紀後半、そのような階級制度を打破しようとした中国共産党の政権下で、伝統劇の「男扮女装」が廃れていったのは、むべなるかなといえるだ

図１　漫画に描かれた梅蘭芳。二階席から，双眼鏡でかれの姿を追いかける女性客たち

図2 「鉄姑娘」，1970年代の女性電気工

ろう。

そのいっぽうで奨励されたのは、「女扮男装（ニューバンナンジュアン）」である。一九六〇年代から七〇年代にかけてのプロパガンダ芸術に、女形にかわり登場したのは、「鉄姑娘（ティエグーニャン）」（鉄の娘）と呼ばれる男勝りの女性労働者や、女性兵士であった。彼女らは「男性化」（→コラム6）することにより、活躍の場を与えられたのである。文化大革命期の革命模範劇には、男性指導者の後継者たる女性像も好んで描かれた。そのことは、男性を主とする両性の階層関係が、同時期においてもいささかも揺るがなかったことを示している。

相公と同志

中国の読み物や演劇には、「男扮女装」があふれている。その中には、男同士の性愛を描く例も枚挙にいとまがない。男性間の性愛を指し示す語彙もまた、豊富である。たとえば「断袖（だんしゅう）」は、漢の哀帝が美男の董賢（とうけん）と共寝したとき、かれを起こさないよう、その身体の下に敷かれた袖を断って起きたという故事にもとづく。「分桃（ぶんとう）」は、衛の霊公に寵愛された弥子瑕（びしか）が、桃が美味だったので霊公に分け与えたところ感激されるが、容色が衰えた途端、食べ残しを与えたと非難された話である。かように、男色は中国の性愛文化の欠くべからざる一角を占めている。

「男扮女装」や男性間の性愛を描くフィクションが繚乱の様相を呈するのは、明清時期である。清の陳森（ちんしん）の小説『品花宝鑑（ひんかほうかん）』（一八四九）には、清末の北京を舞台に、役人の子弟やお大尽らと男同士の才子佳人劇を繰り広げる、美貌の男妓たちが登場する。宴席に侍ってうたをうたい、酒や余興のお相手をするかれらは、「相公（シャンコン）」と

図３　童僕に女装させ，相公遊びに興じる人びと

呼ばれた。相公は、おおむね十代の修行中の役者が兼業しており、女形の中には相公出身の者も少なくない。これには、一七世紀以降、清朝が役人の芸者遊びを厳しく取り締まったため、男妓がもてはやされるようになったことも関連している。

『品花宝鑑』には、腹をくだした寺の小僧を犯して糞便をひっかけられる回など、少年をもてあそんだ権力者が、痛烈なしっぺ返しをくらうという話が見られる。こうした描写からは、「耍姦（ジージエン）」あるいは「雞姦（ジージエン）」と称される男性同士の性行為が、当時としても蔑視の対象であったことがうかがわれる。それゆえ、社会的な弱者が強者をやりこめる筋書きを、男同士の性愛によって描いたところが痛快なのだろう。

二〇世紀以降、とりわけ中華人民共和国成立後は、相公は「不健全」な文化とみなされた。しかし世紀末から二一世紀にかけては、異性愛中心主義が見直されつつあり、男色文化に焦点をあてた研究や文芸作品も増えている。台湾では、『品花宝鑑』のスピンオフ作品『世紀末少年愛読本』（呉継文（ごけいぶん）著、一九九九）も生まれている。「同志（トンジー）」といえば、一九九〇年代初頭あたりまで、中華人民共和国のよき人民同士が互いを呼ぶときの呼称であった。ちかごろでは、男同士や女同士、そのほか多種多様な性的指向の仲間を指す用語として使われている。

反串の思想

ところで、異性装と同性愛は、重なり合うものではない。『品花宝鑑』に描かれる相公の中には、生業として男色に従事しているだけの者も多い。また、中国の「男装の麗人」として有名な少女花木蘭（かもくらん）は、→27老父の代わりに従軍するために男装し

図４　男装して学ぶ祝英台（右）と梁山伯（連環画『梁山伯と祝英台』）

図５　京劇『辛安駅』の周鳳英

た。いまひとり、『梁山伯と祝英台』の伝説で知られる祝英台は、女性が学問をゆるされなかった東晋の時代、男装して杭州に遊学し、兄弟子の梁山伯に恋をした。女性による男装は、娘が家から外に出るための手段のひとつだったのである。

女性同士の性愛は、「磨鏡」（鏡をこする）、「磨豆腐」（豆腐をひく）といった語彙であらわされる。中国の春画にしばしば描かれる、女主人の性行為を介添えする侍女や、明末清初の李漁の戯曲『怜香伴』にその例を見ることができるだろう。

異性装と同性愛をつなぐキーワードに、「反串」という言葉がある。「串」とは役に扮することを指し、反串とは本来の専門とする役柄以外の役を演じることである。

梅蘭芳の渡米にあたり準備されたという、纏足を見せる演目とは『辛安駅』である。この劇には男装して強盗をはたらく娘周鳳英が登場するが、劇中、娘役の彼女が、男役の太い声でうたってみせるのが反串にあたる。『辛安駅』では、周鳳英が押し入った部屋の男に恋してしまうものの、「かれ」は実はお嬢様を守るために男装した侍女だったというオチとなる。すなわち反串とは、役柄によって決められた演技の型があってはじめて成立する、いわばコードの逸脱を楽しむ余興である。

異性装や同性愛もまた、社会において定められた強力な規範をずらしたり、飛び越えたりするものであるがゆえに、時に禁忌とみなされるのだろう。中国において、異性装や同性愛をめぐる虚構がかくも発達してきたことは、伝統的規範の強靭さと、それを逆手にとって遊ぶ想像力のたくましさを物語っている。

（田村容子）

50 猟奇と驚異——事実は小説よりも奇なり

図1　乞食行為を禁止するマーク

日常か、非日常か

民国期の中国大陸に赴き、その地の風俗を極めて好意的に、大らかな筆致で描き出した後藤朝太郎は、『支那の体臭』の中で、こう言っている。「南支にまた北支にと到るところ奇々怪々に感ぜられる出来事、驚異に値する椿事勃発することがあっても、それは日本人が勝手に感受しているだけのことであって、支那の社会や各人の間では驚きも恐れもせず、一向平気である」（「支那猟奇行脚」）。これはつまり、日本人にとって中国は、非日常で溢れているようにも見えるが、中国人にとってそれは日常に過ぎない、といった指摘である。

確かに中国にいると、日本ではまず見ない光景に出くわしたりする。たとえば、夕ぐれ時の広場を散歩していると、どこからともなく中年の男女が現われ、大音量の音楽とともに、社交ダンス大会が始まったりする。近ごろ「広場舞」なるダンスもあるといい、ときに騒音が近隣住民とのトラブルを引き起こしているそうだ。また地下鉄で坐っていると、汚れた身なりをした子どもに駆け寄られ、逃げられない中で、しつこく小銭をせびられたりする。物乞いも、地下鉄代くらいはあるらしい。取り締まる側の人と追いかけっこしているのを見たこともある。中国ではこんなこと、驚くにも値しないような、ありふれた場景なのだろうが、しかし日本人は、なんとも言えない気持ちとともに、異国の思い出として大切に持ち帰るのである。

図2　公園にて，ダンスを楽しむ人びと

日本人は昔から、シルクロードや中華料理や山水画など、中国文化の壮大で華麗で、そして幽遠な部分を愛してきた。しかし同時に、纏足→21や宦官や街頭の乞食→24・52など、どこか得体の知れない部分に、一貫してざわつく思いを抱いてもきたのである。つまりは中国の、日本にはないスケールの「人の営みのさま」が、われらの猟奇的な欲望を満たす対象であり続けている、そんな風にも言えるかもしれない。

喰らう人びと

「猟奇」ということばには、現在、「猟奇趣味」「猟奇殺人」など、反社会的な行為であるような響きがある。しかしとくにそういったニュアンスを持つようになるのは、中国では近代になってからのようである。「奇」字はそもそも、珍しく素晴らしいことを形容することばでもあって、たとえば「奇人」は「変わった人」ではなく「素晴らしい人」であり、「奇抜」は「変わっているさま」ではなく「抜きんでて素晴らしいさま」を言う。「奇貨居くべし」は『史記』「呂不韋伝」に由来するが、珍しい品はとりあえず手元に置いて値が上がるのを待とう、といった意味のことば。書名に「伝奇」「述奇」などのことばが用いられることがあるが、これらも大方、その対象を肯定的に伝えよう、もしくは述べようとしている。

珍しいことと変なことは、たいがい隣合わせである。とりわけ食べ物についてのそれは、みなの関心を集めやすい。ただし、犬や虫といったソフトな「ゲテモノ食い」くらいでは、今の日本人はもう驚かない。広東に「龍虎鳳」という料理があり、蛇と猫と鶏を煮込むそうだが、聞いても「あの国ならありそう」くらいのものだろ

う。中国人の食の貪欲さを真に知るためには、まず明代・李時珍（りじちん）『本草綱目（ほんぞうこうもく）』[23]を紐解かねばならない。この中国薬草学の集大成には、草木鳥獣虫魚はもちろん、鉱物や人体およびその排泄物を含めた、世界のありとあらゆるものが、せっせと中国人の胃袋に収められてきたことがうかがえるからである。

二〇世紀初めに活躍した東洋学者、ベルトルト・ラウファーの『土壌嗜食考（どじょうししょくこう）』（一九三〇）は、世界の土食の記録を集めた奇書であるが、冒頭の「中国」の章を読んだならば、「人類が何を食べ得るか」の幅が広がる契機の一つに、飢饉があることがよくわかる。しかも中国において飢饉とは、遠い昔のはなしでもなく、五〇年代の末に、農村を中心に全土を襲った大飢饉は、いまだ人びとの記憶に新しい。この時期の餓死などによる死者を、四〇〇〇万人と推定する学者もいるほどで、その時期の中国人たちの「非常食」については、ジャスパー・ベッカーやフランク・ディケーターらが詳細に記録している。

王兵（ワンビン）の映画『無言歌（むごんか）』（二〇一〇）は、当時の「反右派闘争」により、政治的に罪に問われた者たちが、甘粛の砂漠で強制労働に従事させられた事実を映像化したものである。食糧不足の極限状態の中で、ネズミや人肉のみならず、人の嘔吐物にまで食指を伸ばすさまが収められる。過去に中国大陸を定期的に襲ってきた飢饉が、近い将来、中国に再び訪れない保証は、どこにもない。

図3　『無言歌』DVD 表紙

売血のもたらしたもの

余華（よか）『血を売る男』（一九九五）は、大金が必要になる度に血を売る男の話である。

図４　『中国の血』表紙

図５　街中にある無償献血を推進するポスターより。切り紙風。一滴の血が本人のみならず一つの家族を救う，といったメッセージが込められている

中国において売血は、昔から貧者の採り得る手段の一つだったというが、それは一九九〇年代、政府の主導により、産業規模で行なわれることになる。四〇〇ccの採血で五〇元が渡されたとも。しかし売血は農村に人民元のみならず、ＨＩＶウイルスをもたらした。原因の大半は、注射器の回し打ちや成分抽出後の再輸血といった無知による。なにより、事件が発覚した当時、この病は世界の多くの人びとにとって、まだまだ、麻薬や乱れた性行為といった「不道徳さ」を想起させた。

世界にこの一件を広く知らしめた書には、ピエール・アスキ『中国の血』（二〇〇四）がある。本書は下層の被害者たちに寄り添う綿密な取材を下敷きに、事件の背景、事後策、子ども同士の差別やいじめ、「特効薬」を携えて突如現れる偽医者、エイズで伴侶を亡くしたエイズ患者同士の再婚、政府から配られた薬の激しい副作用についてなど、事件にまつわるさまざまな「驚くべき」ことを告発する。

同題材の映像作品には、ルビー・ヤン『中国　エイズ孤児の村』（二〇〇六）があり、これはＨＩＶウイルス保持者として産まれ落ちた子どもに焦点を当てたドキュメンタリー。また小説作品に、閻連科『丁庄の夢——中国エイズ村奇談』（二〇〇五）があり、これはすでにエイズが蔓延している丁庄なる村の出来事を描いている。

これらの「驚くべき」中国を描いた作品からは、隣国の抱える闇の深さと大きさを実感させられる一方で、その状況を「一向平気である」かのように、たくましく乗り越える中国人の姿を、うかがうことができる。ただし、われらがその闇を、書物越しにうかがう心理の奥底には、お化け屋敷をおとなうにも似た、若干の猟奇的関心が潜んでいることも、また否めないのである。

（加部勇一郎）

51 サブカルチャー――SF小説とその周辺

図１　映画『三体』（2016年７月公開予定）の監督張番番氏（左）と原作者の劉慈欣氏（右），そして彼らを取り囲むＳＦファンたち

ＳＦの台頭

新中国のＳＦは一九五四年鄭文光（一九二九―二〇〇三）の『地球から火星へ』が始まりだとされている。その後、政治的な理由で何度か抑圧された時期もあったが、劉慈欣（一九六三―）の発表した『三体』（二〇〇六）が爆発的な人気を得ることにより、ＳＦは社会現象の一つとなった。『三体』のあらすじは以下の通りである。中国はかつて秘密裏に宇宙探索を行なっていた。その結果、絶滅の危機に瀕していた宇宙文明、「三体文明」が地球の存在を知ることになる。彼らは飛び抜けた科学力で地球に干渉し、大艦隊で侵略してくる……。この『三体』は科学的要素のみならず、歴史、哲学、文学などあらゆる知識を駆使し、非常に鋭い政治的な文脈も含んだ作品である。その結果、多方面から高い評価を受け、英語をはじめさまざまな言語で翻訳された。二〇一五年、ＳＦでは世界的権威のあるヒューゴー賞の長編部門で、初のアジア人作家、初の翻訳作品での受賞となった。中華圏では『三体』の評価により、純文学雑誌や新聞などでもＳＦを取り上げるようになり、現在は純文学とＳＦの境界線があいまいになりつつある。

ＳＦ雑誌では一九七九年に創刊された『科幻世界』がもっとも長く続いており、中華圏ＳＦの中心となっている。二〇〇九年には「新幻界」というＳＦ中心のインターネットサイトが創設され、それまで紙媒体が中心であった雑誌形態に大きな改

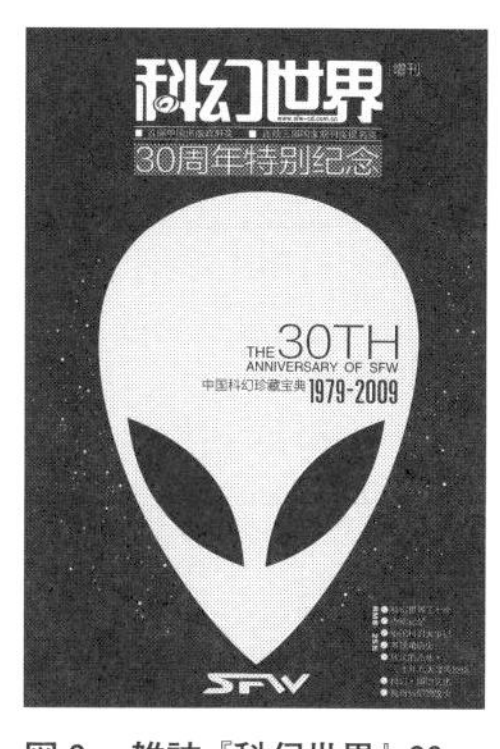

図２　雑誌『科幻世界』30周年特別記念号表紙

図３　董仁威氏近影

革をもたらした。「九州」というサイトでは、架空の世界を作り上げて共有し、複数の作家が同じ世界観で作品を発表するという、シェアード・ワールド形式で人気を博した。その後も多くのサイトやＳＮＳが登場し、それに伴って新人賞も次々と創設されている。

また、董仁威などＳＦを愛する人物の個人的な援助によって支えられていたＳＦ大会も、企業の参入が相次ぐようになり、ここ数年で毎年何回も、さまざまな団体がいろいろな土地でイベントを開催するようになった。大陸のＳＦファン活動の特徴として、読者層、活動の中心が若い年代に集中していることも挙げられる。各大学、高校、時には中学のＳＦサークルが積極的に活動しており、同時に作家や編集者、北京師範大学教授である呉岩氏のような研究者たちも進んで若者たちの育成に取り組んでいる。これは日本のＳＦ黎明期である六〇、七〇年代に、やはり中学生や高校生たちがＳＦ同人誌を作成しファン活動をしていたのと非常によく似ている。

中華圏のＳＦブームは小説だけにとどまらず、アニメや映画、ゲームなどの分野にも進出しており、最近ではアメリカ在住の作家・翻訳家であるケン・リュウ（劉宇昆）によって、多数の優れた作品が英語訳され海外に紹介されている。ケン・リュウ自身、創作分野では世界中で高い評価を得ており、日本でもＳＦの大賞である星雲賞を受賞している。彼の短編集『紙の動物園』は濃厚なアジア文化の香る作品集で、中国や日本、華僑をモチーフとしている。たとえば「もののあはれ」では日本人の青年が、父親から教わった日本人的な文化と哲学をもとに、宇宙船の未曾有の危機に立ち向かっていくさまが描かれる。ケン・リュウの作品は非常に繊細で、

図４　『制服至上』表紙

かつ欧米圏にとって魔術的に見える漢字や折り紙をうまく活用して異国情緒味あふれる世界観を生き生きと表現しており、アジアと欧米圏を結びつけるのに成功している。

なお台湾ではベテランＳＦ作家・黄海（こうかい）を中心とした若手作家の育成が活発に行なわれており、大陸ＳＦ関係者たちとの交流も盛んである。台湾では大陸ほどＳＦを発表する場がなく、台湾作家たちは純文学雑誌に投稿したり、大陸で発表したりと活動の場を広げる努力をしている。

萌えとオタク

中国では古くから、狐や蛇、幽霊などが美女や美少女に変身し、人と関わる物語が多く描かれ、今でいうところの「人外（じんがい）萌え」に相当する、人間以外の存在に愛着を抱く嗜好がすでに根ざしていたと想像される。最近はインターネットの発達によって容易に情報交換できるためか、日本から輸入された「萌え」と「オタク」という概念はそのまま中華圏に根づき、日常的に用いられる言葉となった。また「萌（モン）」や「御宅（ユージャイ）」から派生して、家にこもって外出せずにゲームやインターネットばかりするような人を呼ぶ「宅男（ジャイナン）」「宅女（ジャイニュー）」という新しい中国語も生まれた。しかし逆に、中華圏から日本に入ってくる「萌え」もある。たとえば台湾のイラストレーター蚩（し）尤（ゆう）の『制服至上』という画集は台湾女子高生の制服イラストを集めたものだが、日本でも大いに話題となり、第二弾が発売された後、東京でサイン会が行なわれたほどである。

大陸ではネット上にボーイズ・ラブ（男性同士の恋愛）作品を掲載した女性が逮捕されるなど規制が厳しくなっているが、それでも日本作品の影響は大きく、日本のアニメや漫画、ゲームのみならず日本人声優のファンなども多数存在している。ここ数年は同人誌即売会やコスプレ大会なども盛んに行なわれるようになり、コスプレの仕方を説明する専門書まで発売されている。また日本でも話題になっている女装男子も登場し、ネット上で自分たちの写真を発表、好評をもって迎えられるなど、新しい気運が高まっている。なお台湾では大陸のような規制がないため、さらに多くの日本の作品が紹介されており、いろいろな分野で若手作家が次々と登場している。

ミステリー小説

ミステリー小説は大陸でも台湾でも主要な一大ジャンルで、翻訳ものが中心である。西洋のものだけでなく、日本のミステリーが強い人気を誇り、熱烈なファンを生んでいる。特に台湾では、複数の新人賞を創設して自前のミステリー作家を生み出そうと努力しており、多くの若手作家が誕生している。日本のミステリー作家島田荘司は二〇〇八年より島田荘司推理小説賞を創設、二〇〇九年より「アジア本格リーグ」の選者として、アジアミステリー界に多大な貢献をしている。受賞した寵物先生（ミスター・ペッツ）、陳浩基（サイモン・チェン）の作品は日本で翻訳出版されており、また二〇一四年には台湾ミステリーの短編集が電子書籍として出版された。二〇一五年にはクラウド・ファンディングによって、寄付を募って華文ミステリー小説の日本語訳を出版しようとする運動があり、募金額を満たして企画が成立、二冊の出版が決まっている。（山本範子）

52

江湖と黒社会――侠客と芸能のつながり

「侠士」「侠女」たち

たとえば『史記』の「刺客列伝」や「遊侠列伝」では、義侠心ある人物が生き生きと描かれていたが、その彼らは古くから侠士(きょうし)や侠女(きょうじょ)と呼ばれていた。唐代伝奇小説においても武力の達人として数多く登場する。超人的な力を持ち、普段は市井(しせい)に紛れて暮らしているが、必要な場面では恐るべき能力で主人公を助けたり、敵と戦ったりするのである。

『崑崙奴(こんろんど)』では黒人奴隷がお坊ちゃまの恋を助けるために大活躍、『聶隠娘(じょういんじょう)』→27では幼少期に謎の尼僧にさらわれて特殊訓練を受けた美少女が、凄腕の暗殺者となって戻ってくる。「侠(きょう)」と呼ばれる存在は、必ずしも義侠心が必要なのではなく、並外れた武術の力だけでも対象となったようである。明代になると『水滸伝』、清代には『施公案(しこうあん)』などの作品において、複数の侠士たちが熱い友情や義理人情とともに活躍するようになる。『児女英雄伝(じじょえいゆうでん)』(清代末)のような侠女の物語も民衆に愛され、受けいれられてきた。しかしどれほど賞賛されようとも、やはり「侠」は「異人」である。彼らは「江湖」と呼ばれる、江(かわ)と湖を意味する世界、つまりは広い世の中を放浪するしかなく、安住した普通の生活を営むためには、その技能を捨てるか隠すしかないのである。

図1　見事な入れ墨を持つ史進（戴敦邦画）

図2　チョウ・ユンファの代表作『英雄本色』シリーズ

梁山泊のアウトロー集団

『水滸伝』は梁山泊と呼ばれる山塞に集った一〇八人の英雄豪傑たちの物語である。宋代に実在した反乱を基に、明代に、当時の政権を批判する意味合いを込めて作られた。語り物から発生した個々の故事が長編小説にまとめられたが、魅力的な登場人物や見せ場に満ちており、民衆から大きな支持を得た。

人気の高い悲劇の英傑・林冲、漢気あふれる、素手で虎退治をした武松、入れ墨見事なハンサム・史進、義理人情厚い首領・宋江、手のつけられない暴れん坊ながらボスの宋江にとことん忠実な李逵など個性豊かな好漢たちが、朝廷にいる汚職官僚から金銀財宝を奪い、戦う。最終的には罪を許されて皇帝に仕え、異民族と戦うものの、腐敗した官僚たちに陥れられて宋江は殺され、梁山泊は滅びる。

中国で英雄豪傑というと最初に浮かぶのがこの『水滸伝』だが、実際には人殺しをして逃亡の果てに梁山泊にたどりついたものなど、決して清廉潔白な人物たちばかりではない。むしろ、明らかなアウトローである。現代で言えば、強盗集団にすぎない。それでもこの物語や人物たちが愛されたのは、腐敗した政治に対する憤りであり、自由気ままに暴れまわることへの憧憬からである。

映画やドラマの世界でも、『水滸伝』や『施公案』は人気であったが、同様に現代を舞台にしたアウトローを描く作品も多く作られつづけている。一九八〇年代には、香港映画で黒社会（ヤクザ）を描く作品がブームとなり、『英雄本色』（邦題『男たちの挽歌』一九八六）などの名作が生まれ、のちに「古惑仔」系列（黒社会もの、特に若いチンピラ）が大流行した。

図3　80年代，将来の男女比率について取りあげたマンガ。科学の進歩により男女の産み分けが可能になり，男児を望む人びとが増えた結果，世界が男だらけになる未来を描いている（方唐作）

芸能集団の果たす役割

中国では、古くから芸能と乞食[24]は密接にかかわっていた。王のお気に入りの道化師や侏儒などについての記述も多く残っている。

唐代伝奇の『李娃伝（りあでん）』では、科挙のために都にやってきた青年が美しい妓女に入れあげるところから始まる。お決まりの転落人生のあと、病に倒れて道端で死にかけていた主人公を拾ったのが、葬儀屋たちである。当時の葬儀屋は非常に身分が低く、見下された存在だったが、皮肉なことに無一文の青年を救うのはその、貧しい彼らなのである。主人公は意外なことに歌の才能に目覚め、葬式の際に歌う挽歌の名人となる。葬儀屋集団とは歌や踊りなどを披露する芸能集団でもあったのである。しかしこのことが父親にばれて、青年は半殺しの目に合わされてしまう……。父親にとって、自分の息子が生きていたという喜びよりも、このような下賤な民とともに暮らしていることのほうが許せないのである。ちなみに主人公はこの後、恋しい妓女に救われて一念発起、勉学に励んで成功を収める。

史書の中にも、軍隊の中に芸人や楽人がいたという記述は多い。中には、軍隊が行軍する前に、先に芸人を派遣して人形劇を各地で上演させながら、その土地をスパイさせ、情報を得たうえで軍をすすめたという記事もある。芸能集団は定住せず流浪していたことが多かったため、このようにスパイになりやすかったものと思われる。同じことは乞食集団にも該当し、集団同士での情報交換などが行なわれたとされる。ほかにも、『桃花扇（とうかせん）』（一六九九）という演劇では、講釈師が機密情報を運ぶ密使の役割を果たしており、虚構であるとはいえ、人びとにとって芸能イコール

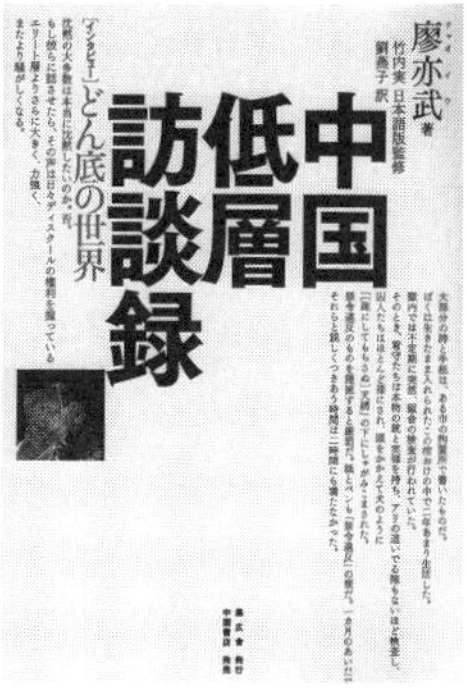

図４　『中国低層訪談録　〔インタビュー〕どん底の世界』表紙

スパイというイメージがすでに根づいていたことを示しているものといえよう。

現代の児童誘拐と戸籍のない子供たち

現在も中国では道端で乞食を見かけることが少なくない。電車の中で子供に歌を歌わせて親が乗客に金をせびる光景にもでくわす。このような乞食たちは独立して存在しているのではなく、それぞれにショバが定まっており、ほとんどの場合は背後に黒社会が存在していると言われている。現代の中国では児童誘拐が多発しているが、そのうちの何割かが乞食をさせられているという。

一九七九年より中国ではじまった一人っ子政策↓30の結果、新たな問題が頻発するようになった。後継ぎとして男児をほしがる家が多かったため、女児が遺棄されるようになり、その頃の子供たちが結婚適齢期になった時にはいびつな男女比率が成立し、結婚できない男性が出てきた。嫁不足を補うために若い女性がさらわれ、売られる事件が多発したが、背後には専門の誘拐・売買組織が存在しているとされた。

しかし二〇一五年、中国では一人っ子政策の見直しを発表。二人目の子供を合法的にもつことが可能になった。これまでの一人っ子政策では、二人目以降は莫大な違反金を払う必要があり、そのため役所に届け出ずにこっそり産み育てて労働力にする「戸籍のない」子供たちも多く存在していた。現在、この子供たちが成人し、学校に通えなかったばかりか、病院にも行けず、結婚も就職も難しいという大きな社会問題が生じている。

（山本範子）

53 日本と日本人——幻想の異人、現実の隣人

「倭」から「日本」へ

中国における日本についての文献をさかのぼると、かの有名な『漢書』「地理志」の一文、「楽浪海中に倭人(わじん)あり。分かれて百余国をなす」にいきあたるだろう。三世紀の『三国志』「魏書」にある東夷(とうい)伝には、「魏志倭人伝」として知られる「倭人」の記述が見られる。「東夷」とは、中国を中心とする世界観における、東方の辺境を指す。倭人は裸足で、身体に入れ墨をしており、赤い顔料を塗っていると書かれており、これらは古代中国の人びとにとって、天子の教化の届かぬ地に住む異人の姿であった。女性については、「婦人は淫らならず。妒忌(とき)せず」とある。一体だれと比較しているのだろう?

一〇世紀の『旧唐書(くとうじょ)』には「日本」が登場するものの、倭国の別種とされており、その認識は心許ない。一四世紀の『宋史』において、はじめて日本は「外国伝」として扱われるようになるが、これはその編纂が元代であったことによる。一七世紀に至ると、王圻(おうき)の編纂した『三才図会(さんさいずえ)』などに、日本人の図像がさまざまに描かれるようになった。それらは、想像の産物という意味では、古代中国の地理書『山海経(せんがいきょう)』→32に出てくる不思議な動物や異人たちの延長線上にあるものと考えられる。

いずれにせよ、歴代中国の史書において、日本の記載はつねに朝鮮半島諸国の後ろという扱いである。ところが、一八九四年にはじまる日清戦争によって、この華(か)

夷（い）秩序は転倒し、日本は中国の敵国となった。そのあたりから、中国における日本人像は、かつての「辺境の異人」に加え、「一足先に近代化をとげた隣人」という顔をもつようになった。日本についての情報量が格段に増えた時代になっても、相変わらずこの二つのイメージのあいだで、中国の日本観は揺れ動いているようだ。

図１　中国東北部の寒さに凍える日本兵（『点石斎画報』）

鬼が来た！

清末の絵入り新聞『点石斎画報（てんせきさいがほう）』には、日清戦争の戦況が報道されており、敵として描かれた日本人像を眺めることができる。この時期に注目すべきは、日本の蔑称としてかつての「倭」がふたたび用いられるようになったことだろう。「倭兵」の姿は、情けなく弱々しく描かれている。日清戦争後、清から割譲された台湾は、「大日本帝国」の一部となった。一八九五年から一九四五年までのあいだ、この地に住む人びとはにわかに「日本人」となり、日本語や日本名の使用、日の丸の掲揚、「君が代」の斉唱など、皇国の民として振る舞うことが求められたのである。

ところで、日本人の蔑称として、現在もっともよく知られているのは、「日本鬼子（リーベングイヅ）」→23であろう。「鬼子」とは、人にあらざるものを指す言葉で、異人の蔑称としても用いられる。もとは西洋人に対して使われていたが、日本が西洋の真似をして「帝国」を名乗るに至り、この名を襲名することとなった。やがて一九三一年の満洲事変から、四五年の日本降伏にかけてのあいだに、鬼子はすっかり日本兵を指す言葉として定着してしまったのである。

日本鬼子のイメージは、戦時期に描かれた敵としての日本兵の姿が、中華人民共

図２　『紅灯記』の鳩山

図３　清末上海の「東洋茶室」（『点石斎画報』）

和国期に作られたプロパガンダ芸術の中で誇張され、一九五〇年代に固定したといわれる。戯画化された鬼子の総決算的人物といえば、映画『紅灯記』（一九七〇）に登場する憲兵隊長の鳩山であろう。鳩山に扮する京劇の名優袁世海は、もとは『三国演義』の曹操など大物の敵役を演じていたが、ダミ声によって鬼子の演技を確立した。メガネ、チョビ髭、デブという容貌と、中国人俳優がカタコトの中国語によって日本兵を演じる方法は、その後の映画やドラマにおける鬼子像にも引き継がれている。しかし、文化大革命が終わり、九〇年代以降になると、中国映画の日本兵像もさまざまに模索されはじめる。映画『鬼が来た！』（姜文監督、二〇〇〇）のように、日本人俳優を起用したり、「漢奸」と呼ばれる対日協力者にも焦点をあてたりすることで、鬼子をめぐる想像はますます豊かにふくらんでいる。

日本女性幻想

日清戦争前の『点石斎画報』には、清末の上海にあらわれた「からゆきさん」、すなわち日本人妓女の姿も登場する。辺境を意味する「化外」にたとえて描かれた「東洋茶室」周辺のにぎわい、あるいは当時の妓女の番付である「花榜」に見られる「東洋妓女」の礼賛といった現象は、上海の男性客のあいだに、妓女を通した日本女性幻想が形成されていたことを示している。

　こうした日本女性幻想は、日清戦争を経て、両国の関係が変化したことにともない、いささか屈折したものになったようだ。一九一〇年代から二〇年代にかけて、日本に留学経験をもつ中国人作家たちは、それぞれの日本女性体験を小説に描いた。

図4　山口百恵が表紙に描かれた連環画『絶唱』

郁達夫（いくたっぷ）の『沈淪』（一九二一）は、性の悩みに煩悶する中国人留学生が主人公である。かれは日本の同級生や女学生の視線におびえ、孤独と復讐心にさいなまれながら、一方で家主の娘である日本女性への好奇心が抑えられず、彼女の入浴をのぞき見てしまう。また、放蕩留学生と淫らな日本女性像を描いた不肖生（ふしょうせい）の『留東外史』（一九一六―二二）は、中華民国期に版を重ねるベストセラーとなった。

一九七八年、中国と日本のあいだに「日中平和友好条約」が結ばれると、中国では日本映画熱がにわかに高まる。六〇年代からはじまった文化大革命のため、長らく外国映画に触れる機会が限られていた人びとのあいだで、日本人俳優は一挙にあこがれの存在となった。とりわけ、男性は高倉健、女性は山口百恵が二大スターといえるだろう。中国を訪れた際、日本では引退して久しい「山口百恵（シャンコウバイフィ）」の名前を、いまだに中国人の口から聞くという体験をした日本人も少なからずいるのではないだろうか。山口百恵の主演作品は、連環画の形式でも人びとに親しまれた。

ちかごろでは、日本女性への好奇心は、「女優（ニューヨウ）」や「雅美蝶（ヤーメイディエ）」という新たな中国語に、脈々と受け継がれているようだ。中国語の「女優」は、かつては伝統劇の女優を指したが、現在ではもっぱら「A片（エーピエン）」（アダルトビデオ）の出演者に使われる。「雅美蝶」は、「女優」のセリフ「やめて～」に漢字を当てたネットスラングであり、中国語の発音で日本語を真似るやり方は、日本鬼子の口癖とされる「八嘎呀路（バガヤルー）」とも共通している。中国の幻想の中のちょっと不思議な日本と日本人像は、古代から今まで、現実の隣人が自分では描くことのできない肖像画を見せてくれる。

（田村容子）

54

乳房へのまなざし——結んで開いて、結んで開いて……

図１　生臭坊主は，通俗小説の主要なテーマのひとつであった。絵は『西廂記』の画集から。下女の紅娘を誘惑する僧侶の法聡

足と胸に向けられる視線

明代末期の『僧尼孽海』は、僧や尼僧を主人公にしたポルノ小説集だが、その一篇「永寧寺の僧」は、ひとりの靴フェチのお坊さまが、人妻を見初め、法を講じて女の寝室から靴を盗ませるというもの。僧は靴を手にして、詩を吟ずる。——「おお、靴よ、靴よ！　あなたが欲しいのに得られず、気も狂わんばかり。いま靴が手に入ったけど、わたしたちがひとつになるのはいつの日か？」

女性の足は、男性の想像力の、もっとも集中するところであり、それゆえに最後まで隠されるべきものであった。さらに纏足↓21という技術で小さな足に変形されることで、審美的価値が与えられた。では乳房に対する関心はどうなのだろう？

晋、陶淵明の『閑情賦』は、元祖変態文学として、歴代評論の毀誉の分かれるところであったが、その「十の願い」と称される部分は味読に値する。——「願わくは……あなたの服の襟となり、その香りをタップリかぎたい！　帯になって、その細い腰をやさしく締めてあげたい！　髪につける油になって、その黒髪を梳かしてあげたい！　あなたの敷物になって、か弱い体を休ませてあげたい！　靴になり、あなたの素足にピッタリくっついていたい！……」と、一〇の願望がシャウトされているのであるが、ここを見ても、足への情念はあっても、胸についてはなにも触れられていないのである。

図２　中国最初のブラジャー会社「発藝」の広告（1930年代）「精工製裁　美観大方　如不満意　随時可換」とある

多様な乳房観

女性審美をテーマとした詩文で見るかぎりでは、乳房は、足のみならず、髪、腕、手、皮膚、首、歯、眉、眼などの女性身体の他の部位にくらべても、関心の度合いはたいへん薄弱であるように見える。だが、明清時期の通俗小説、とくにポルノグラフィに散見する性交描写においては、そこに登場する男たちは、女たちの乳房に手をのばし、これを玩弄することに、いささかの躊躇も見せていない。この種の描写が展開しているページには、「酥胸」「酥乳」「鶏頭肉」などの文字が乱舞している。前二者は、「乳製品のようなやわらかい乳房」を意味し、「鶏頭肉」は、唐の玄宗皇帝が楊貴妃の乳首を見て、「剥いたばかりの鶏頭肉（オニバスの種）のようだね！」と形容したという、宋代・劉斧『青瑣高議』に見える故事に由来する。

乳房へのさまざまな複雑な観念は、文学にせよ絵画にせよ、多様な媒体によって表現の度合いに差別化が見られるようでもある。乳房に対する関心と無関心とは、複雑で多層的な乳房観と乳房表現の現われであろう。

足と乳房の解放？

伝統的には、足も乳房も、束縛されることで、価値を与えられていた。纏足のほうはよく知られているが、乳房については、抹胸、小馬甲、肚兜などといった、胸の隆起をおさえて平らにする機能をもつ下着が奨励されていた。〈天足〉すなわち天然の足を主張し、纏足を廃絶しようという運動は、一九世紀末から、西洋人や中国の知識人によって唱導されていたが、纏足の意味づけは複雑であり、そこから女

図３　『紅嫂』を京劇に改編した『紅雲崗』の連環画。乳房については自己規制

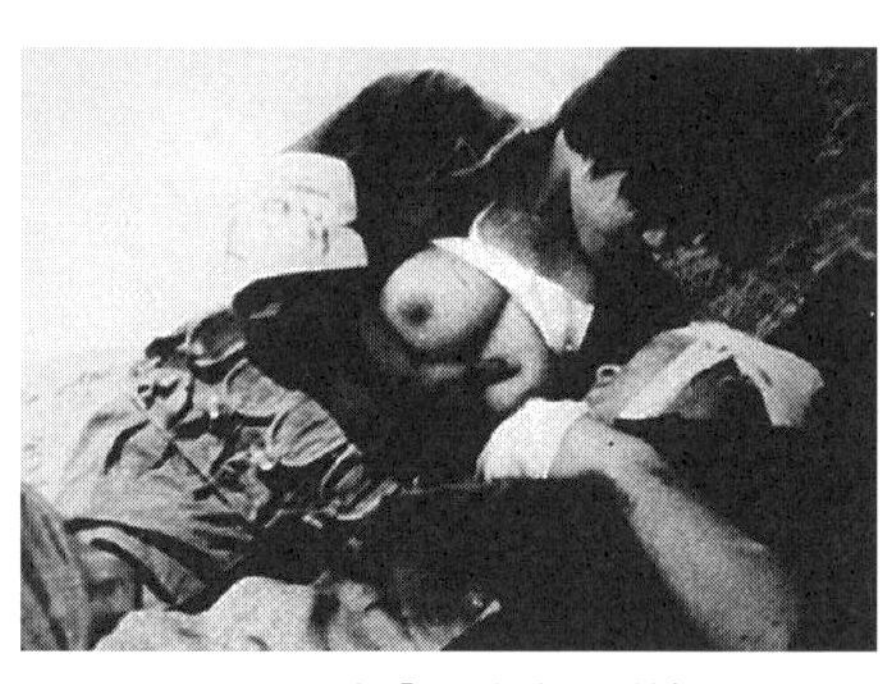

図４　やらせ写真「八〇年代の紅嫂」女性の民兵が，解放軍の負傷兵に授乳する

性を解放すべき悪習であるといった単純な見かたには、警戒を要するであろう。

纏足に遅れること二〇年、乳房の解放は、一九二〇年代、やはり知識人の唱導によって進められ、こちらは〈天乳〉運動と呼ばれた。その趣旨は乳房の束縛への反対であり、胸を束縛する下着類の廃絶である。これは、女性解放・民族革命・国家富強などの文脈でも語られた。〈大奶奶主義〉を提唱した、アメリカ帰りの胡適、あるいは性学を提唱した張競生らが、その主要な論者であったが、欧米式のブラジャーなど西洋のファッションを紹介した、『北洋画報』や『良友画報』などのグラフ雑誌の存在も忘れてはならない。体のラインを強調する旗袍→21（いわゆるチャイナドレス）が流行し、文学作品に乳房の表現が増えていくのも、この時期であった。

社会主義中国における乳房

一九四九年以降の社会主義中国において、公然と語られるべきは、授乳という機能を持つ「正しい乳房」であった。また、中華人民共和国において提唱された「男女平等」とは——別に中国にかぎらないが——「女が男になること」にほかならないため、とくに文革期には、女の肉体を強調するのはうしろめたいことであり、少女たちは胸を平らにすることをみずからに強いたともいう。

実話にもとづく劉知侠の小説『紅嫂』（一九六一）は、国民党軍との戦闘で死にかけていた八路軍の兵士を発見した人妻が、とっさの機転で、みずからの乳房を兵士の口に含ませて救うというもので、革命美談とされた。だが、これを図像化するにあたっては、ある種の自己規制がかかり、演劇や連環画では、乳をいったん水筒に

図５　1992年の連環画『紅嫂』

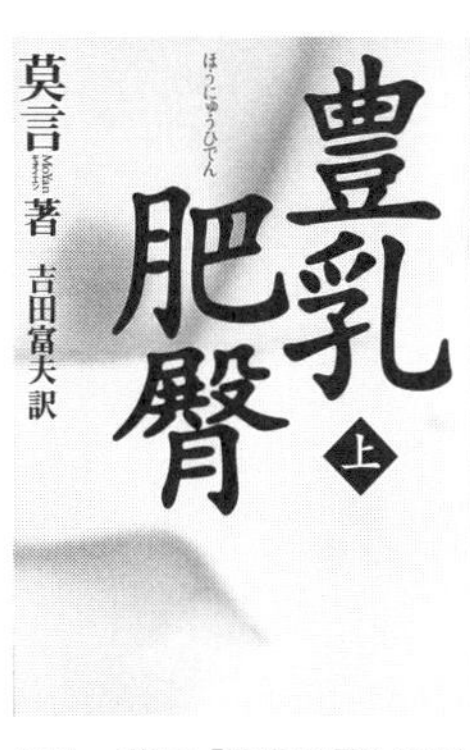

図６　莫言『豊乳肥臀』表紙

入れてから飲ませるといった表現が採用された。

人妻の行動は「紅嫂精神」と呼ばれて讃えられた。中越国境紛争（一九八四）の際には、負傷した解放軍兵士に、乳房をあらわにして授乳する若い女民兵の写真が撮られ、「八〇年代の紅嫂」として全国的に宣伝されたが、のちに、やらせ写真であったことが明らかになった。二〇〇八年、四川大地震のときの救援活動では、衰弱して救い出された子供に、みずからの乳を飲ませた婦人警官の行動が、紅嫂精神の名で称賛された。九〇年以降は、自己規制も過去のものとなり、正しい乳房は堂々と露出してよろしいものとされているようだ。

文革も終熄して世情も落ち着いた、一九八〇年代の初頭。北京の王府井大街に出現した女性下着専門店のウィンドーには、ブラジャーを着用したマネキン美女が、ぎこちないポーズを取らされていた。そのウィンドーの前に人だかりをなしていたのは、「おじさん」たちであった。そこは、うら若き女性にとっては、彼女らのための場であるにもかかわらず、とうてい近づきがたい、禁断の空間だったのである。だが、改革・開放の嵐は、一瞬にしてこの国の下着事情を変貌させた。一九二〇年代をなぞるかのように、乳房は西欧化していき、現在にいたっている。

文学や芸術の分野においては、「正しい乳房」「革命的な乳房」にあらずとも、エロティシズム、母性、大地のもつ寛容さなどのイメージを付与されて、乳房はさかんに表現されている。莫言（ばくげん）の『豊乳肥臀（ほうにゅうひでん）』（一九九五）は「恋乳症（れんにゅうしょう）」の男が主人公。おかみから睨まれはしたが、世界の多くの読者を魅了している。

（武田雅哉）

図1　ワン・フーのロケット飛行

55 翔んでる中国人——*Il faut aller en Chine pour voir cela !*

最初のロケット乗り？

いまや宇宙旅行も、国境を越えた飛行士たちによっておこなわれる時代になったが、ロケットによる有人飛行をはじめて試みたのは、明の時代の中国人であったとの伝説がある。それによれば、その勇気ある飛行士は、弟子に命じて四七本の固形燃料ロケットをたばねたものに点火させたものの、次の瞬間、装置は大爆発。飛行士は星屑になってしまったのだそうだ。ある中国語文献にそう書かれてあると、ヨーロッパの研究者が紹介しているのだが、いかんせん原典が行方不明なので、真偽のほどはわからない。その飛行士の名前は、ワン・フーと綴られているが、いったいどんな漢字があてられていたのかも不明のままである。だが、その偉業に敬意を表してかどうか、月の裏側のあるクレーターは、ワン・フーと命名されている。

風に乗って

中国人の天空への空想旅行譚を通覧してみると、ワン・フーのような巨大な爆発力を用いた、重力からの脱出——それは現在のロケット飛行のような——は、きわめてまれであると断言できる。六朝期には、黄河に浮かんでいた謎の筏に乗って河を遡るうちに、天の河に到達してしまった男の話があり、その主人公は、漢代に西域に旅をした張騫→8であるともいわれている。これなどは、ゆるやかな傾斜のある水

図2　玄宗皇帝，月に遊ぶ

図3　西洋の飛翔機械の紹介

平移動を、ゆるゆるとおこなうことで、天という高みにまで到達してしまうという方法である。ロケットのような垂直方向への飛行ではない。あの唐の玄宗皇帝にも、月に橋を架けて、楊貴妃とともに月世界での宴会に参じたとの伝説がある。[→8]

飛翔の楽しさを形容することばに、「列子が風に乗るよう」というのがある。『荘子』「逍遥遊篇」に由来するものだが、近代のニュース報道などでも、気球や飛行船の飛行、あるいはなんらかの飛翔機械の発明を伝える記事に、好んで引用される常套句のひとつである。また、『列子』「黄帝篇」では、仙人となった列子は、「木の葉やかわいたモミガラ」のように飛ぶ、いや、むしろ吹き飛ばされるのである。東風が吹けば西へ、また西風が吹けば東へと、また、なんらかの目的のためでもなく、飛翔そのものが目的なのだ。このあたりのカラッポ性、むしろカラッポそのものを飛翔のエネルギーに転換しようという飛翔力学の思想こそは、数千年にわたる中華風飛翔計画の、主要な学派と見なしてよいのかもしれない。

空飛ぶおじさん

清朝末期の絵入り新聞には、空を飛ぶ術をもつおじさんのことが書かれている。その人の名は王仙槎。その名はすでに、かれが「空飛ぶ人」であることを語っている。「仙槎」――「仙界のいかだ」とは、黄河から天の河に行った男が乗った筏――すなわち宇宙船――の美称なのであるから。その四〇歳ほどのおじさんは、口のなかで呪文を唱えながら、指で地面に護符を書きつけた。かれがその上に立つと、その体はゆっくり浮遊しはじめた。上昇してからは、時速五〇キロで飛行できるの

図４　王仙槎おじさんの飛行術

だそうだ。王おじさんは、かつて軍隊に籍を置き、その飛翔能力を生かして敵情を偵察する任務にあたっていたのだという。すでにそのころ、気球を使った戦術のことがメディアに紹介されていたが、王おじさんには、出世の欲もないので、軍隊をやめたのだという。この報道は不思議なリアリティをもって迫ってくる。中国の軍隊では、むかしから、こんな兵隊さんがフツーに働いていたのだろうなあ。もしかしたら現在の人民解放軍も、このような特殊部隊を擁しているのかもしれない。

中国人はいつもさりげなく飛んでいる

ジュール・ヴェルヌの『征服者ロビュール』（一八八六）は、ある男が発明した空飛ぶ戦艦の物語である。物語は、世界各地で、天空から響きわたるトランペット音が聞かれるという不思議な事件で幕を開ける。この怪現象の正体をめぐって、さまざまな憶測が地球上を駆けめぐった。各地の天文台は、それぞれ自信のない解釈を発表し、互いに論争しあった。ただひとり自信ある態度をとったのが、中国は山東半島、威海衛（いかいえい）の天文台長であった。かれは断言した。――「それは単なる空飛ぶ機械にすぎない」と。「なんたる冗談！」と、全世界はこの見解に対して、さんざん皮肉を浴びせた。ところがその正体は、東洋の天文台長が落ち着きはらって主張したとおり、「単なる空飛ぶ機械」にすぎなかったのである。

清朝の末期、中国人は好んでヴェルヌのSF小説を読んでいた。あの魯迅（ろじん）も、若い時期に『月世界旅行』や『地底旅行』を訳していたのである。ヴェルヌを読んで興奮した中国の書き手たちは、翻訳だけでは飽き足らず、空飛ぶ機械が登場する、

図５　清末のＳＦに書かれた飛翔機械

図６　『必死の逃亡者』原書挿絵

ヴェルヌばりの模倣作を書きはじめた。ところが同時代のヨーロッパ人にとっては、中国人は、「単なる空飛ぶ機械にすぎない」と言い捨てて平然としているような、端倪すべからざる「翔んでる」人びとと幻視されていたのだから愉快である。ヴェルヌは、というより、ヴェルヌをとりまくヨーロッパの中国観は、中国人が、空を飛ぶくらいのことでは騒がない、超謹厳にして超飄逸なる人びとであることを、どこかで感得していたのだ。そして、ロケット飛行士第一号のワン・フーさんもまた、そのようなヨーロッパの中国幻想が咲かせた大輪の花であったのかもしれない。

ヴェルヌには、中国人を主人公にした、そして中国を舞台にした冒険小説『必死の逃亡者』（原題は「ある中国人の中国における受難」一八七九）がある。舞台は清朝末期の中国。人生に退屈して自殺志願を抱いている大富豪、金馥（キンフー）青年は、「最近エディソン氏によって最終的な完成段階に達した蓄音機」によって、恋人に声の手紙を送るのだから、さながら中国版スチーム・パンク冒険ＳＦだ。

政治上のピリピリした騒動ばかりが聞こえてくる昨今だが、ただいまの中国と中国人とても、異人が幻視した「中国」に負けず劣らず、奇態（きたい）な国であり、奇態（キタイ）な人たちなのに相違ない。かれらはこれから、どのような方法によって、どこまで飛んでいくのだろうか？

いま、『必死の逃亡者』の末尾を飾っていることばを、謹んで剽窃することで、われらが『中国文化　55のキーワード』を締めくくるとしよう。

ヴェルヌはこう書いている。――それを見るには、中国に行く必要がある！（イル・フォ・アレ・オン・シーヌ・プール・ヴォワール・スラ）

（武田雅哉）

Column 7

洪水との戦い

攻めてくる敵と戦うことを「抗（こう）」という。大陸進出を謀った日本と戦ったのが「抗日戦争」であり、朝鮮動乱の際に、美国（アメリカ）と戦うべく、現在の北朝鮮を援助したことを「抗美援朝（こうびえんちょう）」という。日本でもしばしば報道されるのが、中国での「抗洪（こうこう）」のニュースだ。かの国はしばしば大洪水に見舞われて、北も南もたいへんなことになる。古来、「抗洪」すなわち洪水対策は、たいへん重要な国家事業であり、歴代の為政者は、この作業に追われていたのであった。古代の伝説的な帝王とされる禹（う）は、自分の家庭も顧みず、黄河の治水工事に専念したというエピソードで有名だ。

一九九八年の夏、私は山西省にいたのだが、テレビも新聞も、全国各地で発生した洪水関連のニュースを、連日のように報じていた。多くの人命や財産が失われたのであるから、相当に深刻な事態なわけである。規模が違うとはいえ、日本ならば、そういう事態になるというと、アナウンサーは沈痛な面持ちで被害報告をするものだ。ところが中国では、少し様子がちがっていた。

テレビでは、「抗洪」に従事した人民解放軍兵士の自己犠牲の精神による活躍、あるいはその時の最高指導者であった江沢民（こうたくみん）が現地に視察に赴いた話だの、上下（しょうか）あげての感動的なエピソードの数々が、時々刻々と報ぜられていた。それらの「美談」が、すぐさま詩に綴られて朗誦されたり、歌曲としてうたわれたり、はたまたお芝居になって上演されるのであった。

たまたまチャンネルをつけた、あるバラエティ番組では、大きなペットボトルに入った水の「一気飲み大会」が挙行されていた。いったいなにごとかと見守っていると、会場の客たちは、「イッキ！　イッキ！」と大合唱。チャンピオンらしい男がそれを一気に飲み干すや、会場からはワアッ！　と歓声があがる。司会者は激情を込めて、こう叫んだ。「みなさん、やりました！　人が水に勝ったのです！　勝利めざしてがんばりましょう！」

命が軽くあつかわれる社会であるといった報告も、しばしば耳にするこの国だが、かれら中国人の、生きるために、とにかく笑ってしまおうという智慧を、おもしろいと思うことがある。こんな一気飲みを日本でやったら、「不謹慎！」「イカガナモノカ?」と叱られて、だれかが謝罪会見をするはめになるだろう。

ところで「江沢民」というのは、「長江が人民を沢（うるお）す」と読める、たいへんありがたい、為政者たるものかくあるべしというようなステキなお名前なのだが、このときばかりは、ちょっとうるおしすぎたのかもしれない。（武田雅哉）

人名・作品名索引

＊原則として人名に続けてその作品名を列記している。
＊基本的に日本漢字音の「あいうえお」順で配列している。
＊【　】は中国音もしくは特別な読み方を採用したことを示している。
＊数字は該当する項目番号を示している。

さ 行

た　行

な　行

は　行

ま 行

や 行

ら・わ 行

事項索引

た　行

な　行

は　行

ま　行

や・ら　行

写真・図版出典一覧

章　扉

第１～７章　アタナシウス・キルヒャー『シナ図説』1667年。

第１章

1

図１，３，４　王圻ほか編『三才図会』上海古籍出版社，1988年，「時令一巻」。

図２　王圻ほか編『三才図会』上海古籍出版社，1988年，「人物一巻」。

図５　『新刻按鑑編纂開闢衍繹通俗志伝』，呉希賢編『所見中国古代小説戯曲版本図録・古代小説（１）』，中華全国図書館文献縮微複製中心，1995年。

2

図１　清代『欽定書経図説』巻六より「五服図」，ジョセフ・ニーダム／東畑精一・藪内清監修／海野一隆ほか訳『中国の科学と文明』第６巻「地の科学」思索社，1991年。

図２　『中国名家画集系列　戴敦邦画集』中国美術出版社，2011年。

図３，４　荒川紘『東と西の宇宙観　東洋篇』紀伊國屋書店，2005年。

3

図１　Stefan R. Landsberger, Anchee Min, Duo Duo, *Chinese Propaganda Posters*, Taschen America Llc, 2003.

図２　連環画『紅岩』（七）「曙光在前」羅広斌・楊益言原著，可蒙改編，韓和平，羅盤等絵画，上海人民美術出版社，1996年再版。

図３　『人民美術』第１巻第５期，1950年。

図４　広州市対外文化交流協会・中国電影資料館編『中国電影海報精粋』広州出版社，1995年。

図５　『英雄小八路』DVD，斉魯音像出版社，2004年。

4

図１　筆者作成。

図２①　劉釗・洪颺・張新俊編纂『新甲骨文編』福建人民出版社，2009年。

図２②　容庚編著／張振林・馬国権摹補『金文編』中華書局，1985年。

図２③　段玉裁『説文解字注』藝文印書館，1999年。

図３，４　徐中舒主編『漢語古文字字形表』文史哲出版社，1988年。

5

図１～３　筆者撮影。

図４　『歴代古人像賛』，鄭振鐸編『中国古代版画叢刊１』上海古籍出版社，1988年。

図５　金尼閣『西儒耳目資』拼音文字史料叢書，文字改革出版社，1957年。

図６　盧戇章『一目了然初階』拼音文字史料叢書，文字改革出版社，1956年。

6

図1　Operational Navigation Chart (ONC), H-12, Defense Mapping Agency Aerospace Center, 1972. (1 : 1,000,000)
http://www.lib.utexas.edu/maps/onc/txu-pclmaps-oclc-8322829_h_12.jpg（最終アクセスは2016年2月26日）

図2，3，5　筆者撮影。

図4　*Chinese Propaganda Posters: From the Collection of Michael Wolf*, Taschen, 2011.

図6　ツェリン・ドルジェ撮影。ツェリン・オーセル／藤野彰・劉燕子訳『殺劫（シャーチェ）――チベットの文化大革命』集広舎，2009年。

第2章

7

図1　吉河功『中国江南の名園』グラフィック社，1990年。

図2　筆者撮影。

図3　『長沙馬王堆一号漢墓』文物出版社，1973年。

図4　『列仙全伝』，鄭振鐸編『中国古代版画叢刊3』上海古籍出版社，1988年。

図5　『元始無量度人上品妙経内義』（『道蔵』所収）。

図6　『太上霊宝浄明九仙水経』（『道蔵』所収）。

8

図1　『無双譜』，鄭振鐸編『中国古代版画叢刊4』上海古籍出版社，1988年。

図2　『新刻全像三宝太監西洋記通俗演義』，「中国書店蔵珍貴古籍叢刊」中国書店，2012年，第41回。

図3　『西藏図考』北京，1894年。

図4　呉友如『呉友如画宝』「名勝画冊」「大字勒石」。

図5　Jean-Yves Bajon, *Les Années Mao : Une Histoire de la Chine en affiche, 1949-1979*, Les Éditions du Pacifique, 2001.

9

図1　曹婉如ほか編『中国古代地図集（明代）』文物出版社，1995年。

図2　Hedda Morrison, *A Photographer in Old Peking*, Oxford University Press, 1985.

図3　北京美術撮影出版社編『北京四合院』北京美術撮影出版社，1993年。

図4　Wu Hung, *Remaking Beijing: Tiananmen Square and the creation of a political space*, University of Chicago Press, 2005.

図5　上海市檔案館編『追憶――近代上海図史』上海古籍出版社，1996年。

図6　『点石斎画報』元集「西童賽馬」1897年。

10

図1　筆者撮影。

図2　『人民画報』1972年第4期。

図3　ヴァン・ルーン『地理学』1932年，日本語版1933年。

図４　楊利偉『天地九重』解放軍出版社，2010年。

図５　人民教育出版社小学語文室編著『語文　第八冊』人民教育出版社，2002年。

11

図１〜８　筆者撮影。

12

図１　程君房『程氏墨苑』河北美術出版社，1996年。

図２　ジョセフ・ニーダム／東畑精一／藪内清監修／海野一隆ほか訳『中国の科学と文明』第７巻「物理学」思索社，1991年。

図３　『古今図書集成』図書集成鉛版印書局，1884年，「博物彙編・禽獣典・異獣部」。

図４　王圻ほか編『三才図会』上海古籍出版社，1988年，「地理一巻」。

13

図１　『明容与堂刻水滸伝』中華書局，1966年。

図２，５　筆者撮影。

図３　呉友如『呉友如画宝』「海上百艶図」「龍華進香」。

図４　呉友如『呉友如画宝』「海上百艶図」「香衣相逐」。

図６　上海図書館近代文献部編『清末年画滙萃――上海図書館蔵精選』人民美術出版社，2000年。

図７　呉友如『呉友如画宝』「海上百艶図」「匪車偈兮」。

第３章

14

図１　『歴代古人像賛』，鄭振鐸編『中国古代版画叢刊１』上海古籍出版社，1988年。

図２　『李卓吾先生批評西遊記』，「明清善本小説叢刊初編第５輯」天一出版社，1984年，第69回。

図３　『便民図纂』，鄭振鐸編『中国古代版画叢刊２』上海古籍出版社，1988年。

図４　那志良『清院本清明上河図』国立故宮博物院，1993年。

15

図１　加部勇一郎氏撮影。

図２　筆者撮影。

図３　「いこまいけ南砺・東下町曳山後屏『陶淵明』」http://nanto.zening.info/jyouhana/Dsc_0942_m.htm（最終アクセスは2015年８月31日）

図４　趙明監督『鉄道遊撃隊』上海電影製片廠，1956年。

図５　『魯迅全集』第６巻，人民文学出版社，2005年。

図６　劉文西「延安新春」（部分），Julia F. Andrews and Kuiyi Shen, *A Century in Crisis: Modernity and Tradition in the Art of Twentieth-Century China*, Guggenheim Museum Pubns, 1998.

16

図１〜３　筆者撮影。

17

図１　賀友直『雑碎集　賀友直的另一條芸術軌跡』世紀出版集団上海人民出版社，2006年。

図2　止庵・万燕編著『張愛玲画話』天津社会科学院出版社，2003年。
図3　豊子愷『子愷漫画全集』浙江人民美術出版社，2015年。
図4　『婚姻法図解通俗本』華東人民出版社，1951年。
図5　『連環画報』第12期，1951年（人民美術出版社・連環画出版社・『連環画報』編輯部，2011年の影印本による）。

18

図1　年画「果瓢甜」（張碧梧，1963年3月）武田雅哉氏所蔵。
図2，4，5　筆者撮影。
図3　武田雅哉氏提供。

19

図1　劉月美『中国京劇衣箱』上海辞書出版社，2002年。
図2　『点石斎画報』庚集「不失官様」1886年。
図3　莫言／吉田富夫訳『白檀の刑』（下）中央公論新社，2003年。
図4　『点石斎画報』乙集「嘗鼎一臠」1884年。
図5　池田大伍編『新訳支那童話集』冨山房，1924年。

20

図1　王圻ほか編『三才図会』上海古籍出版社，1988年，「器用十二巻」。
図2　潘鼐主編『彩図本　中国古天文儀器史』山西教育出版社，2005年。
図3　王圻ほか編『三才図会』上海古籍出版社，1988年，「器用二巻」。
図4　劉潞主編『清宮西洋儀器』故宮博物院蔵文物珍品全集58，商務印書館（香港），1998年。

21

図1　艾未未・牧陽一『アイ・ウェイウェイ　スタイル——現代中国の不良』勉誠出版，2014年。
図2　中野美代子『肉麻図譜　中国春画論序説』作品社，2001年。
図3　*Dreams of Spring: Erotic Art in China*, The Pepin press, 1998.
図4　張錫昌編『美女月份牌』上海錦綉文章出版社，2008年。
図5　『時代漫画』第7期，1934年（浙江人民美術出版社，2014年の影印本による）。
図6　Roxane Witke, *Comrade Chiang Ch'ing*, Little, Brown & Company, 1977.
図7　草森紳一『中国文化大革命の大宣伝』（上）芸術新聞社，2009年。

22

図1　侯長春絵画『旧京風情』中国電影出版社，1999年。
図2　加部勇一郎氏撮影。
図3　薛宝琨主編『相声大詞典』百花文芸出版社，2012年。

第4章

23

図1　王振鵬『鍾馗嫁妹図』，高千恵『看図説故事』故宮宝蔵・青少年特編之二，国立故宮博物院，1999年。
図2　『点石斎画報』書集「鬼会」1895年。

図3　James A.Flath, *The Cult of Happiness : Nianhua, Art, and History in Rural North China* (*Contemporary Chinese Studies*) University of British Columbia Press, 2004.

図4　『霊幻道士　キョンシー・マスター』DVD 発売元 株式会社マグナム／販売元 ジェネオンエンタテイメント株式会社，1995年。

図5　「禽獣主義的「皇軍」」『抗日戦争時期宣伝画』文物出版社，1990年。

24

図1　王圻ほか編『三才図会』上海古籍出版社，1988年，「人物四巻」。

図2　蕭甘編文／顧炳鑫・賀友直絵画『孔老二罪悪的一生』上海人民出版社，1974年。

図3　王圻ほか編『三才図会』上海古籍出版社，1988年，「人物四巻」。

図4　中共遼寧省委宣伝部・中共撫順市委・撫順雷鋒紀念館編『雷鋒画伝』人民出版社，2012年。

図5　孫之儁絵／孫燕華編『武訓画伝合集』学苑出版社，2012年。

図6　豊子愷『漫画阿Q正伝』開明書店，1939年。

25

図1，4　筆者撮影。

図2　文匯報《智取威虎山》連環画創作組編絵『智取威虎山　連環画（初稿）』上海市出版革命組，1970年。

図3　劉知侠原著／董子畏改編／韓和平・丁斌曽絵画『鉄道遊撃隊』（二），上海人民美術出版社，2007年（初版は1962年）。

図5　『鎧甲勇士・拿瓦』ＤＶＤ第6巻，斉魯電視音像出版社，2014年。

26

図1　星野哲郎作詞／中村典正作曲／丸山雅仁編曲「徐福夢男――虹のかけ橋」クラウン・レコード，1994年。

図2　http://momotaroublog.blog39.fc2.com/blog-entry-152.html（最終アクセスは2015年9月11日）

図3　王圻ほか編『三才図会』上海古籍出版社，1998年。

図4　http://news.nen.com.cn/system/2015/09/10/018437915.shtml（最終アクセスは2015年9月11日）

図5　『人民画報』1977年第12期。

27

図1　呉友如『呉友如画宝』「古今百美図」「王昭君」。

図2　『封神演義』，『中国古代小説版画集成』四所収，世紀出版集団・漢語大詞典出版社，2002年。

図4　R・ウィトケ／中嶋嶺雄・宇佐美滋訳『江青』（上・下），パシフィカ，1977年。

図5　『仙俠五花剣』，『中国古代小説版画集成』四所収，世紀出版集団・漢語大詞典出版社，2002年。

図6　呉友如『呉友如画宝』「古今百美図」「木蘭」。

図7　『三打祝家荘』中国戯曲学院青研班編『中国京劇優秀青年演員研究生班十周年匯報演出専輯』ＤＶＤ，2009年。

図8　武田泰淳『秋風秋雨人を愁殺す――秋瑾女士伝』筑摩書房，1976年。

28

図１　中国第二歴史檔案館編『民国歴史図片檔案』１，団結出版社，2002年。

図２　北京大学図書館にて筆者撮影。

図３　巴金『家』人民文学出版社，2014年。

図４　龍婧著『林徽因画伝』哈爾濱出版社，2005年。

図５　魯迅『傷逝』上海書店，2012年。

図６　『豊子愷漫画全集』３，京華出版社，1999年。

図７　Chun Bong Ng, *Chinese Women and Modernity (Calendar Posters of the 1910s-1930s)* Joint Publishing (HK) Co. Ltd.; 1994.

29

図１　池田真衣氏提供。

図２　林京編『故宮所蔵慈禧写真』紫禁城出版社，2002年。

図３　「偉大的共産主義戦士——雷鋒」上海人民美術出版社，1977年。

図４　周軍「毛主席的好戦士雷鋒」1960年。

図５　「紅楼夢図詠」『中国美術全集』絵画編20版画，上海人民美術出版社，1988年。

図６　子輿編著『京劇老照片』第一輯，学苑出版社，2013年。

図７　曹涵美画「金瓶梅」第十五図『時代漫画』第17期，1935年（浙江人民美術出版社，2014年の影印本による)。

30

図１，２　江蘇古籍出版社編『蘇州桃花塢木版年画』江蘇古籍出版社・香港嘉賓出版社，1991年。

図３　釈大恩・長安主編『二十四孝果報図　附忤逆不孝報応図』四川省宗教事務局，1994年。

図４　筆者撮影。

図５　中国現代美術全集編集委員会編『中国現代美術全集』郵票２，河北美術出版社，1998年。

第５章

31

図１，３～５　筆者撮影。

図２　鄭軍編著『中国伝統麒麟芸術』北京工芸美術出版社，2012年。

32

図１　呉任臣『増補絵像山海経広注』，馬昌儀著『古本山海経図説（増訂珍蔵本，上下)』所収，江西師範大学，2007年。

図２　畢沅『山海経』，馬昌儀著『古本山海経図説（増訂珍蔵本，上下)』所収，江西師範大学，2007年。

図３　汪紱『山海経存』，馬昌儀著『古本山海経図説（増訂珍蔵本，上下)』所収，江西師範大学，2007年。

図４　『点石斎画報』行集「厲鬼畏犬」1896年。

図５　『野人探奇』創刊号，中国野人考察研究会，1985年。

33

図１　許慎『説文解字』中華書局，1998年，巻一上。

図２　王圻ほか編『三才図会』上海古籍出版社，1988年，「人物十巻」。

図３　名古屋市博物館学芸課編『メトロポリタン美術館浮世絵名品展』名古屋市博物館，中日新聞社，東海テレビ放送，1995年。

図４　文軒編『中国伝統吉祥図典』中央編訳出版社，2010年。

図５　王世貞輯『列仙全伝』偉文図書出版社有限公司，1977年，第三巻。

図６　筆者撮影。

図７　王樹村編『中国古代民族版画』新世界出版社，1992年。

図８　Marien van der Heijden, Stefan R. Landsberger, Kuiyi Shen, *Chinese Posters. The IISH-Landsberger Collections*, München: Prestel, 2009.

34

図１　湖南省博物館・中国科学院考古研究所編『長沙馬王堆一號漢墓』（上）文物出版社，1973年。

図２　『西遊記』経済日報出版社，2000年。

宮尾しげを『西遊記』漫画社，1946年。

図３，６　成寅編『中国神仙画像集』上海古籍出版社，1996年。

図４　王圻ほか編『三才図会』上海古籍出版社，1988年，「地理四巻」。

図５　高文編『四川漢代画像磚』上海人民美術出版社，1987年。

35

図１，２　筆者作成。

図３　Wikipedia Commons.

図４　『太極図説』，和刻本，延宝六年（1678）刊。

36

図１　孔祥星・劉一曼『中国銅鏡図典』文物出版社，1992年。

図２　董棨『太平歓楽図』学林出版社，2003年。

図３　『点石斎画報』癸集「将妾代女」1887年。

図４　程君房『程氏墨苑』河北美術出版社，1996年。

図５　『李卓吾先生批評西遊記』中州書画社，1983年。

図６　筆者撮影。

第６章

37

図１　『澄衷蒙學堂字課図説』上海順成書局，1901年。

図２　『新鐫仙媛紀事』，「中国民間信仰資料彙編・第１輯第７巻」台湾学生書局，1989年。

図３　『仇英《清明上河図》』文物出版社，2007年。

図４　『点石斎画報』子集「蒐訪古書」1887年。

図５　『淵鑑類函』上海同文書局，1887年，巻255「人部」。

図６　連環画『秦始皇』江蘇人民出版社，1974年。

38

図1～3　桑世昌『回文類聚』,『景印文淵閣四庫全書』所収，台湾商務印書館，1983-1986年。

図4　周淵龍・周為編著『文字遊戯』①，団結出版社，2000年。

図5～7　張潮『奚嚢寸錦』,『四庫禁燬書叢刊』所収，北京出版社，2000年。

図8　和田信二郎『巧智文学——東西共通の趣味文学』明治書院，1950年。

39

図1　内田道夫図説／青木正児図編『北京風俗図譜』平凡社，1986年（部分)。

図2　董棨『太平歓楽図』学林出版社，2003年。

図3　賀友直絵『賀友直画老上海』上海人民美術出版社，2010年。

図4　戴敦邦図／沈寂文『老上海小百姓』上海辞書出版社，2005年。

40

図1　『点石斎画報』乙集「和尚冶遊」1884年。

図2　梅蘭芳紀念館編『梅蘭芳的私家相簿』和平図書有限公司，2004年。

図3　周伝家主編『中国京劇図史』(上）北京十月文芸出版社，2013年。

図4　筆者撮影。

図5　佐藤忠男・刈間文俊『上海キネマポート——甦る中国映画』凱風社，1985年。

図6　梅蘭芳紀念館編『梅蘭芳表演芸術図影』外文出版社，2002年。

41

図1　『点石斎画報』糸集「獣作人立」1892年。

図2　『点石斎画報』丙集「売野人頭」1885年。

図3　魏伯儒『十殿閻王』中華民国国立歴史博物館，1984年。

図4　筆者撮影。

図5　『点石斎画報』酉集「烈婦殉夫」1890年。

42

図1　陳志昂『抗戦音楽史』黄河出版社，2005年。

図2　汪毓和『中国現代音楽史綱 1949-2000』中央音楽学院出版社，2009年。

図3　貴志俊彦『東アジア流行歌アワー——越境する音 交錯する音楽人』岩波書店，2013年。

図4　尤静波編著『中国流行音楽通論』大衆文芸出版社，2011年。

43

図1　『太太万歳』DVD，斉魯音像出版社，2007年。

図2　『《小城之春》 城春草木深』DVD,「電影伝奇」シリーズ，中国文采声像出版公司，2008年。

図3　『南海長城』DVD，中国三環音像社，1990年。

44

図1　皇甫宝雲編『中華民俗文物』中華民国国立歴史博物館，1980年。

図2　『中国美術全集』巻20・絵画編19，文物出版社，2006年。

図3　http://www.xmzsh.com/Pages/Home/NewsShow.aspx?id=11426（最終アクセスは2016年2月26日）

図4　聶崇正『清代宮廷絵画』故宮博物院蔵文物珍品全集14，商務印書館（香港)，1996年。

図５　鄧福星主編『中国民間美術全集』（９）装飾編・年画巻，山東教育出版社・山東友誼出版社，1995年。
図６　東京国立博物館編『上海博物館展』図録，中日新聞社発行，1993年。
図７　野崎誠近『吉祥図案解題』中国土産公司，1928年。

45

図１　陳丹旭絵『連環図画　三国志』中国早期連環画精品復製収蔵系列，上海大可堂文化有限公司，1997年。
図２　葉樹平・鄭祖安編『上海旧影』人民美術出版社，1998年。
図３　張光宇『西遊漫記』人民美術出版社，1958年。
図４　『火紅的年代』上海電影製片廠／供稿，根拠上海児童芸術劇院話劇《鋼鉄洪流》集体改編，葉舟，傅超武／改編，傅超武，孫永平，兪仲英／導演，上海復旦大学中文系工農兵学員／連環画改，上海人民出版社，1974年。
図５　『丹嬢（電影連環画冊）』中国電影出版社，1954年。
図６　『鉄道遊撃隊』（５）「飛虎隊打岡村」劉知侠／原著，董子畏／改編，韓和平，丁斌曾／絵画，上海人民美術出版社，1956年。
図７　『連環画報』創刊号，1951年５月。

46

図１，２，７　筆者撮影。
図３　傅挙有「論秦漢時期的博具、博戯兼及博局紋鏡」『考古学報』1986年第１期（一部加工）。
図４　筆者作図。
図５　Stewart Culin, *Games of the North American Indians*, Washington, Government Printing Office, 1907（一部加工）.
図６　『劉智遠白兎記』富春堂刊本，『古本戯曲叢刊』初集，商務印書館，1954年。

第７章

47

図１　加部勇一郎氏撮影。
図２　筆者撮影。
図３　http://orchid.shu.edu.tw/article/article_picture.php?pic_name=upload/article/20110911033105_11_pic.jpg&descr（最終アクセスは2015年９月12日）
図４　于渓監督『開国大典』長春電影製片廠，1989年。
図５　長城出版社編『開国大典』長城出版社，1999年。
図６　http://hk.crntt.com/crn-webapp/touch/detail.jsp?coluid=91&kindid=2751&docid=102880830（最終アクセスは2015年９月12日）

48

図１　陳慶浩・王秋桂主編『思無邪匯宝』台北・法国国家科学研究中心：台湾大英百科，1994～1997年。
図２　『痴婆子伝』太田辰夫・飯田吉郎編『中国秘籍叢刊』汲古書院，1987年。

図３　Ferdinand M. Bertholet, *Gardens of Pleasure, Eroticism and Art in China*, Prestel, 2003.
図４　『男女秘密種子奇方』上海国明書局，1901年。
図５　『十戒功過格』（『道蔵輯要』所収）。

49

図１　沈泊塵絵／呉浩然編『民国戯劇人物画』斉魯書社，2012年。
図２　『全国撮影芸術展覧　工農兵形象選―1974―』上海人民出版社，1975年。
図３　笑笑生『絵図古本金瓶梅詞話』啓明書局，1960年。
図４　司徒佩韋改編・王叔暉画『梁山伯与祝英台』人民美術出版社，1981年。
図５　子輿編著『京劇老照片』第二輯，学苑出版社，2014年。

50

図１，２，５　筆者撮影。
図３　王兵『無言歌』紀伊國屋書店，2012年。
図４　ピエール・アスキ／山本知子訳『中国の血』文藝春秋，2006年。

51

図１，３　筆者撮影。
図２　『科幻世界』30周年特別号，科幻世界雑誌社，2009年。
図４　蚩尤『制服至上』蓋亞文化有限公司，2014年。

52

図１　戴敦邦・戴紅杰『水滸人物壹百零捌図』天津楊柳青画社，1997年。
図２　『英雄本色』（三部曲）楽貿影視発行公司。
図３　『漫画世界』第23期，1986年，９月16日。
図４　廖亦武／竹内実日本語版監修／劉燕子訳『中国低層訪談録〔インタビュー〕どん底の世界』集広舎，2008年。

53

図１　『点石斎画報』射集「倭兵凍斃」，1894年。
図２　張雅心編『様板戯劇照――張雅心撮影作品』人民美術出版社，2009年。
図３　『点石斎画報』乙集「乃見狂且」，1884年。
図４　余楽改編『絶唱』中国電影出版社，1981年。

54

図１　Ferdinand M. Bertholet, *Gardens of Pleasure, Eroticism and Art in China*, Prestel, 2003.
図２　黄強『中国内衣史』中国紡績出版社，2008年。
図３　王啓民・袁大儀『紅雲崗』山東美術出版社，1977年。
図４　陝西日報社（中国）・共同通信社・講談社共同編集『近代化への道程――中国・激動の40年』講談社，1989年。
図５　『紅嫂，蕭蕭，黒猫，雨後――中国美術経典　中国美術館蔵経典　連環画手稿復制系列』吉林美術出版社，2009年。
図６　莫言／吉田富夫訳『豊乳肥臀』（上・下）平凡社，1999年。

55

図1　Herbert Spencer Zim, *Rockets and Jets*, Harcourt, Brace and Compan, 1945.

図2　『大備対宗』，傅惜華編『中国古典文学版画選集・上』上海人民美術出版社，1981年。

図3　『点石斎画報』元集「御風行舟」，1897年。

図4　呉友如『呉友如画宝』「山海志奇図」「翔歩太虚」。

図5　呉趼人『新石頭記』上海改良小説社，1908年。

図6　Jules Verne, *Les tribulations D'un chinois en* Chine, J. Hetzel et Compagnie, 1879.

コラム

1章

加部勇一郎氏撮影。

3章

筆者所蔵。

4章

『児童時代』中国福利会児童時代社，1962年，11-12号。

6章

張雅心編『様板戲劇照——張雅心撮影作品』人民美術出版社，2009年。

参考文献

▒ 章扉（第5章）

ジン・ワン／廣瀬玲子訳『石の物語　中国の石伝説と『紅楼夢』『水滸伝』『西遊記』を読む』法政大学出版局，2015年。

小南一郎「中国母神論」『アジア女神大全』青土社，2011年。

▒ 第1章

1

王圻ほか編『三才図会』上海古籍出版社，1988年。

浅野裕一『古代中国の宇宙論』岩波書店，2006年。

岩田慶治・杉浦康平編『アジアの宇宙観』講談社，1989年。

2

荒川紘『東と西の宇宙観　東洋篇』紀伊國屋書店，2005年。

ジョセフ・ニーダム／東畑精一・藪内清監修／海野一隆ほか訳『中国の科学と文明』第5巻「天の科学」，第6巻「地の科学」思索社，1991年。

周迅『中国的地方志』商務印書館，中国文化史知識叢書，1998年。

費孝通編著／西澤治彦ほか訳『中華民族の多元一体構造』風響社，2008年。

吉開将人「歴史学者と国土意識」『シリーズ20世紀中国史2　近代性の構造』東京大学出版会，2009年。

譚其驤主編『中国歴史地図集』全8冊，中国地図出版社，1982年。

池田知久『訳注　淮南子』講談社学術文庫，2012年。

3

羅広斌・楊益言／三好一訳『紅岩』（上中下）新日本出版社，1963年。

武田雅哉『中国乙類図像漫遊記』大修館書店，2009年。

小野寺史郎『国旗・国歌・国慶　ナショナリズムとシンボルの中国近代史』東京大学出版会，2011年。

4

Jerry Norman: *Chinese*, Cambridge University Press, 1988.

S.R. ラムゼイ／高田時雄・赤松祐子・阿辻哲次・小門哲夫訳『中国の諸言語――歴史と現況』大修館書店，1990年。

大西克也・宮本徹編著『アジアと漢字文化』（放送大学教材），放送大学教育振興会，2009年。

5

武田雅哉『蒼頡たちの宴――漢字の神話とユートピア』ちくま学芸文庫，1998年。

中野美代子『砂漠に埋もれた文字――パスパ文字のはなし』ちくま学芸文庫，1994年。

大島正二『漢字と中国人――文化史をよみとく』岩波新書，2003年。

大原信一『近代中国のことばと文字』東方書店，1994年。

6
タクブンジャ／海老原志穂・大川謙作・星泉・三浦順子訳『ハバ犬を育てる話』東京外国語大学出版会，2015年。

中野美代子・武田雅哉編『中国怪談集』河出文庫，1992年。引用箇所は武田雅哉訳による。

牧陽一・松浦恆雄・川田進『中国のプロパガンダ芸術』岩波書店，2000年。

武田雅哉『新千年図像晩会』作品社，2001年。

武田雅哉『よいこの文化大革命　紅小兵の世界』廣済堂ライブラリー，2003年。

草森紳一『中国文化大革命の大宣伝』（上・下），芸術新聞社，2009年。

川島真ほか「特集１　金門島研究　その動向と可能性」『地域研究』Vol. 11，No. 1，京都大学地域研究統合情報センター，2011年。

葛兆光／辻康吾監修／永田小絵訳『中国再考　その領域・民族・文化』岩波現代文庫，2014年。

第２章
7
大室幹雄『囲碁の民話学』せりか書房，1977年。

ロルフ・スタン／福井文雅・明神洋訳『盆栽の宇宙誌』せりか書房，1985年。

三浦國雄『中国人のトポス――洞窟・風水・壺中天』平凡社，1988年。

「特集◎園林空間――地上の楽園の設計図」『月刊しにか』1994年２月号，大修館書店。

武田雅哉『桃源郷の機械学』作品社，1995年。

中野美代子『奇景の図像学』角川春樹事務所，1996年。

8
エドゥアール・シャヴァンヌ『司馬遷と史記』新潮選書，1975年。

藤田勝久『司馬遷の旅――『史記』の古跡をたどる』中公新書，2003年。

『法顕伝・宋雲行紀』平凡社東洋文庫，1971年。

玄奘『大唐西域記』平凡社東洋文庫，1999年。

9
陳高華／佐竹靖彦訳『元の大都――マルコ・ポーロ時代の北京』中公新書，1984年。

ディヴィッド・キッド／森本康義，ダンノ・ヨーコ訳『北京物語』世界文化社，1989年。

陣内秀信・朱自煊・高村雅彦編『北京――都市空間を読む』鹿島出版会，1998年。

王軍／多田麻美訳『北京再造――古都の命運と建築家梁思成』集広舎，2008年。

倉沢進・李国慶『北京――皇都の歴史と空間』中公新書，2007年。

北京四合院研究会編『北京の四合院――過去・現在・未来』中央公論美術出版，2008年。

多田麻美『老北京の胡同』晶文社，2015年。

ウー・ホン／中野美代子監訳・解説／大谷通順訳『北京をつくりなおす――政治空間としての天安門広場』国書刊行会，2015年。

村松伸『中華中毒――中国的空間の解剖学』作品社，1998年。

高橋孝助・古厩忠夫『上海史――巨大都市の形成と人々の営み』東方書店，1995年。

榎本泰子『上海――多国籍都市の百年』中公新書，2009年。

日本上海史研究会編『建国前後の上海』研文出版，2009年。

木之内誠『上海歴史ガイドマップ』（増補改訂版）大修館書店，2011年。

薛理勇主編『上海掌故大辞典』上海辞書出版社，2015年。

10
武田雅哉『万里の長城は月から見えるの？』講談社，2011年。

ジョセフ・ニーダム／田中淡ほか訳『中国の科学と文明』第10巻「土木工学」思索社，1979年。

ジャック・ジェルネほか『万里の長城』河出書房新社，1984年。

長城小站編／馮暁佳訳『万里の長城』恒文社，2008年。

阪倉篤秀『長城の中国史――中華 vs 遊牧六千キロの攻防』講談社選書メチエ，2004年。

11
遊佐徹『蠟人形・銅像・肖像画――近代中国人の身体と政治』白帝社，2011年。

12
Berthold Laufer, *Sino-Iranica : Chinese contributions to the history of civilization in ancient Iran : with special reference to the history of cultivated plants and products*, Ch'eng Wen Publishing, 1973.

エドワード・H・シェーファー／伊原弘監修／吉田真弓訳『サマルカンドの金の桃――唐代の異国文物の研究』勉誠出版，アシアーナ叢書，2007年。

石田幹之助／榎一雄解説『長安の春』平凡社東洋文庫，1967年。

植木久行『唐詩物語　名詩誕生の虚と実と』大修館書店，あじあブックス，2002年。

宮崎正勝『鄭和の南海大遠征　永楽帝の世界秩序再編』中公新書，1997年。
D.E. Mungello, *The Great Encounter of China and the West, 1500-1800*, Rowman & Littlefield, 1999.
李兆良『坤輿万国全図解密――明代測絵世界』聯経出版，台湾，2012年。

中野美代子『チャイナ・ヴィジュアル――中国エキゾティシズムの風景』河出書房新社，1999年。

袁枚／手代木公助訳『子不語』全５冊，平凡社東洋文庫，2009年。

李汝珍『鏡花縁』中国古典文学全集30『児女英雄伝下・鏡花縁』平凡社，1962年，田森襄抄訳「鏡花縁」。

13
茅盾／小野忍・高田昭二訳『子夜』（上・下）岩波文庫，1962，1970年。

施耐庵／駒田信二訳『水滸伝』中国古典文学大系，平凡社，1967年。

老舎／立間祥介訳『駱駝祥子――らくだのシアンツ』岩波文庫，1980年。

胡春煥・白鶴群『北京的会館』中国経済出版社，1994年。

湯錦程『北京的会館』中国軽工業出版社，1994年。

史明正『走向近代化的北京城――城市建設与社会変革』北京大学出版社，1995年。

徳齢／井関唯史訳『西太后汽車に乗る』東方書店，1997年。

劉善齢『西洋風――西洋発明在中国』上海古籍出版社，1999年。

沈従文『沈従文全集』第11巻「湘西」，北岳文芸出版社，2002年。

徐茂昌『車輪上的上海』上海三聯書店，2007年。

魯迅／藤井省三訳『故郷／阿Q正伝』光文社古典新訳文庫，2009年。

第3章

14

ゴンサーレス・デ・メンドーサ／長南実・矢沢利彦訳『シナ大王国誌』岩波書店，大航海時代叢書・第1期6，1965年。

リッチ，セメード／長南実・矢沢利彦訳『中国キリスト教布教史・チナ帝国誌』岩波書店，大航海時代叢書・第2期8，1982年。

15

近藤光男『戦国策』集英社，全釈漢文大系，1975～1979年。

竹内照夫『礼記』明治書院，新釈漢文大系，1971～1979年。

陶淵明／松枝茂夫・和田武司訳注『陶淵明全集』岩波文庫，1990年。

魯迅／松井博光ほか訳『魯迅全集』第5巻，学習研究社，1985年。

『文学研究科プロジェクト「文学における酒と飲酒の研究」報告書』北海道大学文学研究科，2002年。

朱自振・沈漢『中国茶酒文化史』文津出版，1995年。

16

Yang Mayfair Mei-Hui *Gifts, Favors and Banquets: The Art of Social Relationships in China.* Cornell University Press, 1994.

江河海／佐藤嘉江子訳『中国人の面子（メンツ）―― 一般庶民から政府高官まで，その行動原理の源はメンツである』はまの出版，2000年。

大竹愼一・竹内実『元の面子と市場の意志――中華思想にみる経済の原点』フォレスト出版，1999年。

吉村章『知っておくと必ずビジネスに役立つ中国人の面子（メンツ）』総合法令出版，2011年。

黄光国・胡先縉等『人情与面子――中国人的權力遊戲』中国人民大学出版社朗朗書房，2010年。

魯迅「說“面子”」『且介亭雑文』上海三閑書屋，1937年。

17

馮驥才／納村公子訳『三寸金蓮（てんそくものがたり）』亜紀書房，1988年（後に『纏足』に改題，小学館文庫，1999年）。引用箇所は納村公子訳による。

張愛玲／垂水千恵訳「赤薔薇・白薔薇」『世界文学のフロンティア4　ノスタルジア』岩波書店，1996年。

沈従文『蕭蕭』北京十月文芸出版社，2013年。

葉蔚林／林久之訳「五人の娘と一本の縄」『中国怪談集』河出文庫，1992年。引用箇所は林久之訳による。

閻連科／谷川毅訳「革命浪漫主義」『火鍋子』第63号，翠書房，2004年。

張競『近代中国と「恋愛」の発見』岩波書店，1995年。

張競『恋の中国文明史』ちくま学芸文庫，1997年。

関西中国女性史研究会編『中国女性史入門――女たちの今と昔』人文書院，2014年。

18

末成道男「華やかで騒々しい旅立ち」曾士才・西澤治彦・瀬川昌久編『中国』河出書房新社，暮らしがわかるアジア読本，1995年。

費孝通／横山廣子訳『生育制度——中国の家族と社会』東京大学出版会，1985年。

ワトソン，ジェイムズ・L，ロウスキ，エヴリン・S編『中国の死の儀礼』平凡社，1994年。

19

尾鷲卓彦『図説中国酷刑史』徳間書店，2001年。

宋慈／西丸與一監修／徳田隆訳『中国人の死体観察学——「洗冤集録の世界」』雄山閣出版，1999年。

司馬遷／小竹文夫・小竹武夫訳『史記』ちくま学芸文庫，1995年。

干宝／竹田晃訳『捜神記』平凡社，1964年。

莫言／吉田富夫訳『白檀の刑』（上・下）中央公論新社，2003年。

太田出『中国近世の罪と罰——犯罪・警察・監獄の社会史』名古屋大学出版会，2015年。

阿部泰記『包公伝説の形成と展開』汲古書院，2004年。

20

文震亨／荒井健ほか訳注『長物志——明代文人の生活と意見』全３冊，平凡社東洋文庫，1999年。引用は第２冊152頁より。

王勇「日本扇絵の宋元明への流入」辻惟雄先生還暦記念会編『日本美術史の水脈』ぺりかん社，1993年。

劉潞主編『清宮西洋儀器』故宮博物院蔵文物珍品全集58，商務印書館（香港），1998年。

中野美代子『チャイナ・ヴィジュアル——中国エキゾティシズムの風景』河出書房新社，1999年。

湯開建・黄春艶「清朝前期西洋鐘表的仿制与生産」黄愛平・黄興涛主編『西学与清代文化』中華書局，2008年。

趙翼『簷曝雑記』清代史料筆記叢刊『簷曝雑記・竹葉亭雑記』所収，中華書局，1982年。

曹雪芹作／高鶚補／井波陵一訳『紅楼夢』全７冊，岩波書店，2013-14年。

紀昀／前野直彬訳『中国怪異譚　閲微草堂筆記』全２冊，平凡社ライブラリー，2008年。

清・李汝珍／藤林広超訳『則天武后外伝　鏡花縁』講談社，1980年。

21

中野美代子『中国春画論序説』講談社学術文庫，2010年（旧版『肉麻図譜　中国春画論序説』作品社，2001年）。

劉文兵『映画のなかの上海——表象としての都市・女性・プロパガンダ』慶應義塾大学出版会，2004年。

武田雅哉『楊貴妃になりたかった男たち——〈衣服の妖怪〉の文化誌』講談社選書メチエ，2007年。

草森紳一『中国文化大革命の大宣伝』（上・下）芸術新聞社，2009年。

吉川龍生「孫瑜映画の脚——脚の表象にみる1930年代の孫瑜映画」『慶應義塾大学日吉紀要　中国研究』第３号，2010年。

艾未未・牧陽一『アイ・ウェイウェイ スタイル——現代中国の不良』勉誠出版，2014年。

張競『夢想と身体の人間博物誌——綺想と現実の東洋』青土社，2014年。

スーザン・マン／小浜正子，リンダ・グローブ監訳『性からよむ中国史——男女隔離・纏足・同性

愛』平凡社，2015年。

22
王決・汪景寿・藤田香『中国相声史』北京燕山出版社，1995年。

大室幹雄『滑稽　古代中国の異人たち』岩波現代文庫，2001年（旧版『新編　滑稽　古代中国の異人たち』せりか書房，1986年）。

温端政／相原茂・白井啓介編訳『歇後語のはなし——中国のことば遊び』光生館，1989年。

武田雅哉「落語——中国からの視点」延広真治・山本進・川添裕編『落語の愉しみ』岩波書店，2003年。

戸張東夫『中国のお笑い——伝統話芸“相声”の魅力』大修館書店，あじあブックス，2012年。

馮夢竜撰／松枝茂夫訳『笑府——中国笑話集』（上・下）岩波文庫，1983年。

松枝茂夫・武藤禎夫編訳『中国笑話選——江戸小咄との交わり』平凡社東洋文庫，1964年。

第4章

23
澤田瑞穂『鬼趣談義——中国幽鬼の世界』中公文庫，1998年。

澤田瑞穂『地獄変——中国の冥界説』平河出版社，1991年。

岡本綺堂『中国怪奇小説集』光文社文庫，1994年。

李時珍／鈴木真海訳『新註校定　国訳本草綱目』木村康一等新註校定，春陽堂，1976年。

武田雅哉『〈鬼子〉たちの肖像——中国人が描いた日本人』中公新書，2005年。

24
張明編『武訓研究資料大全』山東大学出版社，1991年。

黄強『中国の祭祀儀礼と信仰』（上・下）第一書房，1998年。

雷鋒『雷鋒全集』華文出版社，2003年。

山口昌男『道化』山口昌男著作集三，筑摩書房，2003年。

土田健次郎『儒教入門』東京大学出版会，2011年。

孫之儁絵・孫燕華編『武訓画伝合集』学苑出版社，2012年。

25
『映画秘宝 Vol. 3　ブルース・リーと101匹ドラゴン大行進！』洋泉社，1995年。

江戸木純『世界ブルース・リー宣言』洋泉社，2010年。

『現代思想10月臨時増刊号　ブルース・リー没後40年，蘇るドラゴン』青土社，2013年。

四方田犬彦『ブルース・リー——李小龍の栄光と孤独』晶文社，2005年。

岡崎由美・浦川留『武侠映画の快楽』三修社，2006年。

岡崎由美『漂泊のヒーロー——中国武侠小説への道』大修館書店，あじあブックス，2002年。

鈴木陽一編『中国の英雄豪傑を読む——『三国志演義』から武侠小説まで』大修館書店，あじあブックス，2002年。

武田雅哉『よいこの文化大革命　紅小兵の世界』廣済堂ライブラリー，2003年。

武田雅哉『中国乙類図像漫遊記』大修館書店，2009年。

中野徹「知侠『鉄道遊撃隊』論——ルポルタージュから小説へ」『饕餮』第12号，中国人文学会，

2004年9月。

26

逵志保『徐福論――いまを生きる伝説』新典社選書，2004年。

星野哲郎作詞・中村典正作曲・丸山雅仁編曲「徐福夢男――虹のかけ橋」クラウン・レコード，1994年。

梅原郁『皇帝政治と中国』白帝社アジア史選書，2003年。

司馬遷／野口定男ほか訳『史記』平凡社，中国古典文学大系第10巻，1968年。

鶴間和幸『人間・始皇帝』岩波新書，2015年。

中野美代子訳『西遊記』岩波文庫第1巻，2005年。

高島俊男『中国の大盗賊・完全版』講談社現代新書，2004年。

藤本猛『風流天子と「君主独裁制」――北宋徽宗朝政治史の研究』京都大学学術出版会，2014年。

魯迅／松枝茂夫訳「灯下漫筆」『魯迅選集』第5巻，岩波書店，1956年。

與那覇潤『中国化する日本――日中「文明の衝突」一千年史』文藝春秋，2011年。

愛新覚羅溥儀／小野忍・野原四郎・新島淳良・丸山昇訳『わが半生「満州国」皇帝の自伝』ちくま文庫，1992年。

27

武田泰淳『秋風秋雨人を愁殺す――秋瑾女士伝』筑摩叢書，1976年。

R・ウィトケ／中嶋嶺雄・宇佐美滋訳『江青』（上・下）パシフィカ，1977年。

中野美代子『中国ペガソス列伝』中公文庫，1997年。

蔵中進『則天文字の研究』翰林書房，1997年。

成瀬哲生『妖女抄 中国の美女と奇談』小学館ジェイブックス，1998年。

斎藤環『戦闘美少女の精神分析』ちくま文庫，2006年。

武田雅哉『楊貴妃になりたかった男たち――〈衣服の妖怪〉の文化誌』講談社選書メチエ，2007年。

28

ラナ・ミッター／吉澤誠一郎訳『五四運動の残響――20世紀中国と近代世界』岩波書店，2012年。

野村浩一『近代中国の思想世界――『新青年』の群像』岩波書店，1990年。

巴金／飯塚朗訳『家』岩波文庫，1956年。

魯迅／丸山昇訳「傷逝」『魯迅全集』第2巻，学習研究社，1984年。

関西中国女性史研究会編『中国女性史入門――女たちの今と昔』人文書院，2014年。

謝黎『チャイナドレスの文化史』青弓社，2011年。

Mingwei Song, *Young China: National Rejuvenation and the Bildungsroman, 1900-1959*, Harvard University Asia Center, 2016.

29

李漁『閑情偶寄』上海古籍出版社，2000年。

林京編『故宮所蔵慈禧写真』紫禁城出版社，2002年。

張競『美女とは何か　日中美人の文化史』角川ソフィア文庫，2007年。

武田雅哉「「雷鋒おじさんに学ぼう！」の図像学」『革命の実践と表象　中国の社会変化と再構築』風響社，2009年。

遊佐徹『蠟人形・銅像・肖像画――近代中国人の身体と政治』白帝社，2011年。

師永剛・劉瓊雄編著『雷鋒――1940～1962』生活・読書・新知三聯書店，2012年。

30

フィリップ・アリエス／杉山光信・杉山恵美子訳『〈子供〉の誕生――アンシァン・レジーム期の子供と家族生活』みすず書房，1980年。

魯迅／松枝茂夫訳『朝花夕拾』岩波文庫，1955年。

顧頡剛／平岡武夫訳『ある歴史家の生い立ち――古史弁自序』岩波文庫，1987年。

陳丹燕／中由美子訳『一人っ子たちのつぶやき』てらいんく，1999年。

加藤千洋『中国の「一人っ子政策」――現状と将来』岩波ブックレット213，1991年。

経済産業研究所ＨＰ所載「緩和される一人っ子政策」（関志雄氏による）

http://www.rieti.go.jp/users/china-tr/jp/ssqs/140205-2ssqs.htm（最終アクセスは2015年９月８日）

加地伸行編『世界子どもの歴史　中国』第一法規，1984年。

三潴正道監訳『二〇一一年版必読！　今，中国が面白い』日本華僑社，2011年。

第５章

31

アジア民族造形文化研究所編『アジアの龍蛇――造形と象徴』雄山閣出版，1992年。

フランシス・ハックスリー／中野美代子訳『龍とドラゴン――幻獣の図像学』平凡社，1982年。

ヘルベルト・ヴェント／小原秀雄・大羽更明・羽田節子訳『世界動物発見史』平凡社，1988年。

林巳奈夫『龍の話――図像から解く謎』中公新書，1993年。

張競『幻想動物の文化誌――天翔るシンボルたち』農文協，2002年。

家永真幸『パンダ外交』メディアファクトリー新書，2011年。

32

高馬三良訳『山海経　中国古代の神話世界』平凡社ライブラリー，1994年。

伊藤清司／慶應義塾大学古代中国研究会編『中国の神獣・悪鬼たち――山海経の世界』東方書店，2013年。

武田雅哉『清朝絵師呉友如の事件帖』作品社，1998年。

中野美代子『中国の妖怪』岩波新書，1983年。

中野美代子『孫悟空はサルかな？』日本文芸社，1992年。

中野美代子・武田雅哉編訳『世紀末中国のかわら版　絵入新聞『点石斎画報』の世界』中公文庫，1999年（旧版福武書店，1989年）。

中根研一『中国「野人」騒動記』大修館書店，あじあブックス，2002年。

松田稔『『山海経』の基礎的研究』笠間叢書，1994年。

松田稔『『山海経』の比較的研究』笠間叢書，2006年。

高行健／菱沼彬晁・飯塚容訳『高行健戯曲集』晩成書房，2003年。

33

窪徳忠『道教百話』講談社学術文庫，1989年。

王樹村編『中国古代民族版画』新世界出版社，1992年。

伊藤清司『中国の神話伝説』東方書店，1996年。

二階堂善弘『中国の神さま』平凡社新書，2002年。

康鍩錫『台湾廟宇深度導覧図鑑』猫頭鷹出版，2004年。

文軒編『中国伝統吉祥図典』中央編訳出版社，2010年。

34

曽布川寛『崑崙山への昇仙——古代中国人が描いた死後の世界』中公新書，1981年。

小南一郎『西王母と七夕伝承』平凡社，1991年。

劉向・葛洪／沢田瑞穂訳『列仙伝・神仙伝』平凡社ライブラリー，1993年。

中野美代子『仙界とポルノグラフィー』河出文庫，1995年。

武田雅哉『星への筏　黄河幻視行』角川春樹事務所，1997年。

35

中村璋八『五行大義』明徳出版社，1973年。

中野美代子『西遊記の秘密——タオと煉丹術のシンボリズム』福武書店，1984年（後に岩波現代文庫，2003年）。

「特集◎陰陽五行——古代中国の世界観」『月刊しにか』1999年12月号，大修館書店。

36

劉芸『鏡与中国伝統文化』四川出版集団巴蜀書社，2004年。

董若雨／荒井健・大平桂一訳『鏡の国の孫悟空——西遊補』平凡社東洋文庫，2002年。

曹雪芹作／高鶚補／井波陵一訳『紅楼夢』全７冊，岩波書店，2013-14年。引用は第１冊219頁より。

井波律子『中国幻想ものがたり』大修館書店，あじあブックス，2000年。.

今村与志雄訳『唐宋伝奇集』全２冊，岩波文庫，1988年。

中野美代子訳『西遊記』全10冊，岩波文庫，改版2005年。

平野聡『「反日」中国の文明史』ちくま新書，2014年。

第６章

37

銭存訓／鄭如斯編／久米康生訳『中国の紙と印刷の文化史〈新装版〉』法政大学出版局，2015年。

張小鋼『中国人と書物——その歴史と文化』あるむ，2002年。

井上進『中国出版文化史——書物世界と知の風景』名古屋大学出版会，2002年。

38

白川静『中国の古代文学——（一）神話から楚辞へ』中公文庫 BIBLIO，2003年。

鈴木淳次『漢詩を創る，漢詩を愉しむ』リヨン社，2009年。

佐々木睦『漢字の魔力——漢字の国のアリス』講談社選書メチエ，2012年。

39

魯迅／今村与志雄訳『中国小説史略』ちくま学芸文庫，1997年。

興膳宏編『中国文学を学ぶ人のために』所収，金文京「第六章　小説」世界思想社，1991年。

大木康著『明末江南の出版文化』研文出版，2004年。

藤井省三『中国語圏文学史』東京大学出版会，2011年。

李汝珍『鏡花縁』中国古典文学全集30『児女英雄伝下・鏡花縁』平凡社，1962年，田森襄抄訳「鏡花縁」。

銭理群・呉暁東／趙京華ほか訳『新世紀の中国文学』白帝社，2003年。

40

劉鶚／岡崎俊夫訳『老残遊記』平凡社東洋文庫，1965年。引用箇所は岡崎俊夫訳による。

芥川龍之介『上海游記・江南游記』講談社文芸文庫，2001年。

魯迅／丸山昇訳「村芝居」『魯迅全集２　吶喊・彷徨』学習研究社，1984年。引用箇所は丸山昇訳による。

牧陽一・松浦恆雄・川田進『中国のプロパガンダ芸術』岩波書店，2000年。

加藤徹『京劇――「政治の国」の俳優群像』中公叢書，2002年。

濱一衛著訳／中里見敬整理『濱一衛著訳集　中国の戯劇・京劇選』花書院，2011年。

41

傅起鳳・傅騰龍／岡田陽一訳『中国芸能史　雑技（サーカス）の誕生から今日まで』三一書房，1993年。

韋爾申・宋恵民主編『中国全景画』遼寧美術出版社，2000年。

及雲輝『全景画的美学実現』商務印書館，2013年。

渋谷瑞江「搭台死節とサティ――死にゆく女を見る男」『饕餮』第４号，中国人文学会，1996年９月。

韋明鏵『動物表演史』山東画報出版社，2005年。

42

榎本泰子『楽人の都・上海』研文出版，1998年。

岩野裕一『王道楽土の交響楽　満洲――知られざる音楽史』音楽之友社，1999年。

榎本泰子『上海オーケストラ物語』春秋社，2006年。

劉靖之『中国新音楽史論（増訂版）』中文大学出版社，2009年。英語版は，C.C. Liu, *A Critical History of New Music in China*, The Chinese University Press, 2010.

王徳威／三好章訳『叙事詩の時代の抒情――江文也の音楽と詩作』研文出版，2011年。

貴志俊彦『東アジア流行歌アワー――越境する音 交錯する音楽人』岩波書店，2013年。

43

佐藤忠男・刈間文俊『上海キネマポート――甦る中国映画』凱風社，1985年。

羅芸軍編『中国電影理論文選　1920-1989』（上・下）文化芸術出版社，1992年。

応雄編著『中国映画のみかた』大修館書店，あじあブックス，2010年。

Yingjin Zhang, *Chinese National Cinema*, Routledge, 2004.

44

杉原たく哉『しあわせ絵あわせ音あわせ――中国ハッピー図像入門』日本放送出版協会，2006年。

佐々木睦『漢字の魔力――漢字の国のアリス』講談社選書メチエ，2012年。

王敏・梅本重一編『中国シンボル・イメージ図典』東京堂出版，2003年。

張彤・耿黙『中国古代美術経典図式――民間吉祥美術巻』遼寧美術出版社，2015年。

45

麦荔紅『図説中国連環画』嶺南美術出版社，2006年。

劉永勝『新中国連環画図史』上海人民美術出版社，2011年。

畢克官・黄遠林『中国漫画史』文化芸術出版社，1986年。

甘険峰『中国漫画史』山東画報出版社，2008年。

陶冶『中国の風刺漫画』白帝社，2007年。

連環画研究会編『連環画研究』第1号～第5号。

46

渡部武『画像が語る中国の古代』平凡社，イメージ・リーディング叢書，1991年。

Colin Mackenzie, Irving L. Finkel, *Asian Games: The Art of Contest*, Asia Society, 2004.

第7章

47

イーユン・リー／篠森ゆりこ訳『千年の祈り』新潮社，2007年。

三田村泰助『宦官』中公新書，2012年。

48

中野美代子『中国春画論序説』講談社学術文庫，2010年（旧版『肉麻図譜　中国春画論序説』作品社，2001年）。

土屋英明『中国艶本大全』文春新書，2005年。

土屋英明『中国の性愛術』新潮選書，2008年。

ファン・フーリック／松平いを子訳『古代中国の性生活――先史から明代まで』せりか書房，1988年。

劉達臨／鈴木博訳『中国性愛文化』青土社，2002年。

呉存存／鈴木博訳『中国近世の性愛――耽美と逸楽の王国』青土社，2005年。

劉達臨／鈴木博訳『中国性愛博物館』原書房，2006年。

陳慶浩・王秋桂主編「思無邪匯宝」台北・法国国家科学研究中心『台湾大英百科』1994～1997年。

49

魯迅／北岡正子訳「写真を撮ることなどについて」『魯迅全集』第1巻，学習研究社，1984年。引用箇所は北岡正子訳による。

斉如山「梅蘭芳游美記」『斉如山文集』第2巻，河北教育出版社，2010年。

陳森『品花宝鑑』（上・下）上海古籍出版社，1990年。

呉継文『世紀末少年愛読本』時報文化，1999年。

么書儀『晩清戲曲的変革』人民文学出版社，2006年。

武田雅哉『楊貴妃になりたかった男たち――〈衣服の妖怪〉の文化誌』講談社選書メチエ，2007年。

王徳威「粉墨中国　性別，表演，与国族認同」『歴史与怪獣――歴史，暴力，叙事』麦田出版，2011年。

スーザン・マン／小浜正子，リンダ・グローブ監訳『性からよむ中国史――男女隔離・纏足・同性愛』平凡社，2015年。

50
後藤朝太郎『支那の体臭』バジリコ，2013年。

李時珍『本草綱目』全４冊，1930年商務印書館版の影印，中国書店，1988年。

ベルトルト・ラウファー／加部勇一郎訳「GEOPHAGY ――中国における土食について」『饕餮』第17号，中国人文学会，2009年９月。

ジャスパー・ベッカー／川勝貴美訳『餓鬼――秘密にされた毛沢東中国の飢饉』中央公論新社，1999年。

フランク・ディケーター／中川治子訳『毛沢東の大飢饉――史上最も悲惨で破壊的な人災1958-1962』草思社，2011年。

中野美代子『カニバリズム論』福武文庫，1987年。

王兵『無言歌』，フランス・中国合作，2010年。

余華／飯塚容訳『血を売る男』河出書房新社，2013年。

ピエール・アスキ／山本知子訳『中国の血』文藝春秋，2006年。

ルビー・ヤン『The Blood of Yingzhou District』，アメリカ・中国合作，2006年。

閻連科／谷川毅訳『丁庄の夢――中国エイズ村奇談』河出書房新社，2007年。

南條竹則『中華料理秘話　泥鰌地獄と龍虎鳳』ちくま文庫，2013年。

51
武田雅哉・林久之『中国科学幻想文学館』（上・下）大修館書店，あじあブックス，2001年。

ケン・リュウ／古沢嘉通編訳『紙の動物園』早川書房，2015年。

寵物先生／玉田誠訳『虚擬街頭漂流記』文藝春秋，2010年。

陳浩基／玉田誠訳『世界を売った男』文藝春秋，2012年。

御手洗熊猫ほか／稲村文吾編訳『現代華文推理系列　第一集』電子書籍，2014年。

52
金文京『水戸黄門「漫遊」考』講談社学術文庫，2012年。

岡崎由美『漂泊のヒーロー――中国武侠小説への道』大修館書店，あじあブックス，2002年。

鈴木陽一編『中国の英雄豪傑を読む――『三国志演義』から武侠小説まで』大修館書店，あじあブックス，2002年。

台湾映画『モンガに散る』鈕承澤監督，2010年。

馳星周『古惑仔』角川文庫，2009年。

廖亦武／竹内実日本語版監修／劉燕子訳『中国低層訪談録〔インタビュー〕どん底の世界』集広舎，2008年。

53
門間貴志『アジア映画にみる日本』Ｉ［中国・香港・台湾編］社会評論社，1995年。

石暁軍編著『『点石斎画報』にみる明治日本』東方書店，2004年。

武田雅哉『〈鬼子〉たちの肖像――中国人が描いた日本人』中公新書，2005年。

唐権『海を越えた艶ごと――日中文化交流秘史』新曜社，2005年。

劉文兵『中国10億人の日本映画熱愛史』集英社新書，2006年。

劉文兵『中国抗日映画・ドラマの世界』祥伝社新書，2013年。

54
ドロシー・コウ／小野和子・小野啓子訳『纏足の靴――小さな足の文化史』平凡社，2005年。

高洪興／鈴木博訳『図説　纏足の歴史』原書房，2009年。

東田雅博『纏足の発見――ある英国女性と清末の中国』大修館書店，あじあブックス，2004年。

夏暁虹／藤井省三監修／清水賢一郎・星野幸代訳『纏足をほどいた女たち』朝日出版社，朝日選書，1998年。

武田雅哉『楊貴妃になりたかった男たち――〈衣服の妖怪〉の文化誌』講談社選書メチエ，2007年。

武田雅哉「中国乳房文化論ノート」『乳房文化研究会2008年度講演録』2009年。

中野美代子『中国春画論序説』講談社学術文庫，2010年（旧版『肉麻図譜　中国春画論序説』作品社，2001年)。

乳房文化研究会編『乳房の文化論』淡交社，2014年。

松本咲江「ゆれる乳房――杜就田編集時期の『婦女雑誌』「医事衛生顧問」における身体論を中心に」『饕餮』第16号，中国人文会，2008年９月。

曾越『社会・身体・性別　近代中国女性図像身体的解放与禁錮』広西師範大学出版社，2014年。

55
武田雅哉『新千年図像晩会』作品社，2001年。

ジョセフ・ニーダム『中国の科学と文明』思索社，1991年。

武田雅哉・林久之『中国科学幻想文学館』（上・下）大修館書店，あじあブックス，2001年。

ジュール・ヴェルヌ／石川湧訳『必死の逃亡者』創元 SF 文庫，1972年。

▒ コラム

３章
程乃珊『海上薩克斯風』文匯出版社，2007年。
銭乃栄『糖紙頭――海派文化的童年情結』上海大学出版社，2011年。
余華／泉京鹿訳『兄弟』（上・下）文春文庫，2010年。
加部勇一郎「アメと包み紙」『連環画研究』第４号，連環画研究会，2015年２月。

４章
馮雛音主編『永遠的三毛』鳳凰出版伝媒集団・訳林出版社，2006年。

張楽平紀念館編『永遠的楽平』張楽平紀念館，2013年。

材木谷敦「張楽平『三毛流浪記』――三毛の徒弟時代」『人文研紀要』44，中央大学人文科学研究所，2002年９月。

加部勇一郎「流浪する少年――国民的キャラクター“三毛”を読む」『連環画研究』第４号，連環画研究会，2015年２月。

＊武田雅哉（たけだ・まさや）　まえがき，1，3，5，8，10，14，23，37，41，45，48，54，55，Introduction 1・2・3・6・7，コラム2・5・7

編著者紹介参照

＊田村容子（たむら・ようこ）　6，17，21，29，40，49，53，Introduction 5，コラム1・6

編著者紹介参照

中根研一（なかね・けんいち）　22，25，31，32

現在　北海学園大学教授

著書　『中国「野人」騒動記』大修館書店あじあブックス，2002年
『映画は中国を目指す――中国映像ビジネス最前線』洋泉社，2015年
『ほあんいん！　中国語〈基礎編〉改訂版』（共著）郁文堂，2015年

濱田麻矢（はまだ・まや）　28

現在　神戸大学教授

著書　『少女中国――書かれた女学生と書く女学生の百年』岩波書店，2021年

訳書　『中国が愛を知ったころ――張愛玲短篇選』岩波書店，2017年
『覚醒するシスターフッド』（共訳）河出書房新社，2021年

松江　崇（まつえ・たかし）　4

現在　京都大学人間・環境学研究科教授

著書　『漢語方言解釈地図』（共著）白帝社，2009年
『古漢語疑問賓語詞序変化機制研究』好文出版，2010年
『誤解の世界』（北大文学研究科ライブラリ6）（編著）北海道大学出版会，2012年

山本範子（やまもと・のりこ）　19，51，52

現在　北星学園大学教授

著書　『場面で学ぶ中国語1』（共著）三修社，2007年
『中級中国語へのアクセス』（共著）三修社，2009年

『中国社会的家族・民族・国家的話語及其動態――東亜人類学者的理論探索』（共編著）国立民族学博物館，2014年
『中国社会における文化変容の諸相――グローバル化の視点から』風響社，2015年
『近代社会における指導者崇拝の諸相』国立民族学博物館，2015年
『大地の民に学ぶ――激動する故郷，中国』臨川書店，2015年

貴志俊彦（きし・としひこ） 42

現在　京都大学東南アジア地域研究研究所教授
著書　『満洲国のビジュアル・メディア――ポスター・絵はがき・切手』吉川弘文館，2010年
『東アジア流行歌アワー――越境する音　交錯する音楽人』岩波書店，2013年
『日中間海底ケーブルの戦後史――国交正常化と通信の再生』吉川弘文館，2015年
『増補改訂　戦争・ラジオ・記憶』（共編著）勉誠出版，2015年
『アジア太平洋戦争と収容所――重慶政権下の被収容者の証言と国際救済機関の記録から』国際書院，2021年

齊藤大紀（さいとう・ひろき） 9，13，15，26，47

現在　富山大学教授
著書　『ドラゴン解剖学　登竜門の巻　中国現代文化14講』（共著）関西学院大学出版会，2014年
論文　「遥かな夜の路面電車――1924年，北京での電車開通と知識人」『饕餮』第５号，1997年
「恋に消えゆく五四の声――王統照『一葉』論」『野草』第97号，2016年

佐々木睦（ささき・まこと） 27，34，38

現在　首都大学東京大学院人文科学研究科教授
著書　『漢字の魔力――漢字の国のアリス』講談社，2012年

杉原たく哉（すぎはら・たくや） 44

元 美術史家。2016年逝去。
著書　『中華図像遊覧』大修館書店，2000年
『カラー版　東洋美術史』（共著）美術出版社，2000年
『いま見ても新しい　古代中国の造形』小学館，2001年
『しあわせ絵あわせ音あわせ――中国ハッピー図像入門』NHK 出版，2006年
『天狗はどこから来たか』大修館書店，2007年

高山陽子（たかやま・ようこ） 11

現在　亜細亜大学准教授
著書　『民族の幻影――中国民族観光の行方』東北大学出版会，2007年
論文　「社会主義キッチュと観光土産」『亜細亜大学国際関係紀要』第24巻，2015年

執筆者紹介（五十音順，＊印は編著者，執筆分担）

応　　雄（イン・シオン）　43

現在　北海道大学教授

著書　『中日影像文化的地平線』（共編）中国電影出版社，2009年

『中国映画のみかた』（編著）大修館書店，2010年

論文　"Body/Space and Affirmation/Negation in the Films of Lou Ye and Wong Kar-War," in *Deleuze and Asia*, Cambridge Scholars Publishing, 2014.

「オーソン・ウェールズ　人物論と〈視覚の建築〉」『層――映像と表現』第12号，2020年

江尻徹誠（えじり・てつじょう）　24，33

現在　旭川医科大学非常勤講師

著書　『陳啓源の詩経学――『毛詩稽古編』研究』北海道大学出版会，2010年

『北のともしび（二）』（共著）永田文昌堂，2014年

大谷通順（おおたに・みちより）　46

現在　北海学園大学教授

著書　『日中文化交流史叢書〔5〕民俗』（共著）大修館書店，1998年

訳書　ウー・ホン『北京をつくりなおす――政治空間としての天安門広場』国書刊行会，2015年

論文　「故宮博物院所蔵の完全なる馬吊牌（中）」『北海学園大学学園論集』第161号，2014年

加藤千恵（かとう・ちえ）　7，35

現在　立教大学教授

著書　『不老不死の身体――道教と「胎」の思想』大修館書店，2002年

『煉丹術の世界――不老不死への道』（共著）大修館書店，2018年

訳書　リチャード・J・スミス『通書の世界――中国人の日選び』（共訳）凱風社，1998年

＊加部勇一郎（かべ・ゆういちろう）　2，12，20，30，36，39，50，Introduction 4，コラム3・4

編著者紹介参照

韓　　敏（かん・びん）　16，18

現在　国立民族学博物館超域フィールド科学研究部

著書　『大地は生きている――中国風水の思想と実践』（共編著）てらいんく，2000年

Social Change and Continuity in a Village in Northern Anhui, China: A Response to Revolution and Reform（国立民族学博物館，2001）

『回応革命与改革――皖北李村的社会変遷与延続』江蘇人民出版社，2007年

『革命の実践と表象――現代中国への人類学的アプローチ』風響社，2009年

Tourism and Glocalization — Perspectives on East Asian Societies（国立民族学博物館，2010）

『政治人類学――亜洲田野与書写』（共編著）浙江大学出版社，2011年

編著者紹介

武田雅哉（たけだ・まさや）

現在　北海道大学名誉教授

著書　『星への筏――黄河幻視行』角川春樹事務所，1997年
『清朝絵師　呉友如の事件帖』作品社，1998年
『新千年図像晩会』作品社，2001年
『中国科学幻想文学館』（共著）大修館書店，2001年
『よいこの文化大革命――紅小兵の世界』廣済堂出版，2003年
『〈鬼子〉たちの肖像――中国人が描いた日本人』中央公論新社，2005年
『楊貴妃になりたかった男たち――〈衣服の妖怪〉の文化史』講談社，2007年
『中国乙類図像漫遊記』大修館書店，2009年
『万里の長城は月から見えるの？』講談社，2011年
『中国のマンガ〈連環画〉の世界』平凡社，2017年
『中国飛翔文学誌――空を飛びたかった綺態な人たちにまつわる十五の夜噺』人文書院，2017年

訳書　H. リー／B. ラウファー『スキタイの子羊』（共訳）博品社，1996年
『世紀末中国のかわら版――『点石斎画報』の世界』（共訳）中央公論新社，1999年
クレイグ・クルナス『図像だらけの中国――明代のヴィジュアル・カルチャー』国書刊行会，2017年

加部勇一郎（かべ・ゆういちろう）

現在　立命館大学食マネジメント学部准教授

著書　『ドラゴン解剖学　竜の生態の巻　中華生活文化誌』（共著）関西学院大学出版会，2018年
『清代小説『鏡花縁』を読む――一九世紀の音韻学者が紡いだ諧謔と遊戯の物語』北海道大学出版会，2019年

論文　「越境する主人公――“黒猫警長”世界の，そのはしっこのはなし」『連環画研究』１号，連環画研究会，2012年
「黒を白にすること――『七嬉』「洗炭橋」試訳ノート」『饕餮』20号，中国人文学会，2012年
「流浪する少年――国民的キャラクター“三毛”を読む」『連環画研究』４号，連環画研究会，2015年
「新中国の武松たち――「虎退治」の物語を読む」『連環画研究』10号，連環画研究会，2021年

田村容子（たむら・ようこ）

現在　北海道大学大学院文学研究院准教授

著書　『ドラゴン解剖学　登竜門の巻　中国現代文化14講』（共著）関西学院大学出版会，2014年
『中国女性史入門――女たちの今と昔』（共著）人文書院，2014年
『漂泊の叙事　1940年代東アジアにおける分裂と接触』（共著）勉誠出版，2015年
『男旦（おんながた）とモダンガール――二〇世紀中国における京劇の現代化』中国文庫，2019年

論文　「革命叙事と女性兵士――中国のプロパガンダ芸術における戦闘する女性像」『地域研究』Vol. 14 No. 2, 2014年

世界文化シリーズ⑥
中国文化 55のキーワード

2016年4月10日　初版第1刷発行　〈検印省略〉
2022年1月30日　初版第4刷発行

定価はカバーに
表示しています

編著者　武田雅哉
　　　　加部勇一郎
　　　　田村容子
発行者　杉田啓三
印刷者　中村勝弘

発行所　株式会社　ミネルヴァ書房
607-8494 京都市山科区日ノ岡堤谷町1
電話代表　(075)581-5191
振替口座　01020-0-8076

中村印刷・新生製本

ISBN978-4-623-07653-6

Printed in Japan